Robert Solé

# Der Kaufmann von Kairo

Roman

Aus dem Französischen
von Eliane Hagedorn und Bettina Runge
Kollektiv Druck-Reif

*Für Elisabeth*

# Vorwort

Knapp zwei Stunden nach meiner Geburt betrat Georges Bey Batrakani die französische Klinik von Abbassia. Sorgfältig rasiert und parfümiert, wirkte er eleganter denn je mit jener liebenswerten Leibesfülle eines Sechzigjährigen, der das Leben in vollen Zügen genießt. Der dunkelrote Tarbusch, der keß, etwas seitlich auf seinem Kopf saß, verlieh ihm eine weltmännische Note.

Im ersten Stock der Entbindungsstation beschleunigte Georges Bey den Schritt und eilte zu Zimmer 14. Einen riesigen Korb mit Rosen im Arm, lief ihm der Chauffeur leicht schnaufend nach.

»*Mabruk*, tausend *mabruk*!« rief der Mann mit dem Tarbusch vergnügt, als er das Zimmer seiner Tochter betrat.

Er beugte sich über sie, küßte sie und steckte ihr ein kleines Geschenk zu, das er vor drei Monaten bei Eliakim, dem berühmten Juwelier in der Malika-Farida-Straße hatte anfertigen lassen.

Behaglich in ihre Kissen gelehnt, strahlte Viviane vor Glück. Sie hatte eben erst entbunden, sah die Welt aber schon mit anderen Augen. Es war ihr erstes Kind. Ein Junge.

Mein Großvater warf einen zerstreuten Blick auf den schwarzhaarigen, in Lavendelblau gewickelten Säugling, den man ihm stolz präsentierte. Nicht um *mich*, sondern um die junge Mutter zu sehen, war er gekommen, als wollte er etwas wiedergutmachen, das er vor dreiundzwanzig Jahren versäumt hatte. Es war ihm sehr daran gelegen gewesen, vor allen anderen Familienmitgliedern zu erscheinen, ausgenommen natürlich seinem Schwiegersohn. Ein Schwiegersohn im siebten Himmel, wenn auch ein wenig hilflos, als ihm eine Schwester mit Flügelhaube das schreiende Bündel in die Arme drückte . . .

Die Morgensonne prallte auf das nach Osten gelegene Zimmer. Durch die Fenstertür, die man, um nicht zu ersticken, ein wenig hatte öffnen müssen, war der ferne monotone Singsang eines Saubohnenhändlers (*ful medammes, ful medammes . . .*) zu hören, der die Frühstücksnäpfe zu sich rief. An diesem Septemberende des Jahres 1945 konnte sich der Kairoer Sommer noch immer nicht entscheiden, den Hut zu nehmen.

Unsere syrischen Familien waren nur wenig durch den Zweiten Weltkrieg beeinträchtigt worden, von dem sie lediglich die fernen Detonationen mitbekommen hatten. Kairo war vier oder fünf Jahre lang der vergnügliche Pausenhof Tausender alliierter Soldaten gewesen, die in der Wüste kämpften. Viele von uns hatten sich in diesem »khakifarbenen Zwischenspiel« bestens vergnügt; sie hatten sogar Profit daraus geschlagen. Doch die Zukunft erschien fortan unsicher: Strebte dieses fiebrige Ägypten nicht hartnäckig danach, ägyptisch zu werden?

Die besonders pessimistischen Syrer sahen düstere Wolken heranziehen und versuchten, sich noch mehr dem Dekor anzupassen. Ein alter Chamäleon-Reflex, geprägt durch jahrhundertelange Schikanen unter dem Osmanischen Reich. Viele unserer Familien arabisierten ihre Kinder deshalb in der Wiege, wenigstens formhalber. Die Andrés, Pierres und Pauls wurden allmählich zu Adels, Nabils und Rafiks. Die Mädchen machten da weniger Probleme: Bei ihnen konnte man weiter aus dem Vorrat der christlichen Heiligen schöpfen.

»Ihr wollt ihn Rafik nennen?« rief Georges Batrakani verwundert. »Wie abwegig! Warum nicht Charles, wie meinen armen verstorbenen Sohn? Ihr würdet mir eine große Freude machen!«

Eine solche Bitte konnte man nicht abschlagen, und schon gar nicht, wenn sie von Georges Bey kam. Viviane lächelte verklärt, was man als Zustimmung deuten konnte. Mein verwirrter Vater wußte spontan nichts zu erwidern . . . Also erhielt ich den Namen Charles.

Zufrieden brach der Mann mit dem Tarbusch wieder auf, seinen Chauffeur an den Fersen, um im Shepheard's ein Geschäftsfrühstück einzunehmen. Auf dem Flur der Entbindungsstation traf er auf Professor Martin-Bérard, von dem meine Mutter seit der ersten Sprechstunde begeistert war und noch vier Jahrzehnte lang schwärmen sollte . . .

\*

Monsieur Martin-Bérard, ich begrüße Sie im Vorübergehen. Ohne Ihre Verdienste als Geburtshelfer in Zweifel ziehen zu wollen, glaube ich, daß Ihre französische Nationalität nicht ganz unbeteiligt war an diesem Schwall von Komplimenten einer jungen und hübschen Syrerin wie übrigens auch seitens all ihrer Freundinnen. Sie liebten Frankreich, verstehen Sie, ohne auch nur einen Tropfen französischen Blutes in den Adern zu haben. Sie kannten Paris wie Ihre eigene Westentasche, noch bevor Sie zum erstenmal französischen Boden betraten. Doch das haben Sie zweifellos geahnt, als Sie diese reizenden runden Bäuche abtasteten . . .

Und was war mit uns, den Rafiks, Nabils, Pierres oder Charles? Bedenken Sie nur, Monsieur, daß Sie unser erster Körperkontakt mit der Außenwelt waren. Denn als wir unsere Nasen oder Hinterteile vorstreckten, waren es schließlich französische Hände, die uns herauszogen. Es war Frankreich, das uns empfing! Und so ist der Begriff *Vaterland* nie so ganz eindeutig für uns gewesen.

Man nannte uns Syrer. Eine zweifelhafte Bezeichnung, die den Libanon überging und einen im Glauben ließ, wir würden einem anderen Land angehören. Als hätten unsere Familien, die sich vor langer Zeit in Ägypten niedergelassen hatten, nicht längst und endgültig die Brücken zu Damaskus, Aleppo und Saida abgebrochen!

Aber haben wir diese Zweifelhaftigkeit nicht gepflegt, um uns ein Etikett anzuheften und von den anderen zu unterscheiden? Es gab Engländer, Griechen, Italiener, Armenier, Juden in Ägypten . . . Und wir, wir waren Syrer, weil wir weder richtige Ägypter noch halbe Europäer waren.

Von unseren Vorfahren wußten wir, ehrlich gesagt, fast nichts. Stammbäume wuchsen bei uns kaum. Nur wenige Syro-Libanesen Ägyptens machten sich die Mühe, die mageren Archive aufzusuchen.

In meiner Kindheit hörte ich die Erwachsenen mit einer Fülle von Ungenauigkeiten über unsere Ursprünge debattieren. Tatsachen waren wenig gefragt. Wichtig war, wie sie erzählt, wie sie ausgeschmückt wurden. Etwas Gesagtes war etwas Wahres, vorausgesetzt, es wurde glanzvoll vorgetragen. Die häuslichen Mahlzeiten bildeten bevorzugte Anlässe für solche Wortgefechte.

»Wir stammen aus der Lombardei«, verkündete Georges Batrakani. »Ich besitze ein kleines Notizbuch, in dem mein Großonkel Habib alle Ausgaben für seine Hochzeit festgehalten hat. Nun ja, und diese Notizen sind ausschließlich in Italienisch verfaßt.«

»Das besagt gar nichts!« entgegnete der Verwandte mit dem Juweliergeschäft. »Damals sprachen alle Italienisch. Batrakani kommt aus dem Arabischen *batrak*, Patriarch. Wir hatten sicher einen Bischof unter unseren Vorfahren. Ich glaube sogar, er wurde ins Bischofsamt von Antiochia gewählt.«

»Einen Bischof? Du mußt verrückt sein. Seit wann haben Bischöfe Nachkommen?«

»Nichts als Unfug, was ihr da redet!« rief Tante Nini am anderen Ende des Tisches. »Wir stammen von den Kreuzfahrern ab, das ist bewiesen.«

»Von wem bewiesen, bitte schön?«

»Wirfst du mir vor, ich würde lügen?«

»Weder lügen noch sonstwas, *ya setti*. Jeder weiß, daß in Damaskus in den Registern des Patriarchats . . .«

»Hast du sie etwa gesehen, diese Register?«

»Nein, aber ich weiß es, und außerdem ist bewiesen, daß die Batrakanis im sechzehnten Jahrhundert oder vielleicht auch im siebzehnten von Mazedonien nach Syrien ausgewandert sind. Batrakani ist ein griechischer Name, wie Sakkakini, Zananiri . . .«

»Das ist sicher der Grund, weshalb man uns griechisch-katholisch nennt«, schloß die Hausherrin messerscharf, wobei sie Kirche und Geographie unbeschwert durcheinanderbrachte. »Reicht eure Teller. Die *molokheiya* wird kalt.«

*

In diesem Zusammenhang war Michel Batrakani, Magister der Geschichtswissenschaften, ein Sonderfall. Mein Onkel hätte es gewiß zum Doktor gebracht, hätte ihn der

Himmel mit einem etwas weniger launischen Charakter und statt dessen mit etwas mehr Ehrgeiz bedacht . . . Ich jedenfalls habe ihm eine Menge zu verdanken: Ohne die Hilfe seiner Unterlagen und seines Tagebuchs hätte dieses Werk überhaupt nicht entstehen können. Denn wenn ich mich an die frisierten und schöngefärbten Erinnerungen der restlichen Familie hätte halten müssen . . .

Als Michel am späten Nachmittag in die Entbindungsstation kam, hatte sich das Zimmer meiner Mutter schon in einen üppigen Garten verwandelt. Man hatte die Fenstertür ganz öffnen müssen, um nicht am Duft all dieser Blumen zu ersticken, die Tische, Stühle und einen Teil des Bades einnahmen.

Mein Onkel kam sich mit seinen zwölf in Cellophan verpackten Gladiolen wohl etwas lächerlich vor, doch Viviane ließ ihm keine Zeit, sich den Kopf darüber zu zerbrechen.

»Michel, du bist der ideale Patenonkel. Du hast meinem Sohn wenigstens eine schöne Geschichte zu erzählen. Denk nur, er ist dreißig Jahre nach deiner Begegnung mit dem Sultan geboren. Doch, doch, rechne nach . . .«

Zu seiner großen Verlegenheit hatte Michel plötzlich einen Patensohn im Arm, er, der vierzigjährige Junggeselle, der sich lieber mit Büchern und Erinnerungen als mit Lebenden umgab. Er hätte gern auf diese Ehre verzichtet, doch wie sollte man einer so jungen, so charmanten Schwester etwas abschlagen, die sich obendrein auf den 13. Mai 1916 berief? Tatsächlich fast dreißig Jahre. Dreißig Jahre schon.

»Stell dir vor, mein Sohn hat heute morgen mehrmals den Namen gewechselt. Wir wollten ihn Rafik nennen, doch Papa hat darauf bestanden, daß er Charles heißt . . . Na ja, Professor Martin-Bérard findet, daß Charles ein großartiger Vorname ist.«

»Diese Franzosen sind wirklich alle Gaullisten!«

»Weißt du, er ist ein ausgezeichneter Geburtshelfer.«
Michel hatte keinen Grund, daran zu zweifeln. Er nickte andeutungsweise. Er schwebte schon wieder auf seiner kleinen Wolke.
»Also einverstanden, *ya Micho*, willst du sein Patenonkel sein?«
Er nickte vage lächelnd, den Blick in all den Blumen verloren. Mit der Erwähnung des Sultans hatte ihn seine Schwester um dreißig Jahre zurückversetzt. Und all diese Rosen, all diese Gladiolen, die im Zimmer verteilt standen, erinnerten ihn an die blumengeschmückte Freitreppe des Gymnasiums an jenem Morgen im Mai, als der Frühling ein Stelldichein mit der Geschichte hatte . . .

# ERSTER TEIL

# Der Sultan liebte La Fontaine

# 1

*An jenem Morgen um fünf nach halb elf hat der Sultan das Gymnasium betreten. Ich habe »Le Laboureur et ses enfants« (»Der Bauer und seine Kinder«) aufgesagt. Er hat mich gelobt.*

Kein einziges Adjektiv, keine Verzierung. Die Feder des kleinen Michel hat nur das Allernotwendigste auf dem Papier festgehalten und der etwas verlaufenden Tinte untersagt, sich des langen und breiten auszulassen. Als wäre jeder schriftliche Gefühlserguß an jenem Abend verboten gewesen. Als verlangte die Bedeutung des Ereignisses eine nüchterne Präzision, einen Gerichtsschreiberstil.

Zum Glück besitzen die Jesuiten gute Archive. Und jeder weiß, wie weitschweifig und ausführlich sich mein Patenonkel anschließend über diesen wichtigen Tag, der mit einer Katastrophe begann, auslassen sollte.

Mademoiselle Guyomard, die französische Gouvernante, behauptete steif und fest, ihn Punkt sechs geweckt zu haben. Lügnerin! Der Fahrer des Schulbusses war es gewesen, der ihn mit seinem wiederholten Hupen vor dem Haus aus den Träumen gerissen hatte, bevor er ohne ihn weiterfuhr.

Zehn Minuten später rannte Michel ungewaschen, nicht einmal gekämmt, mit hüpfendem Ranzen die Avenue Shubra hinunter. Er sprang auf die schon fahrende Straßenbahn und landete prompt in einem ausschließlich für Frauen reservierten »Haremsabteil«. An der nächsten Haltestelle nahm er wieder die Beine in die Hand und machte mit seinen ungeschnürten Schuhen gefährliche Sprünge, um die Pferdeäpfel auf der Straße zu umgehen. Er rannte, wie vom Teufel gejagt, und verfluchte die verdammte Guyomard und alle Heiligen des Kalenders. Guyomard, *homard* wie Hummer, *homara* wie Eselin . . . Seine Verwünschungen aber klangen ein wenig falsch, auf französisch ebenso wie auf arabisch. Welcher Zorn hätte der berauschenden Milde dieses Kairoer Morgens mit seinen blühenden *Lebekh*-Akazien standhalten können?

Das »Collège de la Sainte Famille« – das Gymnasium, das vierzig Jahre später auch ich besuchen sollte – war schon in Aufruhr. Im Eingangshof, am Fuß der Marienstatue, standen drei Offiziere der Sultanswache mit ihren Pferden, um die letzten Vorbereitungen zu überwachen. Sie sprachen mit lauter Stimme und gestikulierten lebhaft. Die Palastmusikanten in blau-weißer Uniform packten ihre Blasinstrumente aus und stimmten ihre Geigen. Der Pater Pförtner hatte seinen Schmerbauch aus der Türöffnung herausgestreckt, um dem Spektakel staunend zuzusehen, was Michel ermöglichte, ohne Erklärungen an ihm vorbeizuschlüpfen.

Für dieses historische Ereignis hatte man an den Fenstern die Flaggen Ägyptens, Frankreichs und des Vatikans befestigt. Teppiche, die für den festlichen Anlaß ausgeliehen worden waren, bedeckten die kahlen Korridore, und die Außentreppe war mit Blumen geschmückt. »Seine Hoheit liebt Blumen«, hatte der Großkämmerer, Zulfikar Pascha, den Jesuiten erklärt.

Gegen halb elf fuhr das Automobil des Sultans mit einem Geleitschutz von mehreren Polizisten auf Motorrädern in die Bustan-el-Maksi-Straße ein. Der Pater Direktor

16

wartete am Fuß der Außentreppe, umgeben von seinen wichtigsten Mitarbeitern und von Albert Defrance, dem designierten französischen Minister in Ägypten. Als Husein Kamil aus seinem Wagen stieg, verneigten sich die Patres einer nach dem anderen, um ihm die Hand zu küssen. Er hielt sie mit einem gütigen Kopfschütteln davon ab.

Der Besuch begann mit dem Philosophieunterricht, in dem Pater Brémond über das Thema »Gewissen« referierte. In Gegenwart des Herrschers befragt, wußte ein Schüler Augustinus zu zitieren. Die Mitglieder des Begleitzuges nickten anerkennend.

Beim Verlassen des Klassenzimmers hatten der Sultan und der Pater Direktor einen kurzen Wortwechsel, der in der Schule die Runde machen sollte.

»Es gibt Fälle«, sprach der Sultan, »da das Gewissen in Konflikt mit der Pflicht gerät.«

»Ja«, erwiderte der Jesuit, »doch das Gewissen muß stets das letzte Wort behalten.«

Das war klar und deutlich und typisch für diese Soldaten in der Soutane mit den leuchtenden Augen und den fächerförmigen Bärten, die voller Kampfgeist in unsere etwas laxen Breiten gekommen waren.

Der Zug betrat das Klassenzimmer der Quinta.

Mit einem Satz waren die Schüler aufgesprungen. Fast in Habachtstellung, wagten sie kaum, diesen schmächtigen siebenundsechzigjährigen Mann anzusehen, der in eine schwarze *stambuline* eingeschnürt war und einen hohen granatfarbenen Tarbusch auf dem Kopf trug. Der Sultan hatte einen sehr sanften Blick, der über einem gewaltigen Schnauzbart schwebte.

Pater Korner – von den Fußballspielern des Gymnasiums Penalty genannt – hatte sich von seinem Stuhl erhoben, um den Herrscher zu empfangen und ihm mitzuteilen, daß sich der Französischunterricht an diesem Samstagmorgen mit den Fabeln La Fontaines befaßte.

»La Fontaine?« rief der Sultan erstaunt. »Genau davon wollte ich vorhin sprechen.«

Der französische Minister und der Großkämmerer tauschten lächelnde Blicke, um diesen glücklichen Zufall zu begrüßen. Der Lehrer verneigte sich leicht und wandte sich dann mit den Worten der Klasse zu: »Michel Batrakani, können Sie Seiner Hoheit *Le Laboureur et ses Enfants* vortragen?«

Michel erhob sich wie im Traum. Die Augen starr auf die Tafel geheftet, deklamierte er mit fester, singender Stimme, indem der das *r* deutlich rollte:

> »Arbeite, wird's auch oft dir sauer,
> Das ist ein Gut, das nie versagt . . .«

Als er zu Ende gesprochen hatte, klatschte der Sultan Beifall: »Bravo, mein Kind.«

Damit zog er sich anmutig lächelnd zurück, gefolgt von all den anderen hohen Persönlichkeiten.

Während der folgenden Viertelstunde verdaute Michel seinen Erfolg. Vor Entzücken und Erregung zitternd, hörte er kein einziges Wort mehr vom restlichen Unterricht. Vierundzwanzig Augenpaare schienen ihn auf köstliche Weise zu durchbohren. Bis zum Läuten der Glocke wurde er nicht müde, im stillen *Le Laboureur et ses Enfants* aufzusagen, so wie man den Rosenkranz betet . . .

Im Büro des Pater Präfekt lag auf einem hübschen Schreibtisch aus Olivenholz das Goldene Buch aufgeschlagen. Dieses Album aus Velinpapier, illustriert von den ehrwürdigen Müttern Restauratorinnen, trug die Wappen des Sultans und, auf der Rückseite, die französische und ägyptische Flagge, verbunden durch das Kriegsverdienstkreuz.

»Ich ehre sie alle beide«, sprach der Sultan, dem man eine Feder reichte, auf daß er seine Unterschrift neben das Siegel des Jesuitenordens setze.

Er hatte sich schon über das Dokument gebeugt, besann sich dann aber eines anderen.

»Welches Datum haben wir heute auf Ihrem Kalender?«

»Den dreizehnten Mai, Euer Ehren.«

»Den dreizehnten! Das ist eine schlechte Zahl. Ich werde nicht unterschreiben.«

Verlegenes Schweigen ringsumher.

Pater Direktor sah sich zu der Bemerkung genötigt: »Wir haben diese Befürchtung nicht.«

Der Sultan freilich hatte gute Gründe, vor Schicksalsschlägen auf der Hut zu sein. War nicht eben, da er dem Gymnasium der Sainte Famille seine Aufwartung machte, ein britisches Militärgericht dabei, die beiden Männer zu verurteilen, die letzten Sommer in Alexandria ein Attentat auf ihn verüben wollten? Husein Kamil hatte sich an besagtem Tag zum Freitagsgebet in die Moschee Sidi Abdel Rahman begeben. Eine von einem Balkon herabgeschleuderte Metallkugel hatte die Kruppe eines Pferdes seines Geleits getroffen und war dann, ohne zu explodieren, mit erloschener Zündschnur über die Straße gerollt. Sie war mit Nitroglycerin und hundertachtzig Nägeln gefüllt.

Es war das zweite Mal seit seiner Amtseinsetzung durch die Engländer im Dezember 1914, daß man einen Anschlag auf Husein Kamil verübt hatte. Die ägyptischen Nationalisten konnten ihm nicht verzeihen, daß er den Platz seines Neffen, des Khedive, eingenommen hatte, der wegen seiner pro-deutschen Haltung abgesetzt worden war. Husein war mit dem Titel des Sultan auf diesen Halbthron gestiegen, um deutlich zu machen, daß Ägypten, das zum britischen Protektorat geworden war, nicht mehr dem Osmanischen Reich angehörte . . .

Der Sultan war also abergläubisch. Dennoch senkte er schließlich die Feder auf das Papier, um lediglich »Husein Kamil, Mai 1916« ins Goldene Buch einzutragen. Der französische Minister und der Großkämmerer sahen sich erleichtert an . . .

Im Hof der Mittelklasse war eine in einen Damaszener-Salon verwandelte große Estrade mit einem Thron und bunten Stoffen errichtet worden. Gegenüber der Tribüne standen alle Gymnasiasten in Reih und Glied. Michel reckte sich auf Zehenspitzen und suchte seine beiden Brüder mit den Blicken, als wollte er sie über das Erdbeben informieren, das sich eben ereignet hatte. So entging ihm der ganze Anfang der Rede des Direktors, der sich auf bewundernswerte Weise in Schmeicheleien erging:

»Euer Hoheit strahlt gleich zu Beginn seiner Herrschaft den Glanz der schönsten Kalifenreiche aus. Welch ein Trost für uns katholische und französische Priester, so zur täglichen Arbeit angehalten zu werden! Mögen wir sie noch lange unter Ihrer Führung ausüben! Das wäre für uns die tröstliche Versicherung, daß wir gleichzeitig für Ägypten, für Frankreich und für Gott arbeiten.«

Man spendete Beifall. Nun ergriff der Sultan das Wort und sprach in das religiöse Schweigen hinein.

»Es ist nicht allein die Bildung, die den Wert eines Menschen ausmacht. Es ist vor allem seine moralische Erziehung. Vorhin im Unterricht der Quinta wurde La Fontaine durchgenommen . . .«

Michel schwoll das Herz vor Glück.

»Ich selbst«, fuhr der Sultan fort, »habe vierzig dieser Fabeln gelernt, und mein Lehrer war Monsieur Jacolet. Und sehen Sie, wie La Fontaine die moralische Bildung vermit-

telt! Mit *Le Chêne et le Roseau* (›Die Eiche und das Schilf-
rohr‹). . . . Mit *La Cigale et la Fourmi* (›Die Grille und die
Ameise‹) . . .
Und wir wurden Zeuge dieser verblüffenden, unglaublichen Geschichte: Der Herrscher Ägyptens, Sohn Ismails
des Prächtigen, Urenkel des großen Mohammed Ali, der
mit ernster, schulmeisterlicher Stimme vortrug:

> »Tag und Nacht hab ich ergötzt
> Durch mein Singen alle Leut.
> Durch dein Singen? Sehr erfreut!
> Weißt du was? Dann – tanze jetzt!«

Der Direktor gab das Zeichen zum Applaus. Michel spendete frenetischen Beifall, ohne den geringsten Neid auf
diesen unerwarteten Konkurrenten.
Das Ende der Rede des Sultans versetzte die Jesuiten geradezu in Verzückung.
»Was ich an Ihnen schätze, ist der Respekt vor dem Glauben: Sie unterrichten Schüler aller Konfessionen, und Sie
achten sie. Ich selbst bin gläubig, und letzten Endes vereh-
ren wir ja denselben Gott. Ihr Werk ist ein schönes, und
Sie führen es mit Hingabe aus. Möge es noch viele Jahrhunderte fortdauern.«
Indem er auf zwei der hohen Persönlichkeiten in seiner Begleitung deutete, sprach der Sultan in vertraulichem Ton,
an die Lehrerschaft gewandt: »Hier sind sie, die Früchte Ihrer Arbeit! Sie sehen, daß Ihre Mühe nicht vergebens war.«
Die Lehrer applaudierten. Die Schüler riefen dreimal:
»*Yaich el Soltane!*«, bevor die Kapelle der Garde die ägyptische Hymne und die Marseillaise spielte. Husein Kamil
stieg gemessenen Schrittes von der Tribüne, wobei er im
Vorübergehen Hände schüttelte und sein mildes Lächeln
verschenkte.

Michel nutzte die leichte Unruhe in den Rängen, um sich einen Weg zu seinem ältesten Bruder zu bahnen und ihm in einem Atemzug zuzuraunen: »Ich habe *Le Laboureur et ses Enfants* vor dem Sultan aufgesagt!«

André betrachtete ihn belustigt.

»Du hättest auch zwei gleiche Socken anziehen können.« Eine schwarze Wade, eine dunkelblaue Wade und feuerrote Backen.

»Komm, ist nicht so schlimm«, meinte André mit gewohnter Freundlichkeit. »Erzähl mir von ›*Le Laboureur et le Sultan*‹.«

# 2

Wie oft habe ich nicht schon vom Besuch des Sultans im Gymnasium erzählen hören! Dieses Ereignis sollte meine ganze Kindheit und einen Teil meiner Jugend erhellen, und noch heute spreche ich gelegentlich mit diesem oder jenem Verwandten darüber.

1916 bleibt für mich ein Meilenstein, ein zeitlicher Orientierungspunkt par excellence. Es ist die Mitte des Ersten Weltkriegs, ist Verdun und Douaumont. Es ist Michel mit elf Jahren, André mit zwölf. Es ist das Jahr, in dem die Idee mit dem Tarbusch im Kopf meines Großvaters reift, das Jahr, in dem Edouard Dhellemmes zum erstenmal die Familie besucht. 1916, das ist sechs Jahre vor der Geburt meiner Mutter, neunundzwanzig Jahre vor meiner eigenen...

Am Tag, als ich schließlich auf eine alte Sammlung des JOURNAL DU CAIRE stieß, habe ich mich mit dem gleichen Herzklopfen auf die Ausgabe des 14. Mai 1916 gestürzt wie der Junge, der am Vortag sein Gedicht vor dem Sultan aufgesagt hatte. Eine Schlagzeile sprach in fettgedruckten Lettern vom Scheitern eines erneuten deutschen Angriffs in Douaumont. Kein Wort von dem Besuch im Gymnasium. Beim Überfliegen der drei restlichen Seiten entdeckte ich schließlich einen bescheidenen Artikel zu dem Ereignis, in dem La Fontaine allerdings mit keinem Wort erwähnt wurde. Die Zeitung versprach indes, am nächsten Tag genauer darüber zu berichten.

Ich weiß, daß Michel an den folgenden Tagen vergebens nach dem angekündigten Artikel suchte. LE JOURNAL DE CAIRE hat sein Versprechen nicht eingehalten, dafür aber einen Leser gewonnen, der jeden Abend nach der Schule ins Arbeitszimmer seines Vaters stürzte, um dieses schlecht gedruckte Blatt zu entziffern. Da er nichts über das Gymnasium fand, grübelte er lange über den berühmten Satz des Khediven Ismail, Vater des Sultans, nach, einen Satz, der jeden Tag als Motto zu lesen war: »Mein Land gehört nicht mehr zu Afrika. Wir sind Teil Europas.«

Ein europäisches Ägypten … Weil er sich von diesem kühnen Postulat hatte inspirieren lassen, sollte Michel wenige Monate später in einer Geographiearbeit den einzigen Sechser seiner gesamten Schulzeit bei den Jesuiten bekommen.

*

Von jenem Sonntag, dem 14. Mai 1916, sollte Edouard Dhellemmes die deutlichste Erinnerung zurückbehalten. Ein halbes Jahrhundert später wußte er noch eine Menge Einzelheiten zu berichten, die all die freierfundenen Auslegungen von Maguy oder Henri Touta widerlegten. Grund dafür war jedoch nicht nur sein logisches Denken und sein phänomenales Gedächtnis, sondern auch die Tatsache, daß dieses häusliche Mittagessen sein erster Kontakt mit der Familie und letztendlich auch mit Ägypten war.

Bei Verlassen des *Muski* hatte der Franzose keine Probleme, eine Kutsche aufzutreiben. Seit Kriegsbeginn übersahen die Kairoer Kutscher die ägyptischen Kunden geflissentlich, stets auf der Jagd nach englischen oder australischen Soldaten, denen sie, ohne mit der Wimper zu zucken, den doppelten oder dreifachen Fahrpreis abverlangten. Edouard war für einen Briten gehalten worden, was ihm nicht sonderlich schmeichelte.

Die Kutsche bog von der großen Avenue Shubra links in eine mit Eselsfeigenbäumen und Akazien bestandene Allee.

»*Here, Mister*!« rief der Kutscher und brachte sein Fahrzeug vor einer Villa im italienischen Stil mit einem Ruck zum Stehen.

Edouard stieg aus dem Wagen und reichte dem Mann einen Geldschein. Der ließ ihn sogleich in seiner Hosentasche verschwinden, ohne das Restgeld herauszugeben, und ließ seine Peitsche knallen. Der Franzose nickte leicht verärgert, bevor er die Türglocke der Batrakanis betätigte.

Der festlich gekleidete *soffragi*, der ihm öffnete, trug eine schwarze Pluderhose und eine Art goldenen Bolero mit dazu abgestimmten Pantoffeln. Auf seiner linken Wange prangte eine lange Narbe. Der Diener nahm dem Gast den Panamahut ab und öffnete die Tür zu einem hübschen ovalen Salon, der zum Garten führte.

Der Wirtschaftsberater der AGENCE FRANÇAISE hatte meinen Großvater gebeten, Edouard Dhellemmes, Industriellensohn aus Lille, einzuladen.

»Sie können ihm sicher mit Rat und Tat zur Seite stehen. Er mußte die Armee aus gesundheitlichen Gründen verlassen und interessiert sich für den ägyptischen Markt. Bei der gegenwärtigen Wirtschaftslage fördern wir solche Initiativen. Schließlich wäre es ein Verbrechen, den Engländern und Italienern das frei gewordene deutsch-österreichische Terrain zu überlassen, oder?«

Als Yolande Batrakani ins Zimmer trat, verbeugte sich Edouard Dhellemmes höflich und küßte ihr die Hand.

Meine Großmutter war natürlich entzückt und sagte sich einmal mehr, daß diese Franzosen einfach unerhört charmant seien. Ihr Ehemann hinter ihr ließ sich mit volltönender, weicher Stimme vernehmen.

»Erfreut, Ihre Bekanntschaft zu machen, Monsieur Dhellemmes. Hier in Kairo pflegen wir sonntags *en famille* zu Mittag zu speisen. Und die französischen Freunde zählen bei uns zur Familie!«

Georges Batrakani war von mittelgroßer Statur und trug seine sechsunddreißig Jahre mit Eleganz. Sein dunkler Teint und orientalischer Typ bildeten einen Kontrast zu seinem sanften Blick, der von weither zu kommen schien. Das unmerkliche Lächeln, das um seinen genußsüchtigen Mund spielte, unterstrich noch dieses Schwanken zwischen zwei Welten.

»Als Konzessionär mehrerer ausländischer Firmen kennt er den Markt in- und auswendig«, hatte der Wirtschaftsberater Edouard Dhellemmes erklärt. »Glauben Sie nur die Hälfte von dem, was er sagt, doch richten Sie Ihre Schritte nach den seinen. Wissen Sie, diese Levantiner sind ebenso maßlos in ihren Worten wie gemäßigt in ihren Taten.«

Der Diener servierte Arrak und Zitronenlimonade. Dhellemmes, der mit einem Essen im intimsten Kreis gerechnet hatte, war etwas erstaunt, als eine Schwester von Yolande, ein Bruder von Georges, mehrere Vettern und Cousinen eintrafen. Alle aber behandelten ihn gleich wie einen alten Bekannten, erkundigten sich nach seiner Gesundheit, wollten wissen, ob er eine angenehme Reise gehabt, ein gutes Hotel gefunden habe, kurz, ob er zufrieden sei.

Edouard fühlte sich sehr schnell wohl. In dieser angenehmen Umgebung fielen bald alle Müdigkeit, alle Ängste der Reise von ihm ab. In Frankreich hatte man ihm ein

furchterregendes Bild von Ägypten gemalt: brütende Hitze, ekelhafter Dreck, verschmutztes Wasser, Cholera . . .
Und jetzt fand er sich in einem bürgerlichen Haus wieder, das den Stadtpalästen seines Boulevard Vauban in nichts nachstand. Er war von herzlichen Menschen umgeben, die sehr gut Französisch sprachen, mit einem charmanten gurrenden Akzent und hin und wieder einem ulkigen Ausdruck.

Dhellemmes erzählte von seiner Schiffsreise. Seit der Abfahrt aus Marseille hatte die Besatzung der *Lotus* in panischer Angst vor einem U-Boot-Angriff gelebt. Zwölf Tage angespannten Wartens und falschen Alarms. Sobald die Bordglocke ertönte, rannten alle Passagiere zu den Rettungsbooten. Keinen Augenblick durfte man seinen Rettungsring ablegen, nicht einmal während der Mahlzeiten . . .
Der heimtückische Arrak stieg Edouard angenehm zu Kopf. Sein Glas in der Hand, plauderte er mit den Damen, die alle der französischen Mode zu folgen schienen mit ihren kirschroten und apfelgrünen Jerseykostümen, ihren langen Halsketten und ihren Zigarettenspitzen aus Gagat. Sie sprachen von den Preisen, die seit Kriegsbeginn unaufhörlich stiegen, und dem Schlußverkauf bei Orosdi Back. Sie protestierten gegen die Tombola, die übermorgen im Grand Continental stattfinden sollte und die von den Organisatorinnen für eine unmögliche Tageszeit angesetzt war.
»Drei Uhr nachmittags im Mai! Die müssen verrückt sein! Wir werden beraten. Ich werde es Biba sagen . . .«
Edouard wurde am Tisch der Platz zwischen Yolande Batrakani und ihrer Schwester Maguy angewiesen, deren pralle Brüste jeden Augenblick ihr gewagtes Dekolleté zu sprengen schienen.
»Sie kennen die *molokheiya*, Monsieur Dhellemmes?«

Während man ihm auftrug, beobachtete der Franzose Ferdinand Batrakani, den ältesten Bruder meines Großvaters, dessen hundert Kilo am Tischende plaziert waren. Dieser Bruder mit dem Spitznamen Nando zelebrierte den Genuß der *molokheiya* mit einer Reihe von geheimnisvollen Riten. Die Serviette um den Hals geknotet, häufte er den Reis zunächst zu einem Berg auf seinem Teller auf. Dann höhlte er die Spitze wie zu einem Vulkankrater aus und füllte diesen mit einem kräftigen Schuß Essig, in dem feingehackte Zwiebelstückchen schwammen. Mit seinen Wurstfingern fügte Nando Rindfleisch- und Hühnerfleischstückchen und trockene Brotwürfel hinzu. Das Ganze überschwemmte er dann mit zwei großen Kellen voll dieser dunkelgrünen, stark mit Knoblauch gewürzten Suppe . . .

»Liebes, deine *molokheiya* ist sehr gelungen«, sagte Maguy, an ihre Schwester gewandt. »Erinnere mich daran, deiner Osta Sami meine Glückwünsche auszusprechen. Sie ist wirklich eine Perle.«

Die Unterhaltung war sehr lebhaft. Der junge Franzose aus Lille hatte Mühe, diesem Fluß von Sätzen, vermischt mit arabischen Redewendungen, zu folgen. Doch die anderen Gäste entsannen sich stets seiner Gegenwart, übersetzten, erklärten, kamen oft seinen Fragen zuvor.

Man kam auf Kirillos VIII. zu sprechen, dessen Beerdigung eben mit großem Pomp in Kairo begangen worden war.

»Die Kathedrale von Faggala war mit schwarzem Tuch ausgehängt«, flüsterte ihm Maguy mit ihrer verwirrenden Stimme zu. »Der einbalsamierte Leib unseres Patriarchen war, von Kerzen erleuchtet, auf einen vergoldeten Thron gesetzt worden. Er trug seine Tiara auf dem Kopf und den Bischofsstab in der Hand. Wer sich ihm näherte, hatte den Eindruck, vor einen Lebenden zu treten. Eine Dame hat sogar zu ihm gesprochen, Ehrenwort! Zu den Trauergästen zählten der Gouverneur von Alexandria, der Minister von Frankreich, Konsuln, hohe Beamte, die ganze Creme . . .«

»Erklären Sie mir«, sagte Edouard, »warum Sie, die Orthodoxen . . .«

Sie protestierten: »Aber wir sind doch keine Orthodoxen!«

»Ich dachte, ein Patriarch . . .«

Georges Batrakani sagte sich seufzend, daß er hundert Jahre brauchen würde, um diesem äußerst sympathischen Franzosen die Feinheiten des orientalischen Christentums zu erläutern.

»Nein, mein verehrter Monsieur Dhellemmes, wir sind griechisch-katholisch, Griechen, aber keine Orthodoxen. Katholisch, aber nicht römisch-katholisch . . .«

»Und Sie sind Ägypter?« fragte Edouard Dhellemmes, der sich schon nicht mehr zurechtfand.

»Natürlich!« rief Yolande.

Die Anwort verwunderte ihren Mann.

»Ach ja? Und woher sind wir Ägypter?«

Verblüfft schaute Edouard einen nach dem anderen an.

»Das ist ziemlich schwer zu erklären«, meinte Georges schließlich. »Unsere Familien stammen aus Syrien. Und, wie Sie ja wissen, gehörten Syrien und Ägypten beide dem Osmanischen Reich an. Es gibt eine osmanische Nationalität für jeden, zu der sich jedoch mit den Jahren eine ägyptische hinzugesellt hat. Wir sind Osmanen, ›örtliche Untertanen‹, wie man hier sagt. Aber sind wir wirklich Ägypter? Die Gesetzestexte widersprechen sich in diesem Punkt. Und was heißt es seit neunzehnhundertvierzehn überhaupt noch, osmanisch zu sein, wo Ägypten doch britisches Protektorat geworden ist? Die Lage wird sich vielleicht nach dem Krieg klären.«

»Gewiß«, erwiderte Edouard höflich. Er hatte einen Augenblick den Faden verloren, denn er konnte sich an den schlanken Händen von Maguy nicht sattsehen.

Mit einem leichten Stirnrunzeln bat Yolande Batrakani den *soffragi*, das Dessert aufzutragen, bevor sie ausrief: »Und dieser Krieg, Monsieur Dhellemmes, wann werden Sie ihn für uns beenden?«

»Das ist nur noch eine Frage von Monaten, Madame! Wir sind dabei, dem Fritz bei Douaumont ordentlich eins auszuwischen.«

»Ach, lassen Sie sich ruhig noch Zeit damit!« rief Ferdinand Batrakani am Tischende und brach in schallendes, nicht enden wollendes Lachen aus.

Jeder wußte, wie sehr Georges' ältester Bruder vom Krieg profitierte. Der dicke Nando hatte im Nildelta sein Wucherer- und Spekulantentalent entfalten können. Gleich zu Kriegsbeginn hatte er den Kleinbauern, die durch die plötzliche Schließung der ausländischen Märkte völlig kopflos geworden waren, für einen Apfel und ein Ei Ländereien abgekauft. Schon bald aber erwies sich der Krieg als wahrer Segen für die Landwirte. Die Alliierten brauchten viel Baumwolle, um ihre Soldaten einzukleiden und Reifen herzustellen. Nicht nur, daß die gesamte Ernte von 1914 verkauft worden war, nein, obendrein kletterten die Preise, nachdem sie in den Keller gepurzelt waren, weit über das Niveau der Vorkriegszeit hinaus. Und Nandos Bankkonten wuchsen im selben Maße wie sein fülliger Leib.

Auch mein Großvater hatte Waren gehortet, um aus dem Mangel Kapital zu schlagen.

»Sehen Sie«, erklärte er Edouard Dhellemmes, »all diese ausländischen Soldaten bringen den Markt auf Hochtouren. Um ihre Armee zu versorgen, haben die Engländer hier im letzten Jahr etwa fünf Millionen Pfund zusätzlich ausgegeben. Ein hübsches Sümmchen, nicht war?«

Es war zu heiß, um den Kaffee auf der Terrasse einzunehmen. Die Dame des Hauses hatte lediglich die großen Fenstertüren geöffnet, um sich an den prächtigen Mandarinenbäumen *Jussef Effendi* zu ergötzen.

Die Kinder der Batrakanis und deren Cousins traten ein, um den französischen Gast zu begrüßen.

»Na, Michu, ist es wirklich wahr, daß du ein Gedicht vor dem Sultan aufgesagt hast?« fragte Maguy.

Auf allgemeines Bitten hin trug Michel noch einmal *Le Laboureur et ses Enfants* vor. Man spendete Beifall, gefolgt von lauten und wohlriechenden Küssen. Man erkundigte sich bei meinem Patenonkel nach Einzelheiten seiner Glanzleistung, nach dem Aussehen des Sultans und den Kommentaren der Jesuiten ... Dann verschwanden die Kinder wieder, um sich erneut in die Ahnenforschung der französischen Könige, ihr Lieblingsspiel, zu vertiefen.

»Morgen abend sehen wir uns *La Très Moutarde* von Max Linder im American Cosmograph an. Wollen Sie mitkommen?« fragte Yolande Edouard Dhellemmes.

Der stimmte um so begeisterter zu, als die entzückende Maguy mit von der Partie war.

»Vor dem Film könnten Sie vielleicht in meinem Büro an der Place de l'Opéra vorbeischauen«, meinte Georges. »Dann können wir über mögliche Projekte sprechen.«

Gegen vier Uhr nachmittags bei drückender Hitze und während Nando laut in seinem Sessel schnarchte, ließen sie Edouard von ihrem Kutscher zu Shepheard's zurückfahren.

# 3

Das Shepheard's war das charmanteste Hotel des Vorderen Orients. 1841 von einem Engländer eingerichtet und ein halbes Jahrhundert später erweitert und auf Elektrizität umgestellt, war es in dem alten Palast untergebracht, in dem einst Napoleon sein Generalsquartier eingerichtet hatte. Man pflegte hier pietätvoll den Eselsfeigenbaum, hinter dem sich der Mörder von General Kléber versteckt hatte. Etwa zwanzig Antilopen tummelten sich in dem prächtigen Park zwischen Palmen und Bananenstauden.

Zur Straße hin wurde die berühmte Hotelterrasse von zwei kleinen steinernen Sphinxen bewacht, die aus einem Tempel von Memphis stammten. Die Terrasse war ein herrlicher Beobachtungsposten. Edouard Dhellemmes verbrachte den ganzen Montagmorgen hier, um vor einem eiskalten Bier ganz Kairo an sich vorbeidefilieren zu lassen.

Eine Schar kleiner Leute kampierte ständig vor der Terrasse: Kutscher, *drogmans*, Affenführer, Bettler . . . Tief gebeugt von ihrer Last, schleppten sich Wasserträger mit ihren Schläuchen aus Ziegenhaut durch die Straßen. Sie wurden von Effendis in Nizam-Westen überholt, die kerzengerade auf ihren Eseln saßen. Gelegentlich glitt eine chromglitzernde Limousine vorüber, und die Hotelpagen eilten diensteifrig herbei, um irgendeinem Pascha die Tür aufzuhalten . . .

Die englischen Damen, die die Hotelterrasse bevölkerten, ließen sich nichts von dem gebotenen Schauspiel entgehen. Als sie den Sarg, gesäumt von schwarzverschleierten Klageweibern, herannahen sahen, erhoben und bekreuzigten sie sich. Bald darauf sprangen sie erneut aufgeregt auf, als sie einen luxuriösen Landauer ankommen hörten: Barfüßige, Mützen tragende *sais* rannten, mit ihren Stöcken fuchtelnd und schrille Schreie ausstoßend, vorneweg, um die Passanten zur Seite zu drängen . . .

Ein Kanonenschuß, der von der Zitadelle abgefeuert wurde, kündigte an, daß es Mittag war. Edouard Dhellemmes bestellte ein letztes Bier, bevor er zum Essen ging und sich dann zum Mittagsschlaf niederlegte. Das ununterbrochene Spektakel hatte ihn ermüdet.

Gegen fünf Uhr nachmittags verließ er frisch und ausgeruht das Hotel, um sich zu seinem Geschäftstreffen zu begeben.

Das Büro von Georges Batrakani lag wenige Minuten vom Shepheard's entfernt, im dritten Stock eines eleganten Gebäudes direkt an der Place de l'Opéra. Zwei Angestellte mit schneeweißen Manschetten arbeiteten in aller Gemütsruhe unter einem riesigen Ventilator. Das Büro meines Großvaters befand sich in einem angrenzenden Raum, in dem es nach Zigarrenrauch und Eau de Cologne roch.

Er brach in Lachen aus, als ihn der Franzose nach den vielen, offensichtlich untätigen Ausländerinnen auf der Terrasse des Shepheard's fragte.

»Nicht, was Sie denken, mein lieber Monsieur Dhellemmes! Diese Damen sind die Ehefrauen britischer Offiziere. Sie durften nach Ägypten einreisen, um ein paar Tage mit ihren Ehemännern zu verbringen, doch viele von denen stecken am Sueskanal oder in der Wüste fest. Und so sind die werten Ladies allein, in Zwangssommerfrische sozusagen, und bevölkern unsere Hotels. Die verantwortlichen Briten dürfen keine weiteren Frauen, die nicht in Ägypten wohnhaft sind, ins Land lassen. A propos, Ihnen hat man offensichtlich ein Einreisevisum ausgestellt . . .«

»Beziehungen«, erwiderte Edouard lächelnd.

Die Spinnerei Dhellemmes in Lille lief seit Kriegsbeginn nur mehr auf Sparflamme. Edouard hatte dort einen Nebenposten inne, seit er Anteile seines Vaters geerbt hatte. Nachdem er 1915 einberufen, wenige Monate später mit einer schweren Lungenentzündung ins Lazarett eingeliefert und bald darauf entlassen worden war, hatte er auf Anraten und mit Hilfe eines Cousins im diplomatischen Dienst die Reise nach Kairo angetreten, um den ägyptischen Markt zu erkunden.

»Wenn ich an Ihrer Stelle wäre«, meinte Georges Batrakani gedehnt, indem er an seiner Zigarre zog, »würde ich mich für den Tarbusch interessieren.«

Sein Gegenüber starrte ihn verwundert an.

»Ja, für den Tarbusch. Oder Fes, wenn Sie lieber wollen. Bis zu Kriegsbeginn war diese Branche ganz in Händen der Österreicher, die einen Jahresumsatz von mehr als dreißigtausend Pfund damit erzielten. Nicht übel, was? Na ja, und inzwischen dürfen die Österreicher nichts mehr in Ägypten absetzen, und der Vertreter ihres Konsortiums, Bruder Stroß, ist zur Liquidation aufgefordert worden. Es ist also eine Marktlücke entstanden. Vielleicht sogar über Ägypten hinaus, da auch Marokko, Tunesien und Tripolitanien den Fes, wenn auch etwas anders geformt, importieren.«

Georges bat den Franzosen, ihn einen Augenblick zu entschuldigen.

»Sehen Sie hier den *Wantani*, die billigste Qualität«, erklärte Georges und zog aus einer der Schachteln ein becherförmiges Gebilde aus rotem Filz mit schwarzen, nach hinten hängenden Kordeln hervor. »Er kostet zwei Francs fünfundzwanzig. Dann haben Sie hier den *Abassi* für drei Francs fünfzig. Und hier den *Excelsior* zu fünf Francs – sehen Sie den Unterschied? Doch der König der österreichischen Tarbusche, der schickste von allen, ist ohne Zweifel der *Aigle* hier. Fühlen Sie nur, wie weich und seidig der Stoff ist. Spüren Sie's? Der *Aigle* ist seine dreizehn Francs wert!«

Edouard Dhellemmes hatte für ein paar Minuten den Eindruck, es mit einem Straßenhändler zu tun zu haben. Dieser Levantiner war Händler mit Leib und Seele und schien in der Lage, alles, selbst die Ware der anderen, zu verkaufen. Seine samtene Stimme hätte einen fast dazu bringen können, diese Tarbusche aus seidenweichem Stoff zu essen ...

»Und sehen Sie, Monsieur Dhellemmes, seit dem Importstop sind die Preise in die Höhe geschnellt. Man muß die Preise, die ich eben genannt habe, verdoppeln oder verdreifachen. Mit dem Ergebnis, daß manche Kairoer Juden und Syrer überhaupt keinen Tarbusch mehr tragen; sie haben sich dem westlichen Hut zugewandt, der erschwinglicher ist.«

»Der Tarbusch könnte also verschwinden ...«

»Ach wo! Diese Situation ist natürlich vorübergehend. Die Ägypter tragen den Tarbusch seit über hundert Jahren. Sie könnten niemals auf ihn verzichten. Diese Kopfbedeckung ist zu einem nationalen Attribut geworden.«

Georges Batrakani sprach erneut von den Österreichern, die er sehr genau beobachtet hatte und denen seine ganze Bewunderung galt.

»Alljährlich trafen Handlungsreisende aus Wien ein. Sie suchten ihre Kunden auf, um Sonderwünsche und Geschmacksnuancen zu notieren, neue Modeströmungen zu erkunden, manchmal sogar ins Leben zu rufen. Denn auch der Tarbusch ist der Mode unterworfen, und man kann ihn auf unterschiedliche Art tragen.«

Und jetzt stürzte sich mein Großvater in einen ausführlichen Vortrag über die Entwicklung des Tarbusch in Ägypten. Er eilte wieder zu seinem Schrank, um verschiedene Stiche hervorzuholen, die er auf dem Tisch verteilte.

»Das hier ist Mehmed Ali, der Begründer der herrschenden Dynastie. Sehen Sie nur, die eigenartige Kopfbedeckung: Man kann kaum von einem Tarbusch sprechen. Mit Abbas und Said beginnt der Fes, Form anzunehmen und in die Höhe zu wachsen. Doch er ist noch nicht gefüttert. Und schauen Sie sich jetzt Sultan Husein, den derzeitigen Herrscher, an: Es waren die Engländer, die diesen großen und starren, mit Stroh gefütterten Tarbusch einführten, der den Vorteil hat, nicht die Form zu verlieren. Man muß ihn nicht mehr täglich bügeln wie den früheren Tarbusch: einmal in der Woche, das reicht.«

»Ach so, man bügelt den Fes?«

»Selbstverständlich! Überall in der Stadt gibt es Tarbuschbügler, die einem die Kopfbedeckung wieder herrichten.«

Während sein Interesse wuchs, stellte Edouard Dhellemmes immer neue Fragen, die in der Kardinalfrage mündeten: »Was hindert Sie, der Sie den ägyptischen Markt so gut kennen, daran, Ihre Tarbusche selbst herzustellen?«

Georges sah ihn aus großen Augen an.

»Tarbusche in dieser Qualität in unserem Land herstellen? Wo denken Sie hin? Man bräuchte erstklassige Stoffe, Maschinen und qualifizierte Arbeitskräfte. Und vor allem eine straffe Organisation . . . Wo wollen Sie das in Kairo finden? Jeder wird es Ihnen bestätigen: Ägypten besitzt weder die Mittel noch die Berufung zu einem Industrieland. Stellen Sie die Tarbusche in Frankreich her, und ich verkaufe sie Ihnen hier.«

Sie plauderten noch eine gute Stunde und vereinbarten dann, sich später am Eingang des American Cosmograph mit Yolande und Maguy zu treffen.

Der Opernplatz war mit vielen Eimern Wasser vom Staub befreit worden, eine leichte Brise vertrieb die letzte Nachmittagshitze. Heiter und zufrieden überquerte der Franzose den Platz, um seinen *Stambuli*-Tabak zu kaufen. Er fühlte sich immer wohler in dieser von Leben wimmelnden Stadt. Einem mit einem riesigen Glaskrug bewaffneten Straßenhändler, der die Heilkraft des Johannisbrot- und Tamarindenwassers anpries und dabei seine Kupfertiegel zwischen den Fingern klappern ließ, reichte er eine Münze, auch auf die Gefahr hin, sich zu vergiften.

Nachdem er die gereichte Schale in einem Zug geleert hatte, begab sich Edouard in eine benachbarte Gasse, wo ihm Georges einen Tarbuschbügler genannt hatte. Es war ein winziger Laden, in dem auf einem langen Tisch Kupfergefäße verschiedener Größen aufgereiht standen. Die eintretenden Kunden entblößten ihren Kopf und reichten wortlos ihren Tarbusch. Der Ladenbesitzer hob eine der Schalen mit doppeltem Boden, steckte den Tarbusch zwischen die beiden Teile der Gußform und drehte einen Hebel. Dampfwolken stiegen auf. Der Tarbusch wurde nach wenigen Minuten, noch immer dampfend und steif wie ein Brett, hervorgezogen.

Beeindruckt steuerte Edouard daraufhin auf den Ezbekeya-Garten zu, von dessen riesigen Banyanbäumen er gehört hatte. Vor dem Eingang erwartete ihn ein ungewöhnliches Schauspiel: Halbnackte Frauen schrien und sangen mit obszönen Gesten von den Balkonen mehrerer Häuser, offenbar um ausländische Soldaten anzulocken.

Der Franzose zog seines Wegs. Wenn es schon sein mußte, zog er die einsamen Engländerinnen auf der Terrasse des Shepheard's vor . . . Die Vorstellung, die schöne Maguy mit den schlanken braunen Händen im Kino wiederzusehen, versetzte ihn in eine geradezu euphorische Stimmung.

# 4

»Dann sind Sie also im Shepheard's abgestiegen . . .«
Edouard Dhellemmes glaubte im Blick meines Großvaters
eine Mischung aus Anerkennung und Neid wahrzunehmen.
»In meiner Kindheit pflegten wir sonntags zum Shepheard's zu gehen«, sagte Georges nachdenklich.

Sein Vater Elias Batrakani arbeitete damals bei einem syrischen Händler des Muski-Viertels. Er, der nicht zum
Kaufmann geboren war, sah die anderen ringsum immer
reicher werden. Elias aber war kein Mann des Geldes. Es
genügte ihm, den Reichtum aus der Nähe zu betrachten,
ihn zu liebkosen, von ihm zu sprechen.

So führte mein Urgroßvater seine Familie jeden Sonntagnachmittag nach der Zwiebel-*molokheiya* vor dem Shepheard's und im Shubra-Viertel spazieren. Das war seine
Art, den Luxus zu streifen, sich kostenlos daran sattzuse-
hen, den Geschmack der Kinder heranzubilden.

Im Schatten einer Mimose vor dem Hotel postiert, beobachteten die Batrakanis das Treiben auf der Terrasse mit
den beiden Sphinxen. Sie versuchten, das Gesicht eines
österreichischen Prinzen auf der Durchreise oder einer
italienischen Sopranistin auf Tournee auszumachen.
Und sie stellten sich all die Wunder vor, die hinter diesen
aprikosenfarbenen Mauern verborgen waren: die Ara-
besken, die Perserteppiche, die vergoldeten Badewannen, in denen reiche Engländerinnen planschten,
während sie dem Ruf des Muezzin lauschten . . .

»Die Sonne geht bald unter«, sagte Linda Batrakani nach einer Weile. »Wenn wir noch zur Shubra wollen . . .«

Elias rief einen Fiaker herbei, handelte den Fahrpreis aus. Der pummelige Nando wurde neben den Kutscher gesetzt, und man schaukelte bis zum Ende der berühmten Allee, auf der sich die reichsten Equipagen Kairos bei Einbruch der Dunkelheit ein Stelldichein gaben.

Die Shubra war eine mit Eselsfeigen bestandene Allee am Nilufer. Die Zweige der jahrhundertealten Bäume berührten sich und bildeten ein Gewölbe über den Spaziergängern. Man begegnete hier berittenen Prinzen, eine *keffia* aus golddurchwirkter weißer Seide auf dem Haupt; großen Coupés, von Paradepferden gezogen; einem schwarzen Eunuchen im Gehrock mit einer Schar von Haremsdamen, deren Gazellenaugen hinter durchsichtigen Schleiern verborgen blieben . . .

Unterwegs erzählte Elias Batrakani mit seiner schönen Baritonstimme Geschichten auf frankoarabisch, mit italienischen Ausrufen vermischt. Es waren herrliche Geschichten, in denen es von Gold und Tränen triefte; herzzerreißende Geschichten, in denen sich das Schicksal der Helden – Prinzen, Prinzessinnen oder Sklaven – auf prächtigen Feluken oder hinter undurchdringlichen *mucharabeiyas* abspielte. Elias besaß nicht die Ungeniertheit gewöhnlicher Erzähler. Diese noch brühwarmen Geschichten, die sich vor wenigen Jahren vor seiner Haustür zugetragen hatten, ließen ihn selbst vor Vergnügen und Erregung zittern. Und wenn er manchmal etwas dazu erfand, dann nur, um der Wirklichkeit gerecht zu werden, um seinen Tagträumen treu zu bleiben.

Georges' Lieblingsgeschichte war die von Ayn el Hayat, dem kleinen Waisenmädchen, das vom Khediven Ismail aufgezogen wurde und das seinen Sohn Hussein, den zukünftigen Sultan, heiratete. Er kannte die Beschreibung ihrer Hochzeit auswendig.

»Der Khedive wollte vier seiner Kinder gleichzeitig vermählen«, erzählte Elias. »Er bestimmte, daß die Hochzeit einen ganzen Monat dauern sollte. In den Wochen, die auf die Unterzeichnung der Eheverträge folgten, trafen in den vier Palästen unzählige Koffer und Truhen mit Geschirr, Silberbestecken und anderen kostbaren Gegenständen ein: Halsketten, Armbändern, Tiaren, Tschibuks, Rauchgefäßen . . . Die Kostbarkeiten wurden auf Seidenkissen ausgestellt und mit Silberketten vor Dieben gesichert. Dann wurden sie vier Tage lang mit einer großen Eskorte durch die Kairoer Straßen gefahren, damit wir sie bewundern konnten. Ich erzähle euch keine Märchen!«

Auch wir haben Jahrzehnte später noch von diesen Geschichten profitiert. Sie sollten in der Zwischenzeit um weitere Episoden bereichert werden, die sie noch harmonischer, noch wirklicher machten.

*

Nach ihrer Ankunft in Ägypten um 1860 hatten Elias und Linda Batrakani die moderne Stadt vor ihren Augen entstehen sehen. Natürlich war Kairo schon nicht mehr das große mittelalterliche, archaische Dorf, dessen winziges Pferdegespann Panik in den Straßen verbreitete, sobald es den Shubra-Palast verließ. Mohammed Ali und seine Nachfolger hatten Berge von Müll, die mitten in der Stadt vor sich hin faulten, abtragen lassen. Sie hatten dafür gesorgt, daß die Straßen gefegt, gesprengt und beleuchtet wurden. Sie hatten den Sumpf von Ezbekeya trockenlegen, mehrere Paläste am Nil errichten und mit Palmen-, Johannisbrot-, Maulbeer- und Akazienplantagen umgeben lassen.

Doch Kairo behielt im wesentlichen seine alten Strukturen. Erst mit dem Khediven Ismail veränderte die Hauptstadt wirklich ihr Aussehen, wenn nicht gar ihre Natur. »Mein Land gehört nicht mehr zu Afrika. Wir sind Teil Europas . . .«

»Im Jahre achtzehnhundertsiebenundsechzig«, so erzählte Elias seinen Kindern, »war der Khedive aus Frankreich zurückgekehrt, begeistert von dem, was er auf der Pariser Weltausstellung gesehen hatte. Ich sage Khedive und nicht Vizekönig, weil Ismail diesen Titel inzwischen dem Sultan von Konstantinopel abgekauft hatte. Alles ist käuflich, meine Lieben . . .«

Ismail war fest entschlossen, in Kairo den gleichen Weg zu gehen wie Haussmann in Paris. Man mußte sich sehr beeilen, um den Ausländern, die in zwei Jahren zur Eröffnung des Sueskanals kommen würden, das Bild einer reichen und modernen Stadt bieten zu können. Man legte Avenuen an, man entwarf Plätze. Man ließ sogar Barillet-Deschamps, der den Bois de Boulogne entworfen hatte, aus Frankreich kommen, um den Ezbekeya in einen englischen Park mit Grotten, Brücken und kleinen Seen zu verwandeln. Zwei Jahre später war die Stadt übersät mit reichen Fassaden eines Zwitterstils, die unfertige Gebäude, schmutzige Gassen und Elendsviertel kaschierten.

»Denn die Geschichte wartete nicht, meine Lieben. Alle Weltkarten waren soeben für überholt erklärt worden. Ferdinand de Lesseps war es gelungen, eine blaue Linie zwischen dem Roten Meer und dem Mittelmeer zu ziehen.«

Elias erzählte zum hundertstenmal von der glanzvollen Eröffnung des Kanals in Gegenwart von Kaiserin Eugenie, von Kaiser Franz Joseph und neunhundert weiteren hohen Gästen. Bälle, Konzerte, Feuerwerke, Zirkusspiele, Dromedarrennen, Luftfahrzeuge, angestrahlte Gebäude, Frauen, die auf Balkonen sangen . . .

»Verdi war nicht da?« ließ Georges einfließen, um den Erzähler wieder in Schwung zu bringen.

»Aber nein! *Aida*, mit der die neue Oper von Kairo eingeweiht werden sollte, war noch nicht fertig. Dieses Meisterwerk wurde erst im Dezember achtzehnhunderteinundsiebzig gespielt. Aber was für eine Premiere! Auf dem Schwarzmarkt wurden die Plätze für ihr Gewicht in Gold angeboten. Die Damen des Hofes blieben in ihren vergitterten Logen den Blicken verborgen. Man sah nur das Funkeln ihres Geschmeides. Ismail wohnte dem Spektakel, das – haltet euch fest! – von sieben Uhr abends bis halb vier Uhr morgens andauerte, von Angang bis Ende bei. Als der Vorhang schließlich fiel, begann das ganze Publikum stehend zu schreien: ›Hoch lebe der Khedive! Lang lebe der Khedive!‹«

»Und Verdi?«

»Nun, Verdi hat das Mittelmeer nicht überquert! Er haßte Schiffe. Als der Applaus verhallt war, eilte man zum Telegraphen, um Verdi zum Erfolg seines Werkes zu beglückwünschen . . .

Elias kannte ganze Passagen der *Aida* auswendig. In Gegenwart seiner sonntäglichen Gäste ließ er sich nicht zweimal bitten, nach der *molokheiya* mit seiner Baritonstimme etwas vorzutragen.

Man muß dazu sagen, daß ihm die Einweihung des Kanals ein wenig zu Kopfe gestiegen war. Nachdem er seinen ältesten Sohn schon Ferdinand und seine jüngste Tochter Eugenie getauft hatte, sollte sein dritter nun Franz Joseph heißen. Seine Frau beschwerte sich beim Pfarrer von Darb el Gineina. Der zitierte Elias herbei und ließ ihn wissen, er entferne sich auf gefährliche Weise von der Tradition.

»François und Joseph, das geht bei Zwillingen, *habibi*. Bei uns geht so etwas nicht. Außerdem hättest du schon deinen Ältesten nach deinem armen Vater taufen müssen. Er hieß Girgis, nicht wahr?«

Man konnte ihn genausogut Georges nennen. War Ägypten nicht fortan ein »Teil Europas«?

*

»Mit dem Kanal hätte ich um Haaresbreite ein Vermögen gemacht, mein Ehrenwort!« erzählte Elias Batrakani jedem, der es hören wollte.

Dies Vermögen trug die Züge von Habib Sakkakini, Sprößling einer bescheidenen griechisch-katholischen Familie aus Damaskus, die nach Ägypten ausgewandert war. Wie Elias verfügte Habib weder über Geld noch über ein Diplom. Mit fünfundzwanzig erfuhr er eines Tages durch einen Zeitungsartikel von einem Notruf Ferdinand de Lesseps: Fette Ratten fraßen die Essensvorräte der Kanalarbeiter, beschädigten das Baumaterial und übertrugen Krankheiten. Man hätte schon mit allen Mitteln versucht, dieser Plage Herr zu werden. Vergebens. Eine hohe Belohnung erwartete denjenigen, der eine Lösung für die Rattenplage finden würde.

Der junge Sakkakini meldete sich als Freiwilliger. Warum, sagte er sich, nicht eine Schar von Katzen mitnehmen, die sich einen Spaß daraus machen würden, die Ratten zu fressen? Man starrte ihn mit großen Augen an. Doch die Bauleiter hatten nichts mehr zu verlieren. Also wurden Hunderte von Katzen in Käfigen herbeigeschafft. Nachdem man sie zuerst auf Diät gesetzt und dann an strategisch günstigen Punkten freigelassen hatte, säuberten sie die Kanalstrecke im Handumdrehen.

Der Erfinder dieser wissenschaftlichen Rattenvertilgung wurde wenig später befördert und zum Leiter der Trockenlegung der Kairoer Sümpfe ernannt. Auch hier bewirkte er Wunder. Und ein Jahr später dachte man wieder an ihn, als man nämlich einer weiteren Herausforderung gegenüberstand: dem Bau der Kairoer Oper innerhalb von nur sechs Monaten.

Der Khedive überhäufte ihn mit Aufmerksamkeiten. Habib Sakkakini wurde zum Pascha ernannt und war bis nach Konstantinopel bekannt. Sultan Abdel Hamid bot ihm einen Palast in Faggala an, einem Viertel, das noch heute seinen Namen trägt.

»Auf die Idee mit den Katzen war ich selbst auch gekommen«, erklärte Elias. »Doch leider war ich an besagtem Tag zu beschäftigt, um auf den Aufruf zu antworten.«

»Wie schade!« riefen seine Zuhörer wie aus einem Munde und fragten sich, warum sich dieser Unglücksrabe nicht eine Kugel durch den Kopf geschossen hatte.

Der kleine Georges lauschte den Erwachsenen und dachte schweigend nach. Er versuchte, den wahren Grund für den Erfolg des Habib Sakkakini zu finden. Wie avancierte man vom Katzenfänger zum Pascha? Wie erwarb man sich einen Platz unter der aufgehenden Sonne?

## 5

Von Michels elf Tagebüchern ist mir das erste nicht unbedingt das liebste. Man spürt hier allzu sehr das strebsame Kind, das auf der Hut und nicht in der Lage ist, seiner Feder freien Lauf zu lassen. Der feinfühlende und launenhafte Junge der späteren Jahre schimmert durch diese wie eine Hausaufgabe verfaßten Seiten noch nicht hindurch. Lernte man bei den Jesuiten, seine Gefühle derart im Zaum zu halten? Oder ist Michels Reserviertheit vielmehr auf die Angst zurückzuführen, sein geheimes Tagebuch könnte in die neugierigen Hände von Mademoiselle Guyomard fallen?

*15. Mai 1916*
*Der Pater Direktor und die Patres Präfekten sind gestern zum Palast gegangen. Der Sultan aber hat sie nicht begrüßen können, weil er in einer Unterredung mit dem Finanzminister war. Dafür wurden sie von Zulfikar Pascha, dem Großkämmerer, sehr freundlich empfangen, der ihnen gesagt hat: »Seine Hoheit ist äußerst angetan von seinem Besuch im Collège. Gestern abend beim Essen hat er mehrmals wiederholt: Wer seinen Kindern eine gute Erziehung und Bildung zukommen lassen will, muß sie zur Sainte Famille schicken und nirgendwohin sonst.«*

Die Jesuiten wußten sich des arabischen Telefons zu bedienen und hatten das Kairoer Bürgertum über ihre Schüler wissen lassen, wie beeindruckt der Sultan von ihrem Collège war.

Als Michel seinem Vater davon erzählte, gab sich dieser gekränkt.

»Das ist nicht sehr nett gegenüber den Brüdern der christlichen Schulen, die ich einst besucht habe . . .«

Seine Kinder zu den Jesuiten zu schicken, war für meinen Großvater ein Zeichen sozialen Aufstiegs gewesen. In der Familie seiner Frau besuchten alle Jungen dieses Collège. Es war das teuerste von ganz Kairo, das mit den schwersten Aufnahmebedingungen und – der Sultan hatte recht – das mit der besten Ausbildung.

Die Jesuiten waren 1879 nach hundertjähriger Abwesenheit nach Ägypten zurückgekehrt mit dem Auftrag von Papst Leo XIII., die schismatischen Kopten, die es wagten, sich auf den Namen der Orthodoxen zu berufen, in den Schoß der Kirche zurückzuholen. Dazu hatte man ein kostenloses Seminar in Kairo und eine Mission in Oberägypten vorgesehen. Das Collège der Sainte Famille erschien nicht im Programm. Die Jesuiten hatten es in einer Eigeninitiative ins Leben gerufen und damit den Zorn der Brüder der anderen christlichen Schulen geweckt, die bis dahin das Bildungsmonopol innehatten . . . Schließlich aber hatten alle Diener des Herrn ihren Platz am Ufer des Nils gefunden. Stillschweigend hatte man sich auf eine Arbeitsteilung geeinigt: Während die Brüder das Gros der Schäfchen aufnahmen, waren die elitäreren Jesuiten die einzigen, die Griechisch und Latein lehrten.

*18. Mai 1916*

*Victor Levy haßt mich. Seit dem Besuch des Sultans im Collège hat er kein Wort mehr mit mir gesprochen. Er hat zu allen anderen gesagt, ich sei »der Liebling von Penalty«. Ich bin sicher, daß er es gewesen ist, der meine Seidenraupe weggeworfen hat.*

Der einzige Jude der Klasse hatte die Geschichte mit *Le La-*

*boureur et ses Enfants* nicht verwinden können. Da er der Beste im Vortragen war, fühlte er sich betrogen: Hätte nicht ihm das Recht zugestanden, das Gedicht vor dem Sultan aufzusagen?

Michel mußte im Innern zugeben, daß sein Zweier im zweiten Trimester nicht an Victor Levys Einser herankam. Die Sache belastete ihn immer mehr, bis er sich fragte, ob er sie nicht bei der Beichte vortragen müsse. Doch um welche Sünde ging es eigentlich? Diese Rubrik war im Katalog der anerkannten Greueltaten gar nicht vorhanden. Und wenn er eine Sünde begangen hatte, so doch zusammen mit Pater Korner. Und da es gewöhnlich Pater Korner war, der den Quintanern die Beichte abnahm . . . Kurz, alles sprach dafür, dieser Angelegenheit kein religiöses Nachspiel folgen zu lassen.

Die großen Ferien rückten näher. Man mußte nur noch das alljährliche Fest von Pater Direktor mit den Gaben für die Armen vorbereiten. Michel und sein Bruder André würden Reis und Linsen bringen, manche Kinder aber würden an diesem Tag großes Aufsehen erregen, wenn sie, gefolgt von ihrem Diener, der eine lebende Ente im Arm trug, oder ein Schaf an der Leine führte, im Collège Einzug hielten.

Von Mitte Juni an würde ganz Kairo, der Sultan voran, für mindestens drei Monate nach Alexandria in die Sommerfrische fahren. Michel träumte schon vom Strand des Casinos San Stefano, wo er, wie schon im vergangenen Jahr, mit seinen Brüdern und seinen Vettern schwimmen würde. Die Jüngsten trugen einen großen Kürbis als Schwimmring um die Taille. Die reichen Mohammedanerinnen kamen morgens in ihren mit Kindern vollgepackten Wagen. Neben dem Kutscher saß ein schwarzer, sehr häßlicher Eunuch mit einer merkwürdigen Stimme, auf den man heimlich mit dem Finger zeigte, auch wenn man sich vor ihm fürchtete.

*

Die Ferien waren die Gelegenheit zu großen Familientreffen in der Villa der Verwandten aus Alexandria.

Maguy verwirrte alle mit ihrer gewagten Sommerkleidung, während sich der dicke Nando vor einem Berg von Garnelen, Goldbrassen und gegrillten Sardinen über Stunden den Bauch vollschlug. Doch der wirkliche Star dieser endlosen Mahlzeiten war mein Urgroßvater, der alte Elias Batrakani, der mit seiner leicht heiseren Stimme seine Zuhörer dreißig Jahre zurückversetzte und nicht müde wurde, von der englischen Besatzung zu erzählen.

»Achtzehnhundertzweiundachtzig hatte der Aufstand von Orabi – der Teufel soll ihn holen – Panik unter den europäischen Ausländern verbreitet. Sie ergriffen scharenweise die Flucht, sei's mit dem Zug oder mit dem Schiff. Und wir – *ya haram*! – wir hatten nicht einmal den Status französischer Schutzbefohlener, der uns ermöglicht hätte, uns einem Sonderkonvoi nach Palästina anzuschließen . . .«

Während der Ereignisse von 1882 hatten sich die Batrakanis, halbtot vor Angst, in ihrem Haus verkrochen. Die Bombardierung von Alexandria durch die Engländer hatte die verrücktesten Gerüchte in Gang gesetzt.

»Die britische Flotte ist zerstört, Admiral Seymour wurde gefangengenommen«, verkündete unser trotteliger armenischer Nachbar. Jeden Tag erwartete eine übernervöse Menge am Bahnhof von Bab el Hadid die angebliche Ankunft des Admirals. Und jeden Tag wurde ein falscher Seymour vor dem Bahnhof festgenommen und unter höhnischem Gelächter durch die Straßen der Stadt geführt . . .

Die Engländer hatten kurzen Prozeß mit der Armee von Orabi gemacht. Doch die Batrakanis atmeten erst am 14. September auf, als die Reiter von General Drury Lowe in der Dämmerung nach einer hundert Kilometer langen Jagd durch die Wüste auf die Avenue Shubra gesprengt kamen.

»Wir standen auf dem Balkon«, erzählte Elias. »Die Lanzenreiter, die vorneweg galoppierten, hielten, als sie ein Minarett erblickten, plötzlich an und schrien: *Allahu akbar!* Sie waren Moslems! Welch Entsetzen . . . Zum Glück wurden wir bald beruhigt. Wenige Tage später habe ich Nando mit zur Place de l'Opéra genommen, um der ersten Parade der Besatzungstruppen beizuwohnen. Weißt du noch, Nando?«

Der Fischesser nickte mit vollem Munde. Er konnte sich sehr genau an diesen Tag erinnern: Die Stiefel mit Staub bedeckt, hatte er stolz neben seinem Vater gestanden, den Geruch der Pferde tief eingesogen, während in seinen Ohren das Hufgeklapper dröhnte.

»Was für ein Schauspiel, meine Kinder!« fuhr Elias fort. »Die Parade der Sieger von Tell el Kebir wurde von zwei kugeldurchlöcherten Flaggen eröffnet. Zwanzigtausend Männer folgten, ohne Pauken und Trompeten. Ihr Schweigemarsch machte alles noch viel eindrucksvoller. Es war ein Fest der Uniformen und Farben. Beim Anblick der scharlachroten Westen der Artilleristen, der perlgrauen Hosen der Infanteristen, der Faltenröcke der schottischen Regimenter, der indigoblauen Kleidung und der Turbane der indischen Kavallerie hätte man meinen können, fünf oder sechs fremde Armeen hätten gleichzeitig das Land besetzt!«

An diesem berühmten Septembertag 1882 war Elias Batrakani frühzeitig erschienen, um seine Photoausrüstung aufzustellen. Mit Hilfe des kleinen *Barbarin* hatte er das

Stativ, das Schiebegestell, die Objektive, die Camera Obscura und ein gutes Dutzend Kassetten mit den photographischen Platten auf dem Rücken eines Esels transportiert. Wie immer in solchen Fällen drängten sich die Schaulustigen um ihn. Der Künstler verschwand unter dem schwarzen Tuch, das wegen der Hitze mit weißem Baumwollstoff überzogen war, und war eine Ewigkeit mit den Einstellungen beschäftigt. Dann, plötzlich verursachte er einen Blitz und löste Hurrarufe aus.

Nando war damals noch zu jung, um zu begreifen, daß sein Vater gar kein leidenschaftlicher Photograph war. Denn Elias war es wohl wichtiger, gesehen zu werden, als etwas durch sein Objektiv zu sehen. Da ihm die Mittel fehlten, sich eine Villa, einen Tilbury oder einen *soffraghi* in Livree zu leisten, machte sich dieser falsche Bilderjäger mit seinem schwarzen Kasten wichtig, um die Phantasie anzuregen. Seine Wohnung in Faggala hing voll mit banalen, schlecht gerahmten Photographien, die er aus Nachlässigkeit hatte vergilben lassen. Ganz zu schweigen von den Platten, die nie entwickelt worden waren und sich in einer Hutschachtel türmten.

»Erinnerst du dich an den Jesuiten, Nando?«

Auf dem gegenüberliegenden Gehsteig verhandelte ein Jesuit, von kleinen koptisch-katholischen Seminaristen begeleitet, mit einem britischen Soldaten, um die Straße überqueren zu können. Er erhielt schließlich die Erlaubnis und eilte zwischen zwei Schwadronen über die Chaussee. Die Seminaristen liefen hinterdrein mit ihren schwarzen Soutanen, ihren kurzen Mänteln und ihren granatfarbenen Tarbuschen. Bei ihrem ersten Spaziergang in der Stadt seit Ende der Kriegshandlungen sollten diese Kinder armer Leute die Parade zu sehen bekommen. Doch was sie am meisten interessierte, war Elias Photoapparat.

Der französische Jesuit drängte sich neben den Künstler, so daß Nando einen Schritt zur Seite weichen mußte.

»Armes Frankreich!« sagte er mit gesenkter Stimme. »Und wenn man bedenkt, daß unsere Schiffe, die schließlich vor Alexandria lagen, den Befehl erhielten, nicht an der Schlacht teilzunehmen, sondern das Weite zu suchen! Armes Frankreich! Frankreich hätte das Kreuz hier aufpflanzen müssen. Indem Er diese Aufgabe anderen anvertraute, hat Gott es sicher für seine Verbrechen bestrafen wollen.«

Und sich Elias zuwendend, hatte der Geistliche mit ernster Stimme hinzugefügt:

»Ich weiß nicht, Monsieur, ob Ägypten christlicher wird, doch es steht zu befürchten, daß es englischer wird.«

# 6

Edouard Dhellemmes sollte am 15. Juni 1916 nach Frankreich zurückreisen. Wenige Tage vor seiner Einschiffung nach Marseille hatten ihn meine Großeltern ins französische Krankenhaus von Abbassia mitgenommen, um einer musikalischen Darbietung von in Kairo lebenden Syrern für die in den Dardanellen verwundeten Soldaten beizuwohnen.

Edouard erwartete sie vor der Terrasse des Shepheard's. Diesmal trug er keinen Kanotier, sondern einen schicken Tarbusch.

»*Mabruk*!« rief Georges Batrakani, um ihn zu diesem Novum zu beglückwünschen.

Automatisch wollte Edouard seinen Kopf entblößen, um Yolande und Maguy, die in der Kalesche saßen, zu begrüßen, doch sein Tarbusch fiel bei dem Versuch zu Boden. Ein einbeiniger Bettler eilte herbei, um ihn aufzuheben.

»Mein lieber Freund«, sagte Georges mit einem Lächeln, »man entblößt bei uns nicht den Kopf vor den Damen, nicht einmal vor dem Sultan. Übrigens, Sie sollten ihn anders handhaben, als Sie es tun. Ein Tarbusch ist kein Hut: Man hält ihn mit beiden Händen.«

Mit diesen Worten nahm Georges dem Bettler den Hut mit beiden Händen ab und schraubte ihn auf den Kopf des Franzosen.

»So. Er steht Ihnen gut zu Gesicht. Man muß ihn etwas seitlich tragen, das ist eleganter . . . Doch an Ihrer Stelle hätte ich einen etwas helleren Farbton gewählt. Mit ihrem Teint . . .«

Edouard errötete bis in die Haarwurzeln. Yolande fand ihn charmant, Maguy zum Anbeißen.

Im größten Raum des Krankenhauses, der mit Blumen und Trikoloren geschmückt war, hatte man die Überlebenden der Dardanellen Platz nehmen lassen. Ihnen gegenüber scharten sich die Levantiner in ihrer Sonntagskleidung um den französischen Minister, der sie zu dieser Initiative beglückwünschte.

Ein syrischer Anwalt stimmte, begleitet von einem Chor, die Marseillaise an. Maguy neigte sich zu Edouard und flüsterte ihm zu: »Er ist der Präsident der Anwaltskammer. Eine schöne Stimme, nicht wahr? Ich glaube, er wird auch *La Madelon*\* singen. Gleich werden Sie eine meiner kleinen Cousinen hören. Zouzou, sie ist ein Schatz. Sie trägt selbstverfaßte Gedichte vor . . .«

Maguy sprach mit ihren schönen brauen Händen und ließ ihre Armbänder klirren. Ihr Parfum betäubte Edouard, der unter seinem Tarbusch zu schwitzen begann. Er vergaß zu klatschen, als die junge Zouzou auftrat, die ein blau-weiß-rotes Kleid und eine Jakobinermütze trug . . .

Als sie wieder in der Kalesche saßen, gab der Franzose seinem Erstaunen Ausdruck.

»Ich war nicht auf so viel Wohlwollen Frankreich gegenüber gefaßt!«

Georges lächelte und schnupperte an seiner Zigarre.

»Was wollen Sie, junger Freund, manche haben französisches Blut in den Adern. Andere sind aufgrund ihres französischen Wohnsitzes Franzosen. Und wir sind mit dem Herzen Franzosen.«

\* 1914 in Paris entstandenes Lied, das im Zweiten Weltkrieg häufig gesungen wurde, A.d.Ü.

Edouard war gewiß nicht der erste, dem mein Großvater dieses Verschen aufsagte. Doch es klang ehrlich und wurde gern gehört.

»Ich hätte nie gedacht«, fuhr der Franzose fort, »daß in einem seit dreißig Jahren von den Engländern besetzten Land . . .«

»Na und? Die Engländer haben die politische und wirtschaftliche Macht. Wir respektieren sie. Aber wir schätzen sie nicht.«

Yolande mischte sich ein.

»Wenn dein Vater dich hören könnte, Georges!«

Er kaute nachdenklich an seiner erloschenen Zigarre.

»Ja, das stimmt, mein Vater hat die Engländer sehr geschätzt . . .«

## 7

Ich glaube, die Anglophilie von Elias Batrakani hing mit seiner Beamtenmentalität zusammen. Mein Urgroßvater war nun mal so: Er liebte seine Vorgesetzten. Und wäre Ägypten von den Russen besetzt gewesen, so wäre er eben russophil gewesen; wäre es von den Chinesen eingenommen worden, so wäre er pro-chinesisch gewesen.

Seine Söhne Nando und Georges waren nicht aus demselben Holz geschnitzt, sie, die gerne von sich sagten: »Den Handel, den haben wir im Blut.«

Das Blut muß wohl eine Generation übersprungen haben. Im Gegensatz zu seinen so begabten Söhnen und seinem eigenen Vater, der mit seinen Taftstoffen in Aleppo Wunder bewirkt hatte, war Elias Batrakani nicht geschäftstüchtig. Schon 1883 verließ er sein Kontor im Muski-Viertel, um sich begeistert schneeweiße Manschetten überstülpen zu lassen. Die Engländer stellten ihn ein. Um die lokale Verwaltung zu übernehmen und umzugestalten, suchten sie verläßliche Mittelsmänner, die Arabisch, aber auch andere Sprachen sprachen und ein Minimun an Allgemeinbildung erworben hatten. Nur wenige Moslems oder Kopten wurden diesen Anforderungen gerecht.

»Wir Syrer sind für die Engländer ein Geschenk des Himmels«, pflegte Elias damals zu sagen. »Was wollt ihr, wir sind eben gebildet.«

Mein Urgroßvater besaß in Wirklichkeit nichts weiter als einen Volksschulabschluß . . . Doch er sprach Arabisch und Französisch, kam ganz gut auf italienisch zurecht und radebrechte einige Brocken in Englisch. Seine Stimme machte gewaltigen Eindruck. Und er wußte sich zu kleiden – weit über seine Verhältnisse hinaus. Man stellte ihn im Bauministerium ein, Gehaltsstufe vier, mit dem Titel *wakil idara*, was so viel bedeutete wie stellvertretender Abteilungsleiter.

Elias hielt große Stücke auf Hauptmann Simpson, seinen direkten Vorgesetzten. Simpson hier, Simpson da . . . In jedem Gespräch, sei es über Politik, Wirtschaft, Religion oder Botanik, zitierte der *wakil idara* mit ernster Miene dieses rötlich-blonde Orakel mit dem Bürstenschnauzbart, das in der Armee von Indien gedient hatte.

»Wir haben Ägypten besetzt, um die Europäer, die dort leben, zu verteidigen, und um die Macht des Khediven zu festigen«, erklärte Hauptmann Simpson. »Wir sind nur vorübergehend hier. Wir verlassen dieses Land, sobald es saniert und umstrukturiert und in der Lage ist, sich selbst zu verwalten . . . Manche zarten Pflanzen bedürfen eben einer Stütze, um gerade zu wachsen.«

Doch die Jahre vergingen, und die Stütze schlug Wurzeln. Ägypten räumen? Davon war bei Hauptmann Simpson, der dreimal die Woche im Khedivial Sporting Club Polo spielte, nicht mehr die Rede. Das »zarte« Land erschien Großbritannien mehr denn je als ein wichtiger strategischer Stützpunkt auf dem Weg nach Indien. Nachdem Großbritannien den Sueskanal während seiner Planung so verunglimpft hatte, war es jetzt sein Hauptbenutzer und -nutznießer.

»Die Engländer sind zu Anhängern des Kanals geworden«, bemerkte Elias Batrakani 1890 triumphierend, so als wäre er selbst der Urheber dieser Sinnesänderung.

Doch der Bauminister war bereits mit einem anderen Wasserprojekt, einer anderen Heldentat beschäftigt: der

Bändigung des Nils durch britische Ingenieure. Hauptmann Simpson bediente sich diesbezüglich endgültiger Feststellungen, die Elias mit dem Ernst eines Evangelisten bei den häuslichen Mittagessen wiedergab, fest davon überzeugt, bei seinem Cousin Rizkallah, dem Journalisten, damit Eindruck zu machen.

»Ohne den Nil, sagt Hauptmann Simpson, wäre Ägypten nichts als ein ödes Wüstenland. Doch der Nil sei auch stets eine Falle für Ägypten gewesen, indem er im Winter zu viel und im Sommer zu wenig Wasser führt. Dieses Wasser muß optimal genutzt und systematisch und gerecht verteilt werden. Das ist sowohl ein moralisches als auch ein wissenschaftliches Problem. An beidem fehlte es vor unserer Ankunft, achtzehnhunderzweiundachtzig, auf bedenkliche Weise.«

Elias sprach diese Worte gravitätisch aus und wunderte sich fast, daß der Journalist sich keine Notizen machte. Der kleine Georges sperrte die Ohren auf. Im Gymnasium hörte er nur von der Rhône und der Saône, von den Pyrenäen und dem Zentralmassiv und von den französischen Départements . . . Ägypten war im Lehrplan nicht vorgesehen.

»Simpson sagt, der Verlauf, die Neigung und das Fassungsvermögen der Bewässerungskanäle seien vor langer Zeit und völlig unsystematisch entworfen worden. Um sie auszuschlämmen, hatten ständig Tausende von Fellachen unter der laienhaften Aufsicht französischer Ingenieure mobilisiert werden müssen. Dabei wurden Bewässerung und Drainage verwechselt, so als könnte man Venen und Arterien eines Organismus einfach vertauschen! Die Kanäle waren randvoll und lieferten Bewässerung, obwohl sie der Entwässerung dienen sollten. Das mit Salzen gesättigte Wasser ergoß sich über die Felder, es war eine Katastrophe . . .«

Linda, meine Urgroßmutter, unterbrach den Redner, um die *molokheiya* oder die *kobeiba labaneiya* zu servieren. Der Cousin Rizkallah nutzte den Augenblick, um gegen die Engländer zu sticheln, denn seine Zeitung AL AHRAM wurde von Frankreich unterstützt. Mit seiner schönen Baritonstimme, ein wenig behindert durch die Fleischstückchen, die er gerade im Mund hatte, konnte Elias indes die Aufmerksamkeit seiner Zuhörer wieder gewinnen. Er zitierte respektvoll die Namen der neuen Helden des Nils: Mister Reid, Major Brown, Oberst Ross . . . Diese großen Meister regelten nicht nur Be- und Entwässerung, sondern hatten auch das Staudammprojekt an der Spitze des Deltas in die Wege geleitet.

»Seitdem der Damm errichtet ist, bleiben die beiden Arme des Nils im Mai und Juni völlig trocken«, hatte der Journalist einzuwenden.

»Das ist wahr«, erwiderte Elias verärgert. »Der einzige Vorwurf, den man dem Damm machen kann, ist, daß er zu gut funktioniert. Unsere anglo-indischen Ingenieure werden dafür sorgen, daß ein Teil des Wassers bis zum Meer ablaufen kann. Aber ich ertrage nicht« – dabei warf er Rizkallah einen scharfen Blick zu –, »ich ertrage nicht dies Hohngelächter der Franzosen, die ganz offensichtlich den Himmel anflehen, daß ein Unglück mit dem Damm passiert!«

Dann verkündete er in vertraulichem Ton, als bedauere er, es in Gegenwart der Presse auszusprechen: »Unsere Ingenieure sind mit den Plänen des großen Auffangbeckens, das – haltet euch fest – vier Milliarden Kubikmeter faßt, ein gutes Stück vorangekommen. Wo soll man diesen riesigen Wasserspeicher bauen? Bei Assuan, beim Wadi Halfa oder im Faijum-Becken? Simpson tendiert zum Faijum-Becken . . .«

Der kleine Georges brannte darauf, diese allmächtige Person, von der er so oft hatte reden hören, leibhaftig zu sehen. Die Gelegenheit sollte sich schließlich im März 1891 bieten.

»Morgen nachmittag fällt der Spaziergang auf der Shubra aus«, hatte Elias seiner Familie stolz verkündet. Hauptmann Simpson lädt uns nach Gasira zu einer Militärparade ein.«

Der einzige Wasserhahn der Etage lief den ganzen Sonntagmorgen. Man seifte sich eifrig ein, warf sich in Schale. Linda wollte ihr violettes Kleid unbedingt noch mit Volants versehen und bat die armenische Nachbarin um Hilfe. Die beiden Frauen nähten den ganzen Samstagabend bei Kerzenlicht. Elias selbst hatte trotz seines überlegenen Gehabes entsetzliches Lampenfieber.

Mrs. Simpson war eine Art Paradepferd mit höhnisch geblähten Nüstern. Sie würdigte diese feingemachten Levantiner kaum eines Blickes und setzte ihre Unterhaltung mit den englischen Damen ihrer Kreise fort. Der Hauptmann, heute besonders elegant, trug eine weiße Weste, schwarze Hosen und einen granatfarbenen Tarbusch. Er wurde nicht müde, Damenhände zu küssen. Sein rötlicher Schnauzbart, hart wie ein Besen, jagte Linda einen heißen Schauer über den Rücken.

Die Tribünen waren so elegant wie für ein Pferderennen in Ascot. Der Khedive Taufik spielte nur eine Statistenrolle neben Sir Evelyn Baring, dem Generalkonsul Großbritanniens. Armer Taufik! Weder sein leuchtend roter Anzug noch sein schwarzer Bart vermochten ihm einen Schein von Persönlichkeit zu geben. Zu seiner Linken erdrückte ihn der zukünftige Lord Cromer mit seiner breiten Statur, seiner Energie, seiner Intelligenz, seiner Bildung, seiner Macht . . .

Zwei Militärkapellen wechselten sich ab. Man sah nacheinander Infanterie, Kavallerie und Artillerie. Der Höhepunkt des Festes war die Rekonstruktion des Angriffs eines englischen Lagers im Sudan. Hatten die Truppen von Sirdar Grenfell* und von Oberst Kitchener nach Jahren bitterer Enttäuschung in dieser ägyptischen Kolonie den teuflischen Mahdisten nicht endlich eine schwere Niederlage beigebracht?

Vor den Tribünen fielen die pechschwarzen Sudanesen mit ihren Lanzen und barbarischen Schreien über das englische Lager her. Dann veranstalteten sie eine ziemlich lächerliche Fantasia**, um ihren Sieg zu feiern. Plötzlich aber hörte man Gewehrschüsse und Kanonendonner. Englische Infanteristen, von der Kavallerie unterstützt, strömten von allen Seiten herbei. Im Handumdrehen zersprengten sie die sudanesische Meute und pflanzten erneut ihr Banner auf. Das Publikum klatschte stehend Beifall, während die beiden Kapellen *God save the Queen* anstimmten.

»Ein perfektes Schauspiel«, meinte Elias auf dem Rückweg. »Es war bis ins kleinste Detail rekonstruiert.«

»Es fehlten nur die ägyptischen Soldaten des Sudan, die von den englischen Offizieren so heldenhaft ins Feuer geschickt wurden«, entgegnete seine Frau mit einem politischen Gespür, das man ihr gar nicht zugetraut hätte.

Linda, die so stolz auf ihr lilafarbenes Kleid mit den Volants gewesen war, hatte unter dem verächtlichen Blick der Mrs. Simpson unendlich gelitten.

---

*   Sirdar = Titel des englischen Oberoffiziers, der die Truppen des Khediven in Ägypten befehligte; A.d.Ü.
**  arabisches Reiterkampfspiel; A.d.Ü.

## 8

Der Besuch des Sultans im Collège war von den Jesuiten bis ins kleinste Detail vorbereitet worden. Unterstützt wurden sie dabei vom Großkämmerer, Zulfikar Pascha, einem ihrer früheren Schüler. Das sollte Michel aber erst sieben Monate später durch eine Unachtsamkeit von Pater Korner klar werden.

*20. Dezember 1916*
*Heute habe ich begriffen, weshalb Victor Levy nicht das Ge-*
*dicht vor dem Sultan aufgesagt hat! Seinen Einser hatte er für*
*»Le Lac« von Lamartine bekommen. An diesem Tag aber*
*MUSSTEN wir La Fontaine durchnehmen, um dem Sultan eine*
*Freude zu machen. Pater Korner hat also den Schüler mit der be-*
*sten Note für »Le Laboureur et ses Enfants« ausgewählt. Das*
*habe ich Victor Levy zu erklären versucht, doch er hat den Kopf*
*abgewandt. Er spricht nicht mehr mit mir und nennt mich wei-*
*ter den »Liebling von Penalty«. Ich hasse ihn.*

Victor Levy täuschte sich. Denn wenn die Jesuiten einen Liebling unter den Batrakanis hatten, dann nicht Michel, sondern seinen älteren Bruder André. Dieser großherzige Junge war einer von denen, die ihnen »den größten Trost« zu geben vermochten.
André war zusammen mit fünf anderen Schülern der Quarta in den Weihnachtsferien 1916 für eine einwöchige Reise nach Oberägypten ausgewählt worden. Eine Reise,

die vor allem dazu bestimmt war, ihnen die Mission von Minia, den großen Stolz der Gesellschaft Jesu, zu zeigen.

Mein Onkel brach als Forscher auf: Bis dahin war es keinem Mitglied der Familie in den Sinn gekommen, sich in südlicher Richtung von Kairo vorzuwagen. Diese barbarischen Gefilde waren den europäischen Touristen vorbehalten, auch wenn sie damals noch dünn gesät waren. Nicht uns Levantinern, die wir natürlich dem Norden, dem Mittelmeer, der Moderne zugewandt waren ...

Die sechs Schüler hatten sich am Bahnhof Bab el Hadid verabredet. Trotz der frühen Morgenstunde war die große Halle schon von einer lärmenden Menge erfüllt. Die mehr oder weniger offiziellen Lastenträger in ihren schmutzigen *gallabeyas* zerrten die Reisenden an den Ärmeln und stritten sich um ihr Gepäck. Eine Lokomotive spuckte ihnen regelmäßig ihren Dampf ins Gesicht.

Es war Andrés erste Reise ohne seine Familie, und er war ganz euphorisch. Mademoiselle Guyomard würde nicht da sein, um ihn ständig zu bedrängen, auch wenn sie darauf bestanden hatte, sein Gepäck vorzubereiten.

In der Bahnhofshalle priesen fliegende Händler lautstark ihre Waren an. Ein Affenführer warf sein Tier in die Gruppe der Schaulustigen und stieß dabei einen Fellachen zu Boden. Alles lachte. Ein starker Geruch von Raubtier und Kümmel stieg von dieser brodelnden Menge auf.

Hin und wieder wurde der Bahnhofslärm vom Schrei eines Esels übertönt, der sich zu den Schaltern verirrt hatte. Niemand schien sich deshalb Gedanken zu machen, außer vielleicht ein englischer Polizist, der, mit einer Peitsche bewaffnet, Mensch und Tier im Lokomotivendampf überwachte.

André wurde von einem schwarzen, düster dreinblickenden Eunuchen, der den Weg für eine Prozession von verschleierten Damen freimachte, angerempelt. Sie zogen zum Bahnsteig Nummer eins, um den Zug nach Alexandria zu nehmen. Schweigend stiegen sie in das für sie reservierte Abteil, dessen Tür mit einem Schlüssel hinter ihnen verschlossen wurde.

Wohin fuhren sie, diese Geheimnisvollen? Nur nach Alexandria? Oder weiter nach Europa? Man erzählte sich, manche Damen der hohen türkischen Gesellschaft würden auf diese Weise bis zum Schiff geleitet, kaum aber seien sie an Bord, würden sie sich in ihre Kabinen stürzen, um in Kleider der neusten Pariser Mode zu schlüpfen . . .

Als er sich eine halbe Stunde später vom Zug nach Minia sanft hin- und herschaukeln ließ, mußte André an das verriegelte Damenabteil denken. Er stellte sich in der Mitte dieser Frauen vor, wie er ihnen gelegentlich ein Lachen, ein Geheimnis entlockte. Milchweiße Gesichter unter schwarzen Schleiern, mit Rosenwasser parfümierte Zigaretten, sehr schlanke, sehr sanfte, sehr kühne Hände . . . Er verjagte diese schlechten Gedanken alsbald, blickte aus dem Fenster und sah mit *bersim* und Baumwolle bepflanzte Felder vorüberziehen.

Diese Ebene ohne jede Erhebung wurde von einer Vielzahl kleiner, silbrig schimmernder Kanäle durchzogen. Nur ein paar graue, würfelförmige, an Palmen geduckte Häuser unterbrachen die Monotonie der Landschaft. Hin und wieder war ein nackter Fellache zu sehen, der neben die Schienen pinkelte, wobei sein schwarzes Geschlecht in der Sonne glitzerte.

*

Am Bahnhof von Minia wurden die sechs Kinder und der sie begleitende Jesuit von Pater Choquet, einem Mitglied der Mission, erwartet. Er ließ sie in eine offene Kutsche steigen, die von einem alten Klepper gezogen wurde. Der mußte nach hundert Metern anhalten, um eine lärmende Prozession passieren zu lassen.

»Schon wieder diese verdammten Protestanten« knurrte der Missionar. »Mit ihrer großen Trommel und ihren Tamburinen versuchen sie, die Kinder anzulocken. Mit viel Reklame eröffnen die Sekten neue Schulen.«

Als sich der erste französische Jesuit 1887 zusammen mit einem syrischen Bruder in Minia niedergelassen hatte, zählte die Stadt nur eine Handvoll koptischer Katholiken. Man mußte kämpfen, um diese magere Herde zu vergrößern. Der beste Weg, die orthodoxen Kopten zu konvertieren, war der, kostenlosen Unterricht anzubieten, doch die Protestanten wandten inzwischen die gleiche Taktik an ...

Am nächsten Tag sollten André und seine Kameraden mit Pater Choquet auf »apostolische Erkundung« gehen. Sie standen schon im Morgengrauen auf und kletterten noch schlaftrunken auf die Rücken der kleinen grauen Esel, die vor dem Haus der Schwestern auf sie warteten. Sie ließen sich im Trott bis ans Ende der Stadt tragen, wobei ihre Füße fast über den Boden schleiften.

Am Ufer des Kanals angelangt, verlangsamten die Tiere automatisch den Schritt, wie um sich auf diese seit Jahrhunderten erstarrte Landschaft einzustellen. Sie trafen auf hochnäsige Kamele, die mit Zuckerrohr beladen waren und deren dumpfer Schritt kleine Staubwolken aufwirbelte. Schlanke, schwarzgekleidete Frauen, einen Krug auf dem Kopf, zogen bei ihrem Anblick den Schleier vors Gesicht und hielten ihn mit den Zähnen fest. Andere hockten schwatzend am Wasser und wuschen Wäsche und Geschirr, während von überallher barfüßige, zerlumpte Kinder mit fliegenbedeckten Gesichtern auftauchten.

Um acht Uhr morgens hielt Pater Choquet vor dem Haus einer koptischen Familie an, die unlängst zum Katholizismus übergetreten waren. Der völlig verschmutzte Fellache, der von seinen Feldern herbeigeeilt kam, um *Abuna Shawki* zu begrüßen, war dürr wie eine Bohnenstange. Der runde Bauch seiner Frau aber ließ auf eine baldige Taufe hoffen. Es würde ihr zwölftes Kind sein.

Das Haus aus ungebrannten, mit Nilschlamm verputzten Ziegeln war mit einem ärmlichen Strohdach versehen, auf dem sich getrocknete, mit der Hand geknetete Kuhfladen stapelten, die als Brennstoff dienten. Hühner rannten zwischen den Besuchern umher. Die Einrichtung beschränkte sich auf einen großen türlosen Schrank und mehrere Matratzen, die auf dem gestampften Boden lagen.

»Viele der schismatischen Bauern wissen sich nicht einmal zu bekreuzigen«, erklärte der Jesuit auf französisch. »Nach ihrer Religion befragt, zeigen sie einem nur ihr Handgelenk mit dem tätowierten Kreuz. Das ist nicht verwunderlich: Die schismatischen Pfarrer suchen die Fellachen nur einmal im Jahr auf – zur Erntezeit und dann auch nur, um ihren Zehnten einzufordern. Diese Priester sind selbst auf beschämende Weise unkultiviert. Als ich einen von ihnen nach dem genauen Zeitpunkt der Heiligen Messe fragte, an dem unser Herrgott auf den Altar herabkommt, hat er mir zu antworten gewagt: »Aber Er ist doch allmächtig. Er kommt, wann er will!«

Am Ende des Dorfes hatten André und seine Kameraden ein aufreibendes Erlebnis. Pater Choquet, der fest im Sattel seines Esels saß, führte den Zug an. Plötzlich begannen moslemische Kinder, die sich hinter einer Mauer aus getrocknetem Lehm verschanzt hatten, Steine auf die Gruppe zu werfen. Der Esel, der dem von André folgte, wurde an der Flanke getroffen. Er bäumte sich mit einem

Schmerzensschrei auf und drohte, seinen Reiter abzuwerfen. Ein anderer Esel nahm Reißaus, nachdem er einen Huftritt bekommen hatte, während weiter Steine flogen ...

Wie durch ein Wunder, als wenn nichts gewesen wäre, formierte sich der Zug nach etwa fünfzig Metern wieder.

Da drehte sich Pater Choquet zu seinen Schäfchen um und verkündete mit heiterer Stimme: »Man muß auf alles gefaßt sein, wenn man missioniert!«

Dieser Hauch von Abenteuer versetzte André in Verzücken.

Kurz vor Mittag machten sie im Schatten eines Eukalyptusbaums Rast, um ein Sesambrot zu essen.

»Hier ist nichts jemals sicher«, erklärte der Jesuit. »Es genügt nicht zu ernten, nachdem man gesät hat. Man sieht manchmal konvertierte Familien, ja, ganze Dörfer, wieder zum Schisma umschwenken. Beständigkeit gehört nicht gerade zu den orientalischen Tugenden!«

Missionieren, säen, ernten ... Die Worte wirbelten in Andrés Kopf durcheinander, während die Gruppe zu einer von Schwestern unterhaltenen Krankenstation weiterritt. Eine syrische Nonne kümmerte sich hier um einen ununterbrochenen Zug von Kranken, die vor allen an Augeninfektionen litten. Viele Säuglinge, die an den Brüsten ihrer Mütter hingen, schienen halb zu schlafen.

»Dies ist eine sehr interessante Arbeit«, erklärte der Jesuit. »Man begnügt sich nicht damit, die Körper zu heilen: Auch die Seele profitiert davon. Diese Krankenstation ermöglicht es, viele Blumen für Gott den Herrn zu pflücken. Letztes Jahr hat die Nonne, die ihr dort seht, dreiundzwanzig Kindern ihren Paß zum Himmelreich gegeben!«

# 9

André berichtete begeistert von seinem Aufenthalt in Minia. Er beschrieb die Mission, führte die Zahl der Konvertiten auf, gab Wort für Wort die Erklärungen der Jesuiten wieder . . .

Georges Batrakani lauschte seinem Ältesten mit einem gewissen Befremden. Er selbst hatte die Geistlichen nie so sehr aus der Nähe erlebt und war damit, um ehrlich zu sein, immer recht gut gefahren. Seit Ende seiner Schulzeit bei den Brüdern begrenzte sich sein Kontakt mit der Religion auf den sonntäglichen Meßgang, den er als ein erweitertes Familientreffen betrachtete, eine Art Pflicht-Aperitif vor der hochheiligen *molokheiya*. Mit bisweilen unerwarteten Folgen . . .

Es war im Februar 1902 in der Kirche Darb el Gineina. Mein Großvater, damals zweiundzwanzig, langweilte sich in der Elf-Uhr-Messe zu Tode. Diese griechisch-katholischen Messen waren schier endlos. Gefolgt von Chorknaben mit riesigen Kerzen, trat der Zelebrant x-mal durch eine der drei Türen der Ikonostase. Er beräucherte den Altar, beräucherte seine Getreuen, während der Vorsänger in Sonntagskleidern halb näselnd, halb gurrend hervorstieß:

> »*Aghios O Theos, Aghios O Thanatos. . .*«

Auf den für sie vorgesehenen Bänken fächelten sich die Damen im lässigen Rhythmus dieser Litanei frische Luft zu. Hin und wieder wanderten ihre Blicke hinauf zum Himmel, der in der Kuppel über ihren Köpfen gemalt war – einem blaßblauen Himmel, von Tauben und Englein bevölkert. Im hinteren Teil der Kirche raunten sich schmerbäuchige Herren ein paar fromme Bemerkungen über die letzten Baumwollkurse des *Minet el Bassal* zu.

Kurz vor der heiligen Kommunion kreuzte Georges' Blick den eines blutjungen Mädchens mit schwarzem Schleier, das sich leicht umgewandt hatte. Das schelmische Gesicht der Unbekannten betörte ihn auf der Stelle. Beim Abendmahl trat sie einen Schritt auf den Priester zu, um die gesegnete, in Wein getauchte Hostie aus seinen Händen entgegenzunehmen. Ihre gespielt andächtige Miene, während sie zu ihrem Platz zurückging, war göttlich.

Die Minuten nach der Sonntagsmesse draußen vor der Kirche wogen die anderthalb Stunden liturgischer Qualen auf. Es war gleichsam ein Stehempfang im Freien mit viel Gelächter, Geschrei und mancher Koketterie.

Die Unbekannte stand an der Seite eines Fünfzigjährigen, den Georges sofort erkannte: Es war kein Geringerer als Alexandre Touta, der Holzhändler, der zum erlesenen Verwaltungsrat des griechisch-katholischen Wohltätigkeitsvereins gehörte.

Nach mehrfachen Begrüßungen, Umarmungen und allerhand Getue kletterte die Familie Touta in ein Kabriolett, das von zwei Schimmeln gezogen wurde. Mit einem Stechen im Herzen sah Georges das Gefährt in Richtung Chubra entschwinden.

*

Von den Frauen wußte er damals nicht viel: hauptsächlich Klatsch und Tratsch, den er zusammen mit seinen Freunden im Café Chicha, nahe der Oper, aufgeschnappt hatte, wo kesse Damen bei Wiener Orchesterklängen bedienten. An den Nachbartischen erzählten sich die jungen Leute regelmäßig ihre erotischen Abenteuer mit Touristinnen, die sie auf den Terrassen der großen Hotels aufgelesen hatten. Wahrhaft unersättliche Geschöpfe, wenn man ihren Worten Glauben schenkte. Diese Marathonläufer hatten einen »Terrassenjäger-Club« gegründet, der sich aus Gründen der Erschöpfung jeden Augenblick aufzulösen drohte. Man beneidete sie ein wenig, auch wenn man ihnen nur die Hälfte glaubte.

Die Terrassenjäger erzählten von ein paar jungen Engländerinnen, die eines Nachmittags im Gasira-Hotel aus Sehnsucht nach Schnee ein neues Spiel erfunden hatten: das ägyptische Rodeln. Diese reizenden Dinger hatten am oberen Absatz der Ehrentreppe auf großen Silbertabletts Platz genommen und sich vor den begehrlichen Blicken der *soffragis* mit schrillen Schreien bis zur letzten Stufe hinabgleiten lassen ...

Die Terrassenjäger wußten auch von einem Kabarett im Muski-Viertel zu berichten, wo junge Nubierinnen halbnackt vor den Tischen der Gäste tanzten. Angeblich von einer Biene gestochen, schrien sie *nahla, nahla* und tasteten ihre Körper ab auf der Suche nach dem heimtückischen Tier. In ihrer Verzweiflung rissen sie sich ein Kleidungsstück, dann ein zweites vom Leib. Sich einander nähernd und berührend, nahmen die Tänzerinnen immer gewagtere, immer aufreizendere Stellungen ein, wobei sie zunehmend heftig keuchten. Schließlich ließen sie sich auf den Schößen der Gäste nieder, die ihnen Geldmünzen auf die schweißnassen Brüste klebten ...

All diese Geschichten erhitzten die Sinne des jungen Georges. Eines Tages, mit zwanzig, ließ er sich von seinen Freunden ins Kairoer Rotlicht-Viertel mitschleifen. Einer unglaublich fetten und dreckigen griechischen Prostituierten ausgeliefert, die eine gräßliche Wunde am Bein hatte, war ihm, als würde er vergewaltigt. Noch Monate später hatte er Alpträume vom weiblichen Körper.

*

Am folgenden Sonntag in der Elf-Uhr-Messe sah er das junge Mädchen wieder am gleichen Platz und sorgte dafür, daß er auf ihrer Höhe am Mittelgang saß. Vergeblich lauerte er auf ihren Blick. Erst beim *Kyrie* schaute ihn die Tochter Alexandre Toutas einmal kurz und durchdringend an. Während der restlichen Messe aber hielt sie die Augen beharrlich auf die Engel der Kuppel gerichtet . . .
Noch am Abend desselben Tages suchte Georges den Pfarrer der Darb es Gineina-Kirche auf, um ihm seine Heiratsabsichten mitzuteilen. Der Priester brach in Lachen aus.
»Eine Touta-Tochter! Hast du den Verstand verloren, *habibi*! Das ist eine einflußreiche Familie, die auf gute Partien aus ist. Ich kann dir jemand anderen vorschlagen . . .«
»Nein *abuna*, ich will nur sie.«
Der Geistliche zeigte sich verärgert über die Beharrlichkeit des jungen Mannes. Doch in Erinnerung an Linda Batrakani, die eine seiner treusten Gemeindemitglieder gewesen war, knurrte er schließlich: »Wenn du unbedingt darauf bestehst, werde ich für dich ein Treffen mit Alexandre Touta arrangieren. Er wird dir schon auf seine Art beibringen, was du nicht begreifen willst, darauf kannst du dich verlassen.«
Tatsächlich wurde ein Treffen für den folgenden Samstag vereinbart. Daraufhin gab Georges sein Vorhaben seinem Vater bekannt, der die Hände über dem Kopf zusammenschlug.

»Du, ein kleiner Gerichtsschreiber mit vier Pfund im Monat willst eine Touta heiraten! Bist du verrückt geworden? Sie werden dich vor die Tür setzen, sie werden uns demütigen. Ach, wenn deine arme Mutter noch da wäre . . .«

Das Ansehen der Toutas beruhte weniger auf ihrem Vermögen, das sich auf allzu viele Erben verteilte, als vielmehr auf ihrem Namen und ihrer Geschichte. Zusammen mit den Kahils, den Bahris und einigen anderen zählten sie zu den ältesten griechisch-katholischen Familien des Landes. Sie hatten nichts mit all den Neureichen gemein, die während der Herrschaft Ismails zuhauf nach Kairo gekommen waren und im Handumdrehen Millionen gescheffelt hatten.

»Du, ein kleiner Gerichtsschreiber mit vier Pfund im Monat . . .« Und wer hatte ihn gedrängt, Gerichtsschreiber zu werden? Nachdem er sein Abitur geschafft hatte, träumte Georges davon, Anwalt des Gemischten Gerichts zu werden und also die französische Rechtsschule zu besuchen, die eben in Kairo eröffnet worden war. Man mußte allerdings Schulgeld bezahlen und die Reise nach Paris für die Prüfungen finanzieren.

»Ich bin weder Simpson noch Rothschild!« hatte Elias Batrakani erwidert. »Du bist Abiturient, der erste in der Familie. Was willst du noch mehr? Wenn dich das Gericht so interessiert, dann sieh dich in der Gerichtskanzlei um. Es heißt, sie suchen Leute.«

*

Am Samstag nachmittag wurde Georges von einem barfüßigen *soffragi* in den Salon der Toutas geführt. Der Holzhändler empfing seinen Gast im Stehen, als bedürfte der Heiratsantrag nicht einmal einer Prüfung.

»Wie sieht es mit Ihrer beruflichen Stellung aus?« fragte er ohne Umschweife.

»Ich werde reich sein«, erwiderte Georges mit ruhiger Stimme.

Es folgte ein Schweigen von einigen Sekunden. Offensichtlich überrumpelt, bat ihn Alexandre Touta schließlich, Platz zu nehmen.

Auf die Armlehnen seines Louis XVI-Sessels gestützt, den Oberkörper leicht vorgeneigt, trug Georges daraufhin überzeugend seine Zukunftspläne vor.

»Ich bin derzeit Gerichtsschreiber, doch ich will in den Handel gehen. Ich habe übrigens schon damit begonnen...«

Beim Durchblättern des BOSPHORE EGYPTIEN vor wenigen Wochen war ihm die Vielzahl der Großanzeigen für pharmazeutische Produkte ins Auge gefallen. Die Reklame für Orangenblütensamen des Dr. McBridge hatte seine besondere Aufmerksamkeit erregt. »Dieses Mittel, in Ägypten sowie Syrien wegen seiner erstaunlichen Wirksamkeit gegen Sterilität anerkannt, ist erhältlich bei Frau Habib Salhani, Rue Faggala, Abdel Malek Sayegh-Gebäude, zum Preis von 80 Piaster pro Schachtel von sechs Samenkörnern. Jede Schachtel, die nicht den Stempel von Frau Salhani trägt, gilt als gefälscht.«

Georges hatte sich auf den Weg in die Rue Faggala gemacht mit der Absicht, diese offenbar findige Person um Rat zu fragen. Doch an der angegebenen Adresse befand sich kein Geschäft. Frau Salhani, die in ihrer Wohnung arbeitete, hatte ihn im Morgenrock empfangen, umgeben von einem intensiven Geruch nach gebratenen Auberginen. Sie war eine Frau um die Fünfzig mit welkem Fleisch, doch lebhaftem Blick. Sie fühlte sich geschmeichelt, von diesem jungen Mann um Rat gebeten zu werden. Nach einem Kaffee hatte sie ihm ihr Leben erzählt und schließlich ihre Absicht kundgetan, sich aus den Geschäften zurückzuziehen und ihm den Vertrieb der Emulsion Brown zu überlassen, jenem Mittel, mit dem Babys schmerzlos ihre Zähne bekommen und Erwachsenen sich den Glanz ihrer Augen bewahren.

»Ich habe für monatlich ein Pfund einen Raum in einem Gebäude an der Place de l'Opéra angemietet«, erklärte Georges weiter. »Winzig zwar, aber eine gute Adresse. Ich habe an fünfzehn französische, deutsche und österreich-ungarische Labors geschrieben und angeboten, ihr Konzessionär in Ägypten zu werden. Zehn haben mir nicht geantwortet. Die fünf restlichen haben mir eine Absage erteilt, doch das läßt mich nicht den Mut verlieren ... Auf jeden Fall läuft die Emulsion Brown recht gut: Die Kunden sagen ihr eine heilsame Wirkung gegen Schwindsucht nach.«

In geschäftlichen Dingen bewandert, betrachtete Touta den jungen Mann ein wenig ratlos. Nachdenklich mit seinem Ring spielend, erklärte er schließlich: »Marguerite ist die Jüngere. Ich muß erst Yolande, die Ältere, verheiraten. Sie ist sehr sanft und charmant; Sie können sie vielleicht kennenlernen.«

Georges konnte seine Verwirrung nur schwer verbergen.

»Das verpflichtet Sie zu nichts«, fuhr Alexandre Touta fort. »Wir geben nächsten Sonntag einen kleinen Empfang. Sie sind eingeladen.«

Zornig und gekränkt verließ Georges das Haus. Lange lief er durchs Shubra-Viertel, ohne zu wissen wohin, zerrissen von widersprüchlichen Gefühlen.

Einerseits hatte er gewonnen. »Sie könnten Yolande vielleicht kennenlernen . . .« Das war eine Einladung, eine Ermunterung, fast eine Bitte. Aber was für eine Ohrfeige zugleich! Um Yolandes Hand anhalten, wo er doch Marguerite begehrte, würde das nicht den Eindruck erwecken, daß ihm nur an der Familie gelegen sei?

Und überhaupt, wie war denn diese Yolande? So verführerisch wie ihre jüngere Schwester? Noch verführerischer vielleicht . . . Die Neugier allein bewog Georges, zu dem Empfang zu gehen. Er hatte sich seit drei Wochen zu sehr in den Kopf gesetzt, eine Touta zu heiraten, um darauf zu verzichten. Wie würde er denn vor seinem Vater, seinem Bruder Nando, den Freunden des Café Chicha dastehen? Welcher Triumph dagegen, ihnen eine solche Heirat ankündigen zu können!

*

Am folgenden Sonntagnachmittag gegen sechs läutete Georges bei den Toutas. Diesmal trug der *soffragi* eine Weste und goldene Babuschen. Zahlreiche Gäste bevölkerten die drei *a giorno* beleuchteten Salons.

Marguerite in ihrem grünen Kleid und ohne Schleier war einfach hinreißend. Yolande, die weniger hübsch und reservierter war, wurde mit einem Tablett voll Häppchen zu Georges geschickt. Sie war auf der Stelle betört von diesem jungen Mann mit den honiggoldenen Augen, der vor Lebensfreude strotzte. Unter den aufmerksamen Blicken der eleganten Frau Touta tauschten sie ein paar Banalitäten aus . . .

Es hieß, diese Juwelierstochter würde regelmäßig Sandbäder in der Nähe der großen Pyramide nehmen. Von ihren Bediensteten bis zum Hals zugedeckt, ein edelsteinbesetztes Käppchen auf dem Kopf, blieb sie stundenlang im Sand liegen. Eines Tages hörten ihre Diener, die sich ein wenig entfernt hatten, verzweifelte Schreie von ihrer Herrin. Ihr Kopf war entblößt: Beduinenkinder hatten ihr das Käppchen gestohlen, das nie wieder auftauchte . . .

Von zwei jungen Männern begleitet, trat Alexandre Touta auf Georges zu.

»Ich möchte Ihnen meine Söhne Henri und Edmond vorstellen.«

Der erste, elegant gekleidet, erklärte, ganz Mann von Welt: »Papa sagt, Sie seien in der pharmazeutischen Branche tätig.«

Sein Bruder Edmond, der etwas sonderbar wirkte, schaltete sich mit fiebriger Stimme ein.

»In der pharmazeutischen Branche? Dann kennen Sie bestimmt . . . Man hat mir von einem Medikament gegen Platzangst berichtet . . .«

»Die Emulsion Brown wahrscheinlich«, sagte Georges halb lächelnd.

»Ja, meinen Sie?«

*

Georges Batrakani und Yolande Touta wurden am 8. Januar 1903 in der Kirche Darb el Gineina getraut. Zur Trauzeugin hatte die junge Braut ihre Schwester Maguy gewählt. Der Kirchenvorplatz war mit Blumen bedeckt. Ein sehr hübscher Korb war vom Ex-Hauptmann Simpson, jetzt Oberst, mit einem Entschuldigungsschreiben eingetroffen: Er weile gerade in den Steinbrüchen von Mokattam bei der Geierjagd, die zu Ehren des Prinzen von Hohenzollern veranstaltet würde . . .

»Welches Taktgefühl!« wiederholte Elias Batrakani vor der Familie Touta, die noch nie etwas von einem Simpson

gehört hatte. »Der Oberst hat daran gedacht, einen Blu-
menkorb zu schicken, obwohl er doch so mit der Jagd beschäftigt ist ... Es läßt sich nicht leugnen: Diese Engländer
sind einfach Gentlemen.«

Während des großen Banketts im Hotel Antoun Yussef im
Shubra-Viertel hielt mein Urgroßvater die Hochzeitsgäste
mit seiner Beschreibung der Sanierung der Kairoer Kana-
lisation durch Oberst Simpson in Atem.

»Sehen Sie«, fuhr er in seinen Erläuterungen fort, »in den
gepflasterten oder geschotterten Abschnitten sammeln
sich die Abwässer an den tiefsten Stellen: Man kann sie
nur im Wagen oder zu Pferde überqueren. Und dort, wo
es weder Pflaster noch Schotter gibt, hebt sich die Erde mit
den Fäkalien schließlich bis zu einem Meter über dem Boden der Häuser ...«

Beim Nachtisch zog Elias ein kleines Notizheft, das er stets
bei sich trug, aus der Westentasche.

»Kairo zählt mindestens vierhunderttausend Einwohner.
Wenn man eineinviertel Liter Fäkalien pro Person pro Tag
berechnet, kommen wir auf jährlich fünfhunderttausend
Kubikmeter. Die Fäkalienmenge aber, die in der städti-
schen Kläranlage ankommt, beträgt weniger als dreißigtausend Kubikmeter, mein Ehrenwort ...«

Dann berichtete Elias in allen Einzelheiten von seinem historischen Besuch in Port Said an der Seite von Oberst Simpson
zur Einweihung des Standbilds von Ferdinand de Lesseps.
Und er leitete schnell zu seinem Bravourstück über.

»Und was den Kanal angeht, wissen Sie, daß ich in den
sechziger Jahren fast zu Reichtum gekommen wäre? Mit
einer Rattengeschichte ...«

# 10

Letzten Endes hatte Yolande nicht allzu viel mit in die Ehe gebracht: Alexandre Touta fand, daß er diesem jungen Mann ohne Position und sozialen Status schon ein beachtliches Geschenk gemacht hatte, indem er ihm seine älteste Tochter zur Frau gab. Georges mußte sich mit hundert ägyptischen Pfund und ein paar aufmunternden Worten zufriedengeben. Er verwendete einen Großteil der Summe dafür, sich mit seiner Frau in einer spärlich möblierten Wohnung im Shubra-Viertel niederzulassen. Ihr Personal beschränkte sich auf ein borniertes Hausmädchen aus Saida, das nicht davon abzubringen war, Löffel und Gabel zu verwechseln.

Erst drei Jahre später, als André und Michel schon geboren waren, stellte das junge Paar einen *soffragi* ein – in der Person von Rachid Abul Fath. Es war eine unverhoffte Entscheidung, die an einem Novemberabend 1906 getroffen wurde.

An jenem Tag war die Laterne der Kutsche, die meinen Großvater nach Shubra zurückfuhr, auf halbem Weg erloschen. Nachlässig wie alle Kutscher Kairos hatte der Fahrer keine Reservekerze dabei. Er rief einen jungen Händler in *gallabeiya* herbei, der *chamaa, chamaa!* schreiend seine Wachsstäbe an einer Kreuzung feilbot.

Die Münze, die der Kutscher im zuwarf, rollte über die Straße und verlor sich im Dunkel.

»Wo ist sie?« fragte der Junge.

»Brauchst sie nur zu suchen«, brummte der Kutscher.

Der andere protestierte.

»Such sie, sag ich dir, Hundesohn!«

Da griff der Kerzenhändler nach den Zügeln des Pferdes, wie um die Kutsche an der Weiterfahrt zu hindern. Die Peitsche knallte. Der Junge stieß einen Schrei aus; sein Gesicht war blutüberströmt.

Die Wunde mit einem Zipfel seiner *gallabeiya* abtupfend, trat er näher, um Georges als Zeugen zu berufen.

»Wie heißt du?« fragte mein Großvater, nachdem er dem Kutscher befohlen hatte, zu warten.

»Rachid.«

Seine Stimme gefiel Georges. Nachdem er ihm zwei oder drei weitere Fragen gestellt hatte, rief er ihm zu: »Wenn du eine vernünftige Arbeit suchst, *ya Rachid*, habe ich vielleicht etwas für dich . . .«

Der Unbekannte griff eifrig nach seinen Händen und küßte sie.

Am nächsten Morgen stellte sich ein junger Mann mit sehr dunkler, fast schwarzer Haut den Batrakanis in Shubra vor. Seine linke Wange war durch eine lange bläulich-rote Wunde gezeichnet. Er wurde für monatlich zwanzig Piaster, neben Kost und Logis, eingestellt.

Georges hatte jetzt also einen *soffragi*, was ihm in den Augen seiner Schwiegereltern zusätzliches Ansehen einbrachte. Eine weiter Stufe konnte er erklimmen, als er einige Jahre später eine französische Gouvernante in seine Dienste nahm. Die etwas verschwommene Art, mit der er von dieser Anstellung sprach, ließ den Eindruck entstehen, Henriette Guyomard sei eigens aus Paris hergereist, um sich um die Kinder der Batrakanis zu kümmern. In Wirklichkeit lebte sie schon eine gewisse Zeit bei den Demoiselles der Très Chers Frères von Shubra. Man sprach von einem verletzten Herz, ohne recht zu verstehen, weshalb dieses Fräulein mit den gestelzten Manieren 1905 in Kairo gestrandet und geblieben war.

Doch es bedurfte weiterer Mühen, um es den Toutas gleichzutun. Hatte sich Henri, einer der beiden Brüder Yolandes, nicht gleich nach seiner Heirat einen Butler und einen Kutscher zugelegt? Der andere, Edmond, zählte einen Kammerdiener zu seinen Angestellten.

»Ich habe zwei Schwager«, sagte Georges Batrakani. »Einen Tagedieb und einen Spinner.«

Der Spinner störte ihn nicht weiter: Edmond Touta war eher ein sympathischer Zeitgenosse. Dieser Junge, der nicht ganz klar im Kopf war und winters wie sommers eine lila Seidenschleife trug, amüsierte alle Welt mit seinen Vorträgen über die ägyptische Demographie. Es war eine regelrechte Manie. Mit seinen Ticks erheiterte Edmond der Spinner die Kindheit meiner Onkel, dann die meiner Mutter und schließlich die unsere . . .

Henri Touta, der Tagedieb, spekulierte an der Börse und verwaltete sein Vermögen. Er war mit der Großnichte des Pascha Sakkakini verheiratet und bewohnte ein hübsches Haus in *Kasr el Dubbara*, dem schicken Viertel von Kairo. Henri hatte die Jesuitenschule besucht, als das *Collège de la Sainte Famille* erst wenige Syrer zu seinen Schülern zählte. Er ließ keine Gelegenheit aus, daran zu erinnern. Seine ewigen lateinischen Zitate gingen Georges, der kein Sterbenswörtchen von diesem Kauderwelsch verstand, ungemein auf die Nerven.

Der Fall des Tagediebs verschlimmerte sich 1910 noch, als er sich den Titel »Graf« zulegte. Er hatte ihn vom Fürsten von Liechtenstein erworben, dessen konsularischer Vertreter in Kairo er geworden war. Diese diplomatischen Pflichten schienen ihn nicht zu erdrücken. Übrigens firmierte das Konsulat unter der persönlichen Adresse des Grafen Henri Touta in Kasr el Dubbara.

»Dahergelaufener Graf!« knurrte Georges.

Sein Schwager war jedoch nicht der einzige Syrer in Kairo, dessen Name ein Adelstitel zierte. Der Graf von Zogheb zum Beispiel vertrat Dänemark in Ägypten und hatte sich die dänische Staatsbürgerschaft zugelegt. Es gab sogar einen Prinzen Lutfallah . . . Die Eïds waren Belgier, die Zananiri Briten. Seit jeher hatten sich unsere griechisch-katholischen Familien darum bemüht, ihre Dienste fremden Staaten anzubieten, um sich so einen Titel, den Status eines Protégés oder eine echte Nationalität zuzulegen . . .

## 11

»Absurd«, wiederholte Mademoiselle Guyomard. »Völlig absurd. Man kann den Jungen doch nicht dieser dreckigen und hysterischen Menge aussetzen. Er wird sich verirren, sich verletzen oder weiß Gott was für eine Krankheit einfangen . . .«

Michel ließ sie reden: Solange sein Vater einverstanden war, zählte die Meinung dieser Hexe nicht.

»Wenn Micho auf die Straße will«, hatte Georges Batrakani erwidert, »warum nicht? Soll Zaki ihn begleiten.«

Der Kutscher war Feuer und Flamme, als man ihm befahl sich bereitzuhalten. Der Beisetzung des Sultans beizuwohnen, war gewiß keine Strafe! Seine Begeisterung war so groß, daß selbst Yolande unruhig wurde und durchsetzte, daß der vernünftigere Rachid mit von der Partie war. Und so machte sich mein Patenonkel, begleitet von Kutscher und *soffragi*, mit klopfendem Herzen auf den Weg zum Opernplatz, um die sterbliche Hülle Husein Kamils passieren zu sehen.

»Und wenn du nicht gut siehst«, hatte sein Vater hinzugefügt, »kannst du immer noch zu uns ins Büro kommen.«

Georges' Büro war besonders günstig gelegen. Freunde und Verwandte hatten sich dort zur Feier des Tages eingefunden, da der Trauerzug, der sich um drei Uhr nachmittags vor dem Palast Abdine in Bewegung setzte, an der Oper vorbeikam, bevor er die Richtung der Moschee El Rifaï einschlug. Es hieß, manche gut placierte Balkons mit

Blick auf den Palast seien für zwölf Pfund den Nachmittag vermietet worden.

Husein Kamil war am 9. Oktober 1917, knapp drei Jahre nach Übernahme des Sultanats, gestorben. Dieser Fabel- und Blumenfreund, der zunächst so frostig empfangen worden war, hatte mit der Zeit die Sympathien der Ägypter gewonnen. Er hatte sogar die beiden Männer, die in Alexandria ein Bombenattentat auf ihn verübt hatten, großzügig begnadigen lassen.

Wie ein Gedicht hatte Michel die Botschaft aus dem Mund des Ratspräsidenten Ruchdy Pascha zur Kenntnis genommen, der »das Dahinscheiden des geliebten Herrschers« ankündigte und »die Tränen« beschwor, »die im Palast wie auch in der bescheidensten Hütte« fließen würden. Einer, der keine Tränen vergießen würde, sagte sich Michel, war dieser mißgünstige Victor Levy! Der Jude haßte ihn immer noch, die restliche Klasse dagegen dachte schon lange nicht mehr an den Vorfall.

Eine gewaltige Menschenmenge säumte den Weg, den der Trauerzug nehmen würde. Michel und seinen beiden Ciceronen hatten sich nicht bis zur ersten Reihe vorkämpfen können. Es war auch sinnlos, sein Glück auf der anderen Seite des Platzes zu versuchen: Die am Gehsteig postierten englischen Soldaten ließen niemanden hinüber. Ein paar besonders Gewitzte waren auf das Reiterstandbild von Ibrahim Pascha geklettert; andere hingen in Trauben an den Laternen.

Ein Kanonendonner ließ die Menge erschaudern, ein zweiter und ein dritter folgten ... Die Schüsse kamen von der Kaserne Abdin. Michel zählte einundzwanzig Sekunden zwischen den Detonationen. Doch man schoß auch von der Zitadelle aus, fernere Schüsse, die in größeren Zeitabständen gefeuert wurden.

Hundertundeins!« sagte er zu Zaki, der kaum die Finger einer Hand zählen konnte.

Michel versuchte erneut, sich in die erste Reihe vorzuarbeiten, wurde aber heftig zurückgedrängt. Enttäuscht beschloß er, sich ins Büro seines Vaters zurückzuziehen, und gab seinen beiden Leibwächtern seinen Entschluß bekannt. Der *soffragi* gebrauchte seine Ellenbogen, um ihm einen Weg zum Bürogebäude zu bahnen.

Gut zwanzig Personen waren auf dem Balkon versammelt. Andere hatten sich vor den Fenstern plaziert oder warteten drinnen, ein Glas Bier in der Hand, und kommentierten die in der Stadt kursierenden Gerüchte. Nando hatte seine hundert Kilo in einem bequemen Ledersessel untergebracht. Von Zeit zu Zeit war sein Gelächter zu hören, wahre Lachsalven, die den ganzen Raum erfüllten. Er hatte allen Grund zum Frohsinn: Dieser Krieg, der kein Ende nehmen wollte, brachte ihm immer mehr Geld ein.

Der alte Batrakani hatte die Beerdigung trotz seiner halbgelähmten Beine nicht versäumen wollen. Mit Hilfe zweier *bawabs* hatte ihn der Portier auf einem Stuhl bis in den dritten Stock tragen lassen. Dort thronte er nun auf dem Balkon und erläuterte die Ereignisse mit der Sicherheit des pensionierten Beamten.

»Der Sultan hatte es mit dem Darm. Vor dem Krieg ließ er sich regelmäßig in Châtel-Guyon behandeln.«

»Seine erste Frau hieß doch Ayn el Hayat, nicht wahr?«

»Ach ja, das ist eine überaus reizende Geschichte! Ayn el Hayat war eine kleine Waise, die vom Khediven Ismail aufgelesen wurde ...«

Ein Gerichtsanwalt, der sich auf das Balkongeländer stützte, ließ nachdenklich den Blick über den Platz schweifen.

»Welche Massen! Wer hätte zu Beginn seiner Amtszeit gedacht, daß ganz Kairo sich versammeln würde, um seinen Tod zu beweinen.«

»Welche Massen, in der Tat!« rief Edmond Touta, der sich die Stirn mit einem Zipfel seiner lila Seidenschleife abtupfte. »Es müssen Zigtausende sein! Geradezu beängstigend, finden Sie nicht?«

Die Blicke der Männer auf dem Balkon wanderten zu einem Handgemenge am Fuß des Gebäudes. Ein Schaulustiger war von einem britischen Soldaten, dem mehrere Kollegen zu Hilfe eilten, am Überqueren des Platzes gehindert worden. Der Mann schlug wie wild um sich. Er mußte mehrere Stockschläge einstecken, bevor er, das Gesicht blutüberströmt, wieder auftauchte.

»Das ist ja Zaki!« rief Georges Batrakani.

Er drehte sich automatisch um, als wollte er sich überzeugen, daß Michel da war, und ließ dann eine Schimpfkanonade gegen den Kutscher los, den er auf der Stelle entlassen wollte. Kein Kutscher, keine Kutsche mehr. Er würde sich ein Automobil kaufen, das ihm vor seiner Kundschaft und seiner Konkurrenz Ansehen verschaffen würde. Ein dunkelblaues zum Beispiel; war doch die Farbe Rot dem Sultan vorbehalten . . .

Die Musik kam näher. Man konnte es kaum erwarten, Fuad, den Halbbruder des Verstorbenen, zu sehen, der seine Nachfolge antreten sollte.

»Warum Fuad und nicht Kamil el Dine, der Erbprinz?« fragte Maguy, die in ihrem schwarzen Satinkleid auffallend elegant war.

»Die Engländer wollen Kamil el Dine nicht«, erklärte der Gerichtsanwalt. »Bedenken Sie doch: ein Mann, der als türkenfreundlich und antibritisch gilt! Er selbst hat es übrigens abgelehnt, das Erbe seines Vaters anzutreten, indem er sagte: ›Ich will kein Marionetten-Sultan sein.‹«

Der Anwalt verstummte, denn vom Platz drang ein anschwellendes Raunen herauf. Der Trauerzug näherte sich. Man erblickte zuerst die berittene Garde mit den leuchtendroten Uniformen. Dann den von Marineinfanteristen getragenen Sarg.

»*Sic transit gloria mundi!*« ließ sich Graf Henri Touta vernehmen.

Hinter dem Sarg schritt Fuad einher, kerzengerade, den Schmerbauch in ein Korsett gezwängt. Welch ein Kontrast zu dem hageren Husein Kamil!

»Wir haben soeben das Regime gewechselt«, scherzte Georges Batrakani, auf seiner Zigarre kauend, die Hände auf der steinernen Balustrade des Balkons.

»Wenn man bedenkt, daß sich Fuad erst vor drei Jahren um den albanischen Thron bemüht hat . . .«

»Er steckt knöcheltief in Schulden. Für ihn ist das Sultanat ein Himmelsgeschenk.«

Den Zwirbelbart stolz zur Schau tragend, bewegte sich Husein Kamil, umgeben von Prinzen, Advokaten und Geistlichen, gemessenen Schrittes voran, der britische Hochkommissar und der Kommandant gleich hinter ihm, als wollte man bewußt demonstrieren, wie sehr das Protokoll der Realität der Macht widersprach.

»Husein hat sich den Engländern gegenüber loyal verhalten. Er hat alles getan, um die Ruhe in Ägypten zu wahren«, bemerkte jemand auf dem Balkon.

»Ja, ich glaube, er wünschte ernsthaft Frieden unter den Alliierten«, bemerkte der Gerichtsanwalt. »Was ihm um so höher anzurechnen war, als ein Teil seiner Familie der Türkei verbunden blieb.«

»Seine eigene Tochter soll in Ohnmacht gefallen sein, als sie von der Einnahme Erzurums durch die Russen erfuhr.«

»Husein war loyal, doch man hat es ihm mit Undank gelohnt. Der Hochkommissar hat ihn über nichts informiert.
Bei einer Sommeraudienz in *Ras el Tine* erzählte dieser
Herr dem Sultan von nichts anderem als von seinem *sai-
ling* und wie stark oder schwach der Wind in seine Segel
blies. Der Sultan mußte sich zusammenreißen, um nicht
zu explodieren.«

»In den letzten Monaten soll man Husein den Tränen nahe gesehen haben; er soll eingestanden haben, daß er absolut nicht wußte, was die Engländer nach dem Krieg mit
Ägypten vorhätten.«

»Er drohte sogar abzudanken, sollte man ihn zu offen
demütigen . . .«

Michel lauschte, die Augen auf den Trauerzug geheftet,
der langsam vom Platz abbog, um in der Rue de la Poste
zu verschwinden.

An jenem Abend fragte er sich, ob er die Engländer nicht
hassen sollte.

# ZWEITER TEIL

# Nachkriegsgeneration

# 1

Gegen Ende ihres Lebens empfing mich Maguy von Zeit zu Zeit in ihrem Hotel in Heluan, unweit von Kairo. Dieses friedliche Thermalbad mit seiner üppigen Vegetation lebte noch immer im Rhythmus der Gärtner, der Zimmerer, der Stuhlflechter und der Pferdekutscher.

Der Tag neigte sich. Die Lichter im Zimmer blieben erloschen. Man hörte die Grillen im Garten zirpen.

Trotz ihrer Falten war meine Großtante noch immer schön, und sie erzählte mir mit ihrer betörenden Stimme und völlig ungeniert von den Liebschaften ihrer Jugend. Das Kind, das ich damals noch war, verschlang diese verbotenen Worte, vergeblich bemüht, sich seine Erregung nicht anmerken zu lassen.

Ich glaube, sie hat das im stillen genossen. Hing ich nicht begierig an ihren Lippen, war ich ihr nicht ausgeliefert wie der Liebende unter einer Liebkosung? Die Augen halb geschlossen, konnte diese einstige Verführerin durch mich noch einmal die schönsten Augenblicke ihres Daseins durchleben. Manchmal hielt sie mitten in einem Satz inne und führte langsam ihre schwarze Zigarettenspitze zum Mund. Dann schien das Zimmer vom Zirpen der Zikaden erfüllt.

»Neunzehnhundertneunzehn«, erzählte Maguy, »folgte ich dank der Artikel im JOURNAL DU CAIRE eifrig der Pariser Mode. Von Kriegsende an trug ich die sogenannten ›décolletés de la victoire‹, die tief den Rücken hinunterliefen. Wenn wir allein waren, legte Georges automatisch die Hand auf dieses tiefe ›V‹. Dann wurde mein ganzer Körper von heftigen Schauern durchrieselt . . .«

Maguy näherte die Lippen dem Gesicht ihres Schwagers, der erstaunt und entzückt murmelte: »Du bist ja nackt unter deinem Kleid.« Die Hand entblößte eine Schulter, dann die andere, bis zwei Brüste zum Vorschein kamen, die alle Mönche Syriens in die Hölle hätten bringen können.

Georges betastete diese Wunderwerke, liebkoste sie und vergrub sein Gesicht darin. Dann, unvermittelt, trug er die halbnackte Maguy zum Himmelbett. Ihre Umarmungen hatten die Heftigkeit lang angestauter Leidenschaft. Zitternd, keuchend, wurde die junge Frau vom Körper ihres Geliebten erdrückt. Sie umschlang ihn mit den Beinen, biß ihn in die Schulter, grub ihre Nägel in seinen Rücken. Plötzlich stieß sie ein gedehntes Stöhnen aus, das seinen letzten Widerstand brach . . .

»Etwas später«, erzählte Maguy, »lief ich nackt im Zimmer umher auf der Suche nach meinem Kleid. Georges sagte zu mir, ich sei schön wie eine Najade. Du weißt, was Najaden sind, *habibi*? Als ich am Bett vorbeikam, griff er nach meiner Hand und zog mich erneut zu sich hinab . . .«

Maguy verstummte und ließ die Grillen singen. Ihre Zigarette glühte im Halbdunkel auf und ließ einen ihrer Ringe schimmern. Ich hielt den Atem an, meine Wangen glühten, mein Herz klopfte zum Zerspringen.

Wir verstanden uns gut.

1903, in dem Jahr, als Georges und Yolande heirateten, war Maguy Touta erst sechzehn. Doch sie war so reif und keß, daß sich ihre besorgten Eltern schon nach einem Ehemann für sie umsahen. Es fehlte nicht an Anwärtern, kein einziger aber fand vor ihren Augen Gnade. Es gelang ihr jedesmal, die zu Hause arrangierten Treffen zu torpedieren, und sie scheute sich in ihrem Widerwillen nicht, ganze Sirupgläser über die Sonntagstoilette ihrer potentiellen Schwiegermütter zu verschütten.

Mit achtzehn lernte sie auf einem Ball John McBurroughs, einen Schotten aus dem Gesundheitsministerium, kennen, der sich Hals über Kopf in sie verliebte und um ihre Hand anhielt. Die junge Maguy, die dem Druck ihrer Familie entkommen wollte, willigte ohne Zögern ein. Die Hochzeit fand noch im selben Jahr statt.

Der Schotte konnte kein Sterbenswörtchen Französisch oder Arabisch und hatte in seiner eigenen Sprache einen unglaublichen Akzent. Die Toutas verstanden nichts von seinen Zischlauten.

»Was sagt dein Mann?« fragte Alexandre seine Tochter, als das Brautpaar im Hause speiste.

»Woher soll ich das wissen?« erwiderte Maguy lachend.

Ihre Eltern waren fassungslos.

John McBurroughs ritt jedes Wochenende zu den Pyramiden. Eines Sonntags im Februar 1906 warf ihn seine Stute aus unerfindlichen Gründen ab. Der schwere Körper des Schotten schlug am Boden auf. Als man ihn fand, war er schon halbtot.

Maguy legte ohne sonderlichen Eifer Trauer an und weigerte sich, ins elterliche Haus zurückzukehren. Sie gab vor, zu sehr an der Erinnerung an ihren verschiedenen Gatten und ihre so kurze Ehe zu hängen, um die Wohnung in der Rue Kasr-el-Nil verlassen zu können, in die sie achtzehn Monate zuvor eingezogen waren. In diesen gemütlichen drei Zimmern im Stadtzentrum sollte sie dann ihre zahlreichen Liebhaber empfangen, sosehr sie sich auch im Alter, Aussehen und Nationalität unterschieden.

*

Er war kaum verheiratet, als mein Großvater 1903 dank seiner beharrlichen Unternehmungen und der exzellenten Adresse seines Büros an der Place de l'Opéra die Konzession für zwei kleine europäische Labors ergattert hatte. Es war ein winziges Büro, nur mit einem bullaugenähnlichen Fenster ausgestattet . . . Wenn er abends seinen Dienst in der Gerichtsschreiberei beendet hatte, bewaffnete er sich mit einem großen Koffer und lieferte die Medikamente persönlich bei den Privatkunden ab. Er machte auch Besuche bei den Apothekern. Dabei fühlte er sich ein wenig an seine Kindheit erinnert: Um 1890 wurde noch um alles gefeilscht, selbst um die Präparate. Wenn jemand zu Hause krank war, schickte Elias Batrakani seinen Sohn zwei- bis dreimal zur Apotheke Medawar und sagte: »Frag diesen Halsabschneider nach seinem letzten Preis.«

Georges glaubte an den Nutzeffekt der Reklame. Entgegen dem Rat seiner Frau, die ihn für äußert unvorsichtig hielt, borgte er von seinem Bruder Nando zwanzig ägyptische Pfund, um in der französischsprachigen Tageszeitung LES PYRAMIDES für die Brown-Pillen zu werben, die »unzählige Heilwirkungen haben und für alle und jeden zuträglich sind« oder die Dragées von Dr. Marchard, die »die Manneskraft zurückgeben, ohne dabei irgendeinem anderen Organ zu schaden«.

Die Geschäfte kamen allmählich in Gang. Georges lieh sich weitere zwanzig Pfund von Nando aus, um seine Werbekampagne auf zwei andere Zeitungen auszudehnen und die reinigende Wirkung des Heilwassers François-Joseph, »dem kein Hindernis widersteht«, zu preisen. Als er im Herbst 1904 seine Umsätze für ausreichend erachtete, um fortan sein Auskommen zu haben, gab er seinen Posten als Gerichtsschreiber auf. Er mietete das Kabuff neben seinem Büro an und verdoppelte somit dessen Gesamtfläche. Doch sein Hunger nach Erfolg lockte ihn bereits hin zu anderen Abenteuern.

Das eben zustandegekommene englisch-französische Abkommen hatte das Vertrauen der europäischen Finanzmärkte in die Zukunft Ägyptens geweckt: Gelder flossen in Strömen ins Land. Hunderte Millionen an Obligationen wurden in Kairo ausgegeben, und die Bodenspekulation trieb üppige Blüten. Dieser Wettlauf ums Geld blieb nicht allein den Reichen vorbehalten. Man spekulierte mit allem, selbst mit den angekündigten Obligationen des Crédit Foncier, die von Lotteriehändlern auf der Straße verkauft wurden . . .

Georges hatte nicht einen Piaster beiseite gelegt. Das hinderte ihn freilich nicht daran, auf Pump ein kleines Grundstück am Rand von Bulac zu erwerben, das er vier Monate später mit dreißig Prozent Profit wieder verkaufte. Er erwarb kurz darauf zu den gleichen Bedingungen ein doppelt so großes Stück Land. Zu Beginn des folgenden Jahres ging er noch weiter, indem er am Abend eine Parzelle verkaufte, die er erst am Morgen erworben hatte . . .

Georges scheffelte Geld, und die Familie seiner Frau begann das zur Kenntnis zu nehmen. Henri Touta, Yolandes Bruder, der schon mit vierundzwanzig das Leben eines Rentners führte, kam, um seinen Rat einzuholen. Er sollte es nicht bereuen: Innerhalb von nur sechs Monaten hatte ihm seine Investition hundert Prozent Gewinn eingebracht.

Selbst Alexandre Touta erschien eines Tages unangemeldet im Büro seines Schwiegersohns an der Place de l'Opéra unter dem Vorwand, ihn beraten zu wollen.

»Vorsicht, *habibi*, keine Dummheiten! Ich will wissen, wo du dein Geld anlegst. Das Geld meiner Tochter . . .«

Vater Touta verließ das Büro mit ein paar Tips, die er zu Geld machen wollte. Da er aber nicht das Geschick seines Schwiegersohns hatte, gingen die meisten seiner Transaktionen schief. Im Holzhandel zu glänzen, war eine Sache, im Spekulationsgeschäft Reibach zu machen, eine andere . . .

Die Krise von 1907 schlug wie der Blitz in Kairo ein. Nach wenigen Tagen verweigerten die Banken jeglichen Kredit, und die Börsenkurse fielen ins Bodenlose. Selbst die Grundstückspreise begannen zu sinken.

Vater Touta kam atemlos in Georges' Büro gestürzt.

»Vorsicht, *habibi*, kein Dummheiten . . .«

Doch Georges wußte sich selbst nicht mehr zu helfen. Er hatte mit Bankvorschüssen zu horrenden Zinsen Papiere und Grundstücke erworben. Für ihn war es eine wahre Katastrophe.

Drei lange Jahre sollte er brauchen, um seine Schulden zu begleichen. Er konzentrierte jetzt seine ganze Energie wieder auf seine pharmazeutischen Produkte, blieb bis spät nachts im Büro, das von einer einzigen an der Decke baumelnden Glühbirne erleuchtet war.

Eines Abends im November 1908 klopfte es an seiner Tür. Es war eine schwarz verschleierte Dame. Maguy! Sie sei gekommen, sagte sie, um seinen Rat zur Plazierung einer kleinen Geldsumme einzuholen.

Seit nunmehr fünf Jahren lauerten sie sich bei allen Familientreffen auf, wobei sie einander mit Blicken verschlangen und auszogen und sich mit der gespielten Vertrautheit von Schwager und Schwägerin näherten.

Maguy hatte kaum ihre Tasche abgestellt, als sie sich schon in den Armen lagen. Sie war nackt unter ihrem Kleid . . .

Es war eine heftige und sehr kurze Umarmung, die beide zutiefst verwirrte. Die junge Frau zog ihren Schleier zurecht und ging wortlos.

Sie sprachen nie mehr von dieser leidenschaftlichen Begegnung. Bei den Familienessen mieden sich ihre Blicke. Der Gedanke, Yolande betrogen zu haben, bereitete Georges schlimmste Gewissensbisse, und auch Maguy, die ihrer älteren Schwester sehr verbunden war, machte sich schreckliche Vorwürfe. Sie nahm sich den erstbesten Liebhaber, als wollte sie damit den Fauxpas ungeschehen machen.

Nachdem er seine Gläubiger befriedigt und die Gewinne aus seinen Medikamenten verdoppelt hatte, kaufte Georges 1912 ein hübsches Haus in Shubra. Yolande hatte ihm vier Söhne geschenkt. Doch die Erinnerung an Maguy, nackt unter ihrem Kleid, wollte ihn nicht loslassen. Sonntags bei Tisch tauschte er mit seiner Schwägerin erneut glühende Blicke.

Wenige Tage nach der Kriegserklärung klopfte Georges an die Wohnungstür der jungen Frau in der Rue Kasr-el-Nil.

»Ich kam zufällig in die Gegend und wollte mal vorbeischauen . . .«

Diesmal dauerte ihre Liaison mehrere Wochen. Dann nahm sich Maguy einen Liebhaber . . . bis Georges wieder auftauchte.

Die betrogene Yolande wurde von beiden mit Aufmerksamkeiten überhäuft. Mein Großvater empfand ebensoviel Zärtlichkeit wie Achtung für diese vorbildliche Gattin, die ihre ehelichen Pflichten vertrauensvoll und ohne zu klagen erfüllte. Er ergriff alle denkbaren Vorsichtsmaßnahmen, damit sie nichts von seiner periodischen Liaison mit Maguy erfuhr.

Er sagte sich, daß das Leben doch merkwürdig sei. Vor zwölf Jahren hatte er eine Touta-Tochter gewollt. Jetzt hatte ihm der Himmel zwei geschenkt.

## 2

»Irgendwie sonderbar«, hatte Georges zu Maguy gesagt.
»Den ganzen Krieg über haben wir in fürstlichem Frieden
gelebt, kaum aber schweigen die Kanonen in Europa, gehen hier die Schießereien los.«
Eines Abends im März 1919 wurde er von der Ausgangs-
sperre überrascht und wäre beinahe nicht zurück nach
Shubra gekommen: Kein einziger Kutscher wollte durch
Bab el Hadid fahren, wo sich demonstrierende, mit Knüppeln bewaffnete Horden über die Schaufenster der Geschäfte hergemacht hatten. Die Polizei hatte wild in die
Menge geschossen und ein gräßliches Blutbad angerichtet.
An jenem Abend traf Georges nach einem langen und gefährlichen Umweg durch Bulac erst gegen Mitternacht zu
Hause ein. Yolande war in Tränen aufgelöst. Dreimal hatte sie Rachid, den *soffragi*, ausgeschickt, um die verlasse-
nen Straßen nach ihrem Mann abzusuchen. Dreimal war
er unverrichteterdinge zurückgekehrt ...

*

Rachid wußte, daß sein Bruder Sabri aktiv am Volksauf-
stand teilnahm. Er hatte ihn seit Beginn der Unruhen
zweimal getroffen und zu verstehen versucht, was ihn zu
seiner Handlungsweise bewegte. Die beiden Männer waren verschiedene Wege gegangen. Jahre später sollte Sabris Sohn nach Befragung mehrerer Zeugen in seinem

Buch »ITINERAR EINES OFFIZIERS« schreiben: »Nichts hat meinen Vater prädestiniert, Revolutionär zu werden. Nichts außer der schlimmen Armut und Ungerechtigkeit, die unser Land regierten, und den Engländern.«

Seit Beginn der Unruhen war Sabri Abul Fath in ganz Kairo – von Bulac bis Ataba – unterwegs, um nur keine einzige Demonstration, keine Kundgebung zu versäumen. Einen Tag galt es, die Straßenbahnen im Depot von Giza an der Abfahrt zu hindern; am nächsten, die Busse zu stoppen und ihre Pferde abzuspannen ... Spät abends kehrte er dann übererregt und erschöpft zugleich in sein Kabuff in Sayeda Zeinab zurück und brach auf seiner durchgelegenen Matratze zusammen.

Sabri hatte keine Zeit, an seine Frau und seine sechs Kinder zu denken, die er im Dorf zurückgelassen hatte. Das Gesicht des drei Monate alten Hassan, für dessen Geburt er sich einmal verschuldet hatte, kannte er kaum. Von den Schulden wollte er lieber gar nicht erst sprechen. Würde er sie je zurückzahlen können? Das Rinder-*oke* kostete jetzt sechzehn Piaster, nachdem es vor dem Krieg noch acht gekostet hatte. Auch die Preise für Hammelfleisch und Brennspiritus hatten sich verdoppelt ... Sabris magerer Lohn war dieser immensen Preissteigerung freilich nicht angeglichen worden. Wegen der Streiks bekam er ihn nicht einmal ausgezahlt. Doch in diesen Tagen des Feuers lebten Rachids Bruder und dessen Kameraden quasi von nichts: morgens ein paar Saubohnen, mittags *ful* mit einer Tomate in einem Stück Fladenbrot ...

Sabri hatte sein Dorf am Nildelta kurz vor Kriegsbeginn verlassen, um in der Zigarettenfabrik Alma zu arbeiten. Eine glückliche Vorahnung. Denn wenige Wochen später wurde der Sektor, in dem sein Dorf lag, von englischen Soldaten abgeriegelt. Die meisten Fellachen wurden kurzerhand als Freiwillige deklariert und wie Gefangene gewaltsam fortgeführt, um ins *Labour Corps* gesteckt zu werden. Mehrere von ihnen sollten an Thyphus sterben, nachdem sie in eines der schmutzigen Hospitäler gekommen waren.

Der *omda* des Dorfes hatte aktiv an der Rekrutierung teilgenommen. Er hatte zunächst die Reichsten gewählt, solche, die ihm ein hübsches Sümmchen zahlen würden, um der Mobilmachung zu entgehen. Dann hatte er die anderen eingezogen . . . An ihn sollten sich die Engländer später, als der Krieg schon in vollem Gange war, wenden, um Haustiere zu beschlagnahmen und Zwangssammlungen für das britische Rote Kreuz zu organisieren. Das Kreuz im Land des Halbmonds . . . Der Bürgermeister besaß eine geräumige rosa gestrichene Villa und mittlerweile drei Frauen. Viele der zwangsrekrutierten Bauern schworen sich, ihn umzubringen. Eines Morgens fand man ihn mit gespaltenem Schädel im Kanal.

Seit dem 23. November 1919 sahen Sabri und seine Kameraden die Welt anders. An jenem Tag hatte sich eine von Saad Zaghlul Pascha angeführte Delegation *(wafd)* zum britischen Hochkommissar begeben und um die Unabhängigkeit gebeten. Die Unabhängigkeit! Die Arbeiter sahen darin die Lösung all ihrer Probleme: Man mußte die Engländer vertreiben.

Der einstige Minister Saad Zaghlul Pascha hatte sich natürlich davor gehütet, Sir Reginald Wingate diese Dinge auf so undiplomatische Weise zu präsentieren. Schließlich waren sie ja keine Wilden. »England«, so hatten die Wafdisten erklärt, »ist die stärkste und liberalste aller Mächte. Im Namen der Freiheitsprinzipien, von denen sie sich leiten läßt, bitten wir, ihre Freunde sein zu dürfen.« Alle hatten verstanden, was gemeint war.

Die Antwort der Regierung Ihrer Majestät traf im März des folgenden Jahres ein: Saad Zaghlul und drei seiner Gefährten wurden nach Malta verbannt. Am nächsten Tag geriet Ägypten in Aufruhr.

Sabri ging auf die Straße, um sich einer Gruppe von mehreren Tausend Studenten anzuschließen, die sich zu einer Demonstration in seinem Viertel eingefunden hatten. Welch sonderbarer Kontrast – diese brüllenden Intellektuellen und dieser vor lauter Emotionen stumme Analphabet! Fünf Studenten fielen dem MG-Geschoßhagel auf der Place Sayeda Zeinab zum Opfer. Sabri trug einen von ihnen, der eine schlimme Bauchverletzung davongetragen hatte, in einen Laden, dessen Scheiben zertrümmert waren. Bevor er starb, nahm der junge Mann ein Taschentuch, durchtränkte es mit seinem Blut und murmelte mit erstickter Stimme:

»Gib es Saad Zaghlul!«

»Das steif gewordenen Tuch sollte in der Tasche meines Vaters bleiben«, schrieb der Autor von »Itinerar eines Offiziers«.

Eine Woche später gingen Sabri und mehrere seiner Kameraden zur Place de l'Opéra. Sie versuchten, die Kutscher zum Streik zu bewegen. Vergeblich. Die Kutscher fürchteten um ihre Sonntagskundschaft, die sich auf die Insel Gasira fahren ließ, und antworteten ihnen mit heftigen Flüchen. Die beiden Parteien waren kurz davor, handgreiflich zu werden, als ein ungewöhnlicher Zug, bestehend aus Kaleschen und Automobilen, auf den Platz einfuhr: Es waren ägyptische Damen, größtenteils verschleiert, darunter Frauen von Paschas, die durch die Straßen defilierten, um die Unabhängigkeit Ägyptens zu fordern. Die Arbeiter jubelten ihnen zu.

Die Ereignisse in Kairo waren nichts, verglichen mit denen in der Provinz. In Beni Suef war die wütende Menge in das Gerichtsgebäude eingedrungen, um den britischen Richter zu ergreifen, und hatte dann die Büros der Regierungsgebäude verwüstet. In Madinet el Faijum hatten Beduinen die englische Garnison angegriffen und zahlreiche Tote zurückgelassen. Vierhundert, hieß es ...

Am 18. März, als die Kutscher und Fuhrmänner doch zu streiken begannen, zog Sabri mit einer wichtigen Delegation nach Shubra, um weitere Arbeiter zu ermuntern, die Arbeit niederzulegen. Sie gingen zuerst zur Zigarettenfabrik Alma, dann zu den Möbelwerkstätten Sednaui und schließlich zur Tarbusch-Fabrik Batrakani. Dort stieg Sabri auf einen Stuhl, um eine besonders heftige Ansprache vor den Arbeitern zu halten. »Ich kenne sie, diese Batrakanis. Mein Bruder Rachid arbeitet seit Jahren bei ihnen. Seht ihr denn nicht, daß euch diese Ausbeuter das Blut aussaugen?«

*

Die Tarbusche der Firma Batrakani kamen schließlich Anfang 1919 auf den Markt. Erst war das Projekt von Edouard Dhellemmes und meinem Großvater durch den Krieg verzögert worden, dann kam das Problem überhöhter Herstellungspreise in Lille hinzu. Man mußte die Produktion also nach Kairo verlegen. Die Räumlichkeiten im Zentrum von Shubra waren schnell gefunden, doch man mußte sie einrichten, die Rohstoffe auftreiben, Männer einstellen, die sich für die Industrieproduktion anlernen ließen ...

Die Tarbusch-Produktion schien nicht besonders kompliziert. Um den Wollstoff zu Filz zu verarbeiten, wurde er in einem Kessel mit heißem Wasser und Pulverseife geschlagen. Dann brachte man ihn in Form und richtete die Fasern mit Krempeln auf und schnitt sie glatt. Jetzt mußte man ihn nur noch färben und ihm das gewünschte Aussehen geben. Bei den ersten Versuchen aber stellte sich heraus, wie schwer es war, die Fasern gleichmäßig zu schneiden und den Stoff fleckenlos zu färben. Und wie strapazierfähig er war, ließ sich erst beim Gebrauch feststellen.

»Wir sind ziemlich in Verzug geraten«, hatte Georges seinem französischen Geschäftspartner gesagt. »Die Italiener und die Tschechen sind auf dem besten Weg, den Platz zu besetzen, den die österreichisch-ungarischen Firmen zurückgelassen haben. Und dann ist da noch die kleine Fabrik in Kaha, die uns mit ihren niedrigen Preisen Schwierigkeiten bereiten könnte.«

Der Batrakani-Tarbusch mußte also augenblicklich auf den Markt geworfen werden. Mein Großvater, der mehr die Rolle des Händlers als die des Industriellen innehatte, glaubte die Vorzüge seiner verschiedenen Konkurrenten vereinen zu können. Dank der einheimischen Arbeitskräfte würde er einen billigen Tarbusch produzieren, dem er aber durch die Formel *Fabrication à la française* eine exklusive Note gab.

Der *Versailles* verkaufte sich für vierhundert Piaster das Dutzend mit einem Rabatt von bis zu zwanzig Prozent; der *Marseille* kostete dreihundertfünfzig Piaster und der *Clemenceau* dreihundertzwanzig.

Als die Unruhen in Kairo ausbrachen, lief die Fabrikation in Shubra gerade erst richtig an. Die Anführer brachen in die Räume ein. Die Fabrikation wurde unterbrochen, die Arbeiter verließen das Gebäude, um erst am nächsten Tag wieder zu erscheinen. Sie behaupteten, unterwegs aufgehalten worden zu sein . . . Georges tobte.

Er war nicht der einzige.

»Dies Feuer lösche ich euch«, hatte der britische Kommandant von Kairo angekündigt, »indem ich einmal kräftig
drauf spucke!«

Doch das Feuer breitete sich aus, und die Regierung Seiner Majestät wurde ungeduldig. Am 24. März 1919
schließlich wurde General Allenby, einer der Kriegshel-
den, zum Hochkommissar Ägyptens und des Sudan ernannt, mit dem Auftrag, die Ordnung wiederherzustellen.
Zwei Wochen später kündigte er die Freilassung Saad
Zaghluls an.

Durch die Jubelrufe, die ganz Sayeda Zeinab erschütter-
ten, erfuhr Sabri die Neuigkeit. Vier Stufen seiner mor-
schen Treppe auf einmal nehmend, stürzte er auf die
Straße und umarmte jeden Passanten, der ihm entgegenkam. Der *Foul*-Händler tanzte schon um seinen Karren.
Taxis mit uniformierten, fahnenschwenkenden *chauiches*
jagten vorbei . . . Der Name Saad Zaghlul wurde geschri-
en, skandiert, gesungen.

Am nächsten Tag setzte sich ein riesiger Zug von Bab el
Hadid aus in Bewegung, angeführt von den Kadetten der
Militärschule und dem Polizeichef. Ganz Ägypten mar-
schierte auf: von den Richtern der einheimischen Gerichte
bis hin zu den islamischen Geistlichen, von den koptischen Priestern bis hin zu den Theaterschauspielern und
den Angestellten der Gärtnervereinigung . . . Der Zug bewegte sich am Abdin-Palast vorbei und jubelte Sultan
Fuad zu. Hatte der das wirklich verdient? Am selben Morgen hatte er sich in den für ihn viel zu großen Kaftan seines Vorfahren Mohammed Ali gehüllt und emphatisch erklärt: »Immer wenn ich das Blut dieses Genies in meinen
Adern fließen spüre, verzehre ich mich vor Liebe zu meinem geliebten Vaterland.« Nebenher wurde das geliebte
Vaterland inständig gebeten, seine Demonstrationen ein-

zustellen, die »mancherorts bedauerliche Konsequenzen« nach sich gezogen hätten.

Eine gewaltige Menschenmenge erwartete die Ankunft Saad Zaghluls am Bahnhof Bab el Hadid. Es war der reine Wahnsinn! Sabri und seine Kameraden warteten mehrere Stunden, die von Gesang, Gebrüll, Ohnmachtsanfällen und mehrfachem falschem Alarm gekennzeichnet waren. Dann mußten sie sich den Tatsachen beugen: Der Held würde heute nicht mehr eintreffen. Unglaublich enttäuscht zerstreuten sich die Demonstranten gruppenweise in die benachbarten Straßen.

Rachids Bruder war nicht sehr weit vom Ezbekeya-Garten entfernt, als es zu einem Gedränge kam. Seine Nachbarn ergriffen die Flucht. Er folgte ihnen automatisch und hörte dann zwei Detonationen . . .

Am Boden ausgestreckt, die Wange auf dem feuchten Asphalt, sah Sabri die Blutlache neben sich wachsen. Er hatte gar nicht gemerkt, daß er stürzte; jetzt sah er sich sterben. Während der langen Minute, die folgte, tauchte in dem Bilderfluß, der vor ihm ablief, das von seinem Sohn Hassan auf, der drei Monate alt war und dessen Gesicht er kaum kannte . . .

## 3

»Natürlich unterstützt du diese Habenichtse!« rief Georges Batrakani. »Und du findest es völlig normal, wenn sie Unruhe stiften, Schaufenster einschlagen und uns an der Arbeit hindern . . .«

Vor einer guten Stunde hatten die Angestellten das Büro verlassen. Georges und Makram waren geblieben und saßen sich jetzt ohne Beleuchtung am Tisch gegenüber. Ihr Gespräch würde wie immer im Halbdunkel, im Schein von Georges' Zigarrenglut stattfinden, während Makram unentwegt eine Zigarette drehte, die er nicht rauchen würde. So war es seit ihrer ersten Begegnung auf dem Gymnasium: Am hellichten Tag hatten sie sich nichts zu sagen; im Dämmerlicht stritten sie.

»Du findest es normal, daß sie uns am Arbeiten hindern, daß sie die Wirtschaft des Landes lahmlegen . . .«

Der Kopte antwortete nicht sofort. Aus Erfahrung wußte er, daß mein Großvater erst seinen Zorn abreagieren mußte. Was er ihm jetzt hätte sagen können, würde überhaupt keine Wirkung zeigen, ja, nicht einmal zur Kenntnis genommen werden.

In seiner Funktion als Rechnungsprüfer erschien er einmal in der Woche. Was zusammen vier Streitgespräche im Monat ergab.

Seit der Einrichtung des britischen Protektorats 1914 trug der Rechnungsprüfer nur noch schwarze Krawatten und schwarze Anzüge: Er hatte sich geschworen, so lange

Trauer zu tragen, bis der letzte britische Soldat Ägypten verlassen hätte. Georges hatte zunächst über den Entschluß gelacht und ihn für das Produkt eines Anfalls übler Laune gehalten. Doch die Jahre vergingen, und der Kopte erschien noch immer in Schwarz, Sommer wie Winter. Sein einstiger Mitschüler achtete schon gar nicht mehr auf diese abwegige Kleidung.

»Ihr Syrer könnt das nicht verstehen«, murmelte Makram nach einem Schweigen von zwei oder drei Minuten, die Nase in seiner Dose mit Matossian-Tabak.

»Aha, wohl weil ihr Kopten . . .«

»Wer spricht hier von Kopten? Wir sind Ägypter. Es gibt niemanden, der ägyptischer ist als wir . . .«

»Ja, ich weiß. Du wirst wieder bis auf die Pharaonen zurückgehen.«

»Das Geistliche ist wichtig, Georges!«

»Weniger wichtig als die Geographie, Makram Effendi! Ihr seid eine kleine Insel in einem moslemischen Meer.«

Der Kopte schüttelte mißbilligend den Kopf.

»Hier ist eine nationale Bewegung entstanden, in der es weder Moslems noch Kopten gibt. Es sind Ägypter und fertig. Hast du vor Wochen in den Straßen nicht all die Fahnen mit dem Kreuz und mit dem Halbmond gesehen? Ein Priester aus meinem Viertel hat letzten Freitag in einer Moschee gepredigt . . .«

In diesem Jahr, 1919, fiel Ostern für Orthodoxe und für Katholiken auf denselben Tag. Das hatte den Verbrüderungen der moslemischen Delegation in ihren verschiedenen Patriarchaten noch mehr Gewicht gegeben. Makram war begeistert.

»Der armenische Vikar spricht nur Türkisch, und man mußte seine Rede übersetzen. Doch bei den Griechisch-Orthodoxen sprach Seine Exzellenz Meletios in ausgezeichnetem Arabisch. Und bei euch Griechisch-Katholischen war es noch besser: Khalil Mutran soll die Besucher mit dem Vortrag eines selbstverfaßten Gedichts geradezu begeistert haben.«

»Alles Kindereien!« rief Georges zwischen zwei Rauchkringeln. »Gefährliche Kindereien!«

Die Fabrik in Shubra hatte ihre Produktion Anfang April halbwegs normal wieder aufgenommen; die Tarbusche füllten erneut die Regale und warteten darauf, von Kaufhäusern oder Grossisten gekauft zu werden. Doch es lag noch immer etwas von Widerspruch in der Luft, etwas, das Georges nicht behagte. Zweideutiges konnte er gut vertragen, nicht aber Chaos. Auch wenn er wenig Sympathie für die gegenwärtige Regierung empfand, mißtraute er doch ganz entschieden denen, die sie stürzen wollten. Als Bürger der zweiten Klasse fühlte er sich in der ersten Reihe und somit direkt bedroht, wenn sich das Dekor bewegte und die Waffen sprachen . . .

»Wehe denen, die außerhalb der Volksbewegung stehen!« sprach Makram mit ernster Stimme. »Sie laufen Gefahr, am Wegesrand zu bleiben.«

Georges zuckte die Achseln.

»Soll das ein Witz sein? Stellst du dir etwa vor, ich würde dem Gesindel nachlaufen? Und wozu übrigens? Damit man die Löhne erhöht? Danke! Oder um ›die Engländer zu verjagen‹, wie ihr es nennt? Ägypten ist gar nicht fähig, sich selbst zu regieren! Außerdem ist das alles nur dummes Geschwätz, nichts als *kalam*. Die Dinge beginnen wieder, in geordneten Bahnen zu laufen. Die Pause ist zu Ende, Makram Effendi!«

*

Die erste Begegnung zwischen Georges und Makram – ihr erster Zusammenstoß – hatte neunundzwanzig Jahre zuvor stattgefunden, an einem frühen Oktobermorgen 1890. Damals waren die engen Straßen von Khoronfish noch unbeleuchtet, und jedes Kind hatte auf dem Schulweg seine eigene Laterne dabei.

Georges bahnte sich seinen Weg durch das Dunkel und gab acht, wohin er den Fuß setzte. Sein tonnenschwerer Schulranzen, der auf seiner Hüfte auflag, hörte nicht auf zu rutschen. Er gab ihm gelegentlich einen kräftigen Stoß, um ihn wieder in die richtige Position zu bringen.

Der Mond war verhangen. Man konnte die gewaltige Fassade des Gymnasiums fünfzig Meter weiter nur erahnen.

»Paß doch auf, Idiot!«

Georges blieb stehen. Er wäre um Haaresbreite mit einem Gespenst in seiner Größe, das aus einer Seitenstraße aufgetaucht war, zusammengestoßen. Um seinen Schrecken zu überspielen, schrie er im gleichen Ton zurück: »Selbst ein Idiot, *ya fellah!*«

Die beiden Jungen standen sich jetzt Auge in Auge gegenüber. Jeder hatte spontan seine Laterne gehoben, um ins Gesicht des anderen zu leuchten.

»Geh mir aus dem Weg, sonst zermalme ich dich, wie die Engländer Orabi zermalmt haben«, rief Georges, der sich wieder gefangen hatte, auf französisch.

»Ich spucke auf die Engländer!« erwiderte der Unbekannte auf arabisch, bevor er seinem Herausforderer vor die Füße spuckte.

Es fehlte nicht viel, und sie wären handgreiflich geworden. Doch andere Kinder kündigten sich durch ihre aufgeregten Stimmen und die tanzenden Lichter ihrer Laternen am Ende der Straße an. Dieses Duell durfte nicht vor Zeugen ausgetragen werden.

Nachdem sie ihre Schulranzen zurechtgerückt hatten, setzten Georges und Makram schweigend ihren Weg fort, diesmal Seite an Seite. Sie würden später miteinander abrechnen. Und zwar wieder im Dunkeln, da ihre Schule, die morgens um sechs ihre Tore öffnete, sie erst abends um halb acht wieder schloß.

Er hieß also Makram.

»Bist du Kopte?« fragte Georges, als sie sich abends, wieder mit ihren Laternen, vor der Schule trafen.

»Na und? Ist das vielleicht verboten?«

»Schismatischer Kopte?« bohrte der andere weiter.

»*Ihr* seid die Schismatiker! Wir sind Orthodoxe.«

»Würdest du's wagen, das vor Bruder Onésime oder Bruder Philotée-Jean zu wiederholen?« fragte Georges mit ironischer Stimme.

In Wirklichkeit hatte er keine Lust, dieses theologische Wortgefecht fortzuführen. Die Kopten zu konvertieren, war Sache der Brüder, nicht die seine. Gelegentlich hörte man im Gymnasium, daß ein Schismatiker seinem Glauben abgeschworen hatte, um die Ränge der kleinen koptisch-katholischen Kirche zu füllen, die von den europäischen Geistlichen getragen wurde. Doch katholisch oder nicht, er blieb doch Kopte – ein unauslöschlicher Makel in den Augen unserer Familien.

Die beiden Jungen machten sich auf den Weg durch die dunklen Straßen von Khoronfish. Ihr Dialog war aufgenommen. Er sollte sechsundsechzig Jahre andauern.

## 4

Ägypten erholte sich langsam von den Unruhen des Jahres 1919. Als vorbildlicher Beamter wartete mein Urgroßvater, bis die Ordnung wieder völlig hergestellt war, um erst dann Abschied von dieser Welt zu nehmen. Er tat seinen letzten Atemzug an dem Tag, als Sultan Fuad endlich den langersehnten männlichen Erben bekam. In seinem Tagebuch versäumte es Michel nicht, die beiden Ereignisse einander gegenüberzustellen.

*12. Februar 1920*
*Nonno Elias ist gestern, wenige Stunden nach der Geburt von Prinz Faruk, gestorben. »Eine Generation vertreibt die nächste«, hat Mademoiselle Guyomard gesagt, die niemand nach ihrer Meinung gefragt hat.*
*Wir sind mit dem Automobil zum Friedhof gefahren. Der Chauffeur fährt jetzt ein wenig besser, trotzdem hat Mama auf dem ganzen Weg die Augen geschlossen gehalten.*
*Letztes Jahr hat Nonno eine riesige Tafel aus italienischem Marmor anfertigen lassen. Das Grab ist schöner als das der Touta. Es trägt nur zwei Inschriften: »Linda Batrakani 1847–1894« und »Elias Batrakani 1841–1920«.*
*Der Sultan ist so glücklich, endlich einen Sohn zu haben, daß er in den Moscheen Fleisch unter die Armen verteilen lassen will. Er hat seinem Sohn den Namen Faruk gegeben, nachdem er seine Tochter Fawika genannt hat, weil ihm der Buchstabe »F« Glück bringt.*

*Es heißt, daß Faruk blaue Augen hat. Das ist nicht verwunderlich, sagt Papa: Die Sultanin Nazli ist die Urenkelin von Soliman Pascha, der kein anderer als der Franzose Oberst Joseph Sève ist.*
*Die Guyomard will nicht zugeben, daß Faruk blaue Augen hat.*

Michel scheint vom Tod seines Großvaters weniger berührt gewesen zu sein als von dem Sultan Huseins drei Monate früher. Doch Elias Batrakanis geistige Kräfte ließen schon seit längerem nach, und er war auf dem Weg, den Verstand zu verlieren.

Im Sommer hatte der einstige Beamte der Baubehörde ganze Morgen auf einer Chaiselongue des Kasinos San Stefano in Alexandria verbracht, den Blick auf den fernen Horizont geheftet.

»Wenn das Meer nicht mehr existiert«, sagte er, »werden unsere Ingenieure eine Eisenbahnlinie bauen, um Ägypten mit Europa zu verbinden. Ob wir mehrere Bahnhöfe brauchen? Simpson plädiert für einen Expreßzug ohne eine einzige Haltestelle . . .«

*

Mein Urgroßvater blieb allen als sanfter und versöhnlicher Mann in Erinnerung. Nur ein einziges Mal ist er wirklich aus der Haut gefahren; das war 1890, als der damalige Ratspräsident Riaz Pascha den »echten Ägyptern« die Posten in der Verwaltung vorbehalten wollte. Diese Maßnahme war direkt gegen uns Syrer gerichtet, und Lord Cromer hat eingreifen müssen, um sie rückgängig zu machen.

„Wenn man bedenkt, daß Riaz Türke ist!« wetterte Elias Batrakani. »Und daß er den Armenier Nubar abgelöst hat.

Es würde mich nicht wundern, wenn er morgen einen Präsidenten des persischen oder österreich-ungarischen Rats nominieren würde, der uns dann darüber belehrt, was ein Ägypter ist!«

Fest steht, daß Elias bei seinem Tod 1920, neunundfünfzig Jahre nach seiner Ankunft an den Ufern des Nils, offiziell noch immer nicht als Ägypter galt. Wir waren nichts weiter als »ortsansässige Rechtssubjekte«. Die allmächtigen Großmächte oder »Ohnmächtigen«, wie er sie in seinen seltenen Augenblicken des Zorns nannte, feilten noch immer am Vertrag von Sèvres herum, der das Schicksal von Halbbürgern unserer Sorte regeln sollte.

An einem Samstag im Oktober 1920 konfrontierte Georges Batrakani in einer hitzigen Ansprache den französischen Staat mit seiner Verantwortung. Der Vertrag von Sèvres, der schon unterzeichnet, jedoch noch nicht ratifiziert war, versetzte die eben in Kairo eingetroffenen Syrer in Panik. Das galt nicht für meinen Großvater, der in Ägypten geboren war und sich von der Debatte nur zur Hälfte betroffen fühlte. Mit seiner natürlichen Neigung aber, es mit mehreren Seiten halten zu wollen, fragte er sich, ob die Ägyptisierten wie er bei den laufenden internationalen Verhandlungen nicht den Status von Ausländern erhalten könnten.

Am Abend des besagten Tages erstrahlte die französische Agentur in vollem Glanze zu Ehren einer französischen Truppe, die in der Oper von Kairo *Andromaque* spielte. Schon am Eingang beherrschten die *kawass* mit ihren blauen Uniformen und goldenen Tressen das Bild. Man hatte die schweren Fenster zur Hälfte geöffnet, um die abendliche Frische hereinzulassen. Die Kronleuchter blitzten über den Köpfen der erlauchten Gäste, die zwischen liebenswerten Nippes auf und ab flanierten: Marmormosaiken, geschnitzten Türen, Glaswänden, *mucharabeiyas* ... Dieser einst für den Grafen Saint-Maurice, einen Stallmeister des Khediven Ismaïl, eingerichtete Stadtpalast hatte sich ein Flair von maßlosem Luxus erhalten, der kaum zu einer Botschaft paßte, die Atmosphäre aber war charmant.

Als mein Großvater in den ersten Salon geführt wurde, scharten sich mehrere Schauspieler um Georges Abyad, der als der Vater des neuen ägytischen Theaters galt. Dieser entfernte Verwandte der Toutas und früherer Bahnhofsvorsteher von Alexandria hatte zunächst in einer Laienspielgruppe mitgewirkt, bis der Khedive Abbas auf ihn aufmerksam wurde.

»Stimmt es, Monsieur, daß sie den *Othello* auf arabisch haben spielen lassen?« fragte eine junge blonde Schauspielerin.

»Nicht nur den *Othello*, Mademoiselle! Wir haben auch *Ödipus* von Sophokles und *Ludwig XI* von Casimir Delavigne adaptiert.«

Henri Gaillard, der neue französische Minister, sah meinen Großvater vor der dekorativen Glaswand stehen. Er ging ihm entgegen, wohl mit dem Gedanken, daß ein kurzes Gespräch mit diesem findigen Syrer nicht schaden könnte. Als geschickter Händler hatte Georges Batrakani immer etwas anzubieten: eine brandneue Information, einen originellen Kommentar oder eine Warnung, manchmal eine simple Anekdote, eine dieser lokalen *nokat*, die weit informativer waren als ein Konsularbericht und die sich bei einem Diner so gut zum besten geben ließen.

Aus Marokko kommend, hatte Henri Gaillard die Nachfolge von Albert Defrance angetreten. Dank seiner profunden Kenntnisse des Orients und der arabischen Sprache kannte er sein Ägypten in- und auswendig. Man schrieb ihm ungewöhnliche Lernmethoden zu. Mein Großvater

hatte ihn einmal auf der Terrasse des Café Muski überrascht; dort saß er, einen Tarbusch auf dem Kopf und eine
Wasserpfeife rauchend, im Gespräch mit den anderen
Cafégästen. Klein, untersetzt und nachlässig gekleidet,
wie er war, mußte der Diplomat für irgendeinen griechischen oder türkischen Ladenbesitzer gehalten werden.
Georges hatte so getan, als hätte er ihn nicht erkannt, ohne
freilich schwören können, daß der Blick des anderen ihn
nicht gelegentlich streifte.

Nach einigen orientalischen Höflichkeitsformeln und ein
paar technischen Kommentaren zur Haltbarkeit der Glaswand lenkte Georges das Gespräch geschickt auf den Vertrag von Sèvres.

»Ich kann einfach nicht glauben, Herr Minister, daß
Frankreich einen derart gefährlichen Text ratifiziert.«

»A-ach wirklich?« bemerkte Henri Gaillard, dem man
nachsagte, er stottere nur, um Zeit zu gewinnen.

Er wußte genau, worauf sein Gegenüber hinauswollte.
Die in die Enge getriebenen ägyptischen Syrer mußten
zwischen zwei Nationalitäten wählen: der ihres Ur-
sprungslandes, das unter französischem Mandat stand,
oder der ihrer Wahlheimat, die britisches Protektorat geworden war. Im Augenblick waren sie weder sicher, die
eine noch die andere zu besitzen. Die englische Besatzung
und dann die Teilung des Osmanischen Reiches hatten
ihren Status verschwommener denn je werden lassen.

»Gemäß dem Vertrag von Sèvres«, erklärte Georges mit
Nachdruck »werden alle Syrer, die sich vor September
neunzehnhundertvierzehn in Ägypten niedergelassen haben, als Ägypter betrachtet, wenn sie sich nicht innerhalb
von zwölf Monaten für die syrische Nationalität entscheiden. In letzterem Fall aber müssen sie in ihr Ursprungsland
zurückkehren und ihr Vermögen dorthin transferieren.«

»Genau.«

»Aber stellen Sie sich das vor, Herr Minister! Man erklärt uns zu Ägyptern aus dem einfachen Grund, weil wir in Ägypten leben. Und denjenigen, die sich dafür entscheiden, Syrer zu sein, wird eine lächerlich kurze Frist eingeräumt. Die Wahl ist klar: entweder fortgehen, indem man sich ruiniert, oder bleiben, indem man sich selbst verleugnet.«

»Sich selbst verleugnen? Wieso denn?« fragte Henri Gaillard, der jetzt nicht mehr stotterte. »Bislang waren Sie osmanische Untertanen, den Ägyptern mehr oder weniger gleichgestellt. Man schlägt Ihnen vor, in gehöriger Form Ägypter zu werden. Wo liegt das Problem?«

»Das Problem, Herr Minister, ist, daß wir unsere Traditionen bewahrt haben, unsere Religion, einen Charakter, der unserer Erziehung und unserer Geschichte entspricht. Das bedeutet also, daß uns die Nationalität einer Rasse oktroyiert wird, die nicht die unsere ist. Wer kann uns garantieren, daß die zukünftige Verfassung eines unabhängigen Ägyptens mit unseren Gebräuchen und Vorstellungen übereinstimmt?«

»Sie wollen also eine syrische oder libanesische Nationalität . . .«

»Ja, aber ohne Ägypten zu verlassen.«

»Ich verstehe nicht, Herr Batrakani, was es Ihnen bringt, in Ägypten mit einer syrischen oder libanesischen Nationalität zu leben.«

Mein Großvater antwortete ohne Umschweife: Viele Syrer wollten, wie die Europäer, in den Genuß des Systems der Kapitulationen kommen.*

---

* Sonderstatus zur Steuerbefreiung für Ausländer in Ägypten; A.d.Ü.

»Völlig unmöglich, Herr Batrakani. Die ägyptischen Behörden würden das niemals zulassen, weil ihr mehrere Zigtausende Syrer in Ägypten seid. Außerdem, das wissen Sie sehr gut, werden die Kapitulationsgesetze immer umstrittener. Die Engländer wenden sie weder bei den Palästinensern noch bei den Mesopotamiern an, die sich in der gleichen Situation wie Sie befinden.«

»Die Engländer sind eben Esel, Herr Minister! Verzeihen Sie den Ausdruck. Vor dem Krieg hatten sie zur Wahrung ihres Einflusses vielleicht ein Interesse daran, die Syrer Ägyptens daran zu hindern, sich unter französischen Schutz zu begeben. Heute ist das anders, da sie beauftragt sind, all die Bürger fremder Mächte zu schützen. Hat Großbritannien nicht vielmehr ein Interesse daran, die Zahl der Ausländer wachsen zu lassen, um öfter einen Anlaß zu haben, sich in die ägyptische Verwaltung einzumischen?«

In seinem tiefsten Innern mußte der Diplomat zugeben, daß die Argumentation hieb- und stichfest war. Zweifellos konnte er sich aber auch gut vorstellen, daß sich sein Gegenüber auf der Stelle zum britischen Hochkommissar begab, um ihm, die Hand auf dem Herzen, zu versichern, daß England auf die Syrer Ägyptens zählen könne, daß sie ihm stets ihre Loyalität bezeigen würden . . . Waren sie nicht nur, der Not gehorchend, anglophil, sie, die sich naturgemäß zu Frankreich hingezogen fühlten?

»Wenn der Vertrag von Sèvres in der jetzigen Form Anwendung findet", fuhr mein Großvater mit betont empörter Stimme fort, »dann werden die Folgen verheerend sein. Die Syrer würden es Frankreich nie verzeihen, das doch ihre natürliche Schutzmacht . . .«

Henri Gaillard setzte die schmerzliche Miene eines Schwerkranken auf, der kein Wort hervorzubringen vermochte. Manche Argumente seines Gesprächspartners hatten ihn frappiert. Mit einem letzten Stottern versprach er Georges Batrakani, seine Einwände im Quai d'Orsay vorzutragen.

Und es sollte kein leeres Versprechen bleiben. In den Archiven des Quai habe ich eine Depesche von Henri Gaillard an seinen Außenminister gefunden, datiert vom 1. November 1920. Darin zitierte er mehrere Argumente meines Großvaters, die er mit folgender Bemerkung beschloß: »Die Syrer sind unsere besten Kunden in Ägypten.«

Der Vertrag von Sèvres sollte übrigens aus Gründen, die nichts mit unserer Wenigkeit zu tun hatten, niemals in Kraft treten ... Und so wurde die Kontroverse über unsere Nationalität noch jahrelang fortgesetzt.

## 5

Georges berief sich gern auf seine Vorfahren, doch was genau wußte er von ihnen? Die Geschichte der Batrakanis ist immer sehr verschwommen gewesen. Niemand von uns hat je in den Archiven von Aleppo oder Damaskus nachgeforscht, wo es Spuren von unserem langen Aufenthalt in Syrien geben muß.

Dasselbe gilt jedoch nicht für die Toutas, die seit dem siebzehnten Jahrhundert in Ägypten angesiedelt sind und über die wir dank Michels Arbeiten eine ganze Menge wissen. Mein Pate hat in *Les Cahiers d'Histoire Egyptienne* drei wichtige Artikel über sie geschrieben. Der erste, 1948 erschienen, trägt den Titel »Antoun Touta, der Zöllner von Rosette«. Die beiden anderen, »Hanna Touta, Mameluck Napoleons« und »Boutros Touta, Arzt unter Mohammed Ali«, sind im darauffolgenden Jahr in einer einzigen Ausgabe erschienen. Diese Texte waren damals Gegenstand zahlreicher Sonderdrucke. Als Kinder verschlangen wir sie ebenso gierig wie die Romane der Comtesse de Ségur, auch wenn wir den Sinn gewisser Ausdrücke überhaupt nicht verstanden.

Im siebzehnten Jahrhundert waren die Toutas große Kaufleute in Aleppo, die Seide aus Persien importierten und an europäische Händler lieferten. Die Zufälle der Geschichte – und der Eifer der Jesuiten oder Kapuziner – hatten diese Christen mit griechischen Gebräuchen auf die Seite der Katholiken gebracht. Ihre Kenntnisse des Französischen und zum Teil auch anderer Fremdsprachen machten sie zu priviligierten Vermittlern. Während Frankreich einen gewissen Schutz für sie darstellte, hatten ihnen die ortsansässigen Potentaten, die nichts von diesen Bürgern der zweiten Klasse zu befürchten hatten, gern Schlüsselpositionen angeboten.

Gegen 1690 packte ein Teil der Toutas die Koffer und ließ sich in Sidon, im Norden Palästinas, nieder. Merkwürdiger Umzug dieser so fest in ihrer Stadt verwurzelten Bürger. Tatsächlich aber paßten sie sich nur der Verlagerung der Handelszentren an: Von jetzt an fanden Herstellung und Vertrieb von Seide und Baumwolle an der Küste statt. Dieses neue Eldorado zog ebenso Bürger von Aleppo und Damaskus wie Bauern aus dem Libanongebirge an.

Lebte unser Vorfahr Antoun Touta in Sidon? Oder gehörte er zu dem Familienzweig, der in Aleppo geblieben war? Es war nicht herauszufinden. Dieser klumpfüßige Händler war auf jeden Fall der erste der Familie, der 1740 Syrien verließ, um sich im ägyptischen Damiette niederzulassen.

Genaugenommen handelte es sich nicht um eine Auswanderung, erklärt Michel, da Ägypten und Syrien beide zum Osmanischen Reich gehörten. Von Sidon bis Beirut, von Tyrus bis Akka war es leicht, nach Damiette zu gelangen, das zu jener Zeit enge Handelsbeziehungen mit der syrischen Küste pflegte.

Damiette war damals ein blühender Hafen, der erste und wichtigste von Ägypten. Hunderte von Griechisch-Katholischen waren auf der Suche nach Reichtum hierhergekommen. Sicher auch auf der Suche nach Frieden, denn ihr Leben in Syrien wurde unerträglich: Die griechisch-orthodoxe Hierarchie verfolgte sie auf schlimmste Weise, seitdem sich ihre Kirche offiziell dem Papst angeschlossen hatte.

Damiette war im Vergleich dazu ein Paradies. Seit einiger Zeit lebte hier eine maronitische Gemeinde, und unter dem Schutz europäischer Mächte waren Franziskaner missionarisch tätig. Die Griechisch-Katholischen Syriens kamen ohne Klerus. Sie teilten die einzige Kirche von Damiette mit den Maroniten und ließen die Franziskaner ihre Tauf-, Ehe- und Sterberegister führen.

Antoun Touta hatte Beziehungen zu französischen Seeleuten, die in Ägypten Reis einkauften. Wenn sie in Damiette einliefen, war ihr Laderaum voll mit Stoffen und Kleidungsstücken, die sie unter der Hand und auf eigene Rechnung vertrieben. Antoun und andere Griechisch-Katholische erwarben die Ware zollfrei, um sie auf dem ägyptischen Markt zu günstigen Preisen wieder zu verkaufen. Auf geschickte Weise konnten sie die vereidigten französischen Händler von Damiette umgehen. Gleichzeitig trieben sie Handel mit Dschidda übers Rote Meer und mit Livorno, wo sie Verwandte hatten...

Als Antoun der Klumpfüßige in Damiette eintraf, lag der ägyptische Zoll noch größtenteils in Händen der Juden. Dreißig Jahre später waren all diese Posten von Griechisch-Katholischen besetzt. Das war das Ergebnis eines großangelegten Machtkampfes zwischen Juden, Griechisch-Katholischen und Griechisch-Orthodoxen.

In Ägypten war die Schlüsselposition die des Oberzöllners. Wer diesen Posten innehatte, kontrollierte nicht nur den alten Kairoer Hafen, sondern darüber hinaus den gesamten ägyptischen Zoll. Das Jahreseinkommen konnte bis zu dreihunderttausend Goldfrancs betragen. Der griechisch-katholische Jussef Bitar konnte den begehrten Posten 1771 besetzen.

Anscheinend stand unser Vorfahr auf gutem Fuße mit dem neuen ägyptischen Zollchef: Wenn er auch nie die

121

Aufsicht über Damiette bekam, so doch den etwas bescheideneren und trotzdem sehr lukrativen Posten in der Stadt Rosette. Dreißigtausend Goldfrancs im Jahr, ohne die zusätzlichen Vorteile zu zählen, für die sich ein weiterer Ortswechsel lohnte ...

## 6

Merkwürdigerweise findet sich in Michels Tagebuch keine Spur von dem Familiendrama, das sich Anfang Januar
1921 ereignete. Es wird erst wenige Wochen später erwähnt, als alles längst entschieden war. Anscheinend hat
außer meinen Großeltern anfangs niemand Wind davon
bekommen.

Eines Morgens gegen zehn war André freudestrahlend in
das mit rosa Seide tapezierte Schlafzimmer gekommen,
dessen Fenster auf den Garten blickten.

»Mama, ich hab eine große Neuigkeit!«

Den Blick im Spiegel ihres Frisiertisches verloren, antwortete Yolande Batrakani mit einem vagen Murmeln. Die
seit kurzem aufgetretenen Tränensäcke unter ihren Augen bereiteten ihr Kummer, und sie versuchte, sie mit einem neuen Puder von Patou zu verdecken.

»Mama, ich habe beschlossen, Jesuit zu werden.«

Sie gab keine Regung von sich.

André lächelte. Seit seinem Gespräch mit dem Vize-Provinzial war er in euphorischer Stimmung.

Dann sah er, wie sich seine Mutter langsam umwandte,
starr wie ein Cicurel-Mannequin, das man auf seinem
Sockel drehte. Tränen rannen ihr über die Wangen und
verschmierten den eben erst aufgelegten Puder.

»Aber warum? Warum? Liebst du uns denn nicht mehr?«
fragte sie mit erstickter Stimme.

Er war verwirrt.

»Geh schnell zu deinem Vater«, stieß Yolande, ihre Tränen runterschluckend, hervor. »Schnell, er reist jeden Augenblick nach Alexandria ab.«

Wie ein Automat stieg André die Treppe ins Erdgeschoß hinab. Er brauchte nicht an die Tür des väterlichen Arbeitszimmers zu klopfen; sie stand weit offen. Georges Batrakani packte fröhlich pfeifend seine Dokumente in eine Reisetasche.

»Komm rein, *ya ebni*. Du siehst schlecht aus. Stimmt was nicht?«

So wie das Gespräch anfing, versprach es, eine Katastrophe zu werden. André suchte schon nach einem Vorwand, um sich zurückzuziehen. Doch dann dachte er an seine Mutter und besann sich eines anderen.

»Ganz im Gegenteil«, sagte er mit fester Stimme. »Es ist alles in bester Ordnung. Ich habe beschlossen, dem Jesuitenorden beizutreten.«

Georges hob den Kopf.

»Soll das ein Witz sein?«

»Nein, Papa, es ist alles bereits geregelt mit Pater . . .«

Georges explodierte.

»Ich bin es, der die Dinge hier regelt! Du hast dir doch wohl nicht vorgestellt, daß ich meinen Sohn – meinen ältesten Sohn! – mit einer albernen Soutane sich lächerlich machen lasse.«

»Ich will mein Leben Gott weihen, Papa . . .«

»Überlaß das anderen! Unsere Familie ist nicht dazu bestimmt, der Kirche Priester zu schenken. Sie ist vielmehr dazu bestimmt, der Kirche den Weg zu weisen. Und wenn du im Leben Erfolg haben solltest, trittst du eines Tages in den Verwaltungsrat des griechisch-katholischen Wohltätigkeitsvereins ein. Bis dahin studierst du Rechtswissenschaften.«

»Aber Papa . . .«

»Schluß jetzt. Ich will nichts mehr von diesem Unsinn hören. Und sag Soliman, er soll schon den Motor warmlaufen lassen. Mein Zug geht um elf Uhr fünfunddreißig.«

Nachdem er dem Chauffeur Bescheid gegeben hatte, wollte André erneut seine Mutter aufsuchen, deren heftige Reaktion ihm zu schaffen machte. Yolande saß noch immer an ihrem Frisiertisch und versuchte, die durch den Tränenausbruch entstandenen Schäden auszubessern. Um sie nicht noch mehr aufzuregen, verließ er das Zimmer wieder, nachdem er ihr im Spiegel ein kleines Zeichen gegeben hatte.

André hatte sich stets vor seinem Vater gefürchtet. Doch seit einigen Tagen fühlte er sich stark genug, jedem die Stirn zu bieten. Er würde Jesuit werden, dazu war er fest entschlossen. Natürlich mußte er noch seine Mutter überzeugen und die väterliche Genehmigung einholen, die vom Vize-Provinzial erwünscht war.

Es mußte also ein Dritter eingeschaltet werden. Aber wer? Nando? Maguy? Henri Touta? Keiner von ihnen hätte die Argumente ihres Neffen verstanden. Der Gemeindepfarrer? Georges Batrakani empfand tiefste Verachtung für diese griechisch-katholischen Pfarrer, die er als Ignoranten, Faulenzer, ja, als Diebe bezeichnete. Ein Eingreifen von dieser Seite könnte fatal sein.

Und warum nicht der Patriarch selbst? Er war ein Freund der Familie Touta und repräsentierte in Georges Batrakanis Augen die Macht.

\*

André verneigte sich, um den Ring des Patriarchen zu küssen.

»Schön, dich zu sehen, *habibi*. Wie geht's deinem Papa? Und deiner Mama?«

Mein Onkel haßte diese in der orientalischen Priesterschaft so verbreitete Art, Heranwachsende wie Kinder zu behandeln, doch er ließ es sich nicht anmerken. Eine Höflichkeitsfloskel vor sich hin murmelnd, nahm er auf dem vergoldeten Stuhl Platz, den Seine Exzellenz Cadi ihm wies. Eine dicke Fliege ließ sich auf seinem Knie nieder.

»Monsignore, ich habe beschlossen, Priester zu werden.«

»Eine wahrhaft gute Nachricht! Tausend *mabruks*! Da werden sich Papa und Mama freuen!«

Hingerissen von der melodiösen Stimme, versäumte es André, die Gelegenheit beim Schopf zu ergreifen.

»Ich will noch heute dem Superior des Seminars von Jerusalem schreiben«, fuhr der Patriarch fort. »Wie einen König wird man dich dort empfangen.«

»Euer Exzellenz, ich will aber . . . ich will Jesuit werden.«

»Jesuit! Bist du von Sinnen! Wer hat dich auf diese alberne Idee gebracht? Du mußt doch in deiner Kirche bleiben!«

An diesen Aspekt der Frage hatte André überhaupt nicht gedacht. Er antwortete spontan: »Ich habe doch gar nicht vor, unsere Kirche zu verlassen. Ich will Jesuit sein und griechisch-katholischer Priester.«

»Das gibt es nicht! Sie werden dich zum Anhänger der Lateinischen Kirche machen.«

André stotterte ein wenig, als er erklärte, der Jesuitenorden wolle nicht länger Fremdkörper im Orient sein. Er, André, werde verlangen und durchsetzen, daß er seine Riten beibehalten könne. Oder er würde nach seiner Ordination zu ihnen zurückkehren . . .

Der Patriarch schüttelte das Haupt, die Stirn in tiefe Falten gelegt.

»Begreifst du denn nicht, daß unsere Kirche dadurch aufs Schlimmste bedroht ist? Anfang des letzten Jahrhunderts wurden wir in Syrien durch die Griechisch-Orthodoxen – Gott vergebe ihnen! – verfolgt. Dann wurden wir von den Moslems hingemordet. Heute sind es die westlichen Katholiken, die alles daran setzen, uns zu schwächen. Ihr jungen Leute besucht die französischen konfessionellen Schulen. Es sind gute Schulen, das will ich nicht leugnen. Doch man läßt euch nur an lateinischen Messen teilnehmen. Ihr vergeßt unsere schöne Liturgie. Ihr werdet Fremde in eurer eigenen Kirche.«

André wagte nicht, den Patriarchen, der sich immer mehr ereiferte, zu unterbrechen.

»Siehst du denn nicht, daß die europäischen Missionare uns verachten? Sie kritisieren unsere Liturgie, sie machen sich über unsere Kleidung lustig. Wir werden behandelt wie die erbärmlichsten aller Menschen. Die Schismatiker sind sich dessen übrigens durchaus bewußt. Sie sagen sich: Seht, was uns erwartet, wenn wir uns eines Tages in Rom vereinen!«

Die Fliege summte nun um das Kreuz auf der Brust des Patriarchen, der sie mit einer energischen Handbewegung verscheuchte, bevor er in seinem Monolog fortfuhr.

»Zu Ende des Jahrhunderts hatte die katholische Kirche einen großen Papst, Leo XIII., Gott gebe seiner Seele Frieden. Er wenigstens hatte uns verstanden. Leider hat sein Nachfolger Pius X. den Orientalen gestattet, im lateinischen Ritus zu kommunizieren. Welch ein Fehler! Und welch ein Triumph für die europäischen Missionare! Und du, ein Batrakani, einer unserer Söhne, du willst ins andere Lager überwechseln, du willst Jesuite werden!«

Mit trockener Kehle stieß André hervor: »Euer Exzellenz, ich verstehe Eure Sorge. Doch ich bin sicher, Eurer Kirche als Jesuit dienen zu können. Ihr werdet es sehen, ich versreche es . . .«

Die Fliege hatte sich auf dem Ärmel des Patriaten niedergelassen.

»Tu, was du für richtig hältst, *ya ebni*. Gott segne dich.«

Als André das Haus des Patriarchen verließ, war ihm leichter ums Herz. Doch schon nach wenigen Schritten wurde ihm klar, daß die eigentliche Absicht seines Besuchs mit keinem Wort erwähnt worden war.

*

21. Februar 1921

*Es ist uns verboten, den Namen André bei Tisch auszusprechen. Papa explodiert jedesmal, wenn jemand nur eine Anspielung auf seinen ältesten Sohn macht. »Er ist nicht mein Sohn, er ist für mich gestorben«, hat er neulich absichtlich provozierend gesagt. Mama ist in Tränen ausgebrochen.*

*Die Atmosphäre zu Hause ist unerträglich. Der Anruf von Pater Direktor hat alles nur noch schlimmer gemacht: Papa hat ihn der Verführung Minderjähriger bezichtigt. In der Schule habe ich schon gemerkt, daß mich manche ganz komisch anschauen.*

26. Februar 1921

*Die Guyomard hat wenigstens einmal im Leben etwas Vernünftiges getan: Gestern hat sie den Brief von André abgefangen und Mama direkt gegeben, weil sie wußte, daß Papa ihn in den Papierkorb werfen würde, ohne ihn auch nur geöffnet zu haben. Unser Bruderherz bittet die Eltern, ihm den Kummer zu verzeihen, den er ihnen bereitet hat. Doch er würde deshalb seine Entscheidung nicht rückgängig machen.*

15. März 1921

*Das Geheimnis, wie André Ägypten verlassen hat, scheint gelüftet. Die Patres haben ihm eine Soutane und einen Paß be-*

*sorgt. Vier Stunden, nachdem er Kairo verlassen hatte, war er schon auf hoher See. Selbst wenn die Polizei alarmiert worden wäre, hätte sie ihn nicht daran hindern können, rechtzeitig das Schiff zu erreichen.*

*

Michel war viel zu sensibel, um nicht unter dem Drama zu leiden, das seine Familie erschütterte. Zwischen seiner weinenden Mutter und seinem zornesstummen Vater hätte er sich am liebsten in ein Mauseloch verkrochen. Nachts wurde er von absurden Alpträumen heimgesucht, in denen André abwechselnd Verräter und Opfer war.

Er träumte, daß Sultan Husein ihn an sein Sterbebett rief, um ihm mit gebrochener Stimme zuzuflüstern: »Fragt die Jesuiten, fragt, wen ihr wollt, aber findet mir diesen Jungen. Niemand hat je so gut wie er Lafontaine vor mir rezitiert. Nicht einmal mein Lehrer Monsieur Jacolet, der mir immerhin vierzig Fabeln beigebracht hat.«

Zulfikar Pascha, der Großkämmerer, erschien persönlich in der Schule, um sich nach Namen und Adresse des Wunderknaben zu erkundigen. Dann trommelte er an die Tür der Batrakanis. Er stieß auf André, während Mademoiselle Guyomard in hysterisches Geschrei ausbrach . . .

## 7

Zu Herbstbeginn 1922, fast zwei Jahre nach Andrés
Flucht, begleitete Françoise Dhellemmes ihren Mann nach
Kairo. Es war das erste Mal, daß diese Flämin mit dem
blassen Teint und dem verkniffenen Gesicht den Fuß auf
afrikanischen Boden setzte. Dabei hatte sie an allem etwas
auszusetzen: Das Klima war ihr zu mild, die Stadt zu hek-
tisch, der Nil zu breit, das Essen – selbst im Shepheard's –
zu pikant.

»Im Muski-Viertel, das Edouard mir unbedingt zeigen
wollte, ist der Gestank einfach unerträglich«, verkündete
sie meiner Großmutter, die sich alle erdenkliche Mühe gegeben hatte, um sie fürstlich zu bewirten.

Mademoiselle Guyomard nickte zustimmend. Als wäre es
ihr jemals in den Sinn gekommen, sich unter die Araber in
Muski zu mischen . . .

Françoise Dhellemmes schien sich unentwegt selbst kari-
kieren zu wollen. So wurde sie nicht müde, ihrer Enttäuschung über dieses Land Ausdruck zu geben und jeder
Bemerkung ihres Mannes zu widersprechen.

Edouard, der zum drittenmal in Kairo war, sah Ägypten
noch immer durch eine rosa Brille. Das erste Mal, im Mai
1916, war er gekommen, um das Terrain zu ergründen.
Das zweite Mal, im Januar 1919, um die Tarbusch-Fabrik
zu installieren. Diese dritte Reise sollte nun allein dem
Vergnügen dienen, doch seine Frau machte ihm einen gewaltigen Strich durch die Rechnung. Es kam gar nicht in
Frage, Kairo zu verlassen: Françoise Dhellemmes war nur

mit Mühe dazu zu bewegen, die große Pyramide zu besuchen, die sie auch kaum eines Blickes würdigte. An einen Besuch des Nildetas zu den Ländereien meines Großvaters über die wenig befahrenen Wege war gar nicht zu denken.

»Wenn Sie das nächste Mal hier sind, fahren wir hin«, raunte Georges Edouard zu. »Versuchen Sie zur Baumwollernte zu kommen.«

Um alles nur noch schlimmer zu machen, fegte seit dem Vortrag der *kamsin* über Kairo hinweg. Dieser heiße trockene, mit hauchfeinem Staub beladene Wüstenwind dringt in die kleinsten Ritzen ein, verdeckt den Himmel und reizt Atemwege und Schleimhäute.

»*Kamsin* bedeutet fünfzig auf arabisch«, erklärte Yolande, um ein Gespräch mit der Französin einzuleiten.

»Warum fünfzig?«

Meine Großmutter, die sich niemals die Frage gestellt hatte, antwortete aufs Geratewohl: »Weil dieser Wind fünfzig Tage andauert.«

»Aber nein, was erzählst du denn da!« schaltete sich Georges ein. »Er dauert nie mehr als drei oder vier Tage. Er heißt *kamsin*, weil er mit fünfzig Stundenkilometern bläst.«

»Nie im Leben!« protestierte Henri Touta. »*Errare humanum est*! Der *kamsin* verdankt seinen Namen der Tatsache, daß er zu fünfzig Prozent aus Sand besteht.«

»Fünfzig Prozent? Das ist ja Wucher, *ya comte*!« bemerkte Nando und brach in sein berüchtigtes ohrenbetäubendes Lachen aus.

Fassungslos starrte Françoise Dhellemmes dieses hundert Kilo schwere Ungeheuer an, das mit seinem Gebrüll die Kristallgläser zum Klirren brachte.

Zwei weitere Erklärungen zum Ursprung des *kamsin* wurden gegeben – jede mit der gleichen Gewißheit vorgebracht und von wilden Protesten und Schreien begleitet. Wie war es möglich, fragte sich Edouard Dhellemmes, daß Leute, die in geschäftlichen Dingen so geschickt und präzise waren, in denen ihres Alltags derart chaotisch sein konnten? Der Begriff *kamsin* – das wußte er aus dem Baedeker, seiner Bibel – rührte daher, daß dieser Wind meist in den fünfzig Tagen um die Tagundnachtgleiche auftritt. War nicht in drei Wochen Herbst-Tagundnachtgleiche? Der Franzose machte sich Vorwürfe, seine Reise nicht auf ein anderes Datum gelegt zu haben.

Die Suppenschüssel in der Hand, wartete der *soffragi* Rachid geduldig hinter Françoise Dhellemmes.

»Möchten Sie noch ein wenig von der *kobeiba*? fragte Yolande.

»Nein, danke«, antwortete die Französin schnippisch. Sie war wütend, daß ihr Mann sich ein zweites Mal bedient hatte und gierig diese etwas säuerliche weiße Sauce schlürfte, in der mit Gott weiß was garnierte Fleischklößchen herumschwammen.

Drei meiner Onkel – Michel, Paul und Alex – teilten sich mit ihren Cousins ein Ende der riesigen Tafel. Die kleine vierjährige Lola war schon mit ihren beiden Puppen Alsace und Lorraine zu Bett gegangen. Viviane, erst zwölf Tage alt, sollte gegen Ende des Essens ihren Auftritt haben.

»Sitz gerade, Alex!« rief Georges von Zeit zu Zeit und runzelte dabei die Stirn.

Yolande flüsterte ihrem vierten Sohn, der zu ihrer Linken saß und als ihr Liebling galt, etwas ins Ohr. Eine Minute später war der Elfjährige schon wieder unaufmerksam, als wäre nichts gewesen. Selbst die Jesuiten hatten ihn trotz der unterschiedlichsten Strafmaßnahmen nicht disziplinieren können.

132

Françoise Dhellemmes saß Edmond Touta gegenüber. Ihr Blick ruhte gelegentlich auf diesem Sonderling mit den zerzausten Haaren und der lilafarbenen Seidenschleife. Er kaute schweigend sein Fleisch und schien völlig geistesabwesend. In einem Augenblick, da sie am wenigsten damit rechnete, richtete er plötzlich mit fiebriger Stimme das Wort an sie.

»Wußten sie, Madame, daß Ägypten heute dreizehn Millionen Einwohner zählt? Viermal mehr als zur Zeit Bonapartes! Der reine Wahnsinn!«

Edmond Touta betupfte sich mit der Serviette die Stirn, als würde ihn diese Menschenmasse persönlich ersticken. Dann überließ er sich erneut seinen finsteren Grübeleien. Die Flämin zog daraus den Schluß, daß diese Orientalen alle verrückt waren ...

Zwischen *kobeiba* und *konafa* kam das Thema schließlich auf den Tarbusch. Die Fabrik stand drei Jahre nach ihrer Eröffnung noch immer in den roten Zahlen, und es war bislang nicht gelungen, den italienischen und tschechoslowakischen Fabrikanten, die nach dem Krieg einen entscheidenden Vorsprung erzielt hatten, Marktanteile zu entreißen. Georges verkaufte kaum siebentausend Tarbusche im Jahr. Ihm wurde klar, daß es nicht genügte, die Preise zu senken und die Verkaufsleiter der Kaufhäuser Cicurel, Orosdi-Back oder Sednaui zu beschwatzen. Worauf es ankam, war die Qualität des Produkts: Die Färbung der Batrakani-Tarbusche war fehlerhaft, der Filzstoff franste leicht aus. Verschiedene Einzelhändler aus Kairo und Alexandria hatten sich bereits beschwert. Man hatte ihnen kostenlos mangelhafte Sendungen ersetzen müssen.

»Ich hatte Ihnen doch gesagt, Monsieur Dhellemmes, daß Ägypten nicht für die industrielle Produktion geschaffen ist«, meinte mein Großvater in Augenblicken der Entmutigung.

Was ihn freilich nicht daran hinderte, im Rahmen einer kleinen Gruppe von Industriellen, die sich in Kairo angesiedelt hatten, für protektionistische Maßnahmen einzutreten.

Als man die *konafa* servierte, verließ Mademoiselle Guyomard unauffällig das Eßzimmer. Ein dunkelhaariges Püppchen im Arm, kehrte sie wenige Minuten später zurück. Es gab ein Konzert von bewundernden Rufen. Selbst Françoise Dhellemmes erwachte vorübergehend aus ihrem Schweigen, um eine Reihe von angemessenen Lauten des Entzückens von sich zu geben. Viviane hatte grüne Augen.

*

Zwölf Tage zuvor war Madame Rathl von Maguy, die bei den ersten Wehen ihrer Schwester zugegen war, eilends herbeigerufen worden. Es war acht Uhr abends. Die *daya*, die eben ausgehen wollte, erschien in ihrer Abendtoilette. Sie legte ihre Armreifen ab, band sich eine Schürze um, bat um heißes Wasser und machte sich ans Werk.

Madame Rathl leistete seit vielen Jahren ganz Shubra Geburtshilfe. Als ambulantes Geburtenregister informierte sie über die Entbindungen in anderen Familien, über Schwangerschaftsunfälle, über Milch, die kam, und solche, die nicht kam, wobei sie nebenher ein paar außergynäkologische Neuigkeiten verbreitete. Niemand stellte ihre Kompetenzen als Hebamme in Frage, die sie an der Seite ihrer Tante, der berühmten Om Jussef, erworben und deren Nachfolge sie 1912 angetreten hatte.

Das Kind präsentierte sich gut. Während sie den Kopf hervorzog, redete die *daya* auf arabisch auf die immer heftiger keuchende Yolande ein.

»Weiter so, Liebes . . . Und noch mal, meine Gute . . . Aber ja, aber ja . . .«

Madame Rathl zog schließlich das ganze Kind heraus. Maguy bemerkte, wie sich ihre Züge plötzlich verfinsterten: Es war ein Mädchen. Sie schlug einen gezwungen heiteren Ton an, um ihrer Schwester ihren Glückwunsch auszusprechen.

»*Mabruk*, meine Beste. Du hast eine wahre Prinzessin bekommen!«

Mit gequälter Miene legte Madame Rathl ihre Schürze ab und wusch sich die Hände. Wenn es ein Mädchen war, wurde sie normal bezahlt. Bei einem Jungen wurde sie obendrein mit Geschenken überhäuft.

»Armer Georges!« murmelte Yolande schließlich mit Tränen in den Augen.

Sie hatte ihrem Mann kurz hintereinander drei Jungen geschenkt. Dann einen vierten, Charles, der im Kindesalter an einer Rippenfellentzündung gestorben war. Alex war nach einem längeren Zeitabstand erschienen. Lola, einige Jahre später dazugekommen, wurde von Georges als netter kleiner Irrtum der Natur betrachtet. Doch noch einmal ein Mädchen, nachdem ihm die Jesuiten unlägst den Ältesten genommen hatten . . .

Allen Mut zusammennehmend, verließ Maguy das Zimmer, um ihrem Schwager die traurige Nachricht zu überbringen. Sie kannte ihn zu gut, um sich in sinnlosen Ausflüchten zu ergehen.

»Es ist ein Mädchen, Georges. Yola geht's gut.«

Er wurde leichenblaß und wandte sich wortlos ab.

Erst eine Stunde später suchte mein Großvater seine Frau auf. Er überreichte ihr ein Schmuckkästchen mit einem Kameering, den er zwei Tage zuvor bei einem Juwelier an der Place de l'Opéra gekauft hatte. Nach einem flüchtigen

Blick und einem gequälten Lächeln in Richtung Wiege schloß er sich bis zum Abendessen in seinem Arbeitszimmer ein.

Drei Tage lang setzte Georges Batrakani den Fuß weder ins Büro noch in die Fabrik. Seiner Schwägerin Maguy, die sich nach dem Grund erkundigte, antwortete er mißmutig.

»Ein zweites Mädchen! Wie stehe ich denn vor meinen Angestellten da!«

*

Françoise Dhellemmes Entzückensbekundungen wollten nicht enden. Viviane auf dem Arm, trat Mademoiselle Guyomard soeben ihre dritte Runde um den Tisch an.

»Also gut, genug mit dem Affenzirkus. Sie können sie wieder zu Bett bringen«, rief Georges verärgert.

*

Dieses Mittagessen mit den Dhellemmes wird in Michels Tagebuch ausführlich beschrieben. Hier erfährt man unter anderem, daß Maguy Touta bei jedem Scherz Edouards in herzhaftes Lachen ausbrach, was die Flämin um so mehr erzürnt haben muß.

Michel begann in jenem Jahr sein Literatur- und Geschichtsstudium an der Universität. Hager von Gestalt, dazu mehr oder weniger Vegetarier und ständig in seine Bücher vertieft, war er der große Kummer seines Onkels Nando. Man sah ihn gelegentlich im väterlichen Büro an der Place de l'Opéra, doch waren es mehr sentimentale Besuche, ohne Zusammenhang mit den Aktivitäten, die sich darinnen abspielten. Die meiste Zeit hockte mein Patenonkel auf dem Balkon und träumte. Wenn er nach Hause zurückgekehrt war, schmiedete er Verse oder schrieb die Seiten seines Tagebuchs voll.

Aus seinem zweiten Heft habe ich diese Zeilen kopiert, die das Datum »1. März 1992« tragen:

*Ägypten ist seit heute unabhängig. Sultan Fuad nennt sich jetzt »König«, und die Engländer haben ihm offiziell zugesichert, daß sein Sohn Faruk zu gegebener Zeit seine Nachfolge antritt. Es ist davon die Rede, die rote Flagge durch eine grüne zu ersetzen, die ebenfalls mit drei weißen Sternen und einem weißen Halbmond versehen sein soll.*

*Papa, der seit einiger Zeit bei etwas besserer Laune ist, läßt sich höhnisch über all die Veränderungen aus. Gestern sagte er bei Tisch: »Seit einem Jahrhundert hat Ägypten zunächst Vizekönige gehabt. Dann Khedive. Dann einen Sultan. Dann einen Sultan, der König geworden ist. Jetzt fehlt nur noch ein Kaiser, der dann Pharao wird. Und bei all dem verändert sich nichts, aber auch gar nichts: Es sind die Engländer, die das Land regieren.«*

# DRITTER TEIL

# Die Basilika von Heliopolis

## 1

Ich habe bisher noch nichts von der Familie meines Vaters
erzählt. Vielleicht weil es einfach weniger zu erzählen
gibt . . . Bei den Jareds fand sich kein Michel mit den Nei-
gungen eines Geschichtsschreibers, der sich für unsere
Abstammung interessierte. Hätte er überhaupt Interes-
santes zusammentragen können?

Als achtjähriges Waisenkind war Mima, meine Großmutter väterlicherseits, von den Dames du Bon Pasteur in
Shoubra in ihr Kloster aufgenommen worden. Diese französischen Nonnen hatten sich ernsthaft bemüht, ihr gute
Manieren und Gottesfurcht beizubringen. Doch der hübsche Wildfang – man nannte sie damals schon »schön wie
der Mond« – schien unzähmbar. Ihre übermütigen Wett-
läufe in den Klosterfluren und ihr kristallklares Lachen
hallten in diesem Universum aus Bohnerwachs, spärli-
chem Kerzenlicht und gedämpftem Flüstern wider.
Wenigstens hatte sie korrektes Französisch gelernt.

Schon mit sechzehn Jahren verdrehte sie mit ihrem anmu-
tigen Gang und ihrem lebhaften Temperament den Männern, die ihr im Shubra-Viertel begegneten, den Kopf.
An einem Sonntag 1914 – dem Palmsonntag – fiel sie Khalil Jared buchstäblich in die Arme. Nachdem sie über eine
Stufe der Sankt Markus-Kirche gestolpert war, hatte sie
sich von diesem Athleten im weißen Anzug auffangen lassen. Er lächelte. Mima entschuldigte sich errötend. Gemäß
der Familienlegende sah Khalil sie drei lange Sekunden

an, bevor er sie fragte: »Und wenn wir am 6. September heiraten? Es ist ein Sonntag.«

Zehn Jahre später war Mima noch immer verrückt nach diesem stürmischen Mann, der ihre Leidenschaft mit gleicher Heftigkeit erwiderte. In der Öffentlichkeit verschlangen sie sich mit Blicken, hielten sich verstohlen die Hand und lachten dabei geheimnisvoll . . . Jedesmal wenn Khalil von einer Reise aus der Provinz heimkehrte, schloß sich das Paar ins Schlafzimmer ein. Erschöpft, aber vor Freude überschäumend, verließ Khalil es erst nach zwei Tagen wieder. In der Zwischenzeit versorgten zwei Hausmädchen die Kinder.

Mein Großvater väterlicherseits, der bei seiner Hochzeit sechsundzwanzig Jahre zählte, war der Sohn eines bescheidenen Tuchhändlers, der, sein Bündel über der Schulter, von Haustür zu Haustür zog. Er war ohne Bildung, ohne Geld, aber mit einem enormen Lebenshunger in die Freiheit entlassen worden.

Als Kleinunternehmer im Baugewerbe tätig, hätte Khalil Jared während der großen Krise von 1907 fast sein ganzes Vermögen verloren. Sicher verdankte er sein Glück einem Schutzengel. Oder seiner Anpassungsfähigkeit. Oder seiner erstaunlichen Gabe, mit jedem Kontakt aufzunehmen und ihn mit seiner guten Laune und robusten Gesundheit für sich zu gewinnen.

So hatte Khalil auch die Sympathien von Habib Ayrut, einem griechisch-katholischen Ingenieur, gewonnen, der wiederum der bevorzugte Bauunternehmer von Baron Edouard Empain war. Dank seiner Hilfe konnte er 1912 einen Bauvertrag für acht kleine Wohnungen in Heliopolis ergattern. Weitere Angebote sollten folgen, da sich diese neue aus dem Sandboden gestampfte Stadt immer weiter ausdehnte.

Zu Beginn des Jahrhunderts hatte Baron Empain einen berühmten Architekten gebeten, ihn zu Pferd in die Wüste unweit der alten Straße nach Sues zu begleiten. Sie erklommen ein kleines Plateau, über das ein trockener Wind fegte.

»Hier will ich eine Stadt errichten«, verkündete der belgische Industrielle mit einer Entschlossenheit, die sein Gegenüber in Erstaunen versetzte. Sie sollte Heliopolis, Stadt der Sonne, heißen, fuhr er fort. »Und zunächst will ich einen Palast bauen lassen, einen riesigen Palast . . .«

1905 kaufte Baron Empain der Regierung sechstausend *feddan* Wüstenland auf diesem Plateau ab. Man hielt ihn für verrückt. Wer würde zehn Kilometer nordwestlich von Kairo ins Exil gehen, nur weil die Luft dort besser und die Mieten billiger waren? Würde man nur einen elektrischen Zug brauchen, der Heliopolis mit der Hauptstadt verband, um die Mengen anzulocken?

Empain ignorierte das Achselzucken und die spöttischen Bemerkungen und stürzte sich in gewaltige Investitionen. Baumaterial und Erde wurden auf Maultier- und Kamelrücken herbeigeschafft. Ein ganzes Heer an europäischen Architekten, Städtplanern und Inspektoren rückten der Wüste mit dem Reißbrett zu Leibe; sie hatten den Auftrag, eine Gartenstadt, eine Modellstadt zu entwerfen, die Orient und Okzident vereinen sollte.

Die Heliopolis Oases Company funktionierte wie eine Stadtgemeinde. Sie sorgte ebenso für die öffentliche Sicherheit wie für die Straßenreinigung, besaß ihre eigenen Ziegelfabriken und lieferte den Unternehmern selbst das Material. Diese mußten sich strikt an die Pläne halten, die bis in die kleinsten Einzelheiten ausgearbeitet waren. Und wehe, es kam zu Verzögerungen! Dann hagelte es Bußgelder.

Khalil hatte sich diesen strengen Regeln perfekt angepaßt. Er führte ein strenges Regiment über die für wenige Piaster angeheuerten Arbeiter, die jeden Augenblick entlassen werden konnten. Sein Bankkonto wurde von Jahr zu Jahr ansehnlicher.

»Du wirst sehen, mein Täubchen«, sagte er, indem er Mima fest an sich zog, »ich baue dir eine Villa gleich neben der Basilika.«

1912, als Khalil Jared eintraf, zählte die Stadt schon tausend Einwohner. Man legte eben letzte Hand an die weiße Basilika, eine verkleinerte Kopie der Haghia Sophia in Konstantinopel. Eine Basilika im Herzen einer moslemischen Stadt! Niemand schien sich darüber zu wundern.

Der Palast von Heliopolis war bereits in aller Munde mit seinen riesigen Aufzügen, seinen Badeanlagen und seiner Panorama-Terrasse, von der aus man in der Ferne die Pyramiden erblicken konnte. Die Pferderennbahn lockte jeden Sonntag Tausende an, und der Luna Park konnte sich rühmen, der größte des Vorderen Orients zu sein.

Alles war groß, angefangen bei den Straßen. Der von Arkaden gesäumte Boulevard Abbas war dreißig Meter breit; mehr als doppelt so breit die Avenue des Palais, die von einem bemerkenswerten hinduistischen Bau beherrscht war. Sieben Verkehrsadern trafen auf der Place de la Basilique zusammen. Und überall trat eine üppige Vegetation der Wüste entgegen: Hibiskus, Jakarandas, Kasarinas säumten die Straßen, Geißblatt, Kapuzinerkresse und Bougainvillea kletterten die Mauern empor ...

Khalil war fasziniert von dieser hellgelben Stadt – einer Farbe, die von der »Company« vorgeschrieben worden war –, deren Baustil in keinem Architektur-Handbuch verzeichnet war. Es waren europäische Bauten mit allen möglichen orientalischen Schmuckelementen: Minaretten,

Kuppeln, *mucharabeiya* . . . Die Puristen schrien empört auf, Khalil war begeistert.

Drei- bis viermal pro Woche nahm er die neue Schnellbahn, um seine Baustelle aufzusuchen. Nach einer Stunde aber überließ er seinem Polier die Überwachung der Bauarbeiten und begab sich allein zu einer kleinen Düne, die ihm als Beobachtungsplattform diente. Die Schuhe staubbedeckt, das Herz voller Pläne, warf mein Großvater verliebte Blicke auf diese junge Oase, in der er eines Tages sein Haus errichten würde.

Es kam gar nicht in Frage, sich an eins der Modelle der »Company« zu halten: Er würde eine Villa ganz nach seinem Geschmack bauen, die sehr viel besser geschnitten sein würde als alle anderen. Die Pläne waren praktisch fertig.

»Du wirst sehen, meine Schöne«, sagte er zu Mima. »Wir werden ein fürstliches Schlafzimmer haben, bei dem alle Sakkakinis und Taklas vor Neid erblassen.«

\*

Jedes Jahr im August nahm Khalil seine Familie mit nach Ras el Bar, wo er ebenfalls eine Baustelle hatte. Die Vorstellung, an seinem Ferienort Geschäfte zu machen, begeisterte ihn: Für ihn gingen Arbeit und Freizeit Hand in Hand, so wie Ehe und Vergnügen.

»Was mir an Ras el Bar so gefällt«, erklärte er Mima, »ist, daß jedes Jahr alles ausgelöscht wird und man wieder neu anfangen muß.«

Zwischen Nil und Mittelmeer eingekeilt, wurde ein Teil der Halbinsel mehrere Monate im Jahr vom Wasser überspült. Man mußte den Ferienort im Oktober praktisch demontieren, um ihn im Mai wieder neu aufzubauen.

Die Hütten waren regelrechte Pfahlbauten mit Boden, Treppe und Balkon, alles gemäß den Wünschen des Mieters konzipiert und jede mit einer Strandkabine ausgerüstet. Für zwanzig Pfund verfügte man eine ganze Saison lang über eine komfortable Unterkunft, in der nichts fehlte außer Besteck, Geschirr und Wäsche, die jeder Mieter selbst mitbrachte.

Sechs Reihen von Hütten waren durch breite Straßen getrennt, die nachts beleuchtet waren. Die Hotels, das Kasino, der Sportklub und die Apotheke lagen an der Straße zum Nil hin. In der zweiten Reihe befanden sich Cafés, Post- und Telegraphenamt. Dahinter lag der Markt. Und dahinter wiederum das Wohnviertel. Trinkwasser wurde aus Damiette mit Tankschiffen herbeigeschafft. Ab August aber, wenn der Damm von Faraskur geöffnet wurde, zog sich das Meer zurück, und der Nil führte wieder Süßwasser. Dieses wurde vor Ort in *zirs* gefiltert und vorsichtshalber abgekocht.

In Ras el Bar spielten die Kinder von früh bis spät im Sand und zwischen den Felsen. Khalil lustwandelte barfuß in gestreifter *gallabeiya*, einen breitkrempigen Strohhut auf dem Kopf. Mima fand seinen Aufzug lustig, zog aber den schwarzen Badeanzug vor, der seine athletische Figur hervorhob.

Abends schlüpfte er in einen weißen Anzug und zog mit seiner Frau und einer ganzen Schar von Freunden ins Hotel Marine, wo ein Orchester flotte Rhythmen spielte. Mehrere Dutzend Paare bewegten sich im Takt zu den Figuren, die Khalil mit seiner singenden Stimme ankündigte.

Vier Schritte vor . . . Verbeugung . . . Damenwechsel . . .

Von der Quadrille ging man zum Boston über. Vom Boston zum doppelten Boston . . .

*

Am 15. November 1924 wartete Mima auf die Rück-kehr ihres Mannes, der zusammen mit seinen Brüdern ein neues Bauprojekt in Ras el Bar begonnen hatte. Es ging schon auf Mitternacht zu, und Khalil war noch immer nicht da. Die junge Frau wurde ungeduldig. Sie hatte die Kinder für zwei Tage den Hausmädchen über-lassen. Zwei Tage der Liebe und der ausgelassenen Spiele.

Fateija würde ihnen das Frühstück ans Bett bringen, nach-dem sie auf der Straße Milch gekauft hätte. Jeden Morgen kam der Hirte aus dem tiefsten Faggala, ein kleines ausge-stopftes Lamm, von dem er sich nie trennte, unter den Arm geklemmt. Seine Ziegen folgten ihm und erfüllten die Straße mit ihrem Meckern. Der Hirte melkte sie mitten auf der Chaussee. Das Hausmädchen reichte ihm, kokett die Augen niederschlagend, den Topf und eilte dann in die Küche zurück, um die Milch auf einem zischenden Kocher zu erhitzen, bevor sie vorsichtig die Sahne abhob. Eine Hälfte dieser *echta* war für die Kinder bestimmt. Die ande-re für den *khawaga*, den Fateija kaum anzuschauen wagte, wie er mit seinem nackten Oberkörper im Bett saß, wenn sie das Schlafzimmer betrat.

Es war inzwischen halb eins. Mima, die sich nicht mehr auf den Beinen halten konnte, beschloß, im Bett auf Khalil zu warten. Sicher würde sie einschlafen, doch sie liebte es, von den Liebkosungen dieses großen Teufels geweckt zu werden, der ihr seit seiner Abreise vor drei Tagen schreck-lich fehlte.

*

Die Schreie Fateijas, die mit den Fäusten gegen die Tür trommelte, ließen sie aus dem Schlaf hochfahren. Das

Schlafzimmer war schon in Sonnenlicht getaucht. Es mußte acht Uhr morgens sein.

Die Gesichter zu gräßlichen Grimassen verzerrt, machten die beiden Hausmädchen Anstalten, sich die Haare zu raufen. Hinter ihnen im Türrahmen erschien Khalils Bruder. Mima begriff sofort, daß sich ein schreckliches Unglück ereignet hatte.

Khalil Jared hatte sich in Begleitung seines Bruders auf den Rückweg nach Kairo gemacht. In Wasta hatte der Zug plötzlich mit ohrenbetäubendem Quietschen zu bremsen begonnen, bevor er auf einen stehenden Güterzug prallte. Der Bruder war mit ein paar Prellungen davongekommen. Khalil war gegen eine Sitzbank geschleudert worden ...

»Er war auf der Stelle tot, er mußte nicht leiden«, murmelte sein Bruder und wagte kaum, Mima anzuschauen.

Sie saß im Bett, ihre eine Schulter entblößt; mit tränenüberströmtem Gesicht starrte sie aus dem Fenster.

Die Hausmädchen kreischten und stöhnten weiter. Der kleine vierjährige Selim, der von dem Lärm aufgewacht war, schlüpfte ins Zimmer. Er wollte instinktiv zu seiner Mutter laufen, blieb aber stehen, als er sie schluchzen sah.

## 2

Im Oktober 1924 kam Edouard Dhellemmes nach Kairo zurück. Diesmal allein und fest entschlossen, all jene Orte zu bereisen, an die seine Frau ihn vor zwei Jahren nicht hatte begleiten wollen. Da er unbedingt das ägyptische Landleben kennenlernen wollte, nahm Georges Batrakani ihn mit ins Nildelta, um ihm die Baumwollernte auf seinem Besitz zu zeigen.

Der schwarze Chevrolet machte bei jedem Buckel einen heftigen Satz und zog eine dichte Staubwolke hinter sich her. Zu beiden Seiten des Weges, so weit das Auge reichte, riesige Felder, die mit unzähligen weißen Punkten übersät und mit schmalen Kanälen durchzogen waren. Am Horizont vereinzelte Palmen oder eine Pappelreihe, aber nicht einmal die Andeutung einer Erhebung. »Eine Landschaft«, schrieb er an seine Frau, der das nicht gleichgültiger hätte sein können, »die noch ebener ist als unsere Niederlande.«

»Wie Sie sehen, lieber Freund«, sagte Georges, auf seiner Zigarre kauend, »schwört hier alle Welt nur auf Baumwolle. Sie ist die Maßeinheit von Reichtum und Macht. Die Kurse können noch so sinken, ja, zusammenbrechen, es ändert nichts daran: Vom wohlhabendsten Großgrundbesitzer bis hin zum kleinsten Fellachen will jeder Baumwolle anpflanzen. Man weiß schon nicht mehr, was man damit anfangen soll. Dieses Jahr wird der Staat Hunderttausende *kantars* aufkaufen müssen, um die Kurse zu stützen. Es ist völlig absurd . . .«

Ein heimtückischer Buckel beförderte seine Zigarre zu Boden. Während er die Asche von seinem Ärmel klopfte, befahl er dem Chauffeur, das Tempo zu verlangsamen. Das Automobil war neu, und es gab keinen Grund, es im Kanal stranden zu lassen . . .

»Ich aber habe nicht abgewartet«, fuhr er fort, »bis man große Proklamationen erläßt, um den Getreideanbau zu fördern. Und ich beglückwünsche mich jeden Tag zu dieser Entscheidung. Wissen Sie, um wieviel die Weizenkurse in den letzten zwanzig Jahren gestiegen sind? Nennen Sie eine Zahl. Um dreihundert Prozent! Nicht schlecht, was?«

Der Flame kam jetzt alle zwei bis drei Jahre nach Kairo, um sich mit seinem Partner zu besprechen. Gemeinsam untersuchten sie den Tarbusch-Markt, aber auch den Wäschemarkt, da Georges Batrakani Alleinvertreter der Firma Dhellemmes für den Nahen Osten geworden war.

»Genaugenommen sind Sie zugleich Landwirt, Industrieller und Händler«, meinte Edouard lachend. »Nicht übel.«

»Sie vergessen die Börse, mein Freund!«

Georges teilte die Leidenschaft vieler wohlhabender Syrer für Spekulation und Spiel. Zweimal schon war er mit einem Säckchen voller Silbermünzen, die er innerhalb eines einzigen Tages durch An- und Verkauf von Börsenpapieren verdient hatte, aus Alexandria heimgekommen. Zum großen Mißfallen seiner Frau, die ihn furchtbar unvorsichtig fand.

Der Chauffeur hielt den Wagen auf dem Seitenstreifen an, um den *omda* vorbeizulassen, der ihnen, gefolgt von einem Wächter, auf seinem Esel, entgegenkam.

» *Salamat ya hagg!*« rief ihm Georges Batrakani zu.

Der Würdenträger, dessen Bauch fast bis auf den Sattel aus blauem Samt hing, antwortete mit einer Höflichkeitsformel, indem er seinen Sonnenschirm leicht neigte. Der barfüßige Wächter, dünn wie der Ahornstock, den er in der Hand hielt, grinste von einem Ohr zum anderen.

»Der Bürgermeister«, erklärte Georges. »Ein Nichtstuer, wie er im Buche steht. Sein Posten ermöglicht ihm, sich von den Steuern zu befreien und vom Militärdienst freizustellen sowie alle möglichen gewinnbringenden Nebengeschäfte zu machen. Man nennt ihn *hagg*, weil er neunzehnhundertzwölf oder -dreizehn eine Pilgerreise nach Mekka unternommen hat. Das Ereignis seines Lebens. Seither läßt er die Fassade seines Hauses weiß tünchen und mit allerhand albernen Motiven bemalen: ein Schiff, ein Zug, Kamele . . .«

Edouard Dhellemmes hörte seinem Geschäftspartner stets mit lebhaftem Interesse zu, wenn er von diesem Ägypten erzählte, wo alles tragisch schien und doch alles Stoff zum Lachen gab. Georges sprach mit der Erfahrung eines Einheimischen, aber mit der Distanz eines Beobachters aus der Ferne. Ein Fuß drinnen, ein Fuß draußen . . . In den acht Jahren, die er ihn jetzt kannte, war es Edouard noch immer nicht gelungen, diesen Levantiner genau einzuordnen, der zwischen zwei Kulturen schwankte, mit drei Sprachen jonglierte und über keinen genau definierten Status verfügte.

Ägypten wartete noch auf seine Nationalitätengesetze. Mein Großvater schien sich mit dieser verschwommenen Situation abgefunden zu haben: Die syrische oder libanesische Nationalität interessierte ihn von dem Augenblick an, da sie ihm nicht die gewünschte Steuerbefreiung brachte, nicht mehr.

»Lieber als ein Halb-Ausländer«, sagte er, »bin ich ein Halb-Inländer.«

»Warum ein Halb-Inländer?« fragte Edouard Dhellemmes erstaunt.

»Weil man uns niemals als hundertprozentige Ägypter betrachten wird.«

»Das ist ungerecht. Wenn man bedenkt, was die Syrer für Ägypten getan haben: die Presse, das Theater . . .«

»Aber nein, mein Freund, das ist unser einziges Mittel zu überleben.«

Und wieder blickte ihn der Flame verständnislos an.

»Sehen Sie«, erklärte Georges und kaute auf seiner Zigarre, »wir sind ein Volk von Händlern und Vermittlern. Wir haben immer zwischen zwei Stühlen gesessen. Das ist bisweilen unbequem, doch ich glaube, unser Hinterteil ist dementsprechend beschaffen. Alle, die allzu sehr zu der einen oder anderen Seite neigen, tun sich am Ende nur weh.«

Sie waren am Ziel angelangt. Es war ein riesiges Feld, auf dem Bauern unter den wachsamen Augen von Aufsehern arbeiteten. In ihrer bis zum Gürtel gerafften *gallabeiya*, die eine Art Sack bildete, sammelten sie die gepflückten Baumwollbüschel, die sie schließlich auf einen großen Haufen warfen. Mit weicher Stimme antworteten sie auf den Refrain einer schwarzgekleideten Bäuerin.

Als der Chevrolet auf ihrer Höhe angelangt war, hielten sie inne, verstummten und lächelten. Aber auf den Befehl eines *rais* hin nahm die Sängerin schnell ihre Litanei wieder auf, und alle machten sich erneut an die Arbeit. Einer nach dem anderen traten die Aufseher vor, um den *khawaga* Batrakani zu begrüßen. Und auf dessen erste Frage hin antworteten alle, heftig gestikulierend.

»Sie sind rührend«, murmelte Edouard.

»Sie hassen uns«, entgegnete Georges knurrend.

Auf dem Rückweg führte mein Großvater seinen Gedanken weiter fort.

»Ja, mein Freund, sie lieben uns nicht. Sie fürchten uns nur, weil wir mächtig sind. Ich glaube übrigens nicht, daß

sie ihren moslemischen Geistlichen gegenüber andere Gefühle hegen. In unserer Gegenwart lächeln sie und schäu-
men über vor Aktivität. Doch kaum hat man ihnen den
Rücken gekehrt, sind sie faul und weichlich und ohne die
geringste Initiative. Das ist eine Form des Stumpfsinns,
die ihnen seit Jahrhunderten eigen ist. Mit ihnen ist immer
alles *bokra* .«

»Wie bitte?«

»Mein lieber Edouard, um dieses Land zu begreifen, müssen Sie vor allem zwei Worte kennen. Das erste ist *bokra*
und bedeutet ›morgen‹. Wenn man etwas von Ihnen verlangt, antworten Sie *bokra*. Das zweite Wort haben Sie
schon hundertmal gehört: *maalech*. Es bedeutet ›ist nicht
schlimm, macht nichts‹.«

»Ja, aber ich kann sie nicht richtig aussprechen.«

»*Maalech* , ist nicht schlimm.«

»Bringen Sie mir noch weitere bei?«

»*Bokra*, morgen.«

## 3

*Lyon, den 8. Juni 1924 Pfingstsonntag*

*Meine lieben Eltern,*
*ich habe mich kurz in meine Kammer zurückgezogen, um Euch*
*freudigen Herzens diese Zeilen zu schreiben. Ja, es ist soweit:*
*Ich habe eben mein Gelübde der Armut, der Keuschheit und des*
*Gehorsams abgelegt. Jetzt bin ich für immer in das Heer Jesu*
*Christi aufgenommen. Betet für mich, meine lieben Eltern, daß*
*es mir gelingt, mich der Heiligkeit zu nähern!*
*Unter dem sanften Blick der Jungfrau Maria war die Zeremonie*
*von tiefer Inbrunst geprägt. Man hat mir die Ordensspange an-*
*gesteckt und die viereckige Kopfbedeckung der Scholastiker auf-*
*gesetzt. Nach der Messe haben sich alle umarmt, und ich dachte*
*an Euch, Papa und Mama, die Ihr mich mit Euren Gebeten wohl*
*begleitet habt. Im Juvenat wird für mich ein neues Leben begin-*
*nen, wo sich alles auf latein abspielt. Die Sprache Vergils ist,*
*wie Ihr wißt, nie meine Stärke gewesen. Doch man muß alles*
*daransetzen, um in die Dienste des Großen Freundes zu treten!*
*Verehrte Eltern, möge der Herr Jesus Christus sich Euch in Sei-*
*ner ganzen Schönheit und Güte offenbaren. Seid gesegnet und*
*glücklich, auf daß auch die Armen um Euch herum ein paar*
*wohltuende Strahlen von diesem Glück und Segen verspüren.*
*Euer*

*André*

*P.S. Hat Alex meine Karte vom 25. März erhalten? Ich habe*
*lange nichts von ihm gehört.*

\*

Georges Batrakani konnte sich noch immer nicht an den Ton seines Ältesten gewöhnen. Diese von Liebe überschäumenden Briefe verwirrten und ärgerten ihn gleichzeitig. Eine Zeitlang hatte er sie nicht einmal öffnen wollen.

»Hier, André hat geschrieben.« Mit diesen Worten reichte er Yolande den noch versiegelten Brief.

Als wäre der Brief nur an sie gerichtet! Als hätte André nicht vor allem geschrieben, um von seinem Vater gelesen zu werden ...

Nach mehreren Monaten hartnäckigen Schmollens hatte sich Georges herbeigelassen, den Namen seines Sohnes wieder auszusprechen. Freilich ohne mit ihm Kontakt aufzunehmen. Es war Yolande, die die Verbindung herstellte.

Vor zweieinhalb Jahren hatte sich Georges von André seinen Willen aufzwingen lassen, was ihm im Berufsleben praktisch nie passierte. Mit dem ihm eigenen Realitätssinn beschloß er, sich vorübergehend zu beugen. Er sagte sich, daß es immer noch Zeit sei, diesen Fehlgeleiteten auf den Boden der Tatsachen zurückzubringen. Der Brief vom 8. Juni 1924 ließ jedoch befürchten, daß sein Sohn an einem Punkt angelangt war, von dem aus es kein Zurück mehr gab. Er würde sich wohl oder übel damit abfinden müssen, diesen Jungen, den er bei aller Versponnenheit für intelligent hielt, mit Noviziat, Juvenat und anderem Unsinn seine Zeit vergeuden zu sehen. Er würde sich damit abfinden müssen, daß er nicht mehr mit ihm rechnen konnte.

*

Im Laufe der beiden Jahre, die auf Andrés Flucht folgten, konzentrierte Georges Batrakani seinen Zorn auf Alex.

Der jüngste seiner Söhne schien mit seiner Keßheit und Durchtriebenheit die besten Voraussetzungen für einen erfolgreichen Geschäftsmann zu haben. Auch wenn er erst noch lernen mußte, richtig zu zählen! Nach mehreren Verwarnungen war Alex wegen »fortgesetzten Ungehorsams, mangelnder Gottesfurcht und himmelschreiender Faulheit« vom Collège verwiesen worden.

»Den einen werfen sie raus, nachdem sie den anderen gekidnappt haben«, polterte mein Großvater los.

Alex sammelte jetzt die schlechtesten Noten bei den Brüdern der Christlichen Schule von Daher.

»Du hast ihn verdorben«, warf Georges seiner Frau wiederholt vor.

In all seinen Briefen erkundigte sich André nach Alex, an dessen Seelenheil ihm sehr gelegen war.

»Du solltest deinem älteren Bruder schreiben«, sagte Yolande flehentlich.

»Glaubst du wirklich, daß er meinen Rat nötig hat?« meinte Alex vergnügt und drückte seiner Mutter einen Kuß auf die Stirn.

Georges Batrakanis Trost hätte sein zweiter Sohn Michel sein können, der 1923 in die französische Rechtsschule eingetreten war. Sechs Monate später aber hatte Michel aufgeben müssen: Heftige, von Fieber begleitete Migräneanfälle fesselten ihn ans Bett. Der herbeigerufene Doktor Debbas stellte lakonisch fest, daß dieses Studium nichts für den jungen Mann sei. Georges hatte selbst bemerkt, daß der sensible und poetisch veranlagte Junge niemals Anwalt sein und keine einzige Schachtel mit Medikamenten verkaufen würde. Er bestand nicht weiter darauf, und so schrieb sich mein Patenonkel, als er genesen war, in die Philosophische Fakultät ein.

Zum Glück war da noch Paul. Nachdem er sein Abitur mit Auszeichnung bestanden hatte, war er seinerseits in die französische Rechtsschule eingetreten. Er studierte mit Begeisterung, um sich auf das Geschäftsleben vorzubereiten, so wie sein Vater es ein Vierteljahrhundert zuvor so liebend gern getan hätte.

*

»Meine Herren, Sie leben in einem gerichtlichen Babel«, hatte ihnen gleich in der ersten Vorlesungsstunde der Professor in Zivilrecht, ein betagter Herr aus Toulouse mit Kneifer und Kinnbärtchen, erklärt.

Paul, der sich eifrig Notizen machte, beschloß, diesen Satz seinem Vater vorzutragen.

»Ägypten hat nicht eine Gerichtsbarkeit, sondern gleich vier«, fuhr der Professor fort. »Es gibt die religiösen Gerichte . . . die einheimischen Gerichte . . . die Handelsgerichte . . .«

Paul schrieb fleißig mit. Dieser schlanke, elegante und ehrgeizige junge Mann hätte sich gern als großer Richter des Schwurgerichts gesehen. Aber die Strafsachen – die einzigen, die einen ins Rampenlicht rückten – unterstanden den Handelsgerichten, zu denen er keinen Zugang hatte, oder den einheimischen Gerichten, in die er nicht den Fuß setzen wollte.

»Und die vierte Kategorie, Sie kennen sie alle, meine Herren: die Rechtssprechung der Gemischten Gerichte . . .«

Wie die meisten seiner Studienkollegen entschied sich Paul für die Gemischten Gerichte, in denen ausschließlich auf französisch verhandelt wurde. Diese 1875 gegründete

Institution war für jeden zivilen oder kommerziellen Streitfall zwischen Ausländern unterschiedlicher Nationalität oder zwischen Ausländern und Ägyptern zuständig. Aber auch die Inländer versuchten, ihre Rechtsstreitigkeiten hier zu regeln, glaubten sie doch, somit weit besser verteidigt zu werden als vor den einheimischen Gerichten.

»Sie werden sich vorstellen können, meine Herren, wie leicht sich ein ›gemischtes Interesse‹ erfinden läßt. Die Aktiengesellschaften zum Beispiel unterstehen bereits per definitionem dieser Gerichtsbarkeit erster Klasse, da mit Sicherheit mindestens einer ihrer Aktionäre Ausländer ist. Was wiederum jene Gläubiger betrifft, die Effekten besitzen, welche von Inländern gezeichnet sind, lassen sie diese von einem entgegenkommenden Ausländer indossieren, um so der lokalen Gerichtsbarkeit zu entgehen.«

Selbst Georges Batrakani versagte sich nicht, auf diese List zurückzugreifen.

»Ägypten ist in der Tat ein gerichtliches Babel«, sagte er zu seinem Sohn. »Ich hoffe jedoch, daß dein Professor um die Verdienste der gegenwärtigen Organisation weiß. An dem Tag, da ein Dummkopf auf den Gedanken kommt, daran zu rühren, können wir einpacken.«

# 4

Mein Großvater hatte die Gemischten Gerichte einst über den Dienstboteneingang betreten. Auch wenn sein Posten als Gerichtsschreiber nicht gerade ruhmreich war, so hatte er ihm doch Einblick in diese erstaunliche Institution gewährt, die von Europäern beherrscht wurde und in der die ägyptischen Richter nur Statistenrollen spielten.

Damals war das Landgericht von Kairo noch in einem ehemaligen Palast der Khedivenfamilie an der Place Ataba-el-Khadra untergebracht. Eine wahrhafte Ruine.

Während die Decken noch ein paar vage Goldverzierungen aufwiesen, beherbergten die zerschlissenen Vorhänge schon ganze Kolonien von Ungeziefer. Im Umkleideraum der Richter fiel der Putz in ganzen Platten von den Wänden, und die Gerichtsschreiberei war so winzig, daß die Angestellten einen angrenzenden Verhandlungsraum hatten anmieten müssen.

Um frische Luft zu schöpfen, gingen Georges und seine jüngeren Kollegen, alles Junggesellen wie er, in den Ezbekeya. Dieses dreizehn Hektar große, von einem hohen schmiedeeisernen Zaun umgebene Paradies war dem kleinen Volk nicht zugänglich, weil der Eintritt einen Piaster kostete. Die Gerichtsschreiber kannten den mit Affenbrot-, Pagodenfeigen- und Papayabäumen bestandenen Park wie ihre Westentasche. Bei Sonnenuntergang machten sie auf dem großen Teich inmitten der Schwäne oft

Tretboot- oder Kahnpartien und schielten nach den Schönheiten auf der Terrasse des Santi . . .

Ich wage kaum, vom Ezbekeya zu sprechen. Wenn man weiß, was aus ihm geworden ist . . . In meiner Kindheit in den fünfziger Jahren hatte der Park noch ein paar schöne Ecken. Doch was war das schon im Vergleich zu den begeisterten Schilderungen meines Großvaters?

Im Ezbekeya hatten sich Georges und sein koptischer Freund Makram wiedergetroffen, um erneut ihre berüchtigten Wortgefechte aufzunehmen. Die schattigen Wege des Parks waren ideal für diese Streitgespräche, die sich damals hauptsächlich um die Presse drehten.

»Ohne die Syrer«, bemerkte Georges, »besäße Ägypten keine Zeitungen, die diesen Namen verdienen.«

Die meisten bekannten Tageszeitungen – AL AHRAM, AL MOKATTAM, AL MOKTATAF . . . – gehörten Syrern. Diese kürzlich ins Leben gerufene Presse hatte die arabische Sprache in Ägypten verändert. Schluß mit der Rhetorik, mit der ästhetischen, euphorisierenden, blumigen Sprache. Die aus Beirut oder Damaskus stammenden Intellektuellen hatten einen modernen und lebendigen Stil eingeführt, der ihre Leserschaft begeisterte.

Eines Abends im August 1901, als sie in einen schattigen Weg des Parks einbogen, bat Georges seinen Freund Makram ihm zu erklären, warum er, zusammen mit anderen nationalistisch gesonnenen Militanten, die Schaufenster des *Mokattam* eingeschlagen hatte.

Der Kopte zog nervös an seiner Zigarette. Er war spindeldürr und schien sich ausschließlich von Nikotin zu ernähren.

»AL MOKATTAM ist ein Verbrecherblatt, das von den Engländern finanziert wird. Wir wollten demonstrieren, daß das ägyptische Volk gegen diese Verräter ist, vor allem wenn es Eindringlinge sind.«

»Eindringlinge? Fängst du schon wieder damit an? Darf ich dich daran erinnern, daß dein Mustafa Kamel im AHRAM geschrieben hat.«

»Ich habe nicht gesagt, daß alle Syrer Verräter sind. Aber wir können all die nicht ausstehen, die sich in Ägypten bereichert haben, um es anschließend mit Verachtung zu strafen.«

Makrams Vorwurf war unüberhörbar gewesen. Nicht alle Syrer waren Verräter, aber waren sie nicht alle Eindringlinge?

Die Beleuchtung des Belvedere hatte ihren Wortstreit unterbrochen. Auf die Balustrade gestützt, blickten sie auf die Kaskade, die sich inmitten des Papyrus zu ihren Füßen brach. Zweitausendfünfhundert Gaslaternen bildeten einen Lichtergürtel rund um den Teich. Eine der vielen verrückten Ideen des Khediven Ismail . . .

Georges hatte sich gehütet, Makram zu erzählen, was Oberst Simpson seinem Vater vor wenigen Wochen gesagt hatte. »Letztendlich ist es Ihnen, den Syrern, zuzuschreiben, daß England in gewissen ägyptischen Kreisen so unbeliebt ist. Wir haben Ihnen verantwortungsvolle Posten anvertraut, und das hat man uns nicht verziehen. Die Kopten und Moslems finden sich damit ab, Engländer als Vorgesetzte zu haben, nicht aber die Levantiner . . .«

In dem Musikpavillon hinter den Affenbrotbäumen spielte ein Militärorchester die letzten Takte des Abends.

»Selbst die Musik ist englisch!« knurrte Makram, als sie in die düstere Allee einbogen, die zum Photopavillon führte. Die britische Besetzung hatte mehrere Mitglieder seiner Familie ihre Karriere gekostet. Jahrhundertelang waren ihre esoterischen Rechenmethoden zur Überprüfung der staatlichen Buchführung von Generation zu Generation weitergegeben worden. Durch die Einführung moderner

Kalkulationssysteme hatten die Engländer die Spielregeln durchbrochen. Ein Junge wie Makram, der sich zu anderen Zeiten das Wissen seines Vaters und seiner Onkel zunutze gemacht hätte, mußte sich jetzt um ein Buchführungsdiplom bemühen.

»Du hast recht«, erwiderte Georges, »diese englische Musik ist unerträglich. Ich ziehe bei weitem die französische vor.«

»Ich finde das gar nicht zum Lachen«, murmelte der Kopte.

»Erkennst du wenigstens an, daß die Engländer Ordnung im Land geschaffen haben?«

»Aber um welchen Preis! Ägypten verliert dabei seine Seele und gleichzeitig übrigens seine Söhne. Wußtest du, daß drei von fünf Fellachen-Kindern sterben, bevor sie das Erwachsenenalter erreicht haben?«

»Ich sehe da keinen Zusammenhang . . .«

»Du siehst nie irgendwelche Zusammenhänge!«

Sie wurden durch dumpfe Detonationen unterbrochen, gefolgt von Feuerstrahlen am Himmel. Es war das Feuerwerk, das das Nilfest am folgenden Morgen ankündigte.

»Laß uns nach Hause gehen«, meinte Makram. »Ich muß morgen früh aufstehen, um an der Zeremonie teilzunehmen.«

Jedes Jahr, an einem festgelegten Tag im August, versammelte sich eine gewaltige Menge im Beisein des Khediven gegenüber der Insel Roda. Bevor man den Damm aufbrach, warf man einen in Menschengestalt geformten Lehmklumpen in den Fluß: Das war »die Puppe des Nils« als Ersatz für die Jungfrau, die man früher zu opfern pflegte, um die Überflutung der Ufer zu begünstigen.

Auf ein Handzeichen des Khediven hin wurde der Damm mit Spatenstichen geöffnet. Man sah Dutzende von Männern und Kindern im Fluß in der Strömung schwimmen, während die Artillerie ihre Schüsse abfeuerte und die Kanone von der Zitadelle her ankündigte, daß der Nil auf seine gewöhnliche Höhe angestiegen war.

Der Damm wurde jedes Jahr abwechselnd von den Moslems, den Kopten und den Juden durchbrochen. 1901 waren die Kopten an der Reihe, doch das war nicht der Grund, weshalb Makram nach Roda gehen wollte. Er wollte nur, umgeben von seinem Volk, den jungen Khediven Abbas sehen, der, wie er, die Engländer haßte.

»Ich bedauere sehr«, fuhr der Kopte fort, »nicht dabei gewesen zu sein, als junge begeisterte Leute Abbas' Pferde ausschirrten, um seinen Wagen zur Moschee Sayedna el Hussein zu ziehen.«

Georges traute seinen Ohren nicht.

»Du, ein Christ, hättest den Khediven zur Moschee geführt?«

»Wenn es um Ägypten geht«, antwortete der Kopte mit dumpfer Stimme, »kann ich ruhig Moslem sein.«

# 5

*12. Mai 1925*

*Um André einen Gefallen zu tun, mußte ich diesen ganzen »katholischen Kongreß der Familie« von Anfang bis Ende über mich ergehen lassen. Eine Strapaze sondergleichen!*
*Über zwölftausend Personen sind im Collège des Frères von Daher zusammengekommen. Es soll die bedeutendste Begegnung dieser Art gewesen sein, die jemals in Ägypten, ja, im gesamten Orient, organisiert wurde. Zweck des Unternehmens war, die Familie zu verteidigen, aber auch, wenn ich es richtig verstanden habe, die Vereinigung der verschiedenen Riten und die Kraft der katholischen Kirche in Ägypten zu demonstrieren.*
*An die fünftausend Schüler verschiedener Collèges und Pensionate, begleitet von ihren Schulmeistern, Mönchen oder Nonnen, waren hier versammelt. Jeder Wettstreit zwischen Jesuiten und Brüdern, Sacré Cœur und Mère de Dieu, Délivrance und Bon Pasteur war dieses eine Mal tabu. Auf den großen, an Masten und Baumstämmen befestigten Wappen waren Passagen aus der Heiligen Schrift zu lesen, die von der guten Kindererziehung handelten. Mir kamen die Tränen, als ich diese gewaltige Menge, von der Fanfare der Brüder begleitet, »Wir wollen Gott« intonieren hörte. Der Kongreß selbst aber, der eine Woche dauerte, hatte einiges aufzuweisen, was einen endgültig von der Ehe abschrecken – und Onkel Edmond einen Schlaganfall verursachen – konnte: zeugt Kinder, zeugt Kinder . . .*
Michel schickte André einige Auszüge aus dem meistbeachteten Vortrag, dem eines gewissen Ratsherrn Midan

(wahrscheinlich eines hohen Beamten der Gemischten Gerichte):

»Die Arterhaltung«, sagte dieser herausragende Redner, »darf nicht kleinmütig, sondern muß eifrig betrieben werden, kann doch über der bestgehüteten Wiege plötzlich der Tod zuschlagen. Und vor der einzigen Wiege, die dieser finstere Besucher leer zurückläßt, kommt der neuerwachende gute Wille nicht selten zu spät, und der Organismus, verbraucht durch vorsätzliche Einschränkungen und sterile Freuden, vermag seine ausgleichende Kraft nicht mehr zu finden . . .« Nachdem er den Flirt, die »leidenschaftliche Ehe«, die neue weibliche Toilette, den modernen Tanz, die Abschaffung der Anstandsdame und was weiß ich noch verdammt hatte, schloß Midan: »Unter dem satanischen Zeichen der Ausschweifung, die in ihrer Ausübung und in all den Anstachelungen, die zu ihr führen, verherrlicht wird, gleicht die heutige Welt, ich muß es bedauernd sagen, einem einzigen riesigen Freudenhaus.«

Ich weiß nicht, ob der Ratsherr Midan Maguy Touta kannte. Er hätte die Europareise meiner Großtante im darauffolgenden Jahr gewiß nicht gutgeheißen. Eine Reise, die sie in bleibender Erinnerung behalten würde . . .

Auf dem Rücken ausgestreckt, die Brüste entblößt, lachte Maguy übermütig, während Georges ein Liedchen trällerte, das unlängst Frankreich erobert hatte.

> *Elle avait de tout petits tétons*
> *Que je tâtais à tâtons . . .*
> *Valentine, Valentine. . .* *

* Wörtlich: Sie hatte ganz kleine Brüste,
  die ich tastend ertastete...
  Valentine, Valentine ...

Durch das geöffnete Fenster erblickte man einen riesigen feuerroten Sonnenball, der eben in der Bucht von Cannes unterging. Die Hotelterrasse war ein einziges duftendes Blumenmeer.

Von dieser Europareise mit ihrem Schwager hatte Maguy jahrelang geträumt, ohne je davon gesprochen zu haben. Georges war so besorgt, man könnte von ihrer Liaison erfahren . . . Hatte er nicht trotz aller Vorsichtsmaßnahmen eines Tages vor ihrem Haus in der Rue Kasr-el-Nil unverhofft Michel gegenübergestanden?

Doch in jenem Frühjahr 1926 hatte der Zufall die Dinge auf wunderbare Weise arrangiert. Maguy war von den Dhellemmes nach Lille eingeladen worden, während Georges eben eine Geschäftsreise nach Paris antrat. Unter irgendeinem Vorwand hatte Maguy ihre Gastgeber ein paar Tage früher als geplant verlassen, um Georges an der Côte d'Azur zu treffen.

Georges' Lippen wanderten über Maguys Brüste. Nein, sie waren nicht klein, sondern üppig und prall und reagierten auf die geringste Liebkosung. Mit ihren neununddreißig Jahren war Maguy Touta nach wie vor eine Verführungskünstlerin mit einem Körper, wie für die Liebe geschaffen.

Sie trug ihr Haar jetzt kurz – Nacken ausrasiert, Pony tief in der Stirn. Ihre Lippen waren mal rot, mal violett, mal sogar grün angemalt. Das ging weit über einen normalen Modetrend hinaus: Seitdem sie *La Garçonne* von Victor Margueritte verschlungen hatte, begann Maguy immer mehr der Heldin des Romans zu gleichen . . .

»Armer Edouard Dhellemmes! Seine Frau macht ihm die Hölle heiß!« sagte sie und streifte ein gewagtes, nicht einmal knielanges Kleid über.

»Ich weiß. Sie ist ein wahrer Eisberg.«

»Nach seiner letzten Kairoreise soll sie ihm eine entsetzliche Szene gemacht haben. Als hätte er sie mit Ägypten betrogen . . .«

Eines Abends im Mai 1916 hatte sich Maguy in ihrer Wohnung in der Rue Kasr-el-Nil des damals Fünfundzwanzigjährigen angenommen. Eine flüchtige Liebschaft. Die Unbeholfenheit des jungen Mannes hatte sie veranlaßt, es bei einer Nacht bewenden zu lassen. Edouard selbst hat später nichts unternommen, um noch einmal in die Fänge dieser unersättlichen Löwin zu geraten. Doch er mochte sie gern und war erfreut, sie in seinem grauen Haus am Boulevard Vauban willkommen zu heißen.

»Willst du die Reise nicht nutzen, um André in Lyon zu besuchen?« fragte Maguy, während sie sich vor dem Spiegel violetten Lippenstift auflegte.

»Nein.«

»Es würde ihn sicher freuen . . .«

»Nein.«

»Du hast unrecht, Georges.«

»Weißt du, daß es schon acht Uhr ist? Wenn wir noch lange herumtrödeln, wird man uns nichts mehr zum Essen servieren. Diese Franzosen leben mit einer Uhr im Kopf.«

Als sie die Treppe zur Terrasse hinabstiegen, wo jeder Tisch von einer venetianischen Lampe erleuchtet war, dachte Georges nicht an André, sondern an seine Frau Yolande. Er würde ihr an der Place Vendôme ein Schmuckstück aussuchen. Sicher auch ein Parfum. Und Seidenschals . . .

Er würde seine Einkäufe in Begleitung von Maguy machen, die den Geschmack ihrer Schwester bestens kannte. Sie selbst hatte diverse Dinge in Paris zu erledigen. Ihr Bruder Edmond zum Beispiel hatte sie mit dem Kauf eines

speziellen Chronometers beauftragt, das mit einem Zähl-
werk versehen war, welches mit Knopfdruck betätigt
wurde.

Denn Edmond Touta mißtraute den demographischen
Statistiken seines Landes. Da er die offiziellen Listen nicht
überpüfen konnte, betrieb er parallele Privatrecherchen.
So stellte sich dieser Sonderling jedes Jahr am selben Tag
vor der Brücke Kasr-el-Nil auf, um geschlagene sechs
Stunden alle aus einer Richtung kommenden Passanten
zu zählen. Die verschiedenen Berechnungen, deren er bei
seiner anschließenden Untersuchung bedurfte, erforder-
ten ein ganz besonderes Chronometer, das es angeblich
nur in einem Pariser Spezialgeschäft am Boulevard de la
Madeleine zu kaufen gab . . .

Michel wiederum hatte seine Tante gebeten, ihm einen
Bildband über das Vorkriegs-Châtel-Guyon mitzubrin-
gen. Seitdem er erfahren hatte, daß Sultan Husein hier
früher alljährlich zur Kur ging, interessierte ihn dieses
Thermalbad sehr.

*

Als das Gespräch auf Michel kam, hat mir Maguy eines
Tages gestanden: »Er war genau das Gegenteil von sei-
nem Vater. Er stand nicht mit beiden Füßen auf der Erde.
Ich glaube, er liebte die Frauen nicht . . .«

Diese letzte Bemerkung sollte, auch wenn sie von einer
Expertin kam, mit Vorbehalt betrachtet werden. Eindeutig
läßt sich nur eines feststellen: daß im dritten Heft seines
Tagebuchs nicht ein einzigesmal von einer Frau die Rede
ist. Dieses Heft endet im Sommer 1926. Michel war damals einundzwanzig. Und er blickte entschlossen
zurück.

In großen Sammelmappen ordne ich alles, was ich über Husein Kamil zusammentragen kann. Vielleicht schreibe ich eines Tages eine Biographie über diesen großen Sultan, den alle Welt vergessen zu haben scheint.

Mehrere Monate vor seinem Tod spürte der Sultan, daß sein Sohn Kamil el Dine nicht seine Nachfolge würde antreten können. Er fürchtete, gleichsam der Totengräber der Dynastie Mohammed Alis zu werden. Diese Vorstellung quälte ihn um so mehr, als der Aga Khan schon 1914 versucht hatte, den ägyptischen Thron zu besteigen.

In seinen Memoiren schreibt Dr. Comanos, daß der Sultan ihn sechs Monate vor seinem Tod zu sich rief, um sich von ihm untersuchen zu lassen. »Schwören Sie mir auf Ihr Evangelium, daß Sie mir die Wahrheit sagen werden.« Comanos schwor. Und so mußte er Husein mitteilen, daß seine Krankheit unheilbar war.

Zwei Tage später wird Comanos vor den britischen Hochkommissar Lord Wingate zitiert, der ihn um Informationen über den Gesundheitszustand des Herrschers bittet. Der gute Arzt spielt den Entsetzten. Sein Einwand wird vom Tisch gefegt. »Sie wissen genau, daß es in diesem Land die ärztliche Schweigepflicht nicht gibt.« Comanos sagt also, was er weiß. Nach seinen Worten schlägt der Hochkommissar die Hände vors Gesicht und bricht in Tränen aus. »Welch ein Unglück! Welch ein Unglück! England verliert mit ihm seinen treuesten und ergebensten Freund! Ich versichere Ihnen, daß er für mich wie ein Bruder war.«

Der Hochkommissar muß ein bißchen geschauspielert haben. Es sei denn, Comanos hat bewußt übertrieben . . . Dieser Grieche war auf jeden Fall nicht der einzige, der vom Gesundheitszustand des Sultans wußte. Er zog sechs weitere Ärzte zur Beratung hinzu, darunter auch Dr. Brossard, der, laut Papa, die AGENCE DE FRANCE informierte.

VIERTER TEIL

# Ein Bey
# erster Klasse

## 1

*Werdamtschechen* war Anfang der zwanziger Jahre zum erstenmal bei den Batrakanis aufgetaucht. Georges, dem es gerade gelungen war, seine Schwierigkeiten mit dem Filzen und der Einfärbung des Tarbuschs zu lösen, bekam plötzlich starke Konkurrenz aus dem Ausland zu spüren. Vor dem Krieg hatten die Österreicher den Markt beherrscht, und jetzt waren es tschechische Firmen, die einen großen Teil des Kuchens ergattert hatten.

»Diese verdammten Tschechen«, warf mein Großvater jedesmal unausbleiblich ein, wenn man sonntags in der einen oder anderen Form auf den Tarbusch zu sprechen kam.

Rachid, der *soffragi*, fragte schließlich heimlich Yolande: »Der *khawaga* spricht immer von *Werdamtschechen*, wer ist denn eigentlich dieser Herr?«

Dieser Ausdruck amüsierte die Familie noch wochenlang. Und schließlich übernahm ihn selbst Georges Batrakani.

»Werdamtschechen hat schon wieder einen großen Auftrag in Alexandria bekommen«, sagte er. Oder: »Nach dem, was ich gehört habe, will Werdamtschechen im Herbst schon wieder ein neues Modell auf den Markt bringen.«

Um nicht von dieser gefährlichen Konkurrenz verdrängt zu werden, mußte das Haus Batrakani den Verkaufspreis niedrig halten. Gleichzeitig hatte Georges angesichts der aufstrebenden Nationalbewegung die Taktik geändert. Seine Tarbusche hatten zu Beginn des Jahres 1923 plötzlich eine ägyptische Note bekommen. Eine »Fabrication à la Française« kam natürlich nicht mehr in Frage. Die neuen Modelle trugen nur noch den Vermerk »Made in Egypt«, und auch die Namen hatten sich geändert: Das frühere Modell *Versailles* hatte sich jetzt in *Malaki* verwandelt, aus *Marseille* war *Damanhur* geworden und aus *Clemenceau Biladi*.

Doch diese Strategie brachte nur geringe Erfolge. Mit den zehntausend Tarbuschen, die Georges im Jahr 1925 mühsam absetzte, konnte er gerade seine Kosten decken. Glücklicherweise war er nicht auf die Fabrik von Shubra angewiesen, um seinen Lebensunterhalt zu bestreiten.

In diesem Jahr startete Mustafa Kemal in der Türkei einen gnadenlosen Kriegszug gegen den Fes. Zunächst versah er die Kopfbedeckung seiner Soldaten mit einer kleinen Krempe. Dann fuhr er durchs Land, um die Bevölkerung davon zu überzeugen, den Fes zugunsten des westlichen Hutes abzulegen. Atatürk zeigte sich barhäuptig und mit einem Panamahut in der Hand in der Öffentlichkeit. »Wir brauchen«, so erklärte er, »eine zivilisierte, internationale Kopfbedeckung. Der Fes wird erst seit einem Jahrhundert bei uns getragen, er ist nicht türkischen, sondern griechischen Ursprungs und hat keinerlei religiöse Bedeutung.«

Die Bauern nickten höflich und glaubten ihm kein Wort. Die religiösen Führer erzählten ihnen genau das Gegenteil: Die Krempe des westlichen Hutes wäre ein Zeichen der christlichen Unreinheit und würde nur die Furcht vor dem Blick Gottes zeigen. Übrigens hinderte diese Hutkrempe den Gläubigen daran, den Boden mit der Stirn zu berühren, und es käme natürlich absolut nicht in Frage, entblößten Hauptes zu beten.

Da seine Überzeugungsarbeit fehlschlug, begann Atatürk, Druck auszuüben. Er erklärte, das Tragen des Fes sei ein Angriff auf die Staatssicherheit. Und wehe dem Bürger, der das Gesetz mißachtete! Die Polizisten stürzten sich auf ihn und rissen ihm seinen Fes vom Kopf, um dann die Filzkappe mit den Füßen zu zerstampfen. Wer sich widersetzte, wurde mißhandelt und eingesperrt. Einige fanden sogar auf dem Richtblock oder am Galgen ihr Ende.

Georges Batrakani hatte diese Vorgänge aus der Ferne beobachtet. Der Fes ging ihn nichts an. Er hatte schon Mühe genug, seinen ägyptischen Tarbusch auf den Markt zu bringen . . . Doch die Art, in der Atatürk den Bruder des Tarbusch im Blut ertränkt hatte, verhieß nichts Gutes.

In den Ländern des ehemaligen Osmanischen Reiches waren die Reaktionen im übrigen unterschiedlich. In Kairo startete eine Wochenzeitschrift in französischer Sprache, L'ILLUSTRATION EGYPTIENNE, im Februar 1926 »eine sensationelle Untersuchung des Tarbusch«. An eine bestimmte Anzahl von Persönlichkeiten wurden Fragebögen verschickt, die sich mit dem Thema beschäftigten: »Pro oder contra? Welches der beiden Lager wird die Schlacht gewinnen? Das der Modernisten, die süchtig nach Hygiene und vor allem nach symbolischen Gesten sind, oder das der Traditionalisten und Poeten, die nur halb bereit sind, eine jahrhundertealte und elementare Tracht aufzugeben?«

»Ich verstehe kein Wort von diesem Kauderwelsch«, sagte mein Großvater, als Michel ihm die Zeitschrift zeigte. »Was mischen sich diese Störenfriede da ein?«

L'ILLUSTRATION EGYPTIENNE begann einige Antworten zu veröffentlichen, die einen gegen, die anderen für den Tarbusch. Georges hielt erstere für skandalös, den zweiten bescheinigte er betrübliche Schlaffheit. Er kochte.

»Ich werde den Redakteuren dieses albernen Lappens

schreiben. Aber sie werden meinen Brief sicherlich nicht veröffentlichen.«

»Warum triffst du dich nicht mit ihnen?« schlug Michel vor, der einen der Freizeitjournalisten kannte.

»Sie können sich schließlich an mich wenden«, konterte Georges von oben herab und überließ es seinem Sohn, ein solches Treffen in die Wege zu leiten.

Die Redakteure von L'ILLUSTRATION EGYPTIENNE fanden die Idee ausgezeichnet und warfen sich vor, nicht selbst darauf gekommen zu sein. Sie beschlossen, alle zusammen zu meinem Großvater zu gehen – den Chefredakteur und den allgemeinen Verwalter eingeschlossen, waren es allerdings nur vier Personen. Georges empfing sie in seinem Büro an der Place de l'Opéra.

»Monsieur Batrakani, wir fragen Sie nicht, ob Sie für oder gegen den Tarbusch sind . . .«

»Sie tun gut daran, denn eine solche Frage existiert nicht«, entgegnete Georges kurzangebunden.

Um die Wirkung seiner Worte zu steigern, zündete er sich zunächst langsam eine Zigarre an und blies drei Rauchringe an die Decke.

»Nein, meine Herren, eine solche Frage existiert nicht. Denn, verstehen Sie, der Tarbusch ist nicht nur eine Kopfbedeckung. Er ist vielmehr ein Emblem, ein Symbol. Diskutiert man etwa über die Farben der Nationalflagge? Es gibt Dinge, mit denen man nicht spielen darf!«

Und dann inszenierte Georges ein wundervolles Spiel. Er machte sich zum Tempelhüter, dem die Bewachung der heiligen Reliquien obliegt. Dabei wußte er ganz genau, daß es in Kairo einige Leute gab, die es sehr merkwürdig – wenn nicht gar schockierend – fanden, daß die nationale Kopfbedeckung von einem Syrer und noch dazu von einem syrischen Christen hergestellt wurde.

Einer der Journalisten warf ein: »Aber der Tarbusch ist keine nationale Kopfbedeckung, da er auch von Ausländern getragen wird.«

»Das ist doch Unsinn! Die Ausländer, von denen Sie sprechen, tragen den Tarbusch nicht, wenn sie in London oder Paris sind. Sie tragen ihn, wenn sie sich in Ägypten aufhalten, weil sie seinen Sinn begriffen haben und weil er ihnen gefällt. Der Tarbusch ermöglicht es den Europäern, sich im Orient zu integrieren. Ein Orientale hingegen kann einen Anzug mit Weste tragen, weil er durch den Tarbusch seine Besonderheit wahrt.«

Statt diese Grundsatzdiskussion fortzusetzen, bei der sie, wie sie spürten, den Boden unter den Füßen verloren, zogen die Besucher ein anderes Register.

»Der Tarbusch ist dem ägyptischen Klima nicht angepaßt«, warf einer von ihnen lebhaft ein. »Man schwitzt darunter, bekommt Kopfschmerzen, und noch dazu fördert er wahrscheinlich den Haarausfall.«

»Ja, und man bekommt davon auch Hämorrhoiden, ich weiß, ich weiß!«

»Monsieur Batrakani, Sie müssen doch zugeben, daß der Tarbusch im Sommer ein wahres Kreuz ist. Die Leute verbringen ihre Zeit damit, ihn abzunehmen und sich mit einem Taschentuch den Schweiß vom Kopf zu wischen.«

»Na und? Wenn Sie wüßten, wie das noch im letzten Jahrhundert war! Damals war der Tarbusch nicht so hoch und weicher als heute, und er war nicht gefüttert. Man mußte darunter eine kleine weiße Kalotte tragen, damit die rote Farbe, die durch den Schweiß herauslief, nicht das Haar und die Stirn färbte. Wußten Sie, daß der alte Tarbusch jeden Tag gebügelt werden mußte? Es waren die Engländer, die das heutige Modell eingeführt haben. Er ist innen von einem Strohgeflecht gestützt und hat den Vorteil, sich

nicht zu verformen, so daß es ausreicht, wenn man ihn
einmal pro Woche bügelt. Das sind interessante historische Informationen! Das sind Informationen, die eine hervorragende Zeitschrift wie die Ihre veröffentlichen sollte,
anstatt Scheindiskussionen zu führen!«

Unbeeindruckt bohrte einer der jungen Leute weiter: »Ist
es nicht gerade so, daß der Tarbusch seinen Sinn verloren
hat? Früher war er von einem Turban umschlungen, das
gab ihm eine harmonischere Form, und er hielt auch besser. Heute fällt dieser Blumentopf, den man auf den Schädel setzt, bei der geringsten Bewegung herunter . . .«

»Sie haben kein Recht, ihn als Blumentopf zu bezeichnen!
Und auch nicht, die Geschichte zu verzerren. Der Tarbusch wurde von Ibrahim Pascha in Ägypten eingeführt,
eben um den Turban zu ersetzen, der zu schwer und zu
unbequem war. Und das, mein Herr, war ein Zeichen von
Modernität. Gleichzeitig hat Ibrahim die Pfeifen der Militärs untersagt, die Divane in den Gerichtssälen durch
Stühle ersetzt und zweimal täglich die Straßen reinigen
lassen!«

»Kommen wir wieder zum Thema, Monsieur Batrakani.
Ich möchte Ihnen eine einfache Frage stellen: Ist der west-
liche Hut nicht kleidsamer und ganz einfach praktischer
als der Tarbusch?«

Georges schüttelte mehrmals den Kopf und sah ihn mitlei-
dig an.

»Wenn Sie einen westlichen Hut und einen Tarbusch nebeneinander auf den Tisch legen, dann mag ersterer vielleicht mehr beeindrucken. Aber wenn Sie beide aufsetzen,
dann werden Sie den Unterschied sehen! Meine Herren,
der Tarbusch ist ein lebendiger Gegenstand, ein Gegenstand, der Ausdruckskraft hat. Sehen Sie nur, ernsthafte
Menschen, die nicht weiter auffallen wollen, tragen ihn

ganz gerade mitten auf dem Kopf. Beim eleganteren Herrn sitzt er fast immer schräg. Nach rechts oder links, je nach Persönlichkeit. Wird der Tarbusch auf dem Hinterkopf getragen, handelt es sich fast immer um einen lebensfreudigen Menschen.«

»Und wenn er in die Stirn gerückt getragen wird, Monsieur Batrakani?« fragte einer der jungen Leute in ironischem Ton.

»In diesem Fall können Sie eigentlich sicher sein, daß Sie es mit einem Idioten oder einem Flegel zu tun haben.«
Sie brachen in schallendes Gelächter aus.

»Aber das dürfen Sie nicht schreiben. Ich will schließlich nicht einen Teil meiner Kundschaft verlieren . . .«

»Und Sie selbst, Monsieur Batrakani, wie pflegen Sie den Tarbusch zu tragen?« fragte der Chefredakteur.
Da Georges spürte, daß die Sache sie immer mehr interessierte, spielte er seinen großen Trumpf aus.

»Ich trage den Tarbusch nicht, ich lasse mich vielmehr von ihm tragen, verstehen Sie. Um genauer zu sein von ihnen, denn ich habe wie jeder Bürger, der etwas auf sich hält, zu Hause eine ganze Reihe von Tarbuschen in verschiedenen Tönen, je nach Anlaß und Laune . . .«
Noch zehn Minuten später setzte er seine Ausführungen zwischen zwei Rauchringen, die er an die Decke blies, fort, und seine Gesprächspartner machten sich fieberhaft Notizen.

»Der Tarbusch, meine Herren, gehört zur Landschaft Ägyptens, genauso wie die Sphinx und die Pyramiden. Haben Sie nie einen Bettler beobachtet, der, wenn er nichts mehr zu sagen weiß, den Tarbusch seines Gesprächspartners berührt, um symbolisch den Staub abzuklopfen? An Ihrer Stelle würde ich schreiben, daß der Tarbusch zu den lebensnotwendigen Gegenständen zählt und daß er nicht besteuert, sondern eher subventioniert werden sollte.«

Das Interview mit Georges Batrakani erschien in der darauffolgenden Woche mit einer dicken Schlagzeile als Abschluß der Umfrage. Noch am selben Abend wurde jedem der Journalisten ein *Malaki* bester Qualität mit einer Pflegeanleitung ins Haus gebracht.

## 2

Mein Großvater hatte einen Syrer zum Freund, den er schon seit seiner Kindheit kannte und der jetzt einen hohen Posten im Palast bekleidete. Dieser Freund grüßte ihn jedesmal aus dem geöffneten Fenster seines Automobils, wenn der Konvoi des Königs über die Place de l'Opéra fuhr. Georges stand auf dem Balkon seines Büros und grüßte mit einer ausholenden Handbewegung zurück.

Dieser hohe Beamte hatte den glücklichen Einfall, dem König das Interview in L'ILLUSTRATION EGYPTIENNE zu zeigen. Fuad, der die republikanischen Allüren Atatürks verabscheute, fand die Antwort ausgezeichnet und beschloß, Georges Batrakani zu belohnen: Am nächsten Tag wurde er »für außerordentliche Verdienste um die örtliche Industrie« zum Bey erster Klasse ernannt und mit seiner Gemahlin zu einem Empfang im Palast von Abdine eingeladen.

Die Neuigkeit verbreitete sich wie ein Lauffeuer in der Familie. Das Telefon läutete ohne Unterlaß, und Glückwunschtelegramme kamen zuhauf. Georges war im siebten Himmel. Er hörte, daß ihn sein Chauffeur und das Hauspersonal bei jeder Gelegenheit mit *saat'el bey* ansprachen. Er ließ sich neue Visitenkarten drucken und wechselte das Messingschild an seiner Eingangstür aus. Er schrieb an die Telefon- und entsprechende Gesellschaften, um sie von dem Ereignis in Kenntnis zu setzen. Er war nicht mehr derselbe Mann: Er nannte sich jetzt Georges Bey Batrakani.

»Bis jetzt, mein Liebling«, sagte er zu seiner Frau Yolande, »warst du nur die Schwester irgendeines hergelaufenen Grafen, aber jetzt bist du die Frau eines richtigen Bey, eines Bey erster Klasse!«

Henri Touta war vielleicht eifersüchtig auf seinen Schwager, doch er ließ sich nichts anmerken und erklärte Georges anläßlich des Essens, das am folgenden Sonntag zu seinen Ehren gegeben wurde: »Mein lieber Georges, *Audaces fortuna juvat!* Du bist auf dem richtigen Weg. Wann wirst du dir den Titel des Pascha erobern?«

Mein Großvater reagierte sehr empfindlich auf diese Bemerkung. Um seinen Ärger zu verbergen, erzählte er eine Geschichte, die ihn in seiner Kindheit bezaubert hatte.

»Im Januar achtzehnhundertdreiundsechzig fühlte sich Said Pascha sehr schwach. Nach Aussagen seiner Ärzte würde er den Winter nicht überleben. Sein Neffe Ismail erwartete mit wachsender Ungeduld den großen Augenblick. Aus lauter Angst, daß der Thron ihm entgehen könnte, hatte er demjenigen, der ihm als erster den Tod des Vizekönigs mitteilte, eine Beförderung versprochen: Der Bote sollte zum Bey, und falls er diesen Titel schon innehätte zum Pascha, ernannt werden.

Said war an einem Milzbrand operiert und in einen der Pavillons seines Palastes in Alexandria gebracht worden. Um ihn herum herrschte ein ständiges Kommen und Gehen der Ärzte, der Verwandten und Kurtisanen. In Kairo hatte der Prinz den Übermittleragenten Bessy Bey beauftragt, Tag und Nacht am Telegraphen zu bleiben, um ihm sogleich die Depesche zu überbringen, die den Tod seines Onkels verkündete.

Als Bessy Bey nach achtundvierzig Stunden noch immer keine Nachricht erhalten hatte und todmüde war, bat er einen seiner Angestellten, ihn abzulösen. Er ließ ihm seinen Wagen da und gab ihm den Auftrag, ihn zu verständigen, sobald es Neuigkeiten gäbe. Dafür versprach er ihm eine Belohnung von einhundert Talaris.

Schließlich kam die Depesche. Der Angestellte nahm sie, setzte sich unverzüglich in Bessy Beys Wagen und befahl dem Kutscher, zum Palast des Erbprinzen zu fahren. Dort warf er sich Ismail zu Füßen und verkündete ihm die frohe Botschaft. Der Prinz war entzückt und versprach ihm den Titel eines Bey.

Der Angestellte nutzte die Aufregung, die im Zimmer herrschte, um die Depesche wieder an sich zu nehmen, und begab sich zu Bessy Bey. Der gab ihm, wie versprochen, die einhundert Talaris und eilte nun seinerseits zum Palast. Er sah sich schon als Pascha. Als er ankam, wurde ihm klar, daß man falsches Spiel mit ihm getrieben hatte. Wütend begab er sich zu seinem Untergebenen und verlangte Rechenschaft von ihm. Doch dieser empfing ihn sehr kühl: ›Bitte etwas mehr Respekt. Wissen Sie nicht, daß auch ich Bey bin?‹«

*

Es war das erste Mal, daß meine Großeltern den Abdin-Palast betraten. Um diesen prächtigen Bau im Herzen Kairos zu errichten, hatte der Khedive Ismail 1860 mehrere Hundert Bewohner ausquartiert und die Innenausstattung türkischen, französischen und italienischen Meistern anvertraut.

In Abendkleidung stiegen die Batrakanis äußerst bewegt die riesige Alabastertreppe hinauf. An beiden Seiten der Treppe standen Lanzenreiter Spalier, riesige Männer in blauen Uniformen mit einem scharlachroten Plastron, deren Bild von unzähligen Spiegeln zurückgeworfen wurde.

Wie es der Brauch wollte, hatte Yolande ihren rechten Handschuh ausgezogen, um den König zu begrüßen.

Der Sueskanal-Salon glänzte in seiner vollen Pracht. Dort wurden sie mit ausgesuchter Höflichkeit von Said Zulfikar Pascha, dem Großkämmerer, empfangen, der in seiner *stambuline* mit den grünen Seidenrevers ausgesprochen elegant wirkte.

»Seine Majestät möchte Sie unbedingt kennenlernen, Monsieur Batrakani. Sie werden ihm später vorgestellt werden.«

Georges schüttelte dem hohen syrischen Beamten, dem er seine Ernennung verdankte, warm die Hand. Dieser erklärte ihnen jedes einzelne der prächtigen Bilder, die das Zimmer schmückten. Sie zeigten Schiffe, die den Kanal überquerten. Diener in ihren roten goldbestickten *chirwals* gingen mit großen Silbertabletts, die mit Orangeaden und Petit Fours beladen waren, zwischen den Gästen umher.

Der König betrat den Salon erst eine halbe Stunde später. Doch nur um der Gemahlin des Ministers von Frankreich den Arm zu reichen und sich mit ihr in den Speisesaal zu begeben. Die Gäste folgten ihnen. Yolande, die ein wenig enttäuscht war, hätte beinahe ihren Handschuh wieder angezogen.

Das Essen vollzog sich im Eiltempo. Unzählige *soffragis* standen hinter den Gästen und räumten die Teller mit solcher Geschwindigkeit ab, daß man hätte glauben können, sie hätten den Auftrag, das Essen zu beschleunigen. Weniger als eine Stunde später befanden sie sich wieder in dem großen Saal, und der König ließ sich einige Gäste vorstellen.

Er war ein kleiner, untersetzter Mann mit eckigem Gesicht. Die linke Hand war in der Tasche seiner *stambuline* verborgen, und an seinem Unterarm hing ein Stock aus wertvollem Holz. Als meine Großeltern, geführt von Zulfikar, sich Fuad näherten, unterhielt er sich mit Betsy Takla, einer der herausragendsten Frauen der griechisch-katholischen Gemeinde. Diese Syrierin war die Schwiegertochter des Begründers der *Al Ahram* und galt als eine der einflußreichsten Persönlichkeiten von Kairo: Nach dem Tod ihres Mannes hatte sie die angesehene Zeitung meisterlich weitergeführt, bis ihr Sohn Gabriel alt genug war, um sie zu übernehmen. Der stand jetzt, ein Lächeln auf den Lippen, da und hörte zu, wie der König seiner Mutter seine negative Einschätzung der Führer des Wafd darlegte. Ein Stein in dem Garten Gabriels, der sich auf der Liste des Wafd zum Abgeordneten hatte wählen lassen ...

Der König verabscheute die Partei des Saad Zaghlul, der soeben die Mehrheit in der Kammer erobert hatte. Sein einziger Trost war, daß er den nationalistischen Führer im November 1924, nachdem man den britischen *sirdar* Sir Lee Stack in Kairo ermordet hatte, aus der Regierung entfernt hatte.

Als die Batrakanis näher kamen, sagte Gabriel Takla vertraulich »*Mabruk ya Bey*«, was meinem Großvater unendliche Freude bereitete.

Da die Taklas die Vorstellung übernahmen, nutzte Zulfikar die Gelegenheit und ging auf einen alten, halbblinden Bey in einer schwarz-goldenen Uniform zu, der an der Hüfte einen Degen trug und einen verlorenen Eindruck machte.

Fuad sprach Französisch mit einem leicht italienischen Akzent, den er sich an der Militärakademie in Turin zugelegt hatte. Er wechselte einige belanglose Sätze mit den Batrakanis, ohne dabei auf den Tarbusch einzugehen. Georges fragte sich schließlich, ob er überhaupt von seinen

Geschäften wußte ... Plötzlich stieß der Monarch eine Art heiseres Bellen aus, das Yolande zusammenfahren ließ. Glücklicherweise stand sie ein wenig weiter hinten, und ihre Schreckensgeste fiel nicht weiter auf. Fuad setzte im übrigen sein Gespräch mit Betsy Takla fort, als ob nichts gewesen wäre, während Zulfikar sich mit dem alten Pascha näherte, den er untergehakt hatte.

Georges warf seiner Frau vernichtende Blicke zu. Das war wirklich unverzeihlich! Hatte er sie nicht mehrmals vor diesem absolut voraussehbaren Zwischenfall gewarnt? Es gab in ganz Kairo keinen Menschen, der nicht über die königliche Krankheit informiert war. Ehe er eine Schule besuchte, wurden die Kinder immer vorgewarnt und aufgefordert, im Falle eines königlichen Bellens keine Reaktion zu zeigen.

Das Ganze ging auf das Frühjahr 1898 zurück. Damals war Fuad mit der Prinzessin Chivekiar verheiratet gewesen, die ihn als autoritär und gewalttätig bezichtigte. Eines schönen Tages suchte sie im Palast ihrer Eltern in Kasr el Aali Zuflucht. Fuad holte sie unverzüglich mit einem Trupp von Polizisten zurück.

Von dieser Zeit an war Chivekiar sozusagen eine Gefangene im ehelichen Domizil. Schließlich schickte sie einen verzweifelten Brief an ihren Bruder Seiffedine. Als dieser den Brief gelesen hatte, eilte er zornentbrannt zum Club Mohammed Ali, wo Prinz Fuad Billard spielte, und verschaffte sich mit der Pistole in der Hand Zutritt. Sein Schwager sah ihn. Es kam zu einer wilden Verfolgungsjagd um den Billardtisch herum, in deren Verlauf mehrere Schüsse fielen. Die erste Kugel traf Fuad in die Lunge, die zweite ins Hinterteil und die dritte in den Hals. Und diese letzte Kugel, die man nicht hatte herausoperieren können, war der Grund für die seltsamen Schreie, die der König

regelmäßig ausstieß und die der Gemahlin von Georges
Bey Batrakani eine Woche lang Alpträume verursachen
sollten . . .

Vorsichtig dirigierten Zulifkars Bedienstete die Gäste in
Richtung Theater, wo eine französische Truppe das Stück
*La Cagnotte* von Labiche spielen würde. In dem eindrucks-
vollen Saal mit den Säulen und Kronleuchtern waren
mehrere hundert vergoldeter Stühle aufgestellt. Die Königin Nazli, Fuads zweite Gemahlin, die ihm 1920 einen
Erben geschenkt hatte, wohnte der Vorführung in ihrer
vergitterten Loge bei.

Georges saß behaglich, mit einem zufriedenen Lächeln,
auf seinem Stuhl und achtete nicht auf ein einziges Wort
des Stückes. Er war Bey. Seit seiner Ernennung sah er
Ägypten mit anderen Augen. Mit sechsundvierzig Jahren
fühlte er sich jetzt endlich ganz zu Hause, integriert und
respektiert. Ägypter? Diese Frage stellte sich nicht einmal.
Wer war in dieser Runde denn wirklich Ägypter? Der König war albanischen Ursprungs, in Italien erzogen worden
und sprach schlecht Arabisch. Die Königin war die Urenkelin eines Franzosen . . .

Als er der Zeitschrift L'ILLUSTRATION EGYPTIENNE das Interview gegeben hatte, hatte Georges ein wenig Schaum
schlagen wollen. Doch wenn er sich jetzt seine Thesen
ernsthaft überlegte, so fand er, daß sie ganz richtig waren.
War der Tarbusch nicht der gemeinsame Nenner in diesem kosmopolitischen Land, in dem jeder seinen Platz
fand? Heute war Georges Bey, was sollte ihm daran hindern, morgen vielleicht Pascha zu sein?

Maguy, der nichts entging, sagte in der nächsten Woche
schelmisch zu ihrer Schwester: »Mein Liebling, dein Mann
hat sich verändert. Seit er zum Bey ernannt worden ist, ist
er nicht mehr derselbe.«

## 3

Die Familie meines Vaters war meilenweit von allen Beys und den Paschas entfernt . . .

»Was ist Frankreich?« tönte die strenge Stimme aus der Toilette.

Selim Jared hockte mit baumelnden Beinen auf seinem Hocker und verkündete: »Frankreich ist unser Vaterland. Es ist die Heimat unserer Verräter . . .«

»Die Heimat unserer Väter, *ya fellah!*«

Ein heftiger Schlag mit dem Lineal gegen die Tür ließ Selim zusammenfahren. Er haßte diese Art, wie ihn sein älterer Bruder während seines »dringlichen Geschäfts« befragte. Nichts war schlimmer als dieses blinde Abfragen. In der Schule hatte er zumindest Zeit genug, das Lineal auf die Schulbank oder seine Hände niedersausen zu sehen. Hier kam der Schlag vollkommend überraschend. Und noch dazu roch es ekelhaft.

Die Explosion der Wasserspülung befreite ihn schließlich von dieser Quälerei. Er brauchte jetzt nur noch eine beflissene Miene aufzusetzen und stoisch abzuwarten, bis die Schimpftirade, die rituell das Öffnen der Tür begleitete, vorbei war.

»Ich schwöre dir, wenn du deine Lektion nicht kannst, gehst du übermorgen nicht ins Kino!«

An manchen Sonntagnachmittagen brachte das Dienstmädchen den achtjährigen Selim und seinen sechsjährigen Bruder Jean ins Kino von Daher. Der Platz auf den *terzo-*

Rängen, direkt vor der Leinwand, kostete nur einen Piaster. Ein mit einem Stock bewaffneter Wächter hinderte die Zuschauer auf den billigen Plätzen daran, über die Barriere zu klettern und die Plätze des zweiten Ranges einzunehmen. Wenn dem Publikum der Film nicht gefiel, stampfte es mit den Füßen und brüllte im Chor: »*Cinema awanta, hatu flusna!*« Schlechter Film, Geld zurück! Der Wächter schwenkte vergeblich seinen Stock. Das Licht flammte auf, erlosch dann wieder, und der Film ging unter dem Knacken der getrockneten Wassermelonenkerne weiter, mit deren Schalen man auf den Nacken des Vordermannes zielte.

»Hörst du, du Faulpelz? Du kommst übermorgen nicht ins Kino!«

Roger Jared war erst dreizehn Jahre alt, doch seit dem Tod seines Vaters hatte er die Rolle des Familienoberhaupts übernommen. Mima, die eine Mischung aus Bewunderung und Furcht vor seinen Wutausbrüchen empfand, ließ ihn gewähren. Das hinderte sie jedoch nicht daran, von Zeit zu Zeit auch loszuschreien und die Kleinen zu verteidigen.

»Sie werden sich eine Lungenentzündung holen«, ereiferte sie sich, wenn ihr Ältester Jean oder Selim zwang, mitten im Winter in der Kälte vor der Tür zu stehen, als Strafe für ihre schlechten Noten.

»Dann setz ihnen doch etwas auf den Kopf!« brüllte er von der anderen Seite des Ganges. »Die Eselskappe liegt in der Kommode.«

Roger selbst war ein ausgezeichneter Schüler und hatte das entschlossene Wesen seines Vaters geerbt. Nicht jedoch jene beständige Heiterkeit und Abgeklärtheit gegenüber allen Herausforderungen, die Khalils Charme ausgemacht hatten.

189

Sein Tod hatte Mimas Leben verändert. Drei Tage lang war sie wie versteinert und betäubt gewesen. Da ihr der Arzt einen Ortswechsel verordnet hatte, hatte sie sich zu den »Dames du Bon Pasteur« begeben, die alles für sie taten: Mima hier und Mima da . . . Dabei hatte Mima sie nach ihrer Heirat weiß Gott mit ihrer Toilette, ihrer freizügigen Ausdrucksweise und ihrer erschreckenden Lebensfreude schockiert . . .

Ihr Schwager Naaman wurde als Vormund der Kinder bestimmt. Auf seinen Rat hin trennte sich Mima von ihrem zweiten Dienstmädchen und behielt nur Fatheija. Mit ihren fünf Kindern mußte sie den Gürtel enger schnallen, denn Khalils schmales Bankkonto würde schnell leer sein. Selim hatte sein erstes Schuljahr am patriarchalischen Kolleg absolviert. Die meisten Schüler kamen aus bescheidenen Verhältnissen und sprachen schlecht Französisch. Sogar in den Pausen war es verboten, Arabisch zu sprechen, und die Priester gingen dabei mit gutem Beispiel voran. Selbst jene, die – wie Pater Akkaui – weit davon entfernt waren, in Bossuets Sprache zu glänzen. Der füllige Geistliche hielt es für gut, systematisch alle arabischen Ausdrücke ins Französische zu übersetzen. Zum Beispiel bezeichnete er den Wasserhahn des Brunnens als »Mutter des Brunnens«, und man hörte ihn über den Schulhof rufen: »Eh, ihr da, macht mal die Mutter zu!«

Es war Aufgabe von Pater Akkaui, die Schüler zu mahnen, die ihr Schulgeld nicht bezahlt hatten. Er ging in der Pause zu den Betreffenden und schlug ihnen mit seiner Glocke auf die Schulter. Selim hatte diese geräuschvolle Erinnerung, die ihm die Schamröte ins Gesicht trieb, mehr als einmal über sich ergehen lassen müssen. Er wagte es nicht, sich Mima anzuvertrauen, da er um ihre finanziellen Schwierigkeiten wußte. Er wandte sich lieber an sei-

nen großen Bruder, der zwar über »diese diebischen Priester« in Zorn geriet, aber sogleich zu Onkel Naaman eilte,
um Selim vor Pater Akkauis Glocke zu retten.
Jetzt besuchte Selim das Collège de la Salle in Daher, das
unter der Leitung der Brüder der christlichen Schulen
stand. Die lehrten zwar kein Latein, aber ihre Schüler hatten eine schöne Schrift – wie man bei den Jesuiten mitlei-
dig zu sagen pflegte. Und vor allem konnten sie, dank
einer genialen Einrichtung, gut rechnen: Die berühmten
»Übungen zu den vier Grundrechenarten der Arithmetik,
abgehalten von einer Lehrergruppe«. Im Rhythmus eines
regelmäßig niedersausenden Holzes – dieses Holz regelte
den gesamten Ablauf des schulischen Lebens – sagten
Selim und seinen Kameraden den lieben langen Tag mit
schleppender Stimme ihr Sprüchlein her: »Zwei mal zwei
ist vier, drei mal drei ist neun . . .« Und sie lernten alles
über Frankreich, das angebliche Land ihrer Väter. Und
abends liefen sie durch die Straßen von Daher und alber-
ten: »Wir wollen Gott, er ist unser Vater . . .«
Die Brüder, die in ganz Ägypten mehr als achttausend
Schüler unterrichteten, hegten eine Schwäche für große
»Aufmärsche« mit Fahnen und Darbietungen. Das Collège de la Salle hatte die guten alten Traditionen der Vorkriegszeit wieder aufgenommen und hielten jedes Jahr in
Anwesenheit zahlreicher Persönlichkeiten eine Sport- und
Gymnastikdarbietung ab. Die Kleinen im Alter von Selim
und Jean trugen weiße Trikots mit blauen Gürteln und ei-
ne bis über die Ohren über den Kopf gestülpte Basken-
mütze. Sie verfolgten mit weitaufgerissenen Augen die
Gladiatorenkämpfe, den Balanceakt auf Stelzen und die
Übungen im französischen Boxkampf.
Die Lieben Brüder hatten Namen, die von einem anderen
Stern zu kommen schienen: Néarque, Solaire, Gervais-

Marie, Gordien-Désiré. Ganz im Gegensatz zu Pater Akkaui liefen sie nicht Gefahr, arabische Ausdrücke zu benutzen. Sie waren vom Scheitel bis zur Sohle Franzosen. Einer von ihnen zürnte immer auf die gleiche Weise mit Selim: Er zog ihn am Ohr und sagte: »Na komm, Araberschädel!«

Der Eigentümer dieses Schädels verlor sich schließlich ein wenig in all diesen Widersprüchen. Es war gar nicht so leicht, das Vaterland der Väter und die Lieben Brüder, die gallischen Vorfahren und den Orient, der ihm selbst anhaftete, auf einen Nenner zu bringen.

# 4

Jeden Morgen beim Aufwachen sagte sich Georges Batrakani, daß er Bey war, und das verschaffte ihm ein außeror-
dentliches Vergnügen. Er bedauerte nur, daß seine Eltern
nicht lange genug gelebt hatten, um diese Ernennung mit-
zuerleben. Sein Vater Elias, und vor allem seine Mutter
Linda, die im Jahr 1894 gestorben war, als er gerade vierzehn Jahre alt war. Mein Großvater mußte ständig an
ihren Tod denken, und jede Einzelheit war unauslöschlich
in seinem Gedächtnis eingraviert. Dieser Tod war zweifellos sein grauenvollstes und traumatischstes Erlebnis gewesen.

»Es war kurz nach Mittag«, sagte Linda Batrakani mit ge-
brochner Stimme. »Der Muezzin hatte gerade zum Gebet
gerufen. Wir hörten zwei Kanonenschläge, gefolgt von
lautem Gebrüll . . .«

Linda hatte vierunddreißig Jahre lang geschwiegen. Vielleicht aus Scham. Vielleicht auch, um ihre Kinder nicht zu
verwirren. Oder vielleicht auch einfach, um diese Dinge
aus ihrem Gedächtnis zu vertreiben . . . Doch jetzt, da der
Tod sich näherte, fielen ihre Verteidigungswälle einer
nach dem anderen. Sie ließ sich gehen. Es war wie eine
eitrige Wunde, die aufgeplatzt war und jetzt nach allen
Seiten ausfloß.

Sie saß mit tränenüberströmtem Gesicht in ihrem Bett und
erzählte sechs Tage und sechs Nächte lang ohne Unterlaß
ihre Geschichte. Sie wiederholte sie mit denselben Worten

jedem ihrer aufgewühlten Kinder, so als müsse sie sich von einer schweren Last befreien, ehe sich ihre Seele zum Himmel erhob.

»Es war kurz nach Mittag. Der Muezzin hatte gerade zum Gebet gerufen. Wir hörten zwei Kanonenschläge, gefolgt von lautem Gebrüll. Dann sind Hunderte von Soldaten in das christliche Viertel eingedrungen. Ihnen folgten Moslems in Zivil, die Krummschwerter, nagelneue Beile und riesige Büchsen schwangen. Hinter ihnen liefen Plünderer und Frauen von schlechtem Lebenswandel, die sie mit ihren Schreien anfeuerten. Als sie vor einer unserer Häuser ankamen, brachen sie die Tür auf. Einigen der Bewohner schnitten sie die Kehle durch, andere nahmen sie mit, nachdem sie alle Gegenstände, die sie interessierten, in große Stofftücher gewickelt hatten. Dann legten sie Feuer und liefen zum nächsten Haus. Und wehe den Christen, die versuchten, den Flammen zu entkommen. Einigen brachen sie sämtliche Knochen, anderen schlitzten sie den Bauch mit ihren Dolchen auf. Wieder andere wurden an den Füßen über der Glut aufgehängt.«

»Das reicht, Mama«, sagte Georges. »Warum das alles, du quälst dich doch nur.«

Doch sie fuhr fort, ohne auf ihn zu hören.

»Und die unglückseligen Frauen, die schwanger waren! Die wütenden Bestien schlitzten ihnen den Bauch auf und warfen ihre Leibesfrucht zu Boden, um sie mit ihren Stiefeln zu zertreten. Manchmal – Heilige Jungfrau Maria – spießten sie sie sogar auf ihr Bajonett und rösteten sie über den Flammen . . ..«

»Warum das alles, *ya mama*? Warum?« flehte Georges, und in seinen Augen standen Tränen.

Linda Batrakani erzählte von der Zeit davor, wie die Christen in Damaskus vor den Ereignissen von 1860 gelebt hatten. Sie beschwor das zauberhafte Bild einer eigenen Stadt in der Stadt herauf, die reicher und sauberer war als die Viertel der Moslems.

»Haret el Nassara bestand aus dreitausendachthundert Häusern. Geschäftsleute, Handwerker, Architekten, Ärzte . . . Die Christen waren gebildet und wohlerzogen und hatten sanfte und höfliche Umgangsformen. Einige von ihnen, wie zum Beispiel mein Vater, arbeiteten am örtlichen Gericht: Kein Vertrag konnte ohne sie aufgesetzt, kein Urteil ohne sie gesprochen werden. Andere, wie mein Bruder Hanna, jonglierten mit Millionen von Piastern, und liehen den Paschas Geld. Die Christen durften keinen Grundbesitz haben. Sie verwendeten also ihr ganzes Geld darauf, ihre Häuser zu verschönern und ihre Frauen und Töchter mit Schmuck zu überhäufen.«

Mit blutleerer Hand zog Linda eine Kette hervor, an der ein kleines, mit Türkisen besetztes Kreuz hing – ihre einzige Reliquie.

»Von außen machten unsere Häuser nicht viel her, man durfte sich nicht zu sehr von den anderen unterscheiden. Aber innen waren sie zauberhaft. Unser Hof war mit Marmor gepflastert, aus einem Springbrunnen, der von Orangen- und Zitronenbäumen umstanden war, sprudelte das Wasser. Alle Türen waren geschnitzt und die Decken mit Holz verschalt. Von unserer Terrasse aus hatte man einen Blick auf die Gärten der Stadt, und in der Ferne sah man die Berge, in denen zahlreiche kleine Bäche sprudelten, die Damaskus zur fruchtbarsten und schönsten Stadt Syriens machten.«

Linda verlangte nach einem Glas Wasser. Georges ging, um es ihr zu holen, und hoffte, daß die Geschichte hier enden würde.

»Die Christen von Damaskus waren süß wie Honig und friedlich wie Lämmer«, fuhr Linda fort. »In keinem unserer Häuser hat es je ein Gewehr gegeben oder ein Jatagan. Warum haben sie das getan? Warum? Warum?«

Sie weinte. Das Glas fiel um, das Wasser ergoß sich über das Laken. Georges reichte ihr ein großes weißes Taschentuch.

»Ruh dich aus, *ya mami*. Schlaf ein wenig . . .«

»Meine beiden ältesten Brüder waren am Morgen mit anderen jungen Leuten aus dem Viertel losgeritten, um den Emir Abdel Kader zu verständigen. Sie hatten die Gefahr vorausgeahnt, als sie am Morgen die Zeichen gesehen hatten, die man über Nacht mit Kohle an die Haustüren der Christen geschrieben hatte. Mein armer Vater hatte bei uns bleiben wollen. Die Bestien hatten ihn mitgenommen, nachdem sie unser Haus geplündert und in Brand gesetzt hatten. Ich habe ihn nie wiedergesehen . . .

Mit meinen drei anderen Brüdern, meinen älteren Schwestern und meiner Mutter haben wir bei einer moslemischen Nachbarin angeklopft. Für zehn Goldstücke war sie bereit, uns zu beherbergen. Doch im Morgengrauen hat sie plötzlich Angst bekommen und uns vertrieben. Uns blieb nichts anderes übrig, als zu versuchen, das Viertel zu verlassen. Wir drückten uns an den Mauern entlang.

Wir waren noch keine zwanzig Schritte weit gekommen, als plötzlich drei bewaffnete Männer aus einer Seitenstraße auftauchten. Zwei von ihnen stürzten sich auf meine großen Schwestern, die zu schreien begannen. Trotz der flehentlichen Bitten meiner Mutter luden sie sie brutal auf ihre Schultern. In einem benachbarten Haus, das nur wenige Meter von uns entfernt lag, setzten sie sie der schlimmsten Schmach aus, während der dritte Mann uns

196

mit einer riesigen Pistole in Schach hielt. Wir hörten die Schreie meiner Schwestern ... ihre Schreie ...«

Linda schrie jetzt selbst. Georges versuchte, seine Mutter zu beruhigen, indem er ihr Gesicht mit Rosenwasser betupfte. Doch die Wunde eiterte weiter.

»Verschwindet, dreckiges Pack, sagte der Mann mit der Pistole, ehe er eine Kugel in unsere Richtung schoß. Mein Bruder Kamal stürzte mit blutüberströmtem Gesicht zu Boden. Meine Mutter zerrte uns im Laufschritt zum Haus der moslemischen Nachbarin, das wir soeben verlassen hatten. Sie trommelte gegen die Tür und stieß spitze Schreie aus, dann drängte sie die Nachbarin zu Seite, um uns ins Haus zu schieben. Dort harrten wir erschöpft die nächsten Tage und Nächte aus.«

Georges war von dieser Erzählung erschüttert. Noch mehr allerdings bei der Vorstellung, daß seine Mutter so lange das Schweigen gewahrt hatte. Bisher hatte sie ihnen von ihrer Kindheit in Damaskus nur die Seite der Gärten enthüllt. Und jetzt öffnete sie eine unerwartete Tür, hinter der sich Gemetzel und Asche verbargen. Georges hatte natürlich einige Erwachsene über das Massaker von Damaskus reden hören. Aber jetzt diese Erzählung in der ersten Person – und noch dazu welche Person! -, das war eine absolute Erschütterung für ihn. Alles nahm jetzt Form und Sinn an.

Linda faltete das feuchte Taschentuch auseinander und bedeckte ihr Gesicht vollständig damit, was ein wenig eigenartig wirkte, um dann ihre Erzählung fortzusetzen.

»In einem großen Geschäft hatten sie junge Christen eingesperrt. Vor der Tür standen Männer, die ihre Äxte schwangen. Man ließ die jungen Männer einen nach dem anderen heraustreten und fragte sie: ›Willst du Moslem

197

werden?‹ Denjenigen, die mit ›nein‹ antworteten, wurde sofort der Schädel gespalten. Die, die ›ja‹ antworteten, führte man zur Seite, um die Beschneidung vorzunehmen. Doch am schlimmsten war es für die, die zögerten. Sie wurden mit Fragen gequält, man machte sich über sie lustig und beschimpfte sie, ehe man sie mit der Axt abschlachtete.«

Linda bekreuzigte sich wieder und erzählte dann, wie Emir Abdel Kader, dem sie ewige Dankbarkeit entgegenbrachte, sie mit dreitausend anderen Christen in seinem Palast in Damaskus aufgenommen hatte. Doch die Massaker waren weitergegangen. Sie beschrieb Hunderte von grauenvollen Einzelheiten über gekreuzigte Christen, über Kinder, denen man auf den Knien ihrer Mütter den Kopf abgeschlagen hatte . . .

Georges versuchte jetzt nicht mehr, sie zu unterbrechen, denn nun folgte der schönste Teil der Erzählung: die Auswanderung nach Beirut, der Empfang der Gläubigen, die französischen Soldaten, die mit Küssen überhäuft wurden . . . Dann im folgenden Jahr die Einschiffung nach Alexandria, der Sturm, die Olivenfässer, die sich aus ihrer Vertäuung lösten und über die Brücke rollten . . . Doch bei Tagesanbruch war das Meer wie Samt und der Himmel wie Seide. Ägypten!

»Wir standen alle auf der Brücke an der Reling und beobachteten, wie am Horizont eine Ansammlung von weißen Würfeln im Schutz der Dünen und Palmen immer näher kam. Als wir in den Hafen einliefen, fuhren kleine Segelboote unserem Schiff entgegen. Die Insassen begrüßten uns auf ägyptisch und wir antworteten ihnen mit unserem syrischen Akzent. Wir waren außer uns vor Freude, wir hätten ihnen gerne Geld geschenkt, Goldstücke. Aber natürlich besaßen wir nichts. Also löste ich das Netz, das mein Haar zusammenhielt, und warf es ihnen zu.«

Lindas Gesicht hellte sich auf.

»Neben mir lachte ein junger Mann schallend. Er kam aus Aleppo. Und er war schön wie der Erzengel Gabriel. Er hieß Elias Batrakani.«

## 5

Vor mir liegt die erheiternde Broschüre, die anläßlich des fünfzigsten Geburtstags des Collèges de la Sainte-Famille herausgegeben wurde. Darin geht es vor allem um eine Teestunde für die ehemaligen Schüler, zu der man zu Ehren von Mahmud Fakhry Pascha, dem Schwiegersohn des Königs, geladen hatte. Paul und Michel hatten daran teilgenommen. Letzterer schreibt übrigens ausführlich im vierten Heft seines Tagebuchs darüber. Dieser Musiknachmittag, von dem er mir mehr als einmal erzählt hat, symbolisiert für ihn die glückliche Zeit.

Said Zulfikar Pascha hatte diese nette Idee gehabt, und Michel war nicht der einzige gewesen, der zu ihm gegangen war, um ihn dazu zu beglückwünschen. Die Teestunde der Ehemaligen knüpfte in angenehmer Weise an Treffen dieser Art an. Mein Pate stellte sich dem Großkämmerer vor, der ihm – ohne ihn zu kennen – warm die Hand schüttelte, wie er es wohl in Abdine mit Leuten verschiedenster Herkunft tagein tagaus getan hatte.

Der gute Zulfikar! Zwölf Jahre waren seit dem Besuch des Sultans im Collège vergangen, und auch damals hatte er schon die Sache in die Wege geleitet. Zwölf Jahre, erfüllt von Dramen, Erneuerungen, Schmerz und Geburten. Doch der Großkämmerer hatte noch immer dasselbe Lächeln und bekleidete noch immer dieselbe Position im Palast. Eine Position, die ihm offenbar die Anerkennung der ganzen Welt einbrachte, wie man anhand seiner siebenundzwanzig Auszeichnungen annehmen kann: Großoffizier des Britischen Königreichs, Großoffizier der Ehrenlegion, Großoffizier der Krone von Siam und der königlich Preußischen Krone, großes Ordensband des Ismail, großes Ordensband des Nils, großes Ordensband der Nahda von Hedjaz, großes Ordensband der Sainte-Trinité von Äthiopien . . .

Im Geiste ließ Michel die letzten zwölf Jahre an sich vorüberziehen. Der Tod des Sultans Husein. Die Masse, die sich auf der Place de l'Opéra drängte. Das blutige Gesicht des Kutschers. Der Wafd. Saad Zaghlul, der Nationalheld. Seine Frau, die auf dem Balkon die grüne Fahne schwenkte. Ägyptens Unabhängigkeit. Fuad I., der mit aufwärts gezwirbeltem Schnurrbart posierte. Der haushohe Sieg des Wafd bei den Wahlen von 1924. Zaghlul als Ratspräsident. Ein Kopte im Außenministerium. Die Ermordung von Sir Lee Stack. Zaghlul, der sich zum Rücktritt gezwungen sah. Fuads Reise nach Europa. Fuad, der vom Papst empfangen wurde. Saad Zaghluls Tod. Die Frauen, die sich unter Schmerzensschreien den Schleier herunterrissen. Der Wafd, immer wieder der Wafd . . .

Und Zulfikar, der noch immer treu auf seinem Posten ausharrte! Er hatte nun die Nachfolge von Mahmud Fakhry Pascha als Präsident der Ehemaligenvereinigung angetreten, da dieser zum ägyptischen Gesandten in Paris ernannt worden war. Und eben anläßlich eines Besuchs von Fakhry in Kairo hatte Zulfikar an jenem 5. Februar 1928 ein Ehemaligentreffen mit anschließender Teestunde organisiert.

Die Aula des Collège war in den Farben Ägyptens, Frankreichs und des Vatikans geschmückt. Am Tisch des Paters Rektor zählte man nicht weniger als vier Paschas. Im Publikum, in dem sich königliche Berater, hohe Beamte und

Magistratsmitglieder befanden, herrschte eine fröhliche, kameradschaftliche Stimmung.

Michel entdeckte am anderen Ende des Saals seinen Bruder Paul, der mit einem Schweizer Chirurgen plauderte. Paul war zweiundzwanzig, immer elegant, ein Snob. Paul, dessen Karriere als Anwalt sich ausgezeichnet anließ. Paul, immer in Begleitung von Europäern ...

Zulfikar hatte seine Sache gut gemacht. Das Nachmittagsprogramm begann mit musikalischen Darbietungen, zunächst Doktor Edouard Choucair, der es verstand, seiner Geige wundervoll klagende Laute zu entlocken. Ein anderer Arzt, Doktor Oscar Chidiac, folgte ihm mit der gelungenen Interpretation eines Liedes von Botrel. Man klatschte lautstark Beifall.

Michel lächelte vor Wohlbehagen. Er fühlte sich in guter Gesellschaft, eingehüllt in einen angenehmen Kokon. Er hatte das Gefühl, sich unter Priviligierten zu befinden, bei denen die Schranken der Konfessionen nicht mehr zählten. Oder fast nicht mehr. Hier im Collège waren die Rollen vertauscht, ebenso wie früher in den Schulklassen. Die Moslems waren die Minderheit, sie waren die Gäste. Die Ägypter befanden sich auf französischem Boden und dachten französisch.

Selbst die Anwesenheit von Victor Levy, der an einem der Nachbartische saß, konnte meinem Paten nicht das Vergnügen verderben. Die beiden früheren Mitschüler, die wegen einer Fabel von Lafontaine zerstritten waren, hatten, seit sie das Collège fünf Jahre zuvor verlassen hatten, kein Wort mehr miteinander gewechselt. Wenn sie sich zufällig in der Stadt, im Kino oder bei Groppi trafen, taten sie so, als würden sie sich nicht sehen.

Victor Levy besuchte die Kunsthochschule, während Michel, der soeben seinen ersten Abschluß in Geschichte abgelegt hatte, sich jetzt fragte, welches Thema er für seine Doktorarbeit wählen sollte. Sollte er über das ganze Leben des Sultans schreiben oder nur über die dreiunddreißig Monate seiner Regierungszeit? Beides hatte seine Nachteile . . .

In der Mitte des Saals begann man »Schscht!« zu rufen. Joseph Bey Cassis, stellvertretender Staatsanwalt in der staatlichen Rechtsabteilung, wollte ein Gedicht vortragen, das er eigens zu diesem Anlaß verfaßt hatte.

> Ehre und Tugend, das ist das Leitmotiv,
> Das unser bekannter und vielgeliebter Pascha
> ausgibt.
> Vor diesem würdigen Präsidenten verneigen
> wir uns tief
> Und danken, daß er sich heute zu uns begibt.

Die Zuhörerschaft lächelte begeistert. Kein Zweifel, der begabte Joseph Cassis war in seinem Element.

> König Fuad der erste, unser edler Monarch an der
> Macht,
> Durch den Sie zum Gesandten von Paris sind ernannt worden,
> Gibt ein Zeichen seiner königlichen Acht,
> Und der Papst selbst verleiht Ihnen einen Orden.

Tosender Beifall. Mahmud Fakhry Pascha erhob sich und verbeugte sich leicht.

> Ägypten ist bestens bekannt: In jeder großen Stadt
> Empfängt man unseren König mit Herzlichkeit.
> Orientalischen Prunk, Glanz und Ornat
> Sehen wir Untertanen voll Stolz in ihrer
> Herrlichkeit.

An dieser Stelle mußte Joseph Cassis – wenn ich den Aussagen der Broschüre glauben darf – seinen Vortrag für fast eine Minute unterbrechen, um Zeit für Beifall und Hochrufe zu lassen. Aber er hatte niemanden vergessen.

> Stolz ist auch der liebe Verein der Veteranen,
> Der dem König immer Schutz und Begleitung war.
> Stets in der ersten Reihe der königlichen Mannen
> Stand der ehrwürdige Präsident Zulfikar!

Der Pater Direktor wandte sich zu dem Großkämmerer um und nickte ihm zu, was den Beifall wieder aufbrausen ließ ...

Die Ehemaligen fanden Gefallen an diesem Beisammensein, und sie konnten sich nicht entschließen, auseinanderzugehen. Selbst Fakhry Pascha schien unendlich viel Zeit zu haben. Als man sich erhob, bildete sich eine kleine Gruppe um ihn. Michel näherte sich dem Kreis, als gerade ein belgischer Vertreter des Crédit Foncier den Ehrengast nach der Zukunft der »Kapitulationen« befragte. War Ägypten wirklich entschlossen, die Privilegien, die man seit je den Angehörigen mächtiger Staaten zubilligte, abzuschaffen?

»Dieses System hat heute keinen Sinn mehr«, antwortete Fakhry Pascha mit fester Stimme. »Ägypten ist fast das einzige Land, das es beibehalten hat. Früher hatten solche Privilegien und Immunitäten den Sinn, den Ausländern, die im Osmanischen Reich lebten, die Möglichkeit zu geben, ihre Beziehungen zu anderen entsprechend ihren Gesetzen zu regeln, ohne daß der Sultan dabei eingriff. Aber je schwächer das Reich wurde, desto mehr haben sich diese Garantien in wahrhaftige exterritoriale Rechte verwandelt.«

»Glauben Sie nicht, daß Sie ein wenig übertreiben, Herr Minister?«

»Aber nein! Sie wissen doch selbst, daß heute in Ägypten Ausländer verschiedener Nationalität, die an ein und demselben Verbrechen beteiligt waren, von unterschiedlichen Gerichten verurteilt werden, jeder von seinem Konsulargericht und nach dem Gesetz seines Landes! Das ist doch absurd.«

»Sie wollen also die Gemischten Gerichte abschaffen?« fragte der Belgier.

Fakhry Pascha schien leicht verärgert.

»Wer spricht denn davon, die Gemischten Gerichte abzuschaffen? Es war mein Vater, der als Justizminister für ihre Einführung im Jahr achtzehnhundertfünfundsiebzig verantwortlich war, stellen Sie sich nur vor! Ich will sie nicht abschaffen, sondern im Gegenteil ihre Macht ausweiten: Sie sind es – und nicht die Konsulargerichte –, die sich mit den Strafrechtssachen, die Ausländer betreffen, beschäftigen müssen. Aber dazu müssen auch die ägyptischen Beamten stärker in der Führung dieser Gerichte vertreten sein.«

»Aber Sie müssen doch zugeben, daß die ›Kapitulationen‹ nicht die größte Ungerechtigkeit sind, unter der Ägypten zu leiden hat.«

»Vielleicht, vielleicht! Aber diese Ungerechtigkeit hat den Nachteil, das Land zu lähmen. Sie wissen genau, daß es dabei nicht nur um das Rechtssystem geht. Vergessen Sie nicht, daß man den Ausländern, die in Ägypten wohnen, keinerlei direkte Steuer auferlegen kann, ohne nicht zuvor die Einwilligung aller kapitulatorischen Stellen einzuholen. Aber die ägyptische Regierung braucht neue Einnahmequellen . . .«

»Es gibt kein Hindernis dafür, neue Steuern einzuführen . . .«

»Aber dann müßte gewährleistet sein, daß sie auch auf Ausländer anwendbar sind und daß man diese gegebenenfalls auch nach den entsprechenden Gesetzen bestrafen kann. Bei verschiedenen Anlässen haben jedoch die Gemischten Gerichte der Regierung verboten, Ausländer zu besteuern.«

Der Belgier gab nicht nach.

»Warum messen Sie den Ausländern eine solche Bedeutung bei? Soweit ich weiß, gibt es in Ägypten nicht mehr als hundertsechzigtausend Europäer . . . .«

Ein koptischer Anwalt mischte sich äußerst lebhaft ein.

»Hundertsechzigtausend, sagen Sie? Aber diese Hundertsechzigtausend besitzen einen großen Teil unseres Reichtums. Wußten Sie, daß ein Siebtel der landwirtschaftlich genutzten Fläche Ausländern gehört?«

Der Pater Direktor fürchtete anscheinend, daß das Gespräch eine allzu heftige Wendung nehmen könnte, und befreite Fakhry Pascha. Der ließ sich unter dem Beifall der Anwesenden lächelnd zu seinem Automobil führen.

»Was hat er denn gegen die Ausländer, dieser koptische Fellache?« brummte Paul Batrakani, der hinter Michel stand.

## 6

Ihre großen Brüder gehörten einer anderen Welt an als sie. Viviane war sechs Jahre alt und wußte nicht recht, welche Position sie gegenüber Michel und Paul einnehmen sollte, die wie Erwachsene sprachen, sich so kleideten und auch verhielten. Ganz zu schweigen von André, den sie nie gesehen hatte und den sie sich bald als Luzifer, bald als den Heiligen Petrus mit weißem Rauschebart vorstellte.

Ein großes Photoalbum auf den Knien, saß die Kleine im Salon neben Georges Batrakani. Sie deutete mit dem Zeigefinger auf ein leicht vergilbtes Photo.

»Und sie, wer ist das?«

»Das ist doch meine liebe Mutter! In der Avenue Shubra ... Sieh mal, in der Ferne konnte man damals die Pyramiden sehen.«

Viviane suchte vergeblich nach etwas, das einer Pyramide ähneln könnte. Die Bilder waren sehr verschwommen. Oder aber der Photograph hatte sein Motiv nicht gut getroffen.

»Und der dicke Junge da auf dem Esel?«

»Scht! Das ist dein Onkel Nando!«

Das Mädchen kicherte. Jetzt lachte auch der Vater und schloß sie in die Arme. Augenblicke wie eine Ewigkeit.

Im Alter von fünf Jahren wäre Viviane beinahe an einer Meningitis gestorben. Damals war Georges plötzlich die Existenz seiner Jüngsten bewußt geworden, und er hatte brennende Liebe für sie empfunden. Er hatte stundenlang an ihrem Bett gesessen, hatte mitten in der Nacht den Arzt rufen lassen und ihn aufgefordert, seine Kleine zu heilen . . . Als er morgens in die Fabrik fuhr, hatte er den Chauffeur angewiesen, einen Umweg über die Kirche Radwaneya zu machen, um dort einige Kerzen anzuzünden, was er zuvor nie getan hatte. Am Nachmittag sagte er einen Termin ab und stürzte Hals über Kopf nach Hause.

»Wo ist dieser Esel von Doktor?« rief er schon im Flur, während er den Tarbusch absetzte.

An einem Mittwochnachmittag kam als Antwort ein »J-a, J-a«; Doktor Bebbas, ein sehr humorvoller Mann, hatte soeben festgestellt, daß Viviane gerettet war.

Das Mädchen deutete mit dem Finger auf eine andere Photographie, die einen europäischen Offizier zeigte, der von seiner besten Seite für die Photographie zu posieren schien.

»Ist das General Simpson?«

»Oberleutnant Simpson. Und das Pferd neben ihm ist Madame Simpson.«

Doch Viviane sah kein Pferd . . .

Nach Elias Batrakanis Tod im Jahr 1920 hatten seine drei Kinder keine große Mühe gehabt, seine magere Habe unter sich aufzuteilen. Nando spekulierte auf die drei Feddans Land, die er seinen Vater überredet hatte, in der Nähe von Mansura zu kaufen. Nini wollte gerne das Silberbesteck. Und Georges interessierte sich nur für den verstaubten Photoapparat mit dem Auslöser, dem Balg und dem dreibeinigen Stativ.

»Kann ich auch die Photographien nehmen?« fragte er.

»Die überlassen wir dir gerne«, antwortete Nando, dessen einzige Leidenschaft bedrucktes Papier war.

Georges' Chauffeur mußte zweimal fahren, um all die Hutschachteln zu bringen, in denen Elias Batrakani sein

Werk untergebracht hatte. Einen großen Teil konnte man nur noch wegwerfen. Doch es blieben genug übrig, um damit neun dicke Photoalben zu füllen. Der Apparat selbst, der vollkommen überholt worden war und regelmäßig von einem Diener poliert wurde, thronte in einer Ecke seines Büros.

An Sonntagnachmittagen nahm Viviane oft eines der in gelbbraunes Leder gebundenen Alben und bat ihren Vater, ihr die Photos zu erklären. Es gab unter anderem auch eine ganze Bilderserie, die von der Straße aus aufgenommen war und die Terrasse des Shepheard's zeigte. Auf einem war Georges zu sehen, wie er als Kind rittlings auf einer der beiden kleinen Sphinxen saß. Eine unvergeßliche Erinnerung für ihn: Es war das einzige Mal gewesen, daß er dank des verständnisvollen *drogman* – wahrscheinlich aufgrund seines Interesses an Elias' Photoapparat –, in jenes wundervolle Reich auf der anderen Seite der Balustrade gehoben worden war . . .

\*

Eines Sonntagnachmittags begab sich Viviane, nachdem sie das Photoalbum weggeräumt hatte, heimlich in das Anrichtezimmer, um sich, ohne daß Mademoiselle Guyomard es bemerkte, einen Keks zu holen. Sie wußte, daß sie dabei auf die Hilfe von Rachid, dem *soffragi* mit der Narbe, rechnen konnte. Doch als sie die Tür öffnete, stand sie vor einem Jungen in einer blauen *gallabeiya*, der etwa in ihrem Alter sein mußte: acht oder neun Jahre alt.

»Wer bist du?« fragte sie ihn mit herausfordernder Miene auf arabisch.

Rachid antwortete an Stelle des Gefragten: »Das ist Hassan, der Sohn meines unglücklichen Bruders Sabri, der während der Ereignisse von neunzehnhundertneunzehn ums Leben gekommen ist.«

Viviane und Hassan fuhren fort, sich schweigend mit Blicken zu messen, während sich der Diener an der großen Kühlbox zu schaffen machte.

Durch das geöffnete Fenster hörten sie aus der Ferne eine Art Litanei, die immer näher kam.: »*Sanduk el donia, Sanduk el donia . . .*«

Vivianes Herz begann heftig zu klopfen. Das war Abu Semsem, der Mann mit dem Wunderkasten. Die beiden Kinder liefen ans Fenster. Aus einer Seitenstraße kam ein Mann mit einem Turban, der auf den Schultern eine Bank, einen großen Kasten und einen Bock trug.

»Da gehe ich hin«, sagte Hassan, ohne die Antwort seines Onkels abzuwarten.

Viviane war wütend, denn sie wußte, daß sie ihm nicht folgen konnte. Ihre Mutter hatte ihr den Wunderkasten hundertmal verboten: »Das ist schmutzig und voller Mikroben. Du siehst ja, da gehen nur die Araber hin!«

Sie stützte sich auf die Fensterbank und wartete ärgerlich darauf, Hassan zu sehen, der sich dem Wunderkasten näherte. Auch andere Kinder aus dem Viertel kamen herbeigelaufen. Für ein kleines Geldstück durften sich fünf von ihnen den fünf magischen Linsen nähern. Abu Semsem breitete ein schwarzes Tuch über ihren Köpfen aus, dann senkte er einen Hebel und sang:

> »*Ya salam, ya salam*
> *Shuf el forga di kamane*«

Die Kinder sahen nacheinander ein großes Segelschiff, Chitane und den Engel Gabriel, einen Mann, der einen bluttriefenden Frauenkopf in der Hand hielt, einen Drachen, Jussef und Aziza, eine Lokomotive, Samson, der die

Säulen des Tempels erschütterte und tausend andere Wunder. Als das Tuch abgenommen wurde, lachten sie und redeten alle durcheinander. Hassan, der kein Geld hatte, ließ fünf andere Kinder vortreten.

Viviane schloß heftig das Fenster und verließ das Anrichtezimmer, während Abu Semsem mit gedämpfter Stimme fortfuhr:

> *»Ya salam, ya salam*
> *Shuf el forga di kamane . . .«*

## 7

Die ersten Jahre seiner religiösen Ausbildung in Lyon hatte André Batrakani wie in einem Traum erlebt. Er hatte das Gefühl, in Glückseligkeit zu ertrinken, und ließ sich ganz von der angenehmen Atmosphäre durchdringen. Viele seiner Kameraden gehörten zum französischen Adel oder zur Großbourgeoisie. Hatte nicht auch er, ihrem Beispiel folgend, begonnen, seine Eltern zu siezen? Ein Brief vom Sommer 1924 belegt deutlich seine Akkulturation: ». . . Sie müssen wissen, meine liebste Mama, daß wir einen guten Teil des 14. Juli betend in der Kapelle verbracht haben, weit entfernt von den grauenvollen Festen, die in der Stadt gefeiert wurden.«

Ab 1926 wurden meine Großeltern wieder geduzt. André dachte nicht mehr daran, die Französische Revolution niederzumachen. Er stand wieder mit beiden Beinen auf dem Boden der Realität, und zwar auf ägyptischem Boden. Seine Weltsicht war durch einen Zwischenfall ins Wanken geraten, der sich an einem Sonntag im Winter ereignet hatte.

An diesem Tag war er nach einem Spaziergang von seinem Superior in dessen Büro gerufen worden.

»Nächste Woche werden wir den maronitischen Bischof von Beirut empfangen, der auf der Durchreise in Frankreich ist. Könnten Sie auf arabisch einen Text verfassen, in dem Sie den Inhalt und Geist der hier erteilten Ausbildung darlegen?«

André mußte verlegen eingestehen, daß er nicht in der Lage dazu war. Er sprach zwar Arabisch, konnte es mittelmäßig lesen und ein wenig schreiben, jedoch nicht ausreichend, um ein solches Exposé zu verfassen. Der Superior war erstaunt.

»Das verstehe ich nicht. Es gibt mehrere französische Jesuiten in der Levante, die erhebliche Anstrengungen unternehmen, um Arabisch zu lernen. Sie studieren seit Ihrer Kindheit, Sie sind Ägypter und dazu vorbestimmt, Ihr Amt im Nahen Osten auszuüben, und Sie wagen es, diese Sprache nicht ausreichend zu beherrschen!«

Mein Onkel wurde rot, stotterte irgend etwas und ging äußerst beschämt hinauf in sein Zimmer. Unter diesem Blickwinkel hatte er noch nie darüber nachgedacht. Im Collège in Kairo gab es zwar hervorragende Lehrer, die Arabisch unterrichteten, aber die Schüler sahen es eher als eine Fremdsprache an und beschäftigten sich so wenig wie möglich damit. Selbst diejenigen, die das ägyptische Abitur vorbereiteten, entschlossen sich, wie es das Gesetz erlaubte, die Prüfung auf französisch abzulegen. Und eigentlich kam das Beispiel auch von ganz oben: König Fuad konnte nur schlecht Arabisch und der Ministerrat wurde im allgemeinen in französischer Sprache abgehalten.

Doch André suchte keine Entschuldigung. Noch am selben Abend schrieb er an seine Eltern und bat sie dringend um ein Arabischlehrbuch, ein Wörterbuch, ein Abonnement von zwei ägyptischen Zeitschriften und einen Satz Federn mit eckiger Spitze.

»Wenn ich recht verstehe, mein Liebling«, sagte Maguy zu ihrer Schwester, »ist dein Sohn nach Lyon gegangen, um Arabisch zu lernen . . .«

Ende des Jahres 1926 zeichnete sich eine Annäherung zwischen Georges Batrakani und seinem ältesten Sohn ab. In gewisser Weise war das Ägypten zu verdanken: Sahen sie es jetzt nicht beide quasi als ihr Vaterland an? Der neue Bey und der neue Arabist gaben sich beide ägyptisch, selbst wenn das Gesetz über die Nationalität noch in der Schublade lag. König Fuad und die Wafd-Parteien hatten darin einen neuen Anlaß zu Meinungsverschiedenheiten gefunden, und die Annahme war auf *sine di* verschoben.

Andrés Briefe zeugten im Lauf der Jahre immer mehr von einer wachsenden Überzeugung und Sicherheit. Der angehende Priester schrieb allen Familienmitgliedern sehr häufig, um ihnen unverblümt Ratschläge, wenn nicht gar Richtlinien für ihr Leben zu geben. Er war eine Art Autorität aus der Ferne, die ohne Umschweife die verschiedensten Themen aufgriff. Er verfolgte aufmerksam Lolas religiöse Erziehung, Vivianes schulische Leistung, die Geschäfte seines Vaters und die guten Werke seiner Mutter ...

Yolande, die sehr von Andrés Kultur und seinem Glauben beeindruckt war, hob einige Briefe ihres Sohnes auf und las sie dienstags, wenn sie ihre Freundinnen empfing, vor. »Smala, smala«, riefen die Damen voller Bewunderung aus. »Wirklich, Yola, du hast einen künftigen Bischof zur Welt gebracht.«

Dann berührte meine Großmutter das Holz ihres Sessels oder machte verstohlen eine Bewegung, um den Bösen Blick abzuwenden.

Alex wurde von seinem älteren Bruder mit wahrhaften Episteln bedacht, die ihn entweder in Wut brachten oder ihn königlich amüsierten.

\*

214

Mein lieber Alex,

Du wirst nun bald neunzehn Jahre alt. Das ist ein schwieriges Alter, in dem Du auf diejenige wartest, die einmal mit Dir für gute wie für schlechte Zeiten verbunden sein wird.

Wie Du vielleicht weißt, ist von einer verfrühten Eheschließung dringend abzuraten. Die Statistiken zeigen, daß junge Männer, die sich vor dem Alter von fünfundzwanzig Jahren verheiraten – bei Mädchen vor dem achtzehnten Lebensjahr – häufiger sterben als ihre unverheirateten Altersgenossen. Nach Aussage angesehener Spezialisten verlangt die Fortpflanzung eine gewisse organische Anstrengung, die auf Kosten des Organismus geht.

Ich muß Dich jedoch sicherlich nicht darauf hinweisen, daß bis zur Eheschließung Keuschheit geboten ist. Junge Menschen, die keine Enthaltsamkeit üben, leben nicht nur im Zustand der Todsünde, sondern nehmen auch ernsthafte physische Gefahren auf sich. Die Enthaltsamkeit hingegen hat nie zu schlimmen Folgen geführt oder Opfer gefordert. Doch sie verlangt ein gemäßigtes Leben, in dem Getränke und Speisen, die das Blut erhitzen, verboten sind. Die Enthaltsamkeit ermöglicht es, die Kräfte der Natur zu erhalten, um dann, wenn der Tag gekommen ist, den Grundstein für die Familie zu legen.

Mein lieber Alex, ich würde gerne Deine Ansicht zu all diesen Dingen erfahren. Schreib mir von Zeit zu Zeit.

Dein Bruder, der Dich nie in seinen Gebeten vergißt.

André s.j.

*

Von seinem Vater hatte Alex eine gewisse Gerissenheit und Geschmack an den Freuden des Lebens geerbt. Doch während sich Georges' Energie ganz und gar auf den gesellschaftlichen Erfolg konzentrierte, verflüchtigte sich die seine in episodenhaften Vergnügungen und enthusiastischen Anflügen ohne Zukunft.

Der Aufenthalt meines Onkels bei den Brüdern war ebenso katastrophal gewesen wie seine Leistungen bei den Jesuiten: Nachdem er zweimal die Klasse wiederholt hatte, wurde ihm freundlich nahegelegt, das Etablissement zu verlassen. Auch keine andere Schule sah sich in der Lage, ihn zum Abitur zu bringen. Dazu muß man sagen, daß das den, den es anging, nicht im geringsten interessierte, er erklärte vielmehr, daß er es eilig habe, endlich »seine Karriere als Geschäftsmann« zu beginnen. Diese Entschlossenheit beeindruckte seine Mutter sehr.

Alex hatte einige geradezu phantastische Pläne vor Augen. Doch bis es soweit war, spielte er Billard im Club Risotto, lernte bei dem Chauffeur seines Vaters das Autofahren und vergeudete das Geld, das Yolande ihm ohne Unterlaß zusteckte.

Eines Abends rief er kurz vor Mitternacht von einem seiner Freunde aus Georges an.

»Hallo, Papa, ich muß dich unbedingt sprechen. Es geht um die Tarbusche.«

»Hat das nicht bis morgen Zeit?« fragte mein Großvater, der schon im Schlafanzug war.

In dieser Nacht schlief er schlecht und dachte viel an seine Tarbusch-Fabrik. Die Verkäufe stagnierten: 1929 hatten sie kaum die Grenze von zwölftausend Tarbuschen überschritten. Dieser Teufel von *Werdamtschechen* war einfach nicht zu schlagen . . .«

Am nächsten Tag, in dem Büro an der Place de l'Opéra, legte Alex seinen sensationellen Plan vor.

»In wie vielen verschiedenen Farbtönen stellst du deinen Tarbusch her, Papa?«

»In fünf oder sechs, wie alle anderen auch«, antwortete Georges.

»Aber nein! Du machst wie alle anderen nur ein etwas helleres oder dunkleres Rot.«

»Na und?«

»Du wirst jetzt blaue, weiße, schwarze und gelbe Tarbusche herstellen . . .«

»Was?!«

»Aber ja, damit kannst du deine Konkurrenten ausschalten. Das wäre eine umwerfende Kleiderrevolution, alle jungen Leute würden sofort wieder einen Tarbusch tragen.«

Mein Großvater sah ihn an und fragte verblüfft: »Und warum nicht gleich gestreifte oder geblümte Tarbusche, wenn du schon mal dabei bist. Glaubst du etwa ernsthaft, daß man so leichtfertig mit der Tradition spielen kann?«

»Aber, Papa, die Anhänger des Propheten tragen schließlich auch grüne Turbane . . .«

»Eben, du Schwachkopf, die Anhänger des Propheten! Willst du uns ins Verderben stürzen oder was?«

Je länger er sprach, desto lauter wurde Georges' Stimme.

»Letztes Jahr wolltest du, daß ich Tarbusche mit Löchern herstelle, damit die Leute im Sommer nicht so schwitzen. Ein Tarbusch mit Löchern! Morgen kommst du und schlägst mir Gott weiß was vor: einen Tarbusch für Damen, einen Tarbusch mit Sprungfeder, einen Tarbusch mit Pedalen . . . Jetzt habe ich wirklich von deinen Kindereien genug! Wann wirst du endlich erwachsen werden? Wann? Sag mir, wann . . .«

Alex bedauerte den Konservativismus seines Vaters. Geschickt wechselte er das Thema und befragte Georges über sein neues Automobil, einen Dodge Sedan, der im nächsten Monat in Kairo ankommen sollte.

»Er soll anscheinend sehr leise sein ...«

Georges entspannte sich ein wenig.

»Ja, er hat ein neues Lenksystem, das speziell den Ballonreifen angepaßt ist.«

»Man hat mir auch von einer gebogenen Welle mit fünf Lagern erzählt.«

»Du bist ja auf dem laufenden, *ya ebni*!«

»Wieviel verlangt Marcarian dafür?«

»Zweihundertachtzig Pfund inklusive Deckenbeleuchtung, Rückspiegel, Ablage in der Tür und Seidenvorhang vor dem Rückfenster.«

»Und der Ford, den du jetzt hast?«

»Was ist mit dem Ford, den ich jetzt habe?«

»Wenn du den behalten würdest, könnte ich vielleicht ...«

Georges explodierte.

»Willst du nicht vielleicht auch meinen Chauffeur? Damit er vor dem Club Risotto auf dich wartet? Glaubst du, ich bin blind? Verwechselst du mich mit deiner Mutter? Glaubst du, ich weiß nicht, was für ein Paschaleben du führst?«

Er wurde vom Läuten des Telefons unterbrochen. Alex machte ihm ein kleines Handzeichen und trat sang- und klanglos den Rückzug an.

## 8

Das vierte Heft des Tagebuchs, das mein Pate geschrieben hatte, umfaßt die Jahre 1926-1930. Es ist jetzt schon die Stimme eines Erwachsenen, selbst wenn Michel noch immer sehr von seinen Eltern abhängig scheint. Die sonntäglichen Mittagessen zu Hause werden ausführlich und mit vielen Einzelheiten, die von mehr oder minder großem Interesse sind, beschrieben: Der Verkauf eines Tarbusch-Postens an Cicurel, Maguys neue Toilette, Rachids Reise in sein Heimatdorf . . . Im Lauf der Jahre geht es immer mehr um das Shubra-Viertel, in dem die Bäume abgeholzt werden und das immer volkstümlicher wird. Meine Großeltern beschlossen also, ein Haus in Garden City zu kaufen und umzuziehen. Das Abendessen mit Makram, das hier wiedergegeben wird, fand kurz vor dem Umzug statt.

*25. Juni 1930*

*Merkwürdigerweise waren Makram und seine Frau noch nie zum Essen zu uns gekommen. Als sie gestern abend untergehakt eintrafen, hätte man sich in einem Stück von Nagib el Rihani glauben können: Er ist immer noch ebenso mager, in seinem schwarzen, mit Zigarettenasche überstäubten Anzug, sie rundlich, in einem Kleid, das an ein rosafarbenes Bonbon erinnerte, die Wangen übertrieben stark gepudert.*

*Die Hälfte des Essens verging mit Höflichkeiten, die die Koptin, die kein Wort Französisch sprach, und Mama, die Arabisch nur*

radebrechte, miteinander austauschten. Papa und Makram kon-
zentrierten sich auf ihre Teller und schienen sich nicht viel zu
sagen zu haben. Es war tödlich langweilig.

Das Ende des Essens wurde ein wenig durch einen Stromausfall
aufgelockert. Wir sind alle auf die Terrasse gegangen, um das
Licht des Vollmonds zu nutzen, während Rachid Kerzen auf-
stellte. Papa und Makram haben begonnen, sich wegen der Regierung Sedky zu streiten. »Wir leben fast in einer Diktatur«,
sagte Makram, der der Wafd-Partei näher stand denn je. »Die
Angriffe auf das parlamentarische System sind ein Skandal.
Fast überall kommt es zu Aufständen . . .« Papa dagegen be-
wunderte sehr die feste Hand Sedky Paschas, der im Jahr 1889,
etwa zehn Jahre vor ihnen, sein Abitur bei den Brüdern abgelegt
haben soll.

Als das Licht wieder aufflammte, beruhigte sich die Diskussion,
und die Damen begannen erneut, ihre salamat auszutau-
schen . . . Ich habe die Gelegenheit genutzt, um das Gespräch auf
Sultan Husein zu bringen.

Makram hat mich durch seine weitreichenden Kenntnisse erstaunt. Er behauptete, daß Husein Kamil, der Lieblingssohn des
Khediven Ismail, im Jahr 1897 dessen Nachfolge antreten wolle
und nur mit Bitterkeit Taufiks Ernennung akzeptiert habe. Das
widerspricht vollkommen dem Bild des Mannes ohne jeden persönlichen Ehrgeiz, der sich 1914 geopfert hatte, um die Dynastie
Mohammed Alis zu retten und zu verhindern, daß Ägypten nur
ein Anhängsel Englands wurde.

Makrams Interpretationen sind sicherlich mit Vorsicht zu genießen, denn es sind die eines militanten politischen Kämpfers
und nicht die eines Historikers. Aber all das hilft mir bei der
Wahl für das Thema meiner Doktorarbeit nicht weiter. »Warum
nimmst du nicht ›Sultan Husein und der Moralist La Fontaine‹?« hat mir André in seinem letzten Brief vorgeschlagen.
Warum eigentlich nicht?

Lola lag auf dem Bauch im feuchten Sand und träumte, von der Mittagssonne leicht benommen, vor sich hin. Die verebbenden Wellen benetzten ihre Füße, ihre Beine und stiegen bisweilen sogar bis zu den Oberschenkeln hinauf, was ihren ganzen Körper vor Wohlbehagen leicht schauern ließ. Sie war zum Anbeißen hübsch, und sie begann, sich dessen allmählich bewußt zu werden.

»Du bist jetzt dreizehn Jahre alt, in diesem Alter solltest du dich nicht mehr so den Blicken der Männer aussetzen«, sagte ihre Mutter, die von Mademoiselle Guyomard gewarnt worden war.

Doch Lola, die sehr dickköpfig war, ließ das unbeeindruckt. Sie ließ sich von Mademoiselle Guyomard schon lange nichts mehr sagen.

Eine Welle, die etwas kräftiger war als die anderen, überspülte ihre Taille. Sie stieß einen kleinen Schrei aus und zog damit die Aufmerksamkeit eines mageren Jungen mit wüstem Haarschopf auf sich, den sie am Vortag in der Bäckerei von San Stefano gesehen hatte.

Es war bald Zeit zum Mittagessen. Vom Haus hinter der Düne trugen die Bediensteten dampfende Schüsseln herbei, die sie auf umgedrehten Paddelbooten in der Nähe der Kabinen aufbauten. Wie jeden Tag, würde es ein großes Familienessen mit allen Onkeln, Tanten und Cousins werden. Am Strand von Glymenopulo, den die Syrier besetzt hatten – die Juden hatten den nahegelegenen Strand von

Stanley gewählt – kannte jeder jeden. Man fühlte sich zu Hause und unter sich. Und zwar so sehr, daß sich alle lautstark darüber ausließen, wenn eine koptische oder moslemische Familie den Mangel an Takt hatte, dort ihren Sonnenschirm aufzustellen.

Lola liebte die großen Ferien, die sie in Alexandria verbrachte. Schon Wochen vorher träumte sie davon, wie der Zug im Bahnhof von Sidi Gabir einlaufen würde, von dem großen schwarzen Taxi, das eine Rauchwolke hinter sich ließ, wenn es sie zur Villa fahren würde. In ihrem Zimmer würde sie ihr ordentlich aufgeräumtes Spielzeug wiederfinden. Sie würde es streicheln, daran riechen, manchmal auch kurz mit der Zunge darüberlecken, um sich zu versichern, daß es noch den salzigen Geschmack hatte. Dann würde sie, von Viviane gefolgt, zu den Nachbarhäusern laufen, um die Cousins und Freunde wiederzusehen . . .

Im allgemeinen gesellte sich eine kleine Gruppe von Badegästen zu Nando und dem Grafen Henri Touta, wenn sie mit dem Tricktrackspiel begannen, nachdem jeder von ihnen fünfzig Piaster auf den Tisch gelegt hatte.

Nandos Fleischmassen quollen über den Gartenstuhl, der schon von ansehnlicher Größe war und den man eigens für ihn hergebracht hatte. Der ältere Bruder meines Großvaters wurde immer dicker. Wenn man den Gerüchten Glauben schenken durfte, brachte er jetzt nackt schon tausend ägyptische Pfund auf die Waage, was einhundertundzwanzig Kilo gleichkam. Man mußte sich fragen, wie die sanfte und zarte Demoiselle Doummar, die er dreißig Jahre zuvor geheiratet hatte, so lange den Anstürmen dieses Monsters standgehalten hatte.

Graf Henri war von der Grafschaft Liechtenstein mit einem Titel ausgezeichnet worden, und jetzt war er auch noch Konsul von Peru, allerdings beides unter derselben

Anschrift. Er trug einen grüngestreiften Bademantel und schüttelte unendlich lange die Würfel in der Hand, ehe er sie auf das hölzerne Spielbrett mit den Perlmuttintarsien warf.

»Gestern, *ya comte*, hast du ein Mordsglück gehabt«, sagte sein Gegner, »aber heute, das schwöre ich bei dem Kopf meiner ...«

»Schwör nicht, du Unglücksrabe! Du weißt nicht, was dich erwartet! *Abyssus abyssum invocat.*«

Die Spannung stieg. Nandos dicke Wurstfinger warfen die Würfel immer geräuschvoller. Er hatte mehrere Dreierpasche, Fünferpasche und Sechserpasche, die jedesmal begeistert mit ihren Spitznamen begrüßt wurden:

»*Doche!*«

»*Dabbach!*«

Oben bei den Kabinen schwenkte Yolande eine kleine Glocke; die gefüllten Weinblätter konnten nicht warten. Der ausgehungerte Nando unterbrach seine Partie trotz der Proteste von Henri Touta augenblicklich. Lola setzte sich neben ihre Tante Maguy. Sie war von dieser verführerischen Frau fasziniert, die mit ihren vierundvierzig Jahren fünfzehn Jahre jünger aussah und noch immer Verwirrung stiftete. Zu ihren letzten Liebhabern von hohem Rang zählten ein jüdischer Kaufmann aus Kairo, ein italienischer Basketballspieler der Pro Patria und ein Abkömmling der königlichen Familie ...

»Aber wo ist nur Edmond?« fragte Yolande, die sich wunderte, ihn nicht am Tisch zu sehen.

Edmond Touta saß in einem Liegestuhl am Meer und widmete sich seinen Berechnungen. Die letzte Volkszählung, die ergeben hatte, daß sich die ägyptische Bevölkerung auf mehr als vierzehn Millionen Personen belief, hatte ihn unsäglich aufgeregt. Er war entschlossen, König Fuad zu schreiben und ihm ein radikales Heilmittel vorzuschlagen: Den Männern sollte die Heirat vor ihrem achtundzwanzigsten Lebensjahr verboten werden und den Frauen vor dem fünfundzwanzigsten Lebensjahr.

»Mit dieser Maßnahme kann ich die Geburtenrate um die Hälfte senken«, sagte er mit fiebriger Stimme.

Seine Neffen machten sich insgeheim über ihn lustig und versuchten, ihn mit allen möglichen Geschichten aufs Glatteis zu führen.

»Onkel Edmond, hast du vor kurzem in LA RÉFORME die Geschichte von dieser Frau aus Saudiarabien gelesen, die achtzehn Kinder zur Welt gebracht hat?«

»Mein Gott, achtzehn Kinder?«

»Aber ja, und jetzt erwartet sie das neunzehnte.«

Verwirrt wiederholte Edmond seine Berechnungen, wobei er das Mindestalter für Männer auf neunundzwanzig und für Frauen auf sechsundzwanzig Jahre festlegte . . .

Die Dienstboten durften erst am Spätnachmittag, wenn Haushalt und Abwasch erledigt waren, zum Baden gehen. Um diese Zeit gingen die Kinder in der Bäckerei von San Stefano Krapfen kaufen. Auf dem Weg veranstalteten sie einen Wettlauf mit der Trambahn . . .

Manchmal spielten sie nachmittags »Messe«. Es waren griechisch-katholische Gottesdienste, die wesentlich lebendiger waren als die lateinische Liturgie, und die Kommunion war in zwei Formen erlaubt: Brot oder Brombeersirup. Aber man hatte eine Predigt in französischer Sprache eingebaut, die der Clou der Zeremonie war. Unter den Cousins gab es etliche künftige Anwälte, die sich um die Rolle des Predigers stritten. Eine andere sehr beliebte Position war die des Vorsängers. Den Mädchen blieben nur noch untergeordnete Rollen: Chorknaben oder Gemeinde. Lola rächte sich, indem sie Zweifel in den Gewissen säte.

»Glaubt ihr nicht, daß André sehr verärgert wäre, wenn er wüßte, daß wir Lieber Gott spielen?«

Am ersten Sonntag im August wurde mit den Kindern ein Besuch bei der Verwandtschaft Touta in Sidi Bishr unternommen. Es war der alexandrinische Zweig der Familie, den Georges den »verrückten Zweig« nannte; nicht ohne den Hinweis, daß sein Schwager Edmond ganz nach ihnen schlage.

Es waren elf Geschwister, und jedes von ihnen hatten die Eltern nach einem Pharao benannt. Sesostris, der Älteste, der schon zum Bey ernannt worden war, ehe er das vierzigste Lebensjahr erreicht hatte, hatte sich in den Kopf gesetzt, in einem Ozeandampfer zu wohnen. Der hohe Beamte hatte sich gegenüber dem Meer ein dreißig Meter langes Haus in Form eines Schiffs bauen lassen. Nichts fehlte: von der Brücke bis zur Außengalerie, inklusive Strickleitern, Stegen und Luken.

Sesostris Bey, mit einer Admiralsmütze auf dem Kopf, empfing sie vor der Poop. Seine Schwestern Isis und Osiris boten den Kindern Getränke und Kuchen an. Diese waren begeistert, da sie das Meer mit dem großen Fernglas des Hausherrn erkunden durften.

Alle Kutscher von Ramleh kannten das Haus, man brauchte nur zu sagen: »Wir wollen zu Sesostris Bey.«

Der Wagen glitt durch die friedlichen, von Magnolien und Tamaris gesäumten Straßen, hinter denen mitten im Grünen Häuser mit *mucharabeiyas* vor sich hin dämmerten. Der Lärm des Fiakers störte die Ruhe, die ansonsten nur bisweilen von dem klagenden Klang eines benachbarten Kirchturms zerrissen wurde. Die Kinder schlossen die Augen, um besser den Duft der Algen genießen zu können. Zu dieser Jahreszeit duftete Alexandria nach Meer und nach Jasmin.

# Die Ohrfeige des Atatürk

# 1

Sobald er das Gebäude betrat, stieg Rachid ein widerwärtiger Geruch in die Nase. Der Diener meiner Großeltern raffte seine *gallabeiya* und ging vorsichtig weiter, um nicht in die Blutlachen und die Haufen von Eingeweiden zu treten, die auf dem Boden herumlagen.

Im Schlachthaus herrschte ein reges Treiben. Männer kamen und gingen, schrien, beschimpften sich und schwangen ihre Messer. Rachid ließ seinen Blick umherschweifen und suchte seinen Neffen. Aber wie sollte er ihn in diesem Dämmerlicht, inmitten einer aufgeregten Menschenmenge ausmachen?

Zwei Tage zuvor hatte ihn die Mitteilung, daß Hassan nicht mehr zur Schule ging, sondern jetzt im Kamelschlachthof von Gisch arbeitete, in Wut versetzt. Das war sicherlich auf den Druck des neuen Ehemanns seiner Mutter zurückzuführen, der damit einen guten Weg gefunden hatte, einen dreizehnjährigen Knaben auszubeuten.

Der *soffragi* konnte selbst weder lesen noch schreiben . . .

Aber er war sicher, daß sein Bruder Sabri, der im Jahr 1919 bei einer Demonstration ums Leben gekommen war, seinen Sohn gerne in der Schule gesehen hätte. Wie oft hatte er, der Arbeiter in einer Zigarrenfabrik, sich gegen die soziale Ungerechtigkeit aufgelehnt und bedauert, weder lesen noch schreiben zu können.

»Später einmal wirst du Beamter«, sagte Rachid zu seinem Neffen, wenn dieser ihn einmal im Jahr im Haus der Batrakanis besuchte.

War es nicht die beste Situation, Beamter, *muazzaf*, zu sein?

Ein Kamel trottete, ermuntert von dem »kss kss« seines Herrn, in die Mitte des Raumes. Ein kurzer Befehl ließ es in die Knie gehen, und sogleich sauste ein riesiges Messer auf seinen Hals nieder. Das Blut spritzte mindestens zwei Meter weit. Das Tier wehrte sich, die Hufe in die Luft gestreckt, wütend, während ein kräftiger, halb nackter Saudiaraber seinen Kopf auf den Boden drückte. Die Zuckungen dauerten mindestens eine Minute an.

Als das Tier schließlich regungslos liegen blieb, sah Rachid, daß ein Kind mit einem großen Blasebalg sich ihm näherte. Er glaubte einen Augenblick lang, es wäre sein Neffe, aber Gott sei Dank hinkte er nicht wie dieser kleine Lehrling, der jetzt begann, den Körper des Kamels aufzublasen.

Ein zweites Tier, das durch den Geruch des Bluts aufgescheucht war, stellte sich wieder auf seine Beine. Schaum quoll aus seinem Maul. Mehrere Metzger umstanden das Tier. Einer von ihnen warf ihm Sand in die Augen, um es blind zu machen. Ein anderer glitt unter das Tier und stieß ihm mit einer raschen Bewegung ein Messer in den Leib. Das Kamel stieß einen langen Schrei aus und brach zusammen.

Rachid entdeckte seinen Neffen unter den Kindern, die sich jetzt mit Knüppeln bewaffnet näherten. Er eilte auf ihn zu.

»Komm!«

»Aber Onkel . . .«

»Komm, sage ich!«

Rachid packte Hassan am Ärmel und zog ihn nach draußen.

»Du wirst wieder zur Schule gehen, verstehst du mich?«

Schwarzverschleierte Frauen, die in Gruppen vor dem Schlachthof standen, kamen näher, um die Szene zu verfolgen. Sie warteten wie jeden Abend, bis die Metzger ihre Arbeit erledigt hatten, um dann den Kameldreck einzusammeln, der ihnen als Heizmaterial oder als Dünger diente.

»Du wirst wieder zur Schule gehen«, wiederholte Rachid, während er auf die Straßenbahnhaltestelle zuging. »Und wenn deine Mutter das Geld braucht, dann werde ich es ihr geben!«

\*

In »*Itinerar eines Offiziers*« berichtet Hassan später, daß er seinen Onkel in das Schlachthaus hatte kommen sehen.

*Ich stand in einer blutbefleckten gallabeiya hinter einem Pfeiler und wagte nicht, mich zu zeigen. Ich hatte das Gefühl, mich schuldig gemacht zu haben, dabei kam mein Onkel doch, um mich zu befreien.*

*Ab dem nächsten Morgen bin ich wieder zur Schule gegangen. Mein Onkel, der weder lesen noch schreiben konnte, verlangte, daß ich ihm jedes Halbjahr mein Zeugnis zeigte. Ich brachte es ihm in ein reiches Haus in Garden City, wo er als soffragi angestellt war. »Warst du fleißig?« fragte er mich, ohne einen Blick auf das Zeugnis zu werfen, das ja unverständlich für ihn war. Ich bejahte. Dann zog er mich am Ohr und sagte: »Du mußt noch fleißiger werden, damit du eines Tages mouazzaf wirst.« Wenn ich ging, gab er mir zwei kleine, in ein Stück Papier eingewickelte Münzen ...*

231

## 2

Anfänglich hatte sich Georges Batrakani nicht für diese Piaster-Vereinigung interessiert, die 1931 unter dem Vorsitz eines Paschas ins Leben gerufen worden war. In den Straßen zugunsten der ägyptischen Industrie zu sammeln, schien ihm unsinnig und lächerlich. Wußten denn eigentlich diese Studenten, die die Passanten ansprachen, um ihnen Spendenmarken für einen Piaster zu verkaufen, selbst genau, was mit diesem Geld geschehen würde?

Mein Großvater änderte seine Meinung, als er an einem Donnerstagmorgen beim Frühstück in der Zeitschrift *LA BOURSE EGYPTIENNE* las, daß mit diesem Geld eine nationale Tarbusch-Industrie geschaffen werden sollte.

»Aber diese Industrie gibt es doch schon!« rief er und stieß dabei seinen Becher mit *echta* um. »Was stelle ich denn bitte her? Etwa Nachttöpfe oder Klosettspülungen?«

Yolande schwieg beunruhigt und drückte eine Serviette auf den Sahnefleck. Es war besser, in solchen Momenten nichts zu sagen, denn ihr Mann konnte den geringsten Seufzer zum Anlaß nehmen, um eine furchtbare Szene zu machen.

Zehn Minuten später, als sich der wütende Georges gerade beim Rasieren geschnitten hatte, läutete das Telefon. Es war Edouard Dhellemmes, der vom Shepheard's aus anrief.

»Haben Sie gelesen . . .«

»Ich habe es gelesen, ich habe es gelesen. Das ist ein Skandal. Kommen Sie heute vormittag in meinem Büro vorbei.«

Eine Stunde später saß Edouard an der Place de l'Opéra seinem Partner gegenüber, dessen Zorn sich nicht legen wollte. Eine erloschene Zigarre im Mund, beschimpfte der Bey die gesamte Welt.

»Bisher hatten wir diese verdammten Tschechen auf den Fersen. Wenn wir es jetzt darüber hinaus noch mit einer ernsthaften örtlichen Konkurrenz zu tun bekommen . . . Diese nationale Fabrik wird besseres Material zur Verfügung haben, und es wird ihnen sicherlich gelingen, zu niedrigeren Preisen zu verkaufen als wir . . . Wenn ich an all die Idioten denke, die diesen examinierten Bettlern einen Piaster geben!«

Die beiden Partner untersuchten das Problem von allen Seiten. Dann kamen sie zu dem Schluß, daß man sicherlich die Fabrik würde schließen müssen. Aber eine solche Entscheidung schien angesichts der dürftigen Informationen über das Regierungsprojekt verfrüht.

Edouard fuhr nach Frankreich zurück. Und dort erreichte ihn das Telegramm, in dem Georges Batrakani ihm lakonisch mitteilte, daß der Grundstein zur ersten nationalen Tarbusch-Fabrik am 14. Oktober 1932 gelegt werden sollte.

*

Dann kam der Zwischenfall von Ankara. Die Kairoer Zeitungen berichteten äußerst indigniert, daß Mustafa Kemal dem ägyptischen Minister Abdel Malek Bey vorgeworfen habe, seinen Tarbusch während eines Galadiners, an dem auch Damen teilnahmen, nicht abgenommen zu haben. Der ägyptische Vertreter hatte beleidigt den Raum verlassen. Aber gewissen Berichten zufolge sollte der Zwischenfall viel schlimmer gewesen sein: Als der Diplomat sich vor Atatürk verbeugt habe, solle dieser mit einer heftigen Geste seinen Tarbusch zu Boden gefegt haben.

»Aber in keinster Weise«, versicherte Graf Henri Touta, der den tunesischen Konsul in Kairo kannte. »Die ganze Sache war absolut harmlos. Mustafa Kemal ist auf den ägyptischen Minister zugegangen, um sich mit ihm zu unterhalten. Da es in dem Raum sehr warm war, hat er ihn liebenswürdig aufgefordert, doch seinen Tarbusch abzunehmen. *Non erat his locus.* Und als Gipfel der Höflichkeit hat Atatürk Hamza eigenhändig den Tarbusch abgenommen, ehe er ihn auf beide Wangen küßte.«

»Aber das ist ja noch schlimmer, *ya comte!*« erwiderte Nando und brach in schallendes Gelächter aus.

Einige ägyptische Zeitungen verlangten eine offizielle Entschuldigung der Türkei, andere forderten gar den Abbruch der diplomatischen Beziehungen . . . In diesem Augenblick hatte Georges Batrakani einen Einfall.

In der folgenden Woche erschien in mehreren Tageszeitungen in Kairo und Alexandria eine seitenfüllende Werbung. In riesigen Lettern stand dort einfach nur: »Unser Stolz« und unten, etwas kleiner, »Tarbusche Batrakani«.

Der Vorzug dieser Werbung lag in ihrer Mehrdeutigkeit. Einige würden sie direkt verstehen: Die Batrakanis waren stolz darauf, Tarbusche von hoher Qualität zu produzieren. Andere würden darin einen Herzensschrei entdecken, der in Beziehung zu der aktuellen politischen Lage stand: Das ägyptische Volk, das seinen Stolz hatte, würde dem Affront des Atatürk standhalten. Doch auch eine wesentlich ehrgeizigere Interpretation war nicht verboten: Die Tarbusche der Familie Batrakani waren der Stolz Ägyptens – ganz so wie der Nil, die Pyramiden oder die kleinen Tonfiguren –, und die beste Art, der Herausforderung Atatürks zu begegnen, war, einen Tarbusch dieser Marke zu kaufen.

In den folgenden Monaten stellte Georges Bey einen erheblichen Anstieg der Verkaufszahlen fest. Seiner Buchhaltung nach zu urteilen, war es allerdings ein Scheinerfolg, wenn man die Kosten für die Werbung bedachte. Aber diese Kampagne hatte ihm neue Kunden gebracht und neue Perspektiven eröffnet.

Ägypten war seit kurzer Zeit über ein Unterwasser-Telefonkabel mit Europa verbunden. Edouard Dhellemmes nutzte diese Neuerung und rief meinen Großvater an, um sich nach der Liquidation der Firma zu erkundigen. Er fand seinen Geschäftspartner ausgesprochen gefaßt, um nicht zu sagen heiter, selbst wenn die Verbindung von Störgeräuschen beeinträchtigt war.

»Liquidieren? Aber nicht doch, mein lieber Edouard! Ganz im Gegenteil, wir müssen jetzt investieren!«

»Ich verstehe Sie nicht recht . . . Investieren sagen Sie?«

»Ja, investieren, investieren . . .!«

»Aber, die nationale Fabrik, die gebaut wird . . .«

»Eben, warum sollten wir nicht unseren Nutzen aus der Sache ziehen?«

Der Franzose schimpfte über die Störungen in der Leitung. Er hörte schlecht und verstand kaum ein Wort. Doch Georges fuhr ruhig fort: »Aber, Edouard, nun denken Sie doch einmal nach! Die Fabrik der Piaster-Vereinigung beginnt erst in eineinhalb Jahren mit der Produktion. Kein Mensch hindert uns daran, der Bewegung zu folgen, oder ihr gar vorzugreifen. Die Ägypter wollen einen nationalen Tarbusch? Na schön, dann bieten wir ihnen eben auch einen an! Und zwar vor allen anderen.«

Edouard verstand jetzt besser. Er überlegte einen Augenblick. Warum sollte man es eigentlich nicht versuchen?

Die Fabrik konnte noch ein oder zwei Jahre vor sich hinvegetieren, wie vorher auch. Man verdiente zwar kein Geld mit ihr, doch man verlor auch keins. Es wäre immer noch Zeit, sie stillzulegen.

Georges Bey bezifferte den Werbeetat für die geplante Kampagne mit dreitausend Pfund. Außerdem rechnete er das Doppelte für eine Verbesserung des Verteilernetzes.

»Neuntausend Pfund!« rief der Franzose. »Aber das ist ja Wahnsinn. Wo sollen wir die hernehmen?«

Edouard hatte in keinster Weise die Absicht, sich für den Tarbusch zu ruinieren. Diese Industrie hatte ihn im Grunde nie wirklich interessiert. Wenn er immer häufiger nach Ägypten fuhr, dann nur, weil ihn dieses Land faszinierte. Ein Land, das bald in seinen Träumen mit der Gestalt einer schönen Syrerin verschmelzen sollte, die er eines Abends auf einer Terrasse in Heliopolis treffen sollte . . .

»Ich bin bereit, das Geld zu beschaffen«, sagte Georges.

Das setzte allerdings voraus, daß die Anteile in der Firma umverteilt wurden: Edouard würden nur noch zwanzig Prozent gehören. Er willigte ohne zu zögern ein.

*

Die Tarbusche Batrakani machten Anfang des Jahres 1934 wieder von sich reden, zu einem Zeitpunkt, da die nationale Fabrik nicht einmal die Produktion aufgenommen hatte. Diesmal waren die Werbeanzeigen zwar kleiner, aber wesentlich breiter gestreut. Sie beschränkten sich auf einen ausgesprochen schlichten Slogan mit sorgfältig gewählten Worten: »Tarbusche Batrakani. Ein nationales Qualitätsprodukt.« Das Gewicht lag auf dem Wort »national« . . .

Die massive Werbekampagne, zu der noch die Einstellung von fünf Vertretern kam, trug schnell Früchte. Die Ver käufe stiegen innerhalb weniger Monate um sechzig Prozent. Und sie hatten sich mehr als verdoppelt, als die ersten Piaster-Tarbusche, die alles andere als perfekt waren, auf den Markt kamen. Die ausländischen Produkte bekamen die Auswirkungen der Zollreform zu spüren, durch die sie jetzt mit höheren Steuern belegt wurden.

Ende des Jahres 1935 rechnete Georges Bey aus, daß er in diesem Jahr mehr als zweiundvierzigtausend Tarbusche verkauft hatte. Und die Zukunft war noch vielversprechender. Atatürk konnte ruhig seine Schirmmütze behalten und *Werdamtschechen* würde den Hut nehmen müssen.

# 3

Wenn ich an meine Großmutter väterlicherseits denke, so habe ich nicht sogleich ein deutliches Bild vor Augen. Ich sehe weder das junge Mädchen von sechzehn Jahren, das an einem Palmsonntag in Khalil Jareds Arme fiel, noch die glückliche Ehefrau, die sich achtundvierzig Stunden lang mit Khalil im Schlafzimmer einschloß, und auch nicht die in Tränen aufgelöste Frau, die die Schreie des Dienstmädchens nach dem Unfalltod ihres Mannes aufgeweckt hatten ... Ich sehe eher die nachdenkliche Reisende in der Untergrundbahn von Heliopolis vor mir.

Am frühen Abend dieses Sonntags war das Haremsabteil der Untergrundbahn fast leer. Nur eine junge Moslemfrau mit halb verdecktem Gesicht saß auf einer der Bänke. Sie schlug hastig ihren Schleier herunter, als der *wattman* in der Türöffnung auftauchte.

Mima hatte sich auf die andere Seite des schmalen Ganges gesetzt und sah aus dem Fenster auf die letzten Häuser von Heliopolis, die an ihr vorbeizogen. Ein trockener Windhauch streifte ihr Gesicht. Sie schloß die Augen halb und ließ sich von dem regelmäßigen Gerüttel der Bahn wiegen.

Dieser Franzose hatte ihr den Kopf verdreht.

Das Haus der Ayruts in der Rue Baron-Empain war wirklich entzückend. Auf einer schattigen Terrasse, die von einem Wall aus großen Steinen eingefaßt war, wurde Tee gereicht, während sich einige Jugendliche auf dem Tennisplatz im hinteren Teil des Gartens vergnügten. Mima wurde in diesem Haus immer äußerst freundlich empfangen, doch die Besuche machten ihr jedesmal das Herz schwer. Wenn sie daran dachte, daß Kahlil eine Woche vor seinem Tod damit beschäftigt gewesen war, den Platz für die Badewannen in ihrer künftigen Villa in Heliopolis festzulegen . . . »Du wirst sehen, meine Schöne, wir werden ein königliches Schlafzimmer haben und alle Sakkakinis und Taklas zusammen werden vor Neid platzen . . .«

Er hieß Edouard Delenne oder Delaime, das hatte sie nicht genau verstanden. Vierzig Jahre? Oder vielleicht zweiundvierzig? Auf alle Fälle sehr charmant mit seinem schmalen Schnurrbart, den blauen Augen und dem hellbeigen, gut geschnittenen Alpaka-Anzug.

Mima trug wieder einmal ihr grünes Organdy-Kleid mit den Schleifen, das ihre jugendlichen Züge so gut unterstrich. Mit ihren sechsunddreißig Jahren erinnerte sie noch an eine junge Pflanze, üppig und immer noch in voller Blüte.

»Dich kleidet wirklich ein Nichts«, hatte man ihr immer gesagt.

Und tatsächlich verlieh ihr schon ein einfacher Schal die Haltung einer Königin. Doch seit Khalils Tod hatte das »Nichts« noch eine andere Bedeutung bekommen: Sie mußte sich mit ihrer alten Garderobe begnügen, die langsam wirklich abgetragen wirkte. Damit ihre Kleider nicht zu altmodisch aussahen, mußte sie mit Hilfe einer Nachbarin wahre Wunder vollbringen: hier eine Rüsche, dort mit der Schere ein Stückchen weggenommen. Aus dem alten Mantel wurde eine Jacke, aus der Jacke, wenn sie abgetragen war, eine Weste . . .

Trotz der strengen Haushaltsführung ihres Schwagers und der Unterstützung der »wohltätigen griechisch-katholischen Gesellschaft« hatte Mima Mühe, sich mit ihren fünf Kindern durchzuschlagen. Auf den Ältesten, Roger, würde sie in absehbahrer Zeit nicht zählen können, er hatte gerade das zweite Jahr seines Medizinstudiums in Kasr el Aini begonnen.

Es war nicht das erste Mal seit Khalils Tod, daß sie spürte, wie der Blick eines Mannes auf ihr ruhte. Mima verstand es hervorragend, diese Art von Annäherungsversuchen durch eine absolute Gleichgültigkeit oder eine plötzliche Bewegung, etwa eine Grimasse, abzuwehren. Doch diesmal reagierte sie zu ihrem eigenen Erstaunen nicht, sondern ließ sich von den blauen Augen dieses Delaime, der ihr auf der Terrasse gegenübersaß, einhüllen. Sie war mit ihren Nachbarn völlig ins Gespräch vertieft gewesen und hatte sich heiterer gefühlt als sonst. Sie bekam sogar einen regelrechten Lachanfall, als Habib Ayrout äußerst humorvoll von den neuesten architektonischen Erfindungen der Herren der »Kompagnie von Heliopolis« berichtete.

Mehrere Gäste schlugen vor, durch den Garten zum Tennisplatz zu bummeln, und Mima wollte sich ihnen gerade anschließen, als Edouard auf sie zukam.

»Heliopolis ist ein entzückender Ort«, sagte er mit seinem französischen Akzent. »Wohnen Sie in diesem Viertel?«

Sie stotterte eine Antwort, spürte, daß sie errötete wie ein junges Mädchen, und kam sich sehr dumm vor. Doch sie faßte sich sogleich wieder und erzählte ihm die Entstehungsgeschichte dieser Gartenstadt, die mitten in der Wüste stand. Schließlich kannte sie dieses Thema bestens, denn sie hatte of genug zugehört, wenn ihr Mann die Pläne des Barons Empain erläuterte.

Alles, was mit Ägypten zu tun hatte, interessierte Edouard Dhellemmes sehr. Doch jetzt war er zu sehr von Mima fasziniert, um ihrer Erzählung lauschen zu können.

Auch sie selbst achtete kaum auf das, was sie sagte, da sie die schönen Hände dieses Franzosen, die auf der Terrassenbrüstung ruhten, verwirrten. Der *soffragi* riß sie aus ihren Träumen, als er ihnen auf einem Tablett Petit fours anbot.

»Eigentlich«, sagte Edouard, »könnten Sie, wenn Sie auch in die Stadt müssen, mit uns im Automobil zurückfahren. Ich bin mit Freunden gekommen, den Boulads, Sie kennen sie vielleicht . . .«

Beinahe hätte Mima das Angebot angenommen. Doch dann faßte sie sich wieder, erfand eine komplizierte Ausrede und beteuerte, daß sie sofort aufbrechen müßte. Mit unverständlicher Eile verabschiedete sie sich von Edouard Dhellemmes und ihren Gastgebern.

Die moslemische Frau war in Abbassia ausgestiegen. Mima fühlte sich an jenem Sonntagabend plötzlich sehr allein in dem leeren Wagen. Und zum zweiten Mal innerhalb weniger Stunden kam sie sich sehr dumm vor. Wer sollte ihr schließlich – im Alter von sechsunddreißig Jahren! – verbieten, sich von Freunden in einem Automobil nach Hause bringen zu lassen?

\*

Am nächsten Nachmittag läutete es an ihrer Tür. Da sie niemanden erwartete, öffnete sie die Tür nur einen Spalt breit. Im Treppenhaus schien ein Rosenbusch gewachsen zu sein. Hinter dem riesigen Korb verbarg sich ein junger Bote mit bloßen Füßen und einem Bakschisch-Lächeln. Mima ließ ihn seine Last im Flur absetzen und schloß leise die Tür hinter ihm. Vor lauter Überraschung hatte sie ganz vergessen, ihm das Geldstück, das er erwartete, zu geben.

Eine Karte mit dem Emblem des Shepheard's war an dem Korb befestigt. »Ich bin entzückt, gestern in Heliopolis Ihre Bekanntschaft gemacht zu haben. Edouard Dhellemmes erlaubt sich, Ihnen vor seiner Abreise nach Marseille diese Rosen zu übersenden. Er hofft, das Vergnügen zu haben, Sie bei seinem nächsten Aufenthalt in Ägypten wiederzusehen.«

Der Korb war zu reich, zu fein geschmückt . . . Gott sei Dank hatte die Nachbarin den Boten nicht gesehen, sonst hätte sie sicherlich in voller Lautstärke von ihrem Balkon gerufen:

»Mima, mein Engel, Blumen für dich!«

Die Kinder konnten jeden Augenblick nach Hause kommen. Mima holte schnell eine Schere und machte sich an der Hülle zu schaffen. Sie teilte die Rosen in sechs Sträuße auf, die sie in der ganzen Wohnung verteilte. Ihren Kindern würde sie erzählen, daß sie ganz einfach plötzlich den unwiderstehlichen Drang verspürt hätte, diese Rosen zu kaufen. Natürlich würde ihr Roger, der über das Geld der Familie wachte, diese unnütze Ausgabe vorwerfen. Aber was sollte sie sonst machen? Dieser Franzose war verrückt!

Drei Tage lang begegnete Mima Edouard Dhellemmes auf Schritt und Tritt in ihrer Wohnung. Im Flur stieß sie auf Rosen. Auch im Eßzimmer sah sie Rosen und in der Küche ebenfalls . . . Ohne ihnen auch nur Zeit zu lassen, zu welken, nahm sie schließlich alle und warf sie mit einer Mischung aus Heiterkeit und Trauer weg, die sie kaum hätte erklären können.

## 4

Nach einer Ewigkeit hatte André jetzt seine Rückkehr
nach Ägypten angekündigt. Er hatte zwei Jahre Noviziat,
zwei Jahre Juvenat, drei Jahre Philosophie- und vier Jahre
Theologiestudium absolviert. Und er war noch nicht fertig, denn er mußte noch ein weiteres Jahr Noviziat absolvieren, ehe er seinen großen Eid ablegen durfte.
»Sehen Sie, bei uns geht das schneller«, bemerkte der pa-
triarchalische Pfarrvikar der griechisch-katholischen Kirche hinterhältig, als er kam, um sich nach dem künftigen
Jesuiten zu erkundigen.
Anläßlich der Rückkehr meines Onkels plante man ein
großes Familienessen. Yolande Batrakani war so aufgeregt, als wäre es das erste Essen, das sie ausrichtete. Dabei
hatte sie seit ihrer Hochzeit weiß Gott genug Empfänge organisiert. In dem Haus in Shubra, und vor allem in dem
neuen in Garden City waren alle möglichen Leute ein und
aus gegangen, unter ihnen auch äußerst bedeutsame: Beys,
Paschas, sogar ein amtierender Minister . . . Doch dieses
Familienessen zu Ehren Andrés beunruhigte sie. Um alles
machte sie sich Sorgen: vom Menü bis zur Sitzordnung
und nicht zuletzt, welches Kleid sie tragen sollte. »Ich werde alt«, sagte sie sich, ohne jedoch daran zu glauben.
Georges Bey ließ trotz seiner vorgetäuschten Gleichgültigkeit kein Detail außer acht.
»Aber natürlich muß er am Kopfende sitzen! Alle wollen
den Jungen ja sehen! Außerdem ist er der Älteste . . .«

Mein Großvater hatte sich um einhundertachtzig Grad gewandelt. Er war jetzt sehr stolz darauf, daß einer seiner Söhne Jesuit war, vor allem seit ihn ein westlicher Botschafter bei einer Abendgesellschaft öffentlich dazu beglückwünscht hatte.

Zu diesem sonntäglichen Mittagessen würde die ganze Familie versammelt sein. Paul, der jetzt verheiratet war, würde mit Marie-Laure kommen, die alle »die Schweizerin« nannten. Selbst Alex hatte versprochen, das Essen mit seiner Anwesenheit zu ehren.

»Ich bitte dich, keine Provokationen«, hatte seine Mutter ihn angefleht.

Mit einigen Onkeln und Tanten, die man mühsam ausgewählt hatte, würden sechsundzwanzig Personen um den Tisch versammelt sein. Doch zuvor würde man sich in der Kapelle des Jesuitenkollegs treffen, wo André die Messe zelebrieren würde. Er war ohne Aufhebens am Vorabend in Kairo angekommen. Da er nicht wollte, daß die Familie ihn am Bahnhof erwartete, hatte er seine Ankunftszeit nicht mitgeteilt.

Gut zwanzig Minuten zu früh waren die Batrakanis und ihre Freunde versammelt. Sie warteten an der Pforte und gingen dann in die Kapelle, ohne André zuvor gesehen zu haben. Erst als die Orgel einsetzte, trat der junge Jesuit in seinem Meßgewand aus der Sakristei. Vor ihm gingen die Chorknaben. Georges und Yolande bekamen einen Schock. Sicher, sie waren ein Jahr zuvor bei der Priesterweihe ihres Sohnes im Libanon dabei gewesen. Aber es war das erste Mal, daß er die Messe vor ihnen lesen würde. Er stand jetzt wirklich auf der anderen Seite des Altars. Als sie nach der Messe die Kapelle verließen, bekam der Held des Tages kräftigen Beifall. Der neue, glänzende, schwarz-weiße Chrysler von Georges Batrakani glitt leise vor das Portal an der Rue Bustan el-Maksi. Der Chauffeur stieg aus und öffnete die Türen, die den Blick auf wundervolle gelb-braune Ledersitze freigaben, die so breit waren wie ein Divan.

»*Mabruk*, Papa«, sagte André und versuchte seiner Stimme einen freudigen Klang zu geben, während er sich leicht geniert in diesen fahrenden Salon setzte.

Er wußte, wie empfänglich sein Vater für solche Art Komplimente war, wie wichtig ihm diese Automobile waren, die er immer nach der neuesten Mode kaufte.

»Das ist ein Airflow«, erklärte Georges. »Hast du die Federung bemerkt? Weich wie Samt! Der Tank faßt siebzehn Gallonen. Und man kann die Fenster ganz herunterkurbeln . . .«

Der Chrysler fuhr zügig durch die Straßen von Kairo. Sie kamen an gelben Straßenbahnen, grün-weißen Autobussen, Kutschen und allen möglichen Gefährten vorbei. André saß am geöffneten Fenster, der Wind zauste seinen Bart, und er betrachtete gerührt die wohlbekannte, fast unveränderte Kulisse. Während der letzten zwölf Jahre war er nur zweimal kurz in Kairo gewesen. Jetzt kam er, um hierzubleiben, denn er war als Lehrer an die siebte Klasse des Collège berufen worden.

Der Jesuit war beeindruckt von dem Gehabe der *chauiches*, die mit müden Gesten und hilfloser Trillerpfeife an den Kreuzungen ungeschickt versuchten, den Verkehr zu regeln. Nie zuvor waren ihm diese Bauern in Uniform so schmächtig, so schlecht gekleidet vorgekommen: Sie verkörperten das Elend und den Liebreiz eines Ägypten, dem es nicht gelingen wollte, sich selbst ernst zu nehmen.

In der Rue Kasr-el-Nil stand noch jedes Haus an seinem Platz, die ehemalige Bank von Suarez, das italienische Konsulat, die Gesandtschaft von Frankreich, Robert Hugues, der Salon Vert . . . André erinnerte sich voller Zärtlichkeit daran, wie er am Vorweihnachtsabend des Jahres 1915 oder 1916 mit seiner Mutter in diesem schönen Geschäft einen Ballen Stoff gekauft hatte.

Georges machte seinen Sohn auf ein eindrucksvolles Gebäude aufmerksam, das sich an Stelle des früheren Hotels Savoy erhob. Doch André hatte nur Augen für die vertrauten Dinge am Platz Soliman Paschas: die beiden Türmchen, die an eine Bonbonnière erinnerten, das Groppi mit dem Freilichtkino, der Club Risotto, wo alle Jugendlichen am Wochenende tanzen gingen, das Café Richie . . . Er konnte nicht anders, als einen verstohlenen Blick auf die Pension Righi zu werfen, die versteckt hoch oben lag und in der so viele verbotene Liebesverhältnisse Unterschlupf gefunden hatten. Flüsterte man sich nicht zu, daß selbst Tante Maguy . . .

Der Chrysler wurde einige Sekunden lang von einem *chauiche* angehalten, der so tat, als würde er den Verkehr regeln. Ein kleines, in Lumpen gehülltes Mädchen, dessen Gesicht von Fliegen bedeckt war, nutzte die Gelegenheit, um an den Wagen zu kommen und mit klagender Stimme um ein Almosen zu bitten. Der Chauffeur vertrieb sie.

*»Yalla, ya bint!«*

André fühlte sich sehr unbehaglich, doch er hatte keine Zeit einzugreifen. Der Wagen rollte schon durch die Baumallee der Rue Soliman Pascha. Er erkannte die Terrasse des Clubs Mohammed Ali, wo sich Regierungen bildeten und wieder auflösten, und die Villa der Brüder Green, von der man behauptete, sie sei verhext.

Als sie die Rue Kasr-el-Aini erreicht hatten, fuhr der Chauffeur schneller. Sie fuhren an großen Stadthäusern vorbei, und Georges hatte kaum Zeit, ihre Besitzer aufzuzählen: Die Hararis, die Ades, die Toledanos, Alexandre

Chedid Bey, Fakhry Pascha. Als sie am Palast der Khedi-va-Mutter vorbeifuhren, bemerkte André entzückende Weißpalmen. Sie waren jetzt fast zu Hause angekommen.

»Ich hoffe, daß du meine *molokheiya* magst«, sagte Yolande. André beugte sich vor und küßte sie. Yolande spürte auf ihrer Wange den Bart ihres Sohnes und war verwirrt.

Während des Aperitifs war die Stimmung trotz Nandos breitem Gelächter und Maguys geziertem Benehmen – sie zeigte sich stolz in einer Art wunderbarem Pyjama aus grünem Satin – leicht gezwungen. Die Schweizerin blieb stumm und taute nicht auf. Lola und Viviane waren äußerst beeindruckt von dem großen Bruder in seiner Soutane, von dem sie so viel gehört hatten. Und Georges hatte Mühe, sich daran zu gewöhnen, wie sein Sohn jetzt sprach: Er hatte zwar keinen richtigen französischen Ak-zent, doch er zog die Silben weniger in die Länge, sprach einige Worte anders aus und gebrauchte viele neue Worte. Rachid, der *soffragi*, verhielt sich schüchtern. Er hatte zwar, als er dem ältesten Batrakani-Sohn die Tür geöffnet hatte, Tränen in den Augen gehabt, doch jetzt wagte er es nicht mehr, ihn anzusehen. Dabei hatte André ihn auf sei-ne Narbe geküßt und ihm ein kleines Geschenk mitge-bracht . . .

Nur Edmond Touta war frei von jeglicher Verlegenheit und informierte den Jesuiten über die letzten, besorgniser-regenden Neuigkeiten an der demographischen Front.

»Weißt du, daß Ägypten jetzt beinahe fünfzehn Millionen Einwohner hat? Das ist erschreckend, nicht wahr?«

Edmond hatte rund dreißig Briefe an König Fuad ge-schickt. Auf den ersten Brief hatte ihm ein Schreiber des Palastes geantwortet und ihm versichert, daß Seine Maje-stät die Ausführungen »mit großer Aufmerksamkeit zur Kenntnis genommen habe«. Die neunundzwanzig anderen Briefe waren ohne Antwort geblieben, doch Edmond war überzeugt, daß der Herrscher seine Schreiben voller Interesse verschlang, um daraus dann einen Schlachtplan gegen das Bevölkerungswachstum zu entwickeln.

Man setzte sich an den Tisch. André bekreuzigte sich und schloß die Augen, um sich einige Augenblicke lang zu sammeln. Keiner wagte es, sich zu setzen. Doch dann war er es, der die Stimmung auflockerte, indem er sich an das Kopfende des riesigen Tisches setzte und sagte: »Ratet, wen ich besucht habe, ehe ich Frankreich verlassen habe.«

»Die Dhellemmes«

»Nein.«

»Alice Touta.«

»Nein.«

»Yvonne Printemps.«

»Alex! Du hast mir doch versprochen . . .«

»Mademoiselle Guyomard.«

»Aber ja! Die liebe Henriette!«

Es gab ein freudiges Durcheinander. Sobald der Name der früheren Gouvernante fiel, die sich 1931 nach Frankreich zurückgezogen hatte, brach allgemeine Heiterkeit aus.

Alex stand auf und sagte mit spitzer Stimme: »Das ist absurd! Absurd! Man kann dieses Kind nicht alleine inmitten der schmutzigen, hysterischen Menschenmenge lassen. Es könnte verletzt werden oder sich weiß Gott welche Krankheit holen . . .«

Allgemeines Gelächter.

»Wenn ich bedenke«, sagte Yolande, »daß Micho beinahe wegen der guten Henriette, die ihn nicht geweckt hatte, den Sultan im Collège verpaßt hätte . . .«

»Stimmt das?« fragte Viviane, die die Geschichte auswendig kannte, sie aber immer wieder gerne hörte, mit geheuchelter Naivität.

Also wurde noch einmal von Michels Verschlafen erzählt, von seinem überstürzten Aufbruch, von den nicht geschnürten Schuhen, der Straßenbahn, dem Bruder Pförtner . . . Maguy mischte sich vom anderen Tischende aus ein, um eine Frage zu stellen, die sie seit Jahren beschäftigte.

»Woher bloß, *ya Micho*, kannte der Sultan La Fontaine?«

Michels Gesicht erhellte sich.

»Aber Husein Kamil hat eine ausgezeichnete Erziehung in Paris genossen! Er war sogar ein Spiel- und Schulkamerad des kaiserlichen Prinzen . . .«

Michel galt jetzt als ein wahrer Spezialist für den Sultan Husein. Er sprach mit der Sicherheit eines offiziellen Biographen über das Thema, selbst wenn seine Doktorarbeit noch immer keine Form annehmen wollte, weil es ihm nicht gelang, das Thema abzugrenzen. Je mehr er las, desto weniger war er in der Lage, sich zu entscheiden. Dazu kam noch eine sehr heikle Frage, die im übrigen vielleicht auch ein Vorwand war: Konnte er von Sultan Husein sprechen, ohne zugleich Vergleiche anzustellen, die wenig löblich für König Fuad ausfallen würden? Die Doktorarbeit war also einstweilen auf Eis gelegt. Inzwischen hatte Michel eine Halbtags-Assistentenstelle an der Universität, er besuchte den literarischen Salon von Amy Kheir und schrieb von Zeit zu Zeit einen Artikel für die *Revue du Caire*.

»Aber ja, Tante Maguy, der Khedive Ismail hatte seinen Sohn nach Paris geschickt. Er vertraute seine Erziehung General Fleury, einem Adjutanten von Napoleon dem Dritten, an . . .«

»*Erudimini, qui judicatis terram!*« rief Graf Henri Touta aus.

»Bildet euch, die ihr über das Schicksal der Erde entscheidet«, übersetzte André lächelnd. Dann wandte er sich

übergangslos an seine Mutter und sagte: »Mama, ich sollte
es zwar nicht mit diesen Worten sagen, aber trotzdem,
deine *molokheiya* ist … göttlich!«

Alle klatschten. Yolande war im siebten Himmel.

Als sein Sohn später ins Collège zurückkehren wollte, läutete Georges Bey, um den Chauffeur rufen zu lassen. André lehnte energisch ab. Er nahm auch das Angebot, sich
im Automobil von Nando oder Henri Touta zurückfahren
zu lassen, nicht an.

»Wie du willst, *ya ebni*, wie du willst«, sagte Georges ein
wenig enttäuscht.

Er mußte einsehen, daß der erste Jesuit, den diese Familie
hervorgebracht hatte, lieber mit der Straßenbahn fuhr.

# 5

Juni 1934. Mein Vater Selim war vierzehn Jahre alt. Und er begann langsam in der Wohnung in der Rue Faggala mit ihren alten Mauern zu ersticken . . .

»Dreißig Piaster!« brüllt Roger auf arabisch. »Du bist ja verrückt! Willst du deine Mutter ruinieren?«

Selim warf seinem älteren Bruder einen vernichtenden Blick zu, ehe er das Zimmer verließ und die Tür hinter sich zuschlug. Eine Minute später war er zurück, die Hände in die Hüften gestützt und vor Wut zitternd.

»Ja, dreißig Piaster. Das ist das mindeste! Wir wollen schließlich nicht wie Bettler bei unseren Cousins ankommen. Wir müssen zumindest bisweilen mal ein Eis kaufen können . . .«

»Er ist verrückt! Also wirklich! Seine Mutter gönnt sich nichts, und dieser *magnun* spricht von Eis . . .«

Die Tür schlug wieder ins Schloß.

Selim und Jean sollten zwei Wochen Urlaub bei ihren Verwandten verbringen, die besser gestellt waren und ein Häuschen in Ras el Bar mieteten. Mima hätte ihnen dieses Taschengeld gern gegeben und sich etwas mehr im Haushalt eingeschränkt, aber ihr ältester Sohn machte ein Riesentheater aus der Angelegenheit. Da er selbst ein spartanisches Leben führte, verstand Roger nicht, warum man überhaupt in Urlaub fahren mußte. Er selbst würde den ganzen Sommer wie besessen lernen, um sein fünftes Jahr in Medizin ebenso hervorragend abzuschließen wie die vorhergehenden.

»Statt in Ras el Bar Geld auszugeben«, sagt er zu Selim, »solltest du lieber anfangen, deine Aufgaben für den Schulanfang zu wiederholen . . .«

Ein Kanonenschlag, der am Mokattam abgefeuert wurde, ließ die Scheiben erzittern. Es war Mittag.

»Bei dieser Hitze verstehe ich gut, daß die Jungen Lust haben, sich etwas am Meer abzukühlen«, sagte Mima.

»Und ich?« forderte Solange, ihre Jüngste.

»Halt den Mund«, rief Mima nervös.

Das Mädchen hatte kaum den Mund wieder aufgemacht, als eine Ohrfeige auf ihre Wange klatschte, gefolgt von Schreien und Schluchzen. Mima, die am Ende ihrer Kräfte war, fing jetzt auch an zu weinen. Die Kleine fiel ihr in die Arme. Und wie immer folgte ein Regen von Küssen, ein Ozean von Tränen und hysterisches, nicht enden wollendes Gelächter.

So war Mima, immer äußerst sensibel, voller Lebensfreude, und um sie herum herrschte ständige Aufregung. Alle sechs Monate machte sie dem Dienstmädchen Fatheija eine Szene und warf sie hinaus. Sie beschuldigte sie, die *kofta* nicht richtig zu kochen, auf dem Markt zu trödeln oder den bösen Blick zu haben. Dann wurde ein neues Mädchen eingestellt. Doch wenige Tage später konnte Mima nicht mehr ohne ihren Fußabstreifer auskommen, setzte sich in die Straßenbahn, fuhr nach Sayeda Zeinab und holte Fatheija aus einer schmutzigen Gasse wieder zurück . . .

Roger verließ kopfschüttelnd das Zimmer. Er war entschlossen, seinen beiden Brüdern fünfundzwanzig Piaster zuzugestehen, fünfundzwanzig!

»Hörst du, Selim, fünfundzwanzig, und, bei meinem Leben, nicht einen mehr!«

Diese kleinliche Rechnerei brachte meinen Vater auf. Er

konnte die geflickten Hosen nicht mehr ertragen, die gestopften Socken, die unendlich oft neubesohlten Schuhe . . . Er würde eines Tages reich sein. Allein schon um vor seinem untadeligen, unerträglichen älteren Bruder zu glänzen, der ihn früher auf der Toilette mit dem Lineal in der Hand seine Lektionen hatte hersagen lassen.

# 6

Durch das geöffnete Fenster drang die laue Abendluft von Heliopolis in das Zimmer. Michel Batrakani frohlockte. Er saß wohlig in seinem Sessel, die Augen halb geschlossen, und genoß jede Note des Walzers von Chopin, den Lidy so hervorragend spielte. Von Zeit zu Zeit strich eine sanfte Brise am Klavier vorbei, die einen Abend ohne Ende verhieß.

Die Gruppe von Essayisten versammelte sich einmal im Monat in Heliopolis, um einem Referenten zuzuhören. An diesem Freitag im Oktober 1934 hielt ein Professor der literarischen Fakultät einen ausgezeichneten Vortrag über das Thema »Boileau und die Einheit der Zeit in der Auseinandersetzung zwischen früher und heute«. Dem Vortrag war eine sehr lebhafte Diskussion gefolgt. Doch dann hatte Lidys Klavier, wie jedesmal, alles erlöschen lassen . . .Michel hatte die Essayisten im Februar des Vorjahres zum ersten Mal getroffen. Es war das Resultat eines einjährigen sonntäglichen Familienstreits zum Thema Nazideutschland.

»Ich habe Sie dank dieses *bahlawane* Hitler getroffen«, hatte mein Pate zu Lidy gesagt.

Doch Lidy sah in Hitler ganz und gar keinen Gaukler. In ihrer Familie riefen, wie in allen bürgerlichen jüdischen Familien von Kairo, die antisemitischen Maßnahmen, die man in Deutschland eingeleitet hatte, Zorn und wachsende Unruhe hervor. Die Vertreter der israelischen Organisationen hatten sich im März 1933 um Joseph Cattaoui Pascha und den Rabbiner Haim Naoum Effendi gesammelt und einen Boykott deutscher Produkte in Ägypten beschlossen. Da diese Maßnahme auch für Medikamente galt, hatten die israelischen Krankenhäuser die Vertreter der französischen Pharmaindustrie um Ersatzprodukte gebeten. Man brauchte vor allem ein Medikament gegen Bilharziose, um das bekannte Fuadin zu ersetzen, das von der Firma Bayer-Meister speziell für Ägypten entwickelt worden war.

Georges Batrakani war äußerst ungehalten.

»Aber wofür halten sich diese Juden eigentlich? Sie wollen uns aushungern, Ehrenwort!«

Als Vertreter einer pharmazeutischen Firma aus Hamburg stellte sich Georges Bey als direktes Opfer des Boykotts dar. Dabei wußten alle, daß diese Firma nur einen geringen Teil seines Umsatzes ausmachte. Er war auch Vertreter von vier französischen Labors, und somit kam ihm die neue Politik der israelischen Krankenhäuser zugute.

»Aber was wollen sie denn, diese verdammten Juden? Ihnen gehören doch sowieso schon alle großen ägyptischen Geschäfte. Cicurel und Chemla gehören ihnen, Gattegno ebenfalls. Und gehört nicht Orosdi-Back auch zu ihnen? Wir haben Glück, daß Sednaui noch in unserer Hand ist!«

Michel griff ein:

»Du weißt doch ganz genau, Papa, daß die meisten Vertreter der pharmazeutischen Industrie in Deutschland Juden sind. In gewisser Weise bestrafen sie sich selbst...«

»Du Unschuldslamm! Ich sehe ja, wie sie arbeiten. Sie lösen die Markennamen von ihren Medikamenten ab und verkaufen sie trotzdem. Oder aber sie lagern sie und warten auf bessere Zeiten, inzwischen treiben sie die Preise hoch!«

Michel versuchte, das Gespräch wieder auf die antisemitischen Maßnahmen Hitlers zu lenken, aber er stieß auf den Widerstand seines Bruders Paul, der gerade aus Berlin zurückgekommen und vollkommen enthusiastisch war.

»Auf Deutschland lasse ich nichts kommen! Diese Disziplin könnten wir hier gebrauchen.«

»Aber darum geht es doch gar nicht, *ya akhi*. Wer spricht denn hier von Disziplin?«

»Na eben! Dann laß uns doch mal davon sprechen!«

Um die Stimmung etwas zu entschärfen und eine Geschichte zu wiederholen, deren sie nie überdrüssig wurde, versuchte Yolande, die Geschichte von ihrem Vorfahren, dem Zöllner, anzubringen.

»Wißt ihr, daß im achtzehnten Jahrhundert der ägyptische Zoll von Juden kontrolliert wurde? Die griechisch-katholische Front von Damiette hat all ihr Geschick aufwenden müssen, um sie von diesen Posten zu verdrängen und sie selber zu besetzen. Mein Vorfahre, der Zöllner war . . .«

»Alles, was ich weiß«, sagte Georges Bey und unterbrach die Geschichte, die allen hinlänglich bekannt war, »ist, daß heute die Juden den Regen und das schöne Wetter machen. All diese Suares, Cattauis, Rolos und Mosseris mit ihren Fabriken, ihren Banken und ihren Villen verachten und demütigen uns.«

Die Stimmung während der sonntäglichen Mittagessen war noch angespannter, als Deutschland beschloß, als Gegenmaßnahme keine ägyptische Baumwolle mehr zu kaufen. Georges Bey machte daraus eine ganz persönliche Angelegenheit, so als wäre seine Ernte allein für Hitler und dessen Land bestimmt.

»Aber was habe ich ihnen denn nur getan, daß ich zweimal bestraft werde. Nicht nur, daß ich hier nicht verkaufen kann, nein, man verbietet mir auch den Export nach Deutschland. Ihr werdet sehen, bald werden die Juden uns den Tarbusch verbieten. Alle mit der Kalotte, das schwöre ich euch.«

Michel spielte nervös mit seinem Messerbänkchen. So viel Böswilligkeit, das war zu viel für ihn. Über *Werdamtschechen* hatte man wenigstens noch lachen können . . .

Anfang Januar 1934 machte der Prozeß Jabès die Familienessen vollkommen unerträglich. Die Sache hatte vor einigen Monaten angefangen, als der Deutsche Club in Kairo ein äußerst antisemitisches Pamphlet veröffentlicht hatte. Das »weltweite Judentum« wurde darin unter anderem des »breiten schädlichen Einflusses« und der »Neigung zu bestimmten Verbrechen« beschuldigt. Da er sich persönlich beleidigt fühlte, hatte ein Italiener jüdischen Glaubens, Umberto Jabes, den Grafen von Meeteren, den Vorsitzenden des Deutschen Clubs, wegen Verleumdung angezeigt.

»Er ist zumindest ein richtiger Graf«, sagte Georges zu Yolande. »Nicht wie dein Bruder.«

Michel war äußerst aufgebracht über das Pamphlet gewesen. Am 22. Januar 1934 stand er mit eintausendfünfhundert anderen vor der ersten Kammer des Gemischten Gerichts, um den Anwalt der Verteidigung, der eigens aus Münster gekommen war, auszupfeifen.

»Die beanstandete Broschüre bezog sich auf die Situation der Juden in Deutschland«, erklärte der Anwalt. »Es war weder M. Jabes noch irgendeine der anderen Personen gemeint, die sich der Klage angeschlossen haben. Die Klage ist insofern gegenstandslos.«

Michel protestierte lautstark, aufgestachelt durch den Zorn seiner Nachbarn. Der Vorsitzende drohte damit, den Saal räumen zu lassen. Dann erteilte er Maître Léon Castro, dem Anwalt des Klägers, das Wort, der in seiner brillanten Art ausführte: »Es ist Aufgabe des Richters, zu entscheiden, ob einer Gemeinschaft oder einem Individuum Schaden entstanden ist. Aber es gibt keine jüdische Gemeinschaft . . . Diese Gemeinschaft ist nichts anderes als eine Summe von Individuen . . .«

Der Sitte entsprechend setzte Maître Castro seinen Tarbusch wieder auf und kam zum Schluß seiner Ausführung.

»Vor einem Gericht der gemischten Rechtssprechung, das sich aus Magistratsvertretern aller Rassen, Nationalitäten und Konfessionen zusammensetzt und das ohne Tadel während der letzten fünfzig Jahre alle Glaubensrichtungen, Rassen und die Rechte aller Völker mit gleichem Respekt behandelt hat, wird man nicht beweisen können, daß es irgendeine Rasse, ein Volk oder eine Konfession gibt, die nicht würdig ist, daß man ihren Glauben, ihre Würde und ihre Rechte mit weniger Respekt behandelt.«

Michel klatschte frenetisch Beifall. Plötzlich legte sich eine Hand auf seine Schulter, und als er sich umwandte, sah er Victor Levy.

Die beiden ehemaligen Mitschüler sahen sich einen Augenblick lang an, keiner von beiden war in der Lage, ein Wort zu sagen, denn der eine war ebenso gerührt wie der andere . . .

Das Gericht wies unter den Buhrufen der Zuhörerschaft die Klage von Jabes als unzulässig ab. Michel erhob sich. Er war zwischen Zorn und großer Freude hin- und hergerissen. Er hatte einen Prozeß verloren und einen Freund gewonnen.

»Hast du vielleicht heute abend Zeit, mit mir essen zu gehen?« fragte ihn Victor Levy, als sie sich am Ausgang wiedertrafen.

Um ein Uhr morgens saßen sie noch bei Groppi im hinteren Teil des Restaurants und holten fröhlich achtzehn Jahre des Schweigens auf. Der ganze Jahrgang 1921 wurde bei mehreren Flaschen Stella-Bier durchgehechelt. Sie tranken auf Pernaltys Gesundheit, auf die des Sultans und all seiner Kinder . . .

An diesem Abend lud Victor Levy Michel ein, sich der Gruppe der Essayisten anzuschließen. Er selbst gehörte zu ihren aktivsten Mitgliedern. Zehn Tage später sollte eine äußerst interessante Versammlung zu dem Thema »Die Aktualität des *Esprit des lois*, eine Wiederbegegnung mit Montesquieu« stattfinden.

»Und wenn du gerne Klavierkonzerte magst, kannst du dir meine Cousine Lidy anhören. Sie gibt immer ein Stück zum besten.«

Michel verabscheute Klavierkonzerte. Aber er war begeistert von Lidy.

## 7

Es war elf Uhr abends, als das Telefon in der Villa in Garden City läutete.

»Ein Unglück ist geschehen, Georges. Dein Bruder Nando . . .«

Obgleich eine detaillierte Pressemeldung vor ihm lag, waren die Angaben des Cousins, der für *La Bourse Egyptienne* arbeitete, über den Hergang des Dramas sehr unklar. Auf seine Mitteilung folgte ein langes Schweigen.

»Hörst du mich, Georges? Hörst du mich?«

»Ich höre dich«, sagte schließlich mein Großvater mit dumpfer Stimme. »Diese Schweine werden schon sehen!«

\*

»Die Tür war zwar geschlossen, aber das Blut quoll unter ihr hervor. Es bildete eine kleine Pfütze vor dem Eingang. In dem Augenblick habe ich nichts gesehen. Irgend jemand muß meine Lampe ausgeblasen haben.«

Der Polizist schwieg und tauchte unablässig seine Feder in das Tintenfaß. Einigen Zeugen mußte man die Aussage wirklich aus der Nase ziehen. Der *omda* hingegen redete ununterbrochen und nahm alle Fragen vorweg.

»Wir waren verabredet, um den Verkauf eines Grundstücks zu besprechen. Der *khawaga* hat mir gesagt, ich solle nach Sonnenuntergang zu ihm kommen. Auf der Türschwelle heulte ein Hund . . .«

Ferdinand Batrakani lag auf dem Rücken. Man hatte ihm die Kehle durchgeschnitten wie einem Schaf.

»Ich verstehe das nicht«, sagte der *omda*, »es hätte ja gereicht, ihm die Kehle durchzuschneiden. Warum haben sie ihm auch den Bauch aufgeschlitzt? Seine Eingeweide hingen auf einer Seite heraus und waren schon von Fliegen übersät . . .«

*

Am nächsten Tag besuchte Georges Batrakani Nandos Witwe. Dann fuhr er mit dem Wagen zum Bauernhof seines Bruders, der einige Kilometer von Mansura entfernt lag. Seine Söhne hatten sich erboten, ihn zu begleiten, doch er hatte schroff abgelehnt.

»Ich fahre mit Makram. Ein Rechnungsprüfer genügt.«

Noch zwanzig Jahre später fragte man sich, was er damit gemeint hatte. Makram, den sowohl Michel als auch Paul heimlich befragt hatten, konnte keine befriedigende Erklärung liefern. Nach seiner Aussage hatte Georges bis Mansura keinen Ton gesagt.

Für Makram war Ferdinand Batrakani der Inbegriff eines Parasiten und Ausbeuters. Er hatte in diesem gefräßigen, skrupellosen Grundeigentümer von jeher einen Feind des Volkes gesehen.

»Früher oder später wird dein Bruder seine Strafe bekommen«, hatte der Kopte immer gesagt.

Vielleicht hatte Georges Batrakani ihn nur wegen dieses Satzes mit nach Mansura genommen? Ein Rechnungsprüfer, um Rechenschaft abzulegen, um sich selbst Rechenschaft abzulegen . . . Auf alle Fälle war Makrams schwarze Kleidung ausnahmsweise den Umständen angemessen.

Offenbar war Nando nicht Opfer eines vereinzelten Banditen geworden, der zufällig vorbeigekommen war. Alles deutete auf eine örtliche Verschwörung hin, die gemeinschaftlich geplant und organisiert war: die Abwesenheit der Dienstboten, die unbrauchbaren Aussagen der Nachbarn, die nichts wußten, nichts gesehen und gehört hatten . . .«

»Wenn ich den Mörder vor mit hätte, ich würde ihn eigenhändig erwürgen«, sagte Georges zu dem *omda*. »Sie haben sich zusammengetan, um ihn zu töten. Aber seine Schuldner sollen nur nicht glauben, daß sie durch seinen Tod aus allem raus sind! Die Buchhaltung meines Bruders befindet sich wohlverwahrt in Kairo. Und ich werde selbst die Interessen der Witwe und der Kinder vertreten. Und wehe denen, die nicht zahlen können!«

Auf dem Rückweg am Abend bat er Makram, ihm bei der Auflösung von Nandos Nachlaß zu helfen. Das konnte der Kopte ihm nicht abschlagen.

Gleich am nächsten Tag begab sich Georges Bey zu einem lautstarken Auftritt ins Innenministerium. Er machte sich keine Illusionen über die Wirkung des Auftritts, es war mehr der Form halber, der Ehre wegen . . . Der Fall wurde übrigens mangels handfester Anklagepunkte einige Monate später eingestellt.

*

Mein Großvater war einer der wenigen, die wußten, wieviel Anstrengung, Einfallsreichtum und Kühnheit es Nando gekostet hatte, reich zu werden. Ein Vermögen, das er aus dem Nichts angesammelt hatte, Piaster für Piaster, dann Feddan für Feddan. Nando hatte es gewagt, den Lichtern der Stadt den Rücken zu kehren und in das so wenig geschätzte und unbekannte ägyptische Hinterland einzudringen, das er schließlich bestens kannte – und liebte. 1890 hatte sich Georges' älterer Bruder mit achtzehn Jahren in den Dienst eines gewissen Xenakis begeben. Dieser griechische Wucherer, der aufgrund seines starken Gichtleidens Kairo nicht verlassen konnte, brauchte einen Angestellten, der herumreisen und seine Kunden im Nildelta besuchen konnte.

Viermal pro Woche nahm der dicke Nando in aller Frühe den Zug nach Benha, ausgerüstet mit einem Proviantpaket: zwei Butterbrote, gekochte Saubohnen, einige Tomaten, ein Stück Käse aus Konstantinopel – alles war in eine Doppelseite des *Bosphore Egyptien* eingewickelt. Ansonsten hatte er nur einen Bleistift und ein Heftchen bei sich. Das Geld versteckte er in einer Innentasche, die seine Schwester Eugénie eigens zu diesem Zweck in seine Hose genäht hatte.

Sobald es Tag wurde, entfaltete Nando seine Zeitung; die frühe Reisezeit verschaffte ihm immer ein wenig Appetit. In seinem Dritter-Klasse-Abteil, das einem Hühnerhof glich, fühlte er sich schon wie auf dem Land. Hühner und Enten liefen frei herum und übersäten die gelben Lederpantoffeln, die die Fahrgäste ausgezogen hatten, um ungehindert an ihren Zehen herumfummeln zu können, mit ihren Exkrementen.

In Benha mietete Nando einen kleinen Esel mit wachem Blick und glänzendem Fell – er nahm immer denselben. Seine Aufgabe bestand darin, von Dorf zu Dorf zu reiten, die Forderungen einzutreiben, und neue Darlehen anzubieten. Jeder abgeschlossene Vertrag brachte ihm eine Provision von einem Prozent ein.

Die Kunden des Griechen konnten weder lesen noch schreiben und unterzeichneten den Schuldschein mit einem Fingerabdruck. Ein Pfund Sterling wurde ihnen im allgemeinen für einen Gegenwert von 125 Piaster geliehen, was einen Zinssatz von 27,5 Prozent ausmachte. Das Gesetz ließ nur zwölf Prozent zu, aber wie sollte man die Bauern, die ohnehin schon verschuldet waren und jedes Jahr zusehen mußten, wie die Preise sanken, davon abbringen, einem Wucherer ins Netz zu gehen? Sie mußten die Vorschüsse zurückzahlen, die man ihnen für Saatgut und Dünger gewährt hatte, und das geringste familiäre Ereignis – sei es eine Hochzeit, eine Beschneidung oder eine Beerdigung – brachte ihr schmales Budget ins Wanken und zwang sie, noch mehr Geld zu leihen, egal zu welchem Zinssatz.

Die Kleinbauern hätten sich an die Banken wenden können, so wie es die Paschas taten, die riesige Güter besaßen. Doch die Banken verlangten, daß sie eine Hypothek aufnahmen, und außerdem verliehen sie nur selten so geringe Summen. Zudem war es Aufgabe der Steuereintreiber, die auf dem Land zutiefst verabscheut wurden, die Raten einzuziehen. Und niemand hatte ihr Verhalten bis zu Beginn des britischen Protektorats vergessen: Sie trieben aus allen möglichen Gründen erdrückende Steuern ein, wenn es sein mußte mit der *corbache*, jener düsteren Peitsche aus Nilpferdhaut, deren Gebrauch im Prinzip seit 1883 verboten war. Im Prinzip . . . Wenn er es mit einer Bank zu tun hatte, mußte ein säumiger Schuldner damit rechnen, daß sein Land gepfändet wurde, während man sich mit einem Wucherer immer irgendwie verständigen konnte.

Nando nahm sich Zeit und hörte sich lange die Geschichten der einen und der anderen an. Er wurde mit den dörflichen Bräuchen und den landwirtschaftlichen Praktiken vertraut. Bald schon konnte er auf den ersten Blick die Qualität einer Zuckerrohrernte feststellen, den Preis einer

Milch-*gamusse* oder die Leistung einer *noria* als Zugkraft einschätzen. Er hatte die eigentümlich Art, das Korn abzumessen beobachtet, – man rechnete das Absacken der unteren Kornschichten mit ein – und dabei gelernt, daß zwei und zwei nicht zwangsläufig vier ergibt. Das war eine seiner wichtigsten Lektionen, die ihm in der Folgezeit von großem Nutzen war.

Einmal pro Woche übergab Nando dem Griechen das Heftchen, in dem die Namen der Schuldner, die ausgeliehenen Summen und die Rückzahlungsdaten aufgeschrieben waren. Das hinderte ihn jedoch nicht daran, nebenbei in bescheidenem Rahmen auf eigene Faust zu arbeiten: Manchmal lieh er einem Bauern zwanzig Piaster, der ihm dann in der nächsten Woche auf dem Markt dreißig zurückzahlte...

Nach einigen Jahren verließ Nando den Griechen. Er wußte jetzt, woher der Wind wehte, und baute zugleich auf auslaufende Kredite und auf den Baumwollkurs.

Wenn der Zins auch für das ganze Jahr entrichtet werden mußte, so wurde die Rückzahlung doch immer im Oktober verlangt, wenn Erntezeit war. Das war der »Monat der Wucherer«. Wenn die Fellachen nicht zahlen konnten, mußten sie ihre Ernte verkaufen. Doch der Baumwollpreis schwankte ständig. Gut organisierte Wucherer wie Nando wurden von ihren Korrespondenten, die vor Ort waren, per Telegramm über den neuesten Stand der Preise informiert. Insgesamt konnten sie so Profite bis zu sechzig Prozent erzielen.

Nandos Bauch wuchs in demselben Maße wie sein Portemonnaie in der Hosentasche. Als 1914 der Krieg ausbrach, avancierte Nando vom Wucherer zum Spekulanten. Er kaufte jedes Grundstück, das sich anbot. Als er zwanzig Jahre später starb, besaß er ein Vermögen von einer Million ägytischen Pfund.

Gegenüber diesem älteren Bruder, der ihm so gar nicht ähnlich war, hatte Georges immer eine sehr unklare Haltung. Er schien ihn zu schützen und zu entschuldigen, ohne jedoch sein Verhalten zu billigen. Dabei war Nando der Ältere, und Georges' Titel eines Bey hatte diese Verkehrung der Rollen nur noch verstärkt.

In den Jahren nach Nandos Tod hatte man den Eindruck, daß mein Großvater den Verstorbenen zum Denkmal erhob. Er wiederholte oft in belehrendem Ton: »Wie mein Bruder Ferdinand immer zu sagen pflegte...«

Doch von jenem Ferdinand Batrakani war allen nur das ansehnliche Vermögen, der beachtliche Appetit und das breite, fette Lachen, das explodierte wie eine Wasserspülung, in Erinnerung geblieben.

# SECHSTER TEIL

# Sperrzone

# 1

Pater André Batrakani biß die Zähne zusammen und betete zur Jungfrau Maria. Schon seit gut fünf Minuten kämpfte er sich in Begleitung des guten Ebeid – er war der älteste Chauffeur des Collège – durch diesen verruchten Ort. Sie hatten den Citroën recht weit entfernt parken müssen, um dann durch die schmale Passage zu gehen, die den Eingang zum *Fish Market* bildete.

Natürlich gab es nicht einen einzigen Fisch in der Gegend. Die Touristen, die von Führern mit geheimnisvoller Miene hierhergebracht wurden, entdeckten schnell, daß der *Fish Market* die Sperrzone Kairos war.

»Sperrzone für wen? Ist diese Zone wie der Sporting Club für die Engländer reserviert?« hatte der zehnjährige André eines Tages bei einem Familientreffen gefragt, was allgemeine Heiterkeit ausgelöst hatte.

Er hatte Mitleid mit jenem Kind, dem er in gewisser Hinsicht noch heute glich. Sperrzone für wen? Wer wurde dort abgesperrt? Niemand hatte auf seine Frage geantwortet. Es war jene Zeit gewesen, als ihm seine Onkel mit verschwörerischer Miene nach dem sonntäglichen Mittagessen erklärt hatten:

»Wenn du groß bist, wirst du in den Gemischten Gerichten arbeiten.«

Er errötete. War dieser geheimnisvolle Ort, jene Sperrzone, in der sich alles mischte, nicht eben der Ort, an dem sich Männer und Mädchen mit schlechtem Lebenswandel verbotenen Aktivitäten hingaben?

269

Am Spätnachmittag hatte eine Frau mit rauher Stimme im Collège angerufen.

»Hier ist ein Junge, dem geht es gar nicht gut. Seine Kameraden haben mir gesagt, daß er zu Ihrer Schule gehört. Wenn Sie nicht schnell kommen, hole ich die Polizei.«

Der Pater Präfekt hatte sofort André rufen lassen.

»Nur jemand, der Arabisch spricht, kann den Jungen abholen. Können Sie nicht gleich hingehen? Ebeid wird Sie begleiten.«

Es war ein Gewirr von kleinen Gassen mit niedrigen, schmutzigen Häusern. Frauen unterschiedlichster Herkunft – Schwarze, Araberinnen, Griechinnen, Malteserinnen und Jüdinnen – sprachen die Passanten in allen möglichen Sprachen an. An den Türen hingen Schilder mit ihrem Namen und ihrer Nationalität. Diese Informationen vervollständigten sie mit lauter Stimme, indem sie ihre Liebeskünste mit wiegenden Hüften und eindeutigen Gesten anpriesen.

André sah weder nach rechts noch nach links, sondern folgte mechanisch Ebeid, der von Zeit zu Zeit stehenblieb und nach dem Weg fragte. Eine falsche Blondine mit kohlschwarzen Augenbrauen und widerwärtig angemalten Wangen zog ihn am Ärmel seiner Soutane.

»Komm hierher, mein hübscher Junge! Ich weiß, daß du mich suchst!«

Er machte sich mit einer heftigen Bewegung los, während der Chauffeur das Mädchen zurückstieß. Sein Gesicht war weiß vor Zorn. Das Mädchen überschüttete sie mit einem Schwall von Flüchen, in denen unter anderem von Andrés Mutter die Rede war. Der arme Ebeid beschleunigte kopfschüttelnd seine Schritte.

In der nächsten Gasse waren die Fenster vergittert. Die Passanten nahmen Anlauf, sprangen an der Mauer hoch

270

und klammerten sich einen Augenblick lang an den Eisenstäben fest, um sich ein Bild von den Leistungen der Mädchen zu machen.

Wenn er allein gewesen wäre, hätte Pater Batrakani wahrscheinlich kehrtgemacht. Doch Ebeid ging jetzt mit großen Schritten voran, offensichtlich war er sich sicher, auf dem richtigen Weg zu sein.

»Dort hinten ist es«, sagte er und deutete auf eine geöffnete Tür, vor der eine kleine Menschenansammlung stand.

André sah zwei Gestalten, die sich aus der Gruppe lösten und in einer Seitenstraße verschwanden. Das waren zwei Faulpelze aus der Abteilung der Großen, die schon lange für ihren Mangel an Disziplin bekannt waren. Die würden noch ihre Abreibung bekommen . . .

»Na endlich kommen Sie!« rief eine dicke Matrone in Schlappen. »Es ist wirklich nicht zu früh! Sie haben Glück; dem Jungen geht es besser. Er war ohnmächtig, wir dachten schon, er wäre tot. *Yalla, yalla* nehmen Sie ihn mit und gehen Sie. Ich will keine Kinder mehr bei mir haben.«

In dem Zimmer stand, halb hinter schmutzigen Musselinvorhängen verborgen, ein Eisenbett. Darauf lag mit hochrotem Kopf Rauf, Schüler der Vorabiturklasse. Als er Pater Batrakani sah, hob er den Kopf und fragte ängstlich: »Werde ich jetzt des Collège verwiesen, Pater?«

André antwortete nicht. Mit einem Blick forderte er Ebeid auf, dem Jungen beim Aufstehen zu helfen. Dann machte er kehrt, und diesmal führte er den Zug an.

»*Yalla, yalla*, hier gibt es nichts zu sehen«, schrie die Matrone mit ihrer rauhen Stimme und schob die Neugierigen beiseite.

## 2

Yolande Batrakani lud jeden Dienstag in ihrem Haus zum
Tee. Normalerweise fürchtete Viviane dieses mondäne
Geschnatter wie die Pest und fand immer eine Ausrede,
um nicht »guten Tag« sagen zu müssen. Diesmal kam sie
nicht nur zu früh, sie hatte auch ihre Freundin Salwa ein-
geladen. Die beiden Mädchen brannten darauf, den
Ehrengast Hoda Chaaraui, die Seele der ägyptischen
Frauenbewegung, kennenzulernen.

In den letzten Monaten hatten die beiden Mädchen an
der Hochzeit einer moslemischen Schulkameradin teilgenommen, die kaum sechzehn Jahre alt war. Die Hochzeit war von der Familie beschlossen worden, ohne die
Betroffene auch nur zu fragen. Viviane hatte einen
Schock bekommen, als sie den Bräutigam gesehen hatte:
ein untersetzter Mann von vierzig Jahren, der fast eine
Glatze hatte. Dem Brauch entsprechend, hatte sich ihre
Freundin während des Festes mehrmals umgezogen,
doch ihr gepudertes Gesicht war vollkommen leblos
gewesen. Als sie sie entdeckt hatte, war sie in Tränen
ausgebrochen.

»Ich hätte mich umgebracht«, sagte Salwa am nächsten
Tag im Pensionat während der Pause zu Viviane. »Ja, ich
hätte mir die Pulsadern aufgeschnitten, oder ich wäre zu
Hoda Chaaraui gegangen . . .«

Als sie sahen, daß die Aufsicht auf sie zukam, entfernten
sie sich deutlich voneinander. »Wenn zwei beisammen

sind, ist der Teufel nicht weit«, pflegten die Nonnen zu sagen.

Was konnte der Teufel eigentlich für eine Moslime wie Salwa bedeuten? Wenn während des Unterrichts gebetet wurde, stand sie schweigend und vollkommen gleichgültig dabei. Viviane beobachtete sie aus den Augenwinkeln. Man munkelte, daß eine moslemische Schülerin der Rethorikklasse heimlich zum christlichen Glauben übergetreten war und daß ihr die Nonnen die Kommunion heimlich nach der Messe erteilten. Ob das stimmte? Auf alle Fälle war das nicht Salwas Art. Viviane kannte ihre Freundin zu gut, um sich vorstellen zu können, daß sie in der Sakristei niederkniete . . .

Als Salwa sie zum ersten Mal nach Hause eingeladen hatte, hatte ein großes schwarzes Automobil vor dem Pensionat auf sie gewartet. Erstaunt hatte Viviane gesehen, wie ihre Freundin dem Vater die Hand küßte. Sie hatte sich schüchtern auf den Rücksitz des Wagens gesetzt. Der Vater, der vorne neben dem Chauffeur saß, hatte den ganzen Weg über kein Wort gesagt oder sie auch nur angesehen.

Die neueste Provokation von Hoda Chaaraui bezog sich auf die Heirat. Sie hatte sich bei der Hochzeit ihrer geistigen Tochter, der schönen Hurriah Idriss, über die moslemische Tradition hinweggesetzt. Der Ehemann war nach westlichem Vorbild schwarz gekleidet und trug weiße Handschuhe, während Hurriah ein weißes Kleid mit einem langen Schleier trug und von zwei Brautjungfern mit einem Schleierträger begleitet wurde . . . Aber vor allem der Ehevertrag hatte Gesprächsstoff geliefert: Um ihm die Hand ihres Patenkindes zu geben, hatte Hoda Chaaraui von dem jungen Diplomaten nur fünfundzwanzig Piaster bei Vertragsabschluß und dreihundert Pfund in Raten verlangt. In entsetzten Kommentaren hatte man sie beschuldigt, »den Preis unserer Mädchen abzuwerten«.

Als eine Freundin von Yolande sie darauf ansprach, antwortete Hoda Chaaraui unter dem Geklapper der Silberlöffel in den Teetassen seufzend: »Aber nein, ich werte unsere jungen Mädchen nicht ab! Ich erleichtere nur die Eheschließung. In dem aberwitzigen System, das im Augenblick bei uns herrscht, muß ein junger Mann astronomische Summen als *mahr* zahlen. Entweder verzichtet er auf die Heirat, oder er verschuldet sich erheblich. Sollte er dieses Geld nicht lieber nutzen, um ein angenehmes Haus einzurichten?«

»Man wirft Ihnen auch vor, daß Sie die Scheidungen erleichtern wollen . . .«

»Das ist doch nur Heuchelei! Ich bin stolz darauf, daß ich zur Annahme eines Gesetzes beigetragen habe, das den Frauen die Scheidung erlaubt, wenn sie geschlagen wurden. Und ich hoffe sehr, daß es mir auch gelingen wird, die Heirat vor dem Alter von sechzehn Jahren verbieten zu lassen.«

Salwa, die mit Viviane ein wenig abseits saß, folgte gebannt den Ausführungen von Hoda Chaaraui, der Witwe eines Paschas und Weggefährten von Saad Zaghlul.

»Mich hat man mit dreizehn Jahren verheiratet«, erzählte der Ehrengast. »Ich war vollkommen unwissend. Ich habe meinen Mann gebeten, mich einige Zeit in unseren Besitzungen in Oberägypten verbringen zu lassen. Er hat sich dazu bereit erklärt, weil er ein intelligenter und gebildeter Mann war. Um mir schreiben zu können, mußte er zu jener Zeit noch den Brief in einem doppelten Umschlag an den Eunuchen richten: Der Name einer Frau war so geheim, daß nicht einmal der Postbote ihn aussprechen durfte. In Oberägypten habe ich alle westlichen Bücher aus der Bibliothek meines Vaters verschlungen. Dann habe ich mir zusätzlich Bücher aus Frankreich, England und Amerika kommen lassen. Bis zum Alter von zwanzig Jahre habe ich studiert, überlegt und verglichen. Dann habe ich eines Tages dem Pascha geschrieben, daß ich mich jetzt seiner würdig fühlte, und wir haben unser Eheleben nach der moslemischen Sitte wieder aufgenommen.«

Während der Vorfälle von 1919 hatte Hoda Chaaraui mit anderen Frauen verschleiert in den Straßen Kairos demonstriert. Vier Jahre nachdem sie die Feministische Liga Ägyptens gegründet hatte, hatte sie das Land auf dem Frauenkongreß in Rom vertreten.

»Als unsere Delegation zurückkam, waren auf dem Bahnhof von Kairo Tausende von Menschen versammelt. Ich bin ganz in Schwarz gehüllt aus dem Zug gestiegen, dann habe ich meinen Schleier zurückgeworfen. Sie hätten mir ins Gesicht spucken können. Aber niemand hat sich gerührt. Ich bin langsam durch die Menschenmenge gegangen, und die Tränen sind mir über die Wangen gelaufen. Am nächsten Tag sind einige alte Ulemas zu mir gekommen und haben mich gebeten, wieder den Schleier zu tragen. Ich habe ihnen geantwortet, daß mein Gewissen mir das verbiete.«

»Und, hat der König Sie unterstützt?« fragte Yolande.

Hoda Chaaraui wiegte den Kopf hin und her.

»Fuad wollte seinem Ansehen nicht schaden. Als im Jahr neunzehnhundertzweiunddreißig die Königin Suraya von Afghanistan nach Kairo gekommen ist, hatte Fuad Angst, daß sie ihr Gesicht zeigen könnte. Er hat ihr einen Schal aus dickem Musselin geschickt, an dem ein Schmuckstück befestigt war. Suraya war bei ihrer Ankunft in diesen Schal gehüllt. Wir, die Damen der

Frauenliga, standen am Bahnhof, um sie zu empfangen, und wir waren auf Befehl des Königs ebenfalls verschleiert. Aber als Fuads Wagen an uns vorbeifuhr, haben wir in einer einzigen Bewegung alle den Schleier zurückgeworfen. Und damit er uns diese aufrührerische Geste verzieh, haben wir ihm Rosen zugeworfen.«

»Das ist phantastisch«, rief Salwa, doch dann wurde sie blaß, da sich alle Blicke auf sie richteten.

Hoda Chaaraui winkte ihr freundschaftlich zu und fuhr fort: »Es stimmt, die Dinge entwickeln sich. Im letzten Jahr hat sich ein Mädchen zum Juraexamen gemeldet. Und wir haben heute in Ägypten zweihunderttausend Schülerinnen – doppelt so viele wie zu Beginn der zwanziger Jahre. Doch das ist nicht einmal ein Zehntel der Mädchen im schulpflichtigen Alter. Und dabei habe ich auch schon die jungen Christinnen aus den großen Städten dazugerechnet, die wie ihr alle zur Schule gehen.«

Viviane wollte eigentlich darauf hinweisen, daß ihre Freundin Moslime war, doch Hoda Chaaraui setzte ihre Ausführungen fort.

»Es stimmt, daß heute in der Straßenbahn die Haremsabteile wesentlich weniger respektiert werden. Man findet Männer in diesen Abteilen, und die Frauen zögern nicht mehr, auch in die anderen zu steigen. Aber Achtung, noch haben wir nicht gewonnen! Bedenken Sie nur den Skandal, den die beiden Schülerinnen ausgelöst haben, die im Badeanzug zu einem Schwimmfest der Universität gekommen sind. Und ich kann Ihnen mitteilen, daß die Scheichs von Alexandria die Strände in zwei Zonen einteilen wollen. In Sidi Bishr wurde schon ein Seebad nur für Frauen eingeweiht. Und ich kenne mehr als einen ehrbaren Bürger, der seine Gemahlin zwingen wird, in diesem Meergefängnis zu baden . . .«

Sie wandte sich an Salwa.

»Sehen Sie, der Kampf um die Emanzipation der ägyptischen Frauen wird noch sehr lange dauern. Es wird Stagnationen und Rückschläge geben. Aber wir werden gewinnen, dessen bin ich mir ganz sicher. Vor allem, wenn junge Mädchen wie Sie sich uns anschließen . . .«

Hoda Chaaraui wurde von dem *soffragi* unterbrochen, der plötzlich mit fiebrigem Blick das Zimmer betreten hatte.

»Was gibt es denn, Rachid?« fragte Yolande erstaunt.

»Verzeihen Sie, Madame, aber Seine Majestät der König ist tot.«

## 3

In der Rue Abdin wurden die Stühle für dreißig Piaster am Vormittag vermietet. Man konnte selbst auf einer großen Doppelleiter, die ein findiger Krämer auf dem Trottoir aufgestellt hatte, Plätze kaufen. Aber die wirklich Priviligierten erwarteten den königlichen Leichenzug vor dem Hotel Continental, wo man aus diesem Anlaß eine Tribüne aufgebaut hatte.

Hassan, der als Schaulustiger gekommen war, hatte – wie er später in »ITINERAR EINES OFFIZIERS« erzählte, plötzlich das Gefühl, in eine Falle getappt zu sein. Unterstützte er nicht diese ungeheure Menge, deren Anwesenheit allein schon als Blankoscheck für den neuen König gewertet wurde?

Fuad hatte einige Tage mit dem Tod gerungen, während deren man regelmäßig falsche beruhigende Kommuniqués herausgegeben hatte. Keines der Gebete, das von den Ulemas, den Bischöfen der unterschiedlichen Glaubensrichtungen oder vom Großrabbiner abgehalten wurde, hatte ihn hier auf Erden halten können.

Prinz Faruk hatte warten müssen, bis sein Vater gestorben war, ehe er das Woolwich College hatte verlassen können, das in der Nähe von London lag, um sich auf den Weg nach Ägypten zu machen. Er kam frisch wie eine Blume fünf Tage nach der Beerdigung an.

»Die Engländer hatten angeboten, ihn auf dem schnellsten Weg mit einem Kriegsschiff nach Ägypten zu bringen«, sagte ein Straßenbahnschaffner hinter Hassan.

»Das hat er abgelehnt, und er hat gut daran getan«, entgegnete eine Stimme. »Wie würden wir denn dastehen? Ein ägyptischer König kommt nicht auf einem britischen Kanonenboot, um seinen Thron zu besteigen!«

Faruk, der kaum sechzehn Jahre alt war, hatte das ganze offizielle Ritual über sich ergehen lassen müssen. Er war von Eduard VIII. im Buckingham Palace empfangen worden und dann mit einem Sonderzug nach Dover gereist. Zwei Zerstörer hatten sein Dampfschiff bis nach Calais begleitet, und im Hafen von Marseille erwartete ihn die *Viceroy of India*, deren einen Teil man eigens für ihn eingerichtet hatte.

Aber das war gar nichts im Vergleich zu dem, was ihn in Ägypten erwartete: die englische Flotte in Gala, die Flugzeuge am Himmel und eine unglaubliche Menschenmenge, die sich in jedem an der Strecke gelegenen Bahnhof drängte, um den weißen Zug vorbeifahren zu sehen. In Kairo dröhnten in den Straßen, durch die sich der Zug bewegen würde, aus Lautsprechern Ansprachen, Reden und Gesänge.

»Er ist jung und schön, er wird die Engländer vertreiben«, sagte der Straßenbahnschaffner.

»Auf alle Fälle wird es ihm nicht an Taschengeld fehlen«, bemerkte einer seiner Kollegen. »Es heißt, daß Fuad ihm mehrere Millionen Pfund vererbt hat, ganz zu schweigen von dem Palast und der Briefmarkensammlung.«

Hassan, der genauso alt war wie Faruk, dachte an die Ein-Pfund-Note, die ihm soeben sein Onkel Rachid gegeben hatte. Ein schönes Geschenk. Ein Geschenk, das er einmal im Jahr bekam. Er dachte auch an Viviane Batrakani, deren grüne Augen ihn seit diesem Morgen verfolgten. Was hatte sie in der Küche zu suchen gehabt, als er am Dienstboteneingang geläutet hatte? Normalerweise hatte er bei den seltenen Besuchen, die er seinem Onkel abstattete, nie ein Mitglied der *khawaga*-Familie gesehen.

Hassan und Viviane hatten sich auf den ersten Blick wiedererkannt und sich an ihre erste Begegnung, die sechs Jahre zuvor in dem alten Haus im Choubra-Viertel stattgefunden hatte, erinnert. Keiner von beiden hatte das Lied von Abu Semsem, dem Mann mit dem Wunderkasten, vergessen:

> *Ya salam, ya salam*
> *Shuf el forga di kamane . . .*

»Ich komme meinen Onkel Rachid besuchen«, hatte Hassan mühsam herausgebracht, denn er war vollkommen von den Augen dieses jungen Mädchens geblendet.

Die zögernde Stimme von Rachids Neffen stand in krassem Gegensatz zu seinem klaren Gesicht mit den scharfen Konturen. Viviane war vor allem von seiner Athletenbrust verwirrt, über der sich ein weißes, schweißdurchtränktes Hemd spannte.

»Komm herein«, sagte sie mit einer Stimme, der sie einen gleichgültigen Klang zu geben versuchte. »Ich werde Rachid rufen.«

Die einfache Tatsache, daß sie diese wenigen Worte auf arabisch gesagt hatte, hatte ihr Gelegenheit gegeben, sich wieder zu fassen und eine unsichtbare Barriere zwischen sich und Hassan aufzubauen. Denn jede Sprache hatte ihre Funktion. Keiner von den Batrakanis wäre auf die Idee gekommen, »*maalech*« durch »das macht nichts« zu übersetzen oder aber statt »*mabruk*« »Glückwünsche« zu sagen. Für die Liebe hingegen war die französische Sprache zuständig – oder im Zweifelsfall im Kino auch die englische. »Ich liebe dich« auf arabisch zu sagen, hätte hingegen lächerlich, ja beinahe obszön geklungen . . .

Hassan war von der sicheren Stimme dieses weltgewandten, gutbürgerlichen jungen Mädchens gebannt gewesen. Er hatte plötzlich ein heftiges Verlangen verspürt, sie in die Arme zu nehmen und auf den Mund zu küssen ...

Die Menge drängte sich in der Nähe der Place de l'Opéra. Hassan reckte den Hals. Ein großer roter Wagen, der von mehreren anderen Automobilen eskortiert wurde, kam unter anschwellendem Beifall langsam näher. Das war die Königinmutter mit ihren Töchtern, die vor Faruk eintrafen, um ihn im Palast Abdin zu begrüßen.

Rachid hatte sich sehr über den Besuch seines Neffen gefreut, für den er, seit er ihn aus dem Kamelschlachthof von Gisch geholt hatte, fast vollkommen aufkam. Er träumte immer noch davon, daß er eines Tages Beamter werden würde.

»Willst du dich nicht bei der Eisenbahn bewerben?« hatte er ihm zum wiederholten Mal vorgeschlagen. »Ich könnte den *khawaga* bitten, sich für dich einzusetzen. Er kennt viele Leute und hat gut Beziehungen ...«

»Ich werde mich an der Militärakademie bewerben«, sagte Hassan.

»An der Militärakademie! Um Offizier zu werden! Aber sie werden dich nie nehmen, *ya ebni*. Sie nehmen nur die Söhne der Reichen und der Offiziere ...«

Hassan wußte, daß seine Zulassung an der Militärakademie alles andere als sicher war. In »ITINERAR EINES OFFIZIERS« berichtet er: *Wenn ich auch den physischen Eignungstest hocherhobenen Hauptes bestehen würde, so lief ich, wie die meisten meiner Kameraden, Gefahr, bei dem Gespräch in Schwierigkeiten zu geraten. Die Zulassungskommission hätte mich sicherlich gefragt, ob ich in den vorhergehenden Jahren zu irgendwelchen politischen Gruppen gehört oder an Demonstrationen teilgenommen hätte. Was hätte ich dann antworten sol-*

*len. Diese Oberoffiziere, die ebenso arrogant wie verächtlich waren, hatten sicherlich Einblick in die Polizeiakten ...*

Hassan sagte sich, daß sein Vater 1919 sicherlich ebenfalls registriert worden war, ehe man ihn mitten auf der Straße abgeschlachtet hatte wie einen Hund. Er wußte nicht einmal, wie er ausgesehen hatte. Niemand hatte ein Photo von ihm: weder seine Ehefrau, die sich 1920 mit dem *omda* des Dorfes wiederverheiratet hatte, dessen dritte Frau sie war, noch Onkel Rachid, der ihm erzählt hatte, daß sein Vater sich immer gegen die Ungerechtigkeiten aufgelehnt hätte und sehr heißblütig gewesen wäre.

Auch Hassan spürte dieses Blut in seinen Adern, dennoch war er kein Aufwiegler. Er war nur selbst aufgewiegelt, denn er suchte fieberhaft nach seinem Weg, nach einem Weg zwischen den Blauhemden der Wafd-Partei – die für seinen Geschmack zu lasch waren – und den Grünhemden, deren Mitglieder in der Wüste von Heluan mit Sprengstoff hantierten. Aber während der Studentenunruhen im November 1935 hatten sich alle Farben vermischt ...

*Am 13. November bin ich mit vielen anderen Schülern des Gymnasiums auf die Straße gegangen, um den Abzug der Engländer und die Wiedereinsetzung der Verfassung von 1923 zu verlangen. Wir zogen zur Pont de Roda, wo wir auf Studenten der Universität treffen sollten, die vom anderen Ufer des Nils kamen. Ich war mitten auf der Brücke, als ich eine Kugel an meinen Ohren vorbeipfeifen hörte. Ich kehrte sofort um und floh, so schnell ich konnte ...*

*Zwei Tote, mehrere Dutzend Verletzte und zahlreiche Verhaftungen. Die Regierung beschloß, die Schulen für einen Monat zu schließen. Aber einige Wochen später setzte König Fuad wieder die Verfassung von 1923 ein. Wir hatten gewonnen ...*
»ITINERAR EINES OFFIZIERS«

Anschwellender Lärm drang von der Place de l'Opéra herüber. Die Lautsprecher, aus denen eine näselnde Musik gedrungen war, schwiegen jetzt.

Hassan bekam einen Schock, als plötzlich die königliche Garde auftauchte. Offiziere mit ihren Fahnen, weißen Waffenröcken, blau-rot gestreiften Reithosen, goldenem Koppel und Lanzen. Er verspürte den heftigen Wunsch, zu ihnen zu gehören. Einige Augenblicke lang hatte er das Bild vor Augen, wie er als einer der Ihren, in Uniform, auf einem Pferd unter dem Haus dieser Viviane Batrakani vorbeiritt, die sich aus dem Fenster lehnte und nach Abu Semsem Ausschau hielt . . .

Faruk saß neben dem Ratspräsidenten Ali Maher Pascha in einer offenen Kalesche. Er trug einen Tarbusch und einen schwarzen Gehrock. Er war schön und jung.

»Es lebe der König!« schrie der Straßenbahnschaffner.

»Raus mit den Engländern!« brüllte sein Nachbar.

Hassan spürte, wie seine Brust vor Rührung anschwoll. Dieser König war jung und schön, und er würde die Engländer vertreiben. Der künftige Offizier hüpfte mit erhobenen Armen in die Luft und begann ebenfalls aus voller Kehle *Yaich Faruk* zu schreien.

## 4

Faruk würde vielleicht die Engländer vertreiben, doch
einstweilen hatten sie sich fest im Herzen der Stadt einge-
nistet. Die Residenz war das Zentrum ihrer politischen
Macht in Ägypten. Doch es gab viele andere, banalere
Orte, die ebensosehr die Machtposition der Besatzer
bewiesen. Der Turf Club zum Beispiel stand ausschließlich Bürgern Seiner Majestät offen. Dort saßen sie, in eine
Wolke von englischem Tabak gehüllt, in großen Ledersses-
seln und lasen die Times. Oder der Gesira Sporting Club,
der zwischen den beiden Nilarmen lag. Dort spielten sie
auf den kilometerlangen Rasenflächen, die jeden Morgen
kurzgeschoren wurden, Tennis, Cricket, Crocket und
Polo.
Mein Onkel Paul und die Schweizerin hatten den glühenden Wunsch, Mitglied dieses Clubs zu werden. Die
Schweizerin mag zwar an dem Schwimmbad interessiert
gewesen sein, doch Paul, der nicht für zwei Piaster sportlich war, ging es nur um das Prestige, zu den Auserwähl-
ten zu gehören.
Seit seiner Gründung wurde der Sporting Club von
Engländern besucht, die auch seine Leitung übernommen
hatten. Sie hatten ihre Tore nur wenigen Ausländern und
einigen handverlesenen Ägyptern geöffnet.
Paul Batrakani bewarb sich im Juni 1937 um die Mitglied-
schaft, und noch im selben Monat wurde seine Bewer-
bung ohne Begründung abgelehnt. Doch kam dem Kan-

didaten die liebenswürdige Bemerkung eines der Mitglieder zu Ohren: »Der Club ist nicht für Tarbusch-Fabrikanten vorgesehen!«

Paul war unglaublich verärgert. Nach diesem Vorfall hätte seine Haltung antibritisch werden können. Doch er wandte sich gegen den Tarbusch.

»Du solltest dir überlegen, ob du nicht etwas anderes herstellen willst«, sagte er zu seinem Vater. »Der Tarbusch ist einfach lächerlich. Die Leute sehen aus, als würden sie einen Blumentopf auf dem Kopf tragen.«

Georges Bey sah ihn verblüfft an.

»Machst du Witze oder was?«

Paul setzte zu einer langen Ausführung über den Mangel an Hygiene an, den der Tarbusch in einem so heißen Land mit sich brachte.

»Aber du bist ja vollkommen verrückt!« unterbrach ihn mein Großvater. »Du lieferst mir Argumente, die uralt sind, Dummheiten, die ich schon tausendmal gehört habe. Ich bin kein Hygienepapst und auch kein Schneider der Haute Couture. Diese Blumentöpfe, wie du sie nennst, haben sich noch nie so gut verkauft wie heute.«

Dank der Maßnahmen zum Schutz der einheimischen Industrie und sicherlich auch, weil ein Teil der Leute lieber ägyptische Produkte kaufen wollte, sanken die Importe ausländischer Tarbusche von Jahr zu Jahr. In der inländischen Produktion nahm jetzt langsam das Haus Batrakani den Löwenanteil ein. Einige gelungene Werbekampagnen begleiteten den Anstieg der Kurve. Georges Bey hatte über seinem Schreibtisch ein großes Photo aufgehängt, das die ägyptische Olympiamannschaft zeigte, als sie 1936 zu den Spielen in Berlin aufbrach: Lächelnde Athleten drängten sich an den Fenstern des Zuges, der sie nach Alexandria brachte, wo sie sich einschiffen würden.

Und alle trugen einen Tarbusch, den das Haus Batrakani großzügig gestiftet hatte.

»Ich denke an die künftigen Verkaufszahlen, Papa. Der Tarbusch ist dazu verurteilt, früher oder später zu verschwinden. Schon heute trägt ihn die Mehrzahl der Jugendlichen nur noch, wenn sie dazu verpflichtet sind, etwa um eine Prüfung abzulegen. Du solltest dich diesem Mentalitätswandel anpassen.«

»Nichts wandelt sich! Und ich bitte dich, nie mehr mit einem Hut auf dem Kopf in die Fabrik zu kommen, so wie du es heute tust. Das ist idiotisch! Man stellt sich auch den Sohn von Henri Ford nicht in einem Pontiac oder einem Chrysler vor!«

Paul zuckte die Schultern und wechselte das Thema. Er hätte, außer über den Tarbusch zu sprechen, noch so viel zu sagen gehabt . . . Dieser ausgezeichnete Anwalt zeigte mehr und mehr seine Verachtung für Ägypten und ein übermäßiges Interesse für alles, was europäisch war. Er hatte die Pariser Zeitung TEMPS abonniert und versäumte es nie, bei Tisch einen Schachzug der *Action française*, einen Entwurf von Léon Blum oder eine Rede von Briand zu kommentieren. Alex machte sich darüber lustig und benutzte nur noch die arabische Übersetzung seines Vornamens: Paul war für ihn zu Bulos geworden, auch auf die Gefahr hin, die gallischen Vorfahren zu beleidigen.

*

Im sechsten Heft von Michel habe ich einige Zeilen gefunden, die ein wenig bitter klingen:

*Vor zwanzig Jahren ist der würdigste Herrscher, den Ägypten jemals hatte, gestorben. Das darf man leider nirgendwo schreiben. Alle Welt ist starr vor Bewunderung vor diesem Kind Faruk, und Fuads Phantom geistert noch unter uns herum: Neunzehn Jahre seiner Herrschaft sind nicht so leicht auszulöschen.*

*Doch die Ehre ist dank des Teppichhändlers von Midan Ismailia gerettet, der über seinem Eingang ein großes Porträt von Sultan Husein aufgehängt hat. Von Zeit zu Zeit gehe ich hin, um mir eine Freude zu machen. Und es ist selten, daß ich sein Geschäft verlasse, ohne etwas zu kaufen. Ich weiß schon gar nicht mehr, wohin mit all den Läufern ...*

*Armer Sultan Husein! Er ist zu früh gestorben und zu spät an die Macht gekommen. Das kann man bei Faruk nicht behaupten. Dieser junge Mann, dem alles zuzufliegen scheint, beginnt seine Regierungszeit mit zwei historischen Abkommen. Das ist zwar nicht seine Leistung, aber es kommt ihm zugute. Ägypten ist jetzt also mehr oder weniger von der britischen Militärherrschaft befreit und die »Kapitulationen« sind abgeschafft.*

*Für Paul ist das furchtbar. Mit seinem natürlichen Pessimismus sieht er in dem Abkommen von Montreux »das Ende der Syrier in Ägypten«. Es stimmt, daß die Abschaffung der Gemischten Gerichte ihn früher oder später zwingen wird, sich anders zu orientieren. »Tarbusch-Fabrikant, wäre das nichts für dich?« hat Alex ihn gestern beim Essen gefragt. Sie hätten sich beinahe geprügelt.*

# 5

Jedes Jahr zu Epiphanias kam der griechisch-katholische Bischof, um das Haus zu segnen und Geld zu sammeln. Im Oktober oder November kam er ein zweites Mal, um sich nach seinen Schäfchen zu erkundigen und um eine – diesmal höhere – Summe einzufordern. Bei diesem zweiten Besuch, den man *nureiya* nannte, gaben die meisten Familien ein ägyptisches Pfund. Georges Batrakani mußte sich dazu durchringen, dem Kirchendiener fünfzehn Pfund zu geben: Der König des Tarbusch – so sollte ihn bald das Magazin IMAGES nennen – wollte nicht weniger großzügig als ein Kahil oder ein Sednaui scheinen ...

Die Dauer des Besuches richtete sich oft nach der Summe, die der Umschlag enthielt. In einigen bürgerlichen Familien, die er gut kannte, blieb der partiarchalische Pfarrvikar sogar zum Mittagessen. Für jene *nureiya* des Jahres 1938 hatte meine Großmutter gefüllte Weinblätter zubereiten lassen.

Der Bischof hatte zweimal nachgenommen. Er hatte sich nach einigen Familienmitgliedern erkundigt und begleitete die Auskünfte, die man ihm gab, mit einem bewundernden *smala! smala!* Beim Kaffee sagte er völlig unerwartet zu Michel: »Und du, *habib*? Bist du immer noch Junggeselle?«

Mein Pate, der vollkommen überrascht war, brummte eine bestätigende Antwort und zündete sich nervös eine Zigarette an.

»Du weißt ja, was man sagt«, fuhr der Bischof fort: »Die
*arussa* oder die *kallusa* . . .«

»Eine Braut oder eine Priestermütze«, übersetzte Yolande
mechanisch, denn auch sie war der Meinung, daß ein junger Mann mit dreiundreißig Jahren lieber einen Haus-
stand gründen sollte, als sich hinter seinen Büchern zu
verstecken.

Michel fühlte sich beleidigt. Die *kallusa* kam natürlich
nicht in Frage. Aber die *arussa*?

Er bedachte den Priester mit einem krampfhaften
Lächeln, blieb aus Höflichkeit noch einige Minuten im
Salon und zog sich dann zurück.

\*

Drei Monate vorher hatte er bei den Essayisten einen Vortrag zu dem Thema »Die Auswirkungen des Rhythmus in
der Poesie La Fontaines« gehalten. Lidy hatte ihm von
ihrem Klavier aus ein Zeichen gemacht, das mehr wert
war als alle Komplimente.

Michel war den Rest des Abends über auf Wolken
geschwebt. Er hatte seit seinem Vortrag vor dem Sultan im
Collège nie wieder eine solche Erregung, ein solches
Gefühl der Zufriedenheit empfunden.

Als sich die Versammlung langsam auflöste, ging er zum
Klavier, wo das junge Mädchen ihre Noten einpackte. Sie
schien in ihrem weißen Musselinkleid mit der durchschei-
nenden Haut und dem transparenten Blick irgendwie
unwirklich. Michel hatte das Gefühl, als würden ihm Flü-
gel wachsen. Ohne Umschweife und ein wenig stotternd
fragte er sie: »Lidy, wollen Sie meine Frau werden?«

Sie sah ihn mit großen Augen an.

»Aber, Michel . . .«

Er hatte sich diesen Heiratsantrag zuvor nicht überlegt. Noch am Vortag, als er von seinem Bruder Paul hörte, daß die Schweizerin das zweite Kind erwartete, hatte er dem Himmel gedankt, daß er Junggeselle war, ohne irgendwelche Sorgen und Verpflichtungen . . .

»Ich bin Jüdin, Michel . . .«

Er erklärte ihr mit glühenden Worten, daß das absolut bedeutungslos und daß die Liebe stärker als alles andere sei. Es hatte in Ägypten vor ihnen schon andere gegeben, die solche Barrieren ignoriert hatten, und diese Paare waren nicht gerade die Unglücklichsten, ganz im Gegenteil!

»Aber, Michel, da ist noch etwas anderes . . . Ich bin krank.«

Er lächelte. »Ich werde Sie heilen.«

»Ich bin sehr krank. Der Arzt befürchtet eine Atmungsschwäche.«

Er lächelte noch immer, aber seine Glut war ein wenig erloschen. Diese unerwartete Krankheit hatte ihn in gewisser Weise wieder auf den Boden der Realität zurückgebracht, und ihm wurde bewußt, daß er eigentlich überhaupt keine Lust hatte, zu heiraten.

Seine Verwirrung mußte irgendwie spürbar sein, denn Lidy griff sofort sanft und doch bestimmt ein.

»Nein, Michel, ganz bestimmt. Sie sind mir ein lieber Freund. Lassen Sie uns Freunde bleiben.«

Er befragte sie nach ihrer Krankheit und versuchte ungeschickt, sie zu beruhigen. Dann wiederholte er seinen Heiratsantrag mit so viel Überzeugung wie nur möglich.

»Bitte, Michel, bestehen Sie nicht weiter darauf.«

Er senkte scheinbar resigniert die Augen, doch ihm wurde bewußt, daß ihn die Ablehnung des jungen Mädchens unglaublich erleichterte . . .

*

In den folgenden Monaten gab es keinen Zweifel mehr an Lidys Krankheit. Sie hustete. Doch auch die Nachrichten, die aus Europa kamen, waren an der Traurigkeit, in ihren Augen nicht ganz unbeteiligt. Das junge Mädchen verfolgte aufmerksam Hitlers Provokationen, und das Schicksal Österreichs quälte sie. Sie unterhielt sich stundenlang mit jüdischen Musikern, die Wien verlassen hatten, um sich in Kairo niederzulassen.

Bei den Essayisten hielt Lidy manchmal plötzlich mitten in einem Stück inne, wandte sich dem geöffneten Fenster zu und lauschte. Ganz so, als würde sich der Lärm marschierender Stiefel nähern . . . Dann improvisierte sie mit halbgeschlossenen Augen einige Akkorde, die ihrem Klavier dumpfe, eigenartige und unbequeme Töne entlockten.

# SIEBTER TEIL

# Sidi Bishr
# Nummer zwei

# 1

Das Filmtheater Metropol war in diesem Sommer 1941 sehr gut besucht. Viele Bewohner Kairos, denen es nicht möglich war, die Stadt zu verlassen, profitierten von der revolutionären Ausstattung dieses Hauses – das heißt von der Klimaanlage! –, um der sommerlichen Hitze zu entrinnen. Selim Jared hielt dort sonntagnachmittags zusammen mit seinem Freund René Abdel Messih sogar seinen Mittagsschlaf ab.

An diesem Sonntag wurde ein amerikanisches B-Picture gezeigt, das wie immer in drei Sprachen untertitelt war: Auf der Leinwand in Französisch und auf einer kleinen Nebenleinwand auf griechisch und arabisch. Als das Wort »End« zu sehen war, dösten Selim und René vor sich hin. Die ägyptische Nationalhymne, die in ohrenbetäubender Lautstärke und von Störgeräuschen durchzogen aus dem Lautsprecher ertönte, erinnerte sie daran, daß sich England im Krieg gegen Deutschland befand.

In einer Ecke des Filmtheaters stimmten sechs oder sieben recht angeheiterte englische Soldaten einen derben Gassenhauer an, dessen Protagonisten König Faruk und seine Ehefrau Farida waren. Die Zuschauer schüttelten konsterniert den Kopf. Vom Balkon aus beschimpfte eine Dame mit spitzen Schreien auf arabisch diese Söhne Albions*. Doch die Menge drängte schon zum Ausgang . . .

* Dichterischer Name für England, A.d.Ü.

295

Normalerweise empfand Selim einen Schock, wenn er wieder die Außentemperatur spürte. Doch diesmal bemerkte er den Wechsel gar nicht. Im Foyer des Kinos wurde sein Blick sogleich von einem schlanken jungen Mädchen in einem gelben Kleid angezogen, die lachend mit einer Gruppe von anderen jungen Leuten das Filmtheater betrat.

René Abdel Messiah kannte die Neuankömmlinge und stellte ihnen seinen Freund vor.

»Wie ist der Film?« fragten sie.

»Absoluter Quatsch«, antwortete Selim spontan, »aber es ist so angenehm kühl!«

Das junge Mädchen lachte. Sie hatte grüne Augen. Selim hätte sofort die nächste Vorstellung noch einmal über sich ergehen lassen, nur um in ihrer Nähe bleiben zu können, doch René hatte sich schon von der Gruppe verabschiedet.

»Wer war das junge Mädchen mit dem gelben Kleid?« fragte Selim einige Minuten später, als sie bei Groppi saßen.

»Mit dem gelben Kleid? Ach ja, Viviane Batrakani. Die Tarbusche . . .«

Vorsicht und gesunder Menschenverstand sagten Selim, es dabei bewenden zu lassen. Hundertmal hatte man ihm warnend das Beispiel des Froschs angeführt, der sich aufplustern wollte wie ein Rind . . . Eine Batrakani-Tochter, das war nichts für ihn, den kleinen Buchhalter bei Matossian mit einem Monatseinkommen von elf Pfund, der seine Ausbildung aus Geldmangel nach dem Abitur hatte abbrechen müssen. Den Rest des Abends über versuchte er, sich im katholischen Jugendkreis in der Rue Emad-el-Dine mit Tanzen und Pokerspielen abzulenken.

Gegen Mitternacht schlug im René Abdel Messih vor, ihn im Taxi nach Faggala zu bringen.

»Das Taxi ist für mich wie eine Lebensversicherung. Ich will mich auf der Straße nicht von englischen oder australischen Trunkenbolden angreifen lassen. Neulich lag schon wieder einer sturzbetrunken in unserer Straße . . .«

Die Kairoer Taxifahrer teilten diese Befürchtungen nicht. Wie im letzten Krieg die Kutscher, waren sie begierig auf ausländische Militärs, die das bezahlten, was man von ihnen verlangte. Die ägyptischen Kunden beklagten sich bitter darüber; es war ein wahres Kreuz, ein Taxi zu finden.

Doch René Abdel Messiah bediente sich seiner üblichen Taktik. Er versteckte sich hinter einer Straßenlaterne und rief mit donnernder Stimme und einem täuschenden schottischen Akzent: »Hep, Taxey!« Sobald ein Wagen auf seiner Höhe anhielt, ließen sie dem Fahrer keine Zeit zu protestieren, sondern drängten sich, jeder durch eine Tür, in den Wagen.

Als er zu Hause war, drehte Selim leise den Schlüssel im Schloß, um die anderen nicht aufzuwecken. Er stieß sich an einer Kommode, an die er sich noch nicht gewöhnt hatte: Seit einige ihrer Kinder arbeiteten, leistete sich Mima von Zeit zu Zeit ein Möbelstück, um die vergangenen mageren fünfzehn Jahre auszugleichen. Oder sie kaufte sich ein Kleid, oder einen jener großen Rosensträuße, die sie so sehr liebte . . .

Da er nicht müde war, ging Selim auf den Balkon und stützte sich auf die Brüstung. In der Ferne suchten unnütze Lichtkegel den Himmel über dem Nil ab. Auch in dieser Nacht würde kein deutsches Flugzeug kommen und die Luftabwehr aufwecken. Der Krieg in Kairo, das war vor allem blaues Papier vor den Scheiben und dekorative

Motive, die man auf die Spiegel geklebt hatte, um ein eventuelles Bersten des Glases zu verhindern – Mima hatte sich für ein Pyramidenmotiv entschieden –, und natürlich betrunkene englische Soldaten. Es war nicht so wie in Alexandria, wo im letzten Monat heftige Bombenangriffe auf das Eliteviertel, das berühmte *Gueneina* niedergegangen waren und dort mehrere Todesopfer gefordert hatten.

Viviane Batrakani . . . Sie hatte grüne Augen, und ihr Lachen erinnerte an eine helle Glocke. Man sagte, daß ihr Vater sämtliche ägyptischen Botschaften im Ausland belieferte. Die ägyptischen Botschafter ließen ihre Tarbusche mit der Diplomatenpost kommen . . .

In jener Nacht hatte Selim Mühe, Schlaf zu finden. Und dann geisterte ein eigenartiges Wesen durch seine Träume. Es trug einen grünen Tarbusch, hatte ein Gewehr umgehängt und rief unter schallendem Gelächter: »Hep, Taxey!«

## 2

Die Kapelle des Collège unterschied sich sicherlich nicht sonderlich von der, die ich zwanzig Jahre später besuchte. Die gleichen gewachsten Bänke, die gleichen geriffelten Säulen, die gleiche Ruhe und gegen Ende des Tages der gleiche Geruch nach Asche ...

Seit Beginn des Krieges nahm Pater André Batrakani an einem Nachmittag in der Woche hier in arabischer und französischer Sprache die Beichte ab. Es gab einige Gläubige, die regelmäßig kamen – zumeist alte Leute –, aber auch einige Unbekannte, die zum ersten Mal kamen und deren Gesicht man nicht einmal erkennen konnte.

An diesem Nachmittag hatte sich eine Frau in den Beichtstuhl gekniet. Sie sagte nichts. Der Jesuit preßte das Ohr an das Gitter und hörte schließlich eine vertraute Stimme.

»André, ich bin es, Maguy. Kann ich bei dir die Beichte ablegen?«

Nach einem Augenblick der Überraschung antwortete er verlegen: »Ja, sicher. Aber wäre es nicht vielleicht einfacher und normaler ...«

»Nein, nein, André, ich will mit dir sprechen. Mit niemand anderem.«

Eine halbe Stunde später verließ Tante Maguy den Beichtstuhl, den Kopf mit einem schwarzen Schleier bedeckt; sie bekreuzigte sich flüchtig und eilte sogleich aus der Kapelle.

»Sie hat ihre Buße nicht getan«, brummten die üblichen Beichtgänger, »nicht mal einen Knick hat sie gemacht!«
André hatte sich damit begnügt, seiner Tante die Absolution zu erteilen, und hatte in seiner Ergriffenheit ganz vergessen, ihr Gebete aufzuerlegen. Aber gegen wie viele *Vater unser* oder *Gegrüßet seist du, Maria* hätte er das, was er soeben gehört hatte, aufrechnen können? Er war an das Beichtgeheimnis gebunden. Und das wußte Maguy.
»Versteh mich, André. Ich muß Gott um Vergebung bitten, selbst wenn ich nicht ganz sicher bin, mit deinem Vater eine Sünde begangen zu haben. Wenn ich eine Sünde begangen habe, dann mit anderen, nicht mit ihm . . . All das ist jetzt vorbei. Wir sind nun zu alt . . . Aber ich muß es jemandem aus der Familie sagen. Natürlich nicht Yola; sie würde vor Kummer sterben. Dieses Geheimnis darf nicht nur zwischen Georges und mir bleiben. Du bist der einzige . . . Auch dein Vater hat sich in all diesen Jahren viele Fragen gestellt. Darüber wird er jedoch mit dir nicht sprechen. Er könnte es nicht. Aber du kannst für ihn beten . . .«

*

Als Maguy mir diese Szene zwanzig Jahre später schilderte, betonte sie, daß der Jesuit so gut wie nichts gesagt hatte. Das will ich gerne glauben. Wurde nicht auf der anderen Seite des Gitters alles mit völliger Aufrichtigkeit und einer erschütternden Logik vorgebracht? Die Bußfertige verlangte weder ein Urteil noch einen Rat, sie wollte nur, daß man sie anhörte und ihr Absolution erteilte. Ihr Neffe hatte zugehört und keine Fragen gestellt. Als sie ging, fühlte sie sich von einer großen Last befreit.

Maguy hatte Georges nichts von ihrer Beichte erzählt. Und das war sicherlich auch besser.

»Verstehst du«, sagte sie zu mir, »wenn ich es ihm erzählt hätte, selbst später, dann hätte das sein Verhältnis zu André vollkommen verändert. Denn Georges wäre nie bereit gewesen, mit seinem Sohn darüber zu sprechen. Selbst wenn André Bescheid gewußt hätte ... Und nichts ist schlimmer, *habibi*, als ein unausgesprochenes Geheimnis zu teilen.«

## 3

Nach zwei erfolglosen Versuchen war Hassan schließlich im Oktober 1938 an der Militärakademie angenommen worden. Das verdankte er vor allem dem englisch-ägyptischen Abkommen, das sechs Monate zuvor abgeschlossen worden war und die Ägypter dazu verpflichtete, eine eigene Armee aufzubauen. Man brauchte Offiziere, auch wenn die britische Besatzung noch nicht wirklich beendet war. So stand nun die Akademie auch den Söhnen aus dem Volk offen, die früher niemals angenommen worden wären.

Das hinderte den neuen Kadetten nicht daran, das englisch-ägyptische Abkommen heftig anzuprangern und die »vollständige Unabhängigkeit« zu fordern. Nur die Vorsicht hatte ihn daran gehindert, sich den Studenten anzuschließen, die am 2. Februar 1942 unter dem Ruf »Wir sind Rommels Soldaten« in den Straßen von Kairo demonstriert hatten.

Die deutschen Truppen, die an der libyschen Grenze zusammengezogen waren, drohten mit der Besetzung Ägyptens. Hassan war ein strikter Anhänger der Deutschen, denn er ging von dem Prinzip aus, daß die Feinde unserer Feinde unsere Freunde sind. Erzählte man sich nicht in der Kaserne, daß Hitlers Unterhändler den ägyptischen Nationalisten die sofortige und vollständige Unabhängigkeit zugesichert hatten?

*Ich hatte keinerlei Achtung vor Faruk mehr,* schrieb er später in seinem Buch. *Seine verschwenderische Lebensweise war weltweit bekannt. Man wußte, daß er seine Abende in den Nachtclubs von Kairo verbrachte, und zwar in Begleitung seiner italienischen Clique, die unter der Führung von Antonio Pulli, dem ehemaligen Palastelektriker stand, der inzwischen zum Bey ernannt worden war. Aber wenn Faruk uns im Jahr 1942 aufgefordert hätte, ihn im Kampf gegen die Engländer zu unterstützen, hätten wir alle hinter ihm gestanden.*

Die italienische Freundesclique verärgerte vor allem den britischen Botschafter Sir Miles Lampson.

»Wir befinden uns immerhin im Krieg mit Italien!« rief er eines Tages vor Persönlichkeiten der ägyptischen Gesellschaft aus.

Faruks Antwort machte in den Salons von Kairo die Runde.

»Wenn ich mich von meinen Italienern trennen soll, dann soll er sich doch erst mal von seiner Italienerin trennen!«

Lady Lampson war die Tochter des Dr. Aldo Castellani, ehemals leitender Chirurg bei Mussolinis Truppen in Äthiopien ...

Doch in der britischen Residenz war man vor allem angesichts der pro-deutschen Haltung vieler ägyptischer Führer in Sorge. Um sie von der Macht zu entfernen, forderten die Briten die Wiedereinsetzung von Nahas Pascha, dem Führer des Wafd, als Ratspräsident. Doch der König lehnte die wiederholten Anträge ab. Dann kam es zu einer Machtprobe, ja beinahe zu einem Staatsstreich, der Hassan die beiden bissigsten Seiten in seinem Buch widmet:

*Am 5. Februar 1942 begab sich Sir Miles in Begleitung mehrerer Soldaten und Panzer zum Palast Abdin. Die Tore waren verschlossen. Das Schloß wurde mit einer Revolverkugel gesprengt, und die anderen Türen öffneten sich dann von selbst. Der Botschafter legte Faruk ein Schreiben vor und for-*

derte ihn auf, seine Abdankung zu unterzeichnen. Nach der ersten Überraschung zog der König einen Stift aus der Tasche und wollte gehorchen, doch in diesem Augenblick wandte sich sein erster Berater auf arabisch an ihn. Daraufhin sagte Faruk zu dem britischen Botschafter: »Geben Sie mir noch eine Chance« . . . Wenige Stunden später wurde Nahas Pascha in den Palast bestellt und zum Ratspräsidenten ernannt . . .

In der Kaserne schlug die Neuigkeit ein wie eine Bombe. Ich war völlig außer mir. Ich sagte, daß ich an Faruks Stelle nicht meinen Stift, sondern meinen Revolver aus der Tasche gezogen hätte. Von diesem Augenblick an stand mein Entschluß unumstößlich fest: Ich würde mit aller Kraft und allen Mitteln darum kämpfen, die verabscheuten Besatzer aus Ägypten zu vertreiben. »ITINERAR EINES OFFIZIERS«

# 4

Vier Monate später erlebte Hassan aufgeregt und begeistert den Einmarsch der deutschen Truppen aus Libyen. Das Afrikakorps überschritt die Grenze, nahm El Saluan und Marsa Matruh ein und erreichte am 30. Juni 1942 El Alamein.

In Alexandria schmückten die Geschäftsleute schon ihre Schaufenster, um Rommel willkommen zu heißen. Die Juden hatten die Stadt verlassen, während in Kairo viele, die entschlossen waren, so schnell wie möglich nach Palästina oder Südafrika auszuwandern, vor den Banken Schlange standen, um ihr Geld abzuheben.

Die Briten hatten an den Mauern der Hauptstadt aufmunternde Anschläge plakatiert: »*Keep smiling*«. Sir Miles Lampson wußte nicht mehr, was er noch erfinden sollte, um die Kairoer Bevölkerung zu beruhigen. Er ging demonstrativ mit seiner Frau in Muski einkaufen, und Arbeiter waren beauftragt, den Zaun der Botschaft neu zu streichen ... Doch das hinderte seine Abteilung nicht daran, am 1. Juli sämtliche Archive zu verbrennen, was zu ekelhaften Rauchwolken über dem Nil führte.

Die reichen Kairoer konnten nun den Sommer nicht mehr in Alexandria verbringen und wandten sich nach Ras el Bar, auf das sie früher verächtlich herabgesehen hatten. Die schönsten Unterkünfte waren von Paschas angemietet worden, die sich ausnahmsweise einmal mit der Tatsache abfinden mußten, mit dem gewöhnlichen Volk in

Berührung zu kommen. Ein Teil des Hotels Cristal war sogar für die Königinmutter und ihre Töchter reserviert worden.

Ras el Bar, etwas Besseres gab es ja nicht . . . Von der Schweizerin bedrängt, die Meerluft für ihre Kinder verlangte, hatte Paul Batrakani dort hocherhobenen Hauptes eine Unterkunft gemietet. Der *soffragi* und das Dienstmädchen waren vorab als Kundschafter hingeschickt worden, um sich zu vergewissern, daß die Unterkunft bewohnbar war, und um sie ein wenig herzurichten. Ein Zimmer hatte man für Viviane reserviert, die sich dort mit Freunden verabredet hatte. Auch Michel hatte einen kurzen Besuch zugesagt. Selbst André wollte für einige Tage nach Ras el Bar kommen, wo die Jesuiten eine Ferienkolonie mit einer Pfahlbautenkapelle aus Stroh hatten . . .

Mehrmals täglich bildeten sich kleine Menschenansammlungen vor dem Hotel Cristal. Königin Nazli ließ per Lautsprecher verkünden, die Menge möge sie in Ruhe lassen, sie wolle ihre Ferien mit ihren Töchtern in Frieden verbringen, so wie jeder andere auch.

»Sie hat recht«, sagte Viviane zu ihrer Freundin mit den kastanienroten Haaren. »Das ist wirklich lächerlich. Gehen wir.«

Als sie sich umdrehte, stand sie genau vor Selim Jared. Dieser war so überrascht, daß es ihm kaum gelang, sie zu begrüßen.

Dabei hatte er sie weiß Gott seit einem Jahr beobachtet! Den ganzen restlichen Sommer des letzten Jahres über war Selim Stammgast im Filmtheater Metropol gewesen. Jedes gelbe Kleid versetzte ihn in Aufruhr . . . Er hatte natürlich die Adresse der Batrakanis herausgefunden. Dreimal war er durch die schattige Straße spaziert, hatte darauf gelauert, daß sich eine Tür öffnete. Ein einziges

Mal hatte er mit klopfendem Herzen gesehen, wie ein Automobil vor dem mächtigen schmiedeeisernen Tor anhielt. Ein großer, schlanker, sehr eleganter Unbekannter hatte dem Chauffeur ein Zeichen gegeben und war sogleich im Haus verschwunden.

»Guten Tag«, sagte Viviane höflich. »Ich glaube, wir haben uns einmal in Kairo getroffen. Bei Groppi, nicht wahr?«

»Ich glaube, es war eher im Metro . . .«

Diese hochtrabende Unterhaltung, die sich nicht wesentlich ausweiten konnte, wurde glücklicherweise von dem rothaarigen jungen Mädchen unterbrochen.

»Los, wir werden zu spät kommen. Wenn dein Freund sich später zu uns gesellen will . . .«

Viviane blieb nichts anderes übrig, als zu Selim zu sagen:

»Wir gehen mit einer Gruppe von Freunden an den Strand. Wenn Sie mitkommen wollen . . . Wir treffen uns um zehn Uhr vor dem Hotel Courteille.«

Er nahm die Einladung stotternd an. Sobald sie gegangen waren, lief er zu der Unterkunft seines Cousins, der ihn über das Wochenende beherbergte, um sich umzukleiden.

*

Eine Dreiviertelstunde später lag die ganze Gruppe im Sand ausgestreckt am Meer. Selim wagte es kaum, Viviane anzusehen, die in einem mandarinfarbenen Badeanzug dalag und mit den Füßen in den seichten Wellen plätscherte.

»Sind Sie gerade aus Kairo gekommen?« fragte ihn ein großer magerer Jüngling mit einem Schnauzbart. »Wie ist die Stimmung jetzt dort?«

Er belustigte sie mit seiner Erzählung, daß die Archive der britischen Botschaft am 1. Juli nicht vollkommen verbrannt waren: Etliche Blätter waren den Flammen entkommen und in die benachbarten Straßen geweht.

»Einige Tage später verkauften die Erdnußhändler an der Place de L'Opéra ihre Nüsse in Papiertüten, die sie aus Briefen des britischen Wirtschaftsberaters gedreht hatten und die die Aufschrift *top secret* trugen.«

Sie erhoben sich lachend, um zu baden. Viviane tauchte als erste ins Wasser. Ihr perfekter Kraulstil zeugte von ihrem dreijährigen Besuch der Badeanstalt des Gesira Sporting Clubs, in dem man Paul Batrakani im Jahr 1939 schließlich aufgenommen hatte. Seine beiden Schwestern waren in der Folgezeit ebenfalls beigetreten.

Viviane hatte sich angewöhnt, frühmorgens, wenn die Badeanstalt noch fast leer war, mit einer Freundin den Sporting Club zu besuchen. Sie fanden den Anblick einiger englischer Offiziere mit nacktem Oberkörper, dem die ägyptische Sonne einen krebsroten Ton verliehen hatte, nicht unangenehm. Nachdem sie einige Bahnen geschwommen waren, streckten sich die jungen Mädchen in den Liegestühlen aus. Zu jener Zeit besuchte auch General Archibald Wavell, der Oberkommandierende der britischen Truppen, die Badeanstalt, um das Tauchen zu lernen. Sein starkes Schielen beunruhigte die wenigen Anwesenden in höchstem Maße. Alle schlossen die Augen, wenn sich Sir Archibald mit einem heftigen Klatschen ins Wasser warf ...

Jetzt lief auch Selim zum Wasser und stürzte sich in die Fluten. Ihn hatte nie ein Lehrer die Schwimmbewegungen gelehrt. Er hatte sich das Kraulen selbst beigebracht, indem er die anderen beobachtete, und zwar eben hier in Ras el Bar ...

Er schwamm zu Viviane hinüber, die sich an einer weißen Rettungsboje festhielt, um wieder Atem zu schöpfen. Er sah, wie das Wasser über das Gesicht des jungen Mädchens rann, wie sich ihre Brust stoßweise hob und dabei jedesmal aus der Gischt auftauchte, und er war verwirrt. Ein Instinkt warnte ihn vor einer Gefahr. Auch in der Liebe, so hatte man ihm immer gesagt, durfte man nicht über seine Verhältnisse leben. Doch Selim spürte in seiner Brust nicht das Herz eines sparsamen, vorsichtigen Angestellten schlagen. Er verspürte keinerlei Lust, diese Boje loszulassen, die sie beide im selben Rhythmus auf dem welligen Meer wiegte. Erst als die anderen Mitglieder der Gruppe zu ihnen herüberkamen, ließ er sich ins Wasser gleiten und schwamm langsam zurück zum Ufer.

Kurze Zeit später lag er im warmen Sand ausgestreckt und beobachtete, wie Viviane Batrakani aus dem Wasser stieg. Sie blieb auf halbem Weg stehen, schöpfte mit beiden Händen Wasser, das sie über sich goß. Dann ging sie weiter, mit jenem unnachahmlichen Hüftschwung einer ermüdeten Schwimmerin.

Sie setzte sich ganz einfach neben ihn, wie jemand, der die Blicke der anderen nicht fürchtet. Selim sagte sich, daß sie sich nur so ungezwungen verhalten konnte, weil sie sicherlich einen von allen anerkannten festen Begleiter hatte, der sich vielleicht sogar in dieser Gruppe befand ...

»Sie kannten Ras el Bar schon?« fragte sie, während ihr Blick über das Meer schweifte.

»Ja, als Kind bin ich jedes Jahr hierhergekommen. Sozusagen zur Erinnerung an meinen Vater, der diesen Ort sehr geliebt hatte ...«

Wassertropfen perlten über Vivianes braune Haut. Mit der Fußspitze schaufelte sie kleine Löcher in den Sand. Selim liebte diesen Fuß.

»Mein Vater ging gerne in Ras el Bar in seiner *gallabeiya* und mit einem Strohhut auf dem Kopf spazieren. Abends nahm er eine ganze Gruppe von Leuten mit ins Hotel Marine, wo er sehr lebhafte Quadrillen dirigierte . . .«

Einige Stunden später, als Selim im Zug nach Kairo saß, durchlebte er noch einmal jeden Augenblick dieses Glückstages. Ausnahmsweise erfüllte ihn der Abschied von Ras el Bar nicht mit Trauer. Er sprudelte über vor Fröhlichkeit.

»Meine Liebe, dein Freund ist ja sehr charmant«, sagte währenddessen das rothaarige junge Mädchen zu Viviane, »aber findest du nicht, daß er ein wenig *baladi* wirkt?«

Das war kein Kompliment. *Baladi* bedeutete Lokalkolorit, gewöhnlich, fast vulgär.

Es stimmte, daß Selim nicht nur viel Arabisch gesprochen hatte, sein Französisch wirkte auch oft, als würde er es aus dem Arabischen übersetzen. Und noch dazu hatte er sie schockiert, indem er betont hatte: »Ich arbeite als Buchhalter bei Matossian.«

Auch andere kleine Anzeichen konnten ihn in den Augen der beiden jungen Damen, die das Pensionat La Mère de Dieu besuchten, gefährlich in die Nähe eines *baladi* rücken. Zum Beispiel seine Art, sich zu schnupfen – er faltete sein Taschentuch nach Gebrauch sorgfältig zusammen –, oder seine schwarz-weißen Schuhe mit dem Besatz, die ganz so aussahen, als habe er sie im Ausverkauf bei Ataba el Khadra gekauft.

Von Paris hat dieser Tölpel jedenfalls keine Ahnung, hatte das rothaarige Mädchen hinzugefügt. Paris, die Stadt, von der sie beide träumten und die Viviane anläßlich der Weltausstellung im Jahr 1937 mit ihren Eltern besucht hatte.

Selim hatte seine Lage noch verschlimmert, da er sich in Ras el Bar hingegen bestens auszukennen schien. Man spürte deutlich, daß es sich bei ihm nicht um jemanden handelte, der wegen des Krieges hier Exil gesucht hatte, sondern um einen Dauergast, der über Kindheitserinnerungen verfügte, die er nicht einmal zu verbergen suchte.

»Ja, er wirkt ein wenig *baladi*«, gab Viviane leicht beschämt zurück und fragte sich, was sie nur dazu getrieben hatte, sich einfach neben diesen unkomplizierten jungen Mann mit dem kräftigen Körper und der ansteckend guten Laune zu setzen.

Ganz so, als wolle sie sich entschuldigen, fügte sie im gleichen Ton hinzu: »Aber, weißt du, ich kenne ihn kaum, ich habe ihn nur einmal getroffen, bei Groppi oder im Metro, ich weiß nicht mehr . . .«

# 5

19. September 1942

*Ein kleines Fest, um den einmillionsten Tarbusch Batrakani zu feiern. Papa, der damit überhaupt nicht gerechnet hatte, war sehr gerührt.*

*Jeder hatte sich ein originelles Geschenk überlegt, das einen Bezug zu diesem Ereignis hatte. André hatte (. . . Gott weiß, wie!) den Tarbusch eines kleinen koptisch-katholischen Seminaristen aus dem Jahr 1880 aufgetrieben, dessen Name in den Innenrand gestickt war. Tante Maguy hatte bei dem Goldschmied Eliakim einen goldenen Tarbusch anfertigen lassen; er war so groß wie ein Fingerhut und trug die Initialen GB.*

*Außerdem gab es unter anderen noch folgende Geschenke: eine Enzyklopädie der Kopfbedeckungen im Wandel der Jahrhunderte (Paul), eine alte Kupferform, die zur Herstellung des Tarbusch gedient hatte (Lola), eine französische Übersetzung der Schmährede des Atatürk gegen den Fez (Onkel Henri) und ein Kanotier (Alex) . . .*

*Ich selbst hatte Papa die einzig existente Photographie geschenkt, die Sultan Husein mit dem Tarbusch schräg nach rechts statt nach links gerückt zeigte. Aber ich fürchte, daß er den Wert dieses Dokuments nicht vollkommen erfaßt hat.*

*Mama hatte Osta Ali beauftragt, Kokosnußkuchen in Form von Tarbuschen zu backen, die mit einer Quaste aus schwarzem Zucker geschmückt waren. Schon seit dem Vortag beunruhigte sie sich: »Das war eine dumme Idee . . . Georges wird das*

*sicherlich lächerlich finden.« Als habe er ihre Ängste erraten,*
*hat Papa sie unter allgemeinem Applaus lange geküßt.*


*20. Oktober 1942*

*Wundervoll!!! Rommels Afrikakorps ist bei El Alamein*
*geschlagen worden.*
*Ich habe zu Victor gesagt, daß ich mich um den Champagner*
*kümmern würde. Wir werden ihn morgen mit Lidy im Kran-*
*kenhaus trinken.*


In seinem Enthusiasmus hatte Michel diese Seite mit einer
Blumengirlande verziert. Es ist die einzige Zeichnung, die
in all den elf Heften vorkommt!
Mein Pate schrieb auch einen Dankesbrief an Montgomery, den er noch am selben Abend in der britischen Botschaft abgab. El Alamein blieb in seinen Augen das Symbol für ein Zurückdrängen des Barbarentums.
Drei Jahre später, im Dezember 1945, als sich Michel
schon nicht mehr an diesen Brief erinnerte, bekam er eine
handgeschriebene Antwort, die die Unterschrift »Montgomery of Alamein« trug. Es drängt sich die Vermutung
auf, daß Rommels Gegner seine Post mit einiger Verspätung erhielt. Und daß er von den enthusiastischen Sätzen
jenes in Kairo lebenden Syrers besonders gerührt war,
obgleich dieser doch der Sprache La Fontaines wesentlich
mächtiger war als der Shakespeares . . .

## 6

An jenem Abend wollte Alex Batrakani sowohl sein neues
Morris-Cabriolet, das man ihm gerade erst geliefert hatte,
als auch ein maltesisches Callgirl ausführen, das er am
Vorabend im Perroquet kennengelernt hatte. Da er den
Wagen testen und das Mädchen beeindrucken wollte,
raste mein Onkel in halsbrecherischem Tempo über die
verlassene Straße von Almaza.
Der Schein einer Lichthupe im Rückspiegel erregte seine
Aufmerksamkeit. Er bremste und ließ den Sportwagen
mit den beiden Insassen überholen. Als sich die beiden
Automobile auf gleicher Höhe befanden, drückte der
andere Fahrer auf das Gaspedal. Alex ließ sich auf das
Spiel ein und gab nun ebenfalls Gas.
Die Malteserin rutschte tiefer in ihren Sitz und schloß die
Augen, halb vor Angst, halb von dem Vergnügen, den
lauen Wüstenwind zu spüren, beherrscht. Mein Onkel
bremste abrupt, als er sah, daß der andere Wagen am
Straßenrand angehalten hatte. Der Fahrer saß noch immer
am Steuer, doch sein Gefährte war ausgestiegen und
machte ihm Zeichen, anzuhalten. Alex setzte zurück, hielt
ebenfalls und stieg aus dem Morris aus.
»Sind Sie Ägypter?« fragte der Mann. Und ohne eine Antwort abzuwarten: »Seine Majestät möchte mit Ihnen sprechen.«
Alex ging verblüfft auf den Sportwagen zu. Faruk saß am
Steuer. Er lächelte.

»Wie viele Zylinder?« fragte er auf französisch und deutete dabei auf den Morris.

»Sechs, Majestät . . .«, stotterte Alex.

»Gibt es eine Bremshilfe?«

Jedermann wußte um die Leidenschaft des Königs für schnelle Automobile. Alex, der sich in diesem Bereich gut auskannte, entspannte sich ein wenig.

»Ja, es gibt eine Bremshilfe, aber sie ist ein wenig hart. Das ist nicht gerade die starke Seite dieses Wagens, die Straßenlage hingegen ist ausgezeichnet.«

»Ich werde den Abend in der Auberge des Pyramides verbringen, wenn Sie sich mir anschließen möchten?«

Alex lief zurück zu seinem Morris, während der andere Wagen mit quietschenden Reifen anfuhr.

»Wer war denn dieser Schwätzer?« fragte die Malteserin.

»Der König.«

Sie brach in schallendes Gelächter aus.

»Ach so, und der daneben, das war sicher der Papst, nicht wahr?«

Alex antwortete nicht. Er umklammerte das Lenkrad mit beiden Händen und ließ die Rücklichter des anderen Wagens nicht aus den Augen, der jetzt in schneidigem Tempo durch das halb schlafende Heliopolis fuhr.

Der König besaß mehrere Dutzend Automobile, unter anderem auch einen Mercedes, den Hitler ihm im Jahr 1938 anläßlich seiner Hochzeit mit Farida geschenkt hatte. Es kursierten alle möglichen Geschichten über diese roten Flitzer, die, sobald es Nacht wurde, durch die breiten Straßen von Kairo und Umgebung sausten, oft sogar über die Pyramiden hinaus, auf die große neue Straße, die durch die Wüste nach Alexandria führte. Eines Nachts war ein von Faruk gesteuerter Wagen auf den Mittelstreifen geraten. Gleich am nächsten Morgen war eine Armee von Arbeitern damit beschäftigt gewesen, dieses unliebsame Hindernis zu beseitigen . . .

Kaum zehn Minuten nachdem sie Heliopolis verlassen hatten, bogen die beiden Sportwagen mit hundert Stundenkilometern in die Avenue Malika-Nazli ein. Auf der Höhe des Bahnhofs erkannte man auf der linken Seite einen großen grauen Fleck, das Jesuitenkolleg. Alex dachte an jenes verhaßte Gebäude, dessen er zweimal verwiesen worden war, und an seinen Bruder André, der um diese Zeit friedlich darin schlummerte . . . Er sah sich im Geist schon beim nächsten sonntäglichen Familienessen sein Abenteuer erzählen.

Die Umrisse der Pyramiden zeichneten sich bereits in der Ferne ab, als der Beifahrer des Königs den Arm ausstreckte und ihm ein Zeichen gab, anzuhalten. Alex bremste abrupt, was ihm eine Beschimpfung der Malteserin einbrachte.

Faruk verließ seinen Wagen und stieg in einen Cadillac um, der ihnen seit einer Weile in einiger Entfernung gefolgt sein mußte. Er winkte Alex freundschaftlich zu, was diesen mit Stolz erfüllte. Die Malteserin schwieg und machte große Augen.

Als sie die Auberge erreichten, lief der Besitzer dieses berühmten Etablissements, Albert Bey Sussa, ein Syrer, eilfertig vor ihnen her. Ebenso wie in einem halben Dutzend anderen Nachtclubs in Kairo, war auch hier ständig ein Tisch für den König reserviert. Auf der Stelle wurden Fruchtsäfte und Teller mit *mezzes* aufgetragen.

Man hatte Faruk ein Schälchen mit kleinen bunten Papierkugeln gebracht. Er amüsierte sich jetzt damit, diese auf die Tänzer zu werfen. Jedesmal, wenn er einen traf, brach der König in ein breites Gelächter aus, das sofort in seiner gesamten Umgebung Heiterkeit erregte.

316

An diesem Abend lernte Alex zwei von Faruks engsten Gefährten kennen: den Italiener Antonio Pulli, ehemaliger Palastelektriker und jetzt Chef des Privatkabinetts, und den Syrer Karim Tabet, Sohn des Begründers der Tageszeitung AL MOKATTAM, der als die graue Eminenz des Herrschers galt.

Alex zog die Malteserin auf die Tanzfläche. Man spielte einen Tango. Sie tanzte hervorragend, und ihr Verehrer hatte das Gefühl, noch nie zuvor ein so erotisches Wesen in den Armen gehalten zu haben. Dieser Abend stand offensichtlich unter einem glücklichen Stern!

In den frühen Morgenstunden nahm ein Mitarbeiter des Königs meinen Onkel beiseite.

»Dürfte ich Sie bitten, Ihre Freundin nicht nach Hause zu begleiten? Seine Majestät hat sie in den Palast eingeladen, und sie fühlt sich sehr geehrt . . .«

Alex nickte und fügte sich. Was hätte er auch sonst tun können? Zehn Minuten später saß er in seinem grünen Morris, dessen Verdeck jetzt geschlossen war, und fuhr langsam in Richtung Garden City. Er fragte sich, wie er diese letzte Episode seiner Familie und seinen Freunden erzählen sollte . . .

## 7

Georges Batrakani konnte es kaum fassen.

»Sie sind hier!« rief er, als Edouard Dhellemmes ihn vom Shepheard's aus anrief. »Das ist unglaublich; jedesmal, wenn es Krieg gibt, schaffen Sie es, nach Ägypten zu kommen . . .«

»Ich habe tatsächlich meine guten Beziehungen genutzt«, gab der Franzose lachend zurück.

»Um so besser. Um so besser! Wir möchten Sie möglichst schnell sehen. Wie lange bleiben Sie?«

»Ich fahre nicht mehr zurück.«

»Wie? Sie fahren nicht mehr zurück?«

»Ich bin gekommen, um in Kairo zu bleiben, Georges.«

Meinem Großvater verschlug es vor Staunen die Sprache. Natürlich wußte er, daß viele Europäer nach Kriegsausbruch ihr Vermögen nach Ägypten transferiert hatten. Er wußte auch, daß Edouard Dhellemmes seit seiner Scheidung nichts mehr in Lille zurückhielt und daß Ägypten für ihn wie ein Magnet war. Aber dennoch, sich mitten im Krieg hier niederzulassen . . .

»Können wir uns heute abend sehen?« fragte der Franzose fröhlich.

»Natürlich! Wir erwarten Sie zum Abendessen. Ich werde Sie im Shepheard's abholen, wenn ich vom Palast zurückkomme. Heute ist der Tag der Unterschriften.«

Etwa alle drei Monate hielt sich Georges Bey einen Nachmittag frei. Nach der Mittagsruhe wählte er einen seiner schönsten Anzüge und setzte einen neuen Tarbusch auf.

»Wir fahren zur Unterschrift!« sagte er zu seinem Chauffeur.

Im Palast Abdin wurde er von einem Haushofmeister empfangen, der jeden Besucher, seinem Rang entsprechend, zu diesem oder jenem höheren Protokollbeamten brachte. Georges wurde zunächst ins Büro der Kämmerer geführt, wo man ihm Sirup oder Kaffee servierte. Dann führte ihn einer der Kämmerer in den Unterschriftensaal, wo auf Tischen aus edlem Holz große, in rotes Leder gebundene aufgeschlagene Bücher lagen. Er schrieb seinen Namen so deutlich wie möglich, denn er wußte, daß die Beamten nach jedem Empfang die Aufgabe hatten, die Namen aller Besucher zu erfassen. Vielleicht überflog sogar der König selbst die Liste . . .

Dann durchschritt mein Großvater in Begleitung eines anderen Protokollbeamten lange Gänge. Er wurde in die Gemächer der Königin geführt, wo sich das gleiche Ritual wiederholte. Seit Faruks Eheschließung mußte man auch noch eine dritte Etappe bewältigen, denn auch die Königinmutter, die sich nicht zurückziehen wollte, unterhielt eine Liste . . .

Diese Unterschriftsaudienzen, die anläßlich eines Feiertags oder eines besonderen Anlasses abgehalten wurden, waren Treffpunkte der Hautevolee. *Soffraguis* gingen mit Tabletts voller Naschwerk und Getränken zwischen den Gästen auf und ab. Die wichtigsten politischen Führer, umgeben von ihren Anhängern, waren anwesend. Erzfeinde wechselten ausnahmsweise einige Worte miteinander. Man schloß für die Dauer der Unterschriftsaudienz eine Art Waffenstillstand.

Georges nutzte diese Gelegenheit, um seine Beziehungen auszubauen und bisweilen zwischen zwei Petit fours ein Geschäft abzuschließen. So waren ihm einige besonders erfolgreiche Unterschriftsaudienzen im Gedächtnis geblieben. Zum Beispiel der Ramadan 1937, der ihm die Konzession einer Schweizer Pharmafirma eingebracht hatte. Oder aber bei Faruks und Faridas Hochzeit im Januar des folgenden Jahres, wo es ihm gelungen war, eine Lieferung von viertausend Tarbuschen zu verkaufen . . .

Da Edmond Touta wußte, daß sein Schwager regelmäßig den Palast besuchte, hatte er ihn mit einer wichtigen Mission betraut: Er sollte Nachforschungen über die Antwort des Königs auf seine zahlreichen Briefe hinsichtlich der Bevölkerungsexplosion anstellen. Denn Faruk beantwortete diese Briefe ebensowenig wie sein Vater Fuad.

»Hast du den König gesehen?« fragte Edmond jedesmal bei dem darauffolgenden sonntäglichen Mittagessen.

»Ich habe ihn gesehen«, gab Georges ernsthaft zurück. »Die Akte ist auf dem richtigen Weg.«

Und Edmonds Gesicht strahlte vor Freude.

\*

»Nun, haben Sie Ihr geliebtes Shepheard's in gutem Zustand vorgefunden?« fragte mein Großvater Edouard Dhellemmes, als sie sich abends trafen.

»Puuuh! Da wimmelt es von englischen Offizieren. Man kann kaum noch einen Fuß in die Bar setzen!«

»Beklagen Sie sich nicht, man hat immerhin denen, die keinen höheren Grad haben und richtige Spitzbuben sind, den Zutritt zu den Bars der großen Hotels verboten. Kennen Sie eine ihrer Lieblingsbeschäftigungen? Sie nennt sich *Tarbusch-Game*.«

»Sie machen Werbung . . .«

»Und was für eine Werbung. Dieses idiotische Spiel besteht darin, sich den Passanten im Automobil oder im

Taxi zu nähern, und ihnen mit einer Handbewegung den Tarbusch vom Kopf zu fegen. Derjenige, der die meisten geschafft hat, hat gewonnen. Ich muß wohl nicht erst betonen, daß ich eine schriftliche Beschwerde bei der Polizei eingereicht habe.«

»Ich verstehe das nicht«, sagte Edouard nachdenklich, »warum verhalten sich die Engländer, die in ihrem eigenen Land so höflich sind, in Ägypten so ungehobelt? . . . Aber apropos Tarbusch, ich möchte Ihnen etwas sagen, Georges: Ich würde Ihnen gerne meinen Anteil an der Fabrik verkaufen.«

»Mir Ihren Anteil verkaufen? Sie sind verrückt! Das Geschäft läuft ausgezeichnet. Kein ausländischer Tarbusch wird mehr nach Ägypten importiert. Wir kontrollieren einen großen Teil des Marktes, und die Verkaufszahlen, die im letzten Jahr schon über einhundertsechzig Millionen Stück lagen, werden weiter ansteigen. Begehen Sie keine Dummheit! Wie mein Bruder Ferdinand zu sagen pflegte, man gibt ein Pferd, das im Begriff ist, zu gewinnen, nicht auf. Denken sie darüber nach.«

»Ich habe gründlich nachgedacht, Georges. Ich möchte ein Geschäft für ägyptische Antiquitäten eröffnen. Sie kennen meine Leidenschaft für diese Dinge . . .«

»Ich kenne sie, aber ich verstehe sie nicht.«

»Wenn Sie möchten, werde ich Ihnen behilflich sein, einen Käufer zu finden.«

»Der ist leider schon gefunden, Edouard. Mein idiotischer Schwager Henri Touta, dieser hergelaufene Graf, weiß nicht, was er mit seinem Geld anfangen soll. Er hat mich schon hundertmal gefragt, ob er nicht in das Geschäft einsteigen kann. Jetzt werde ich es ihm nicht mehr verwehren können. Aber ich wiederhole: Sie begehen eine Dummheit.«

## 8

Nachdem Ras el Bar im Jahr 1942 der Treffpunkt der Sommergäste gewesen war, eilte im Sommer 1943 ganz Kairo wieder nach Alexandria. Die Deutschen waren bei El Alamein geschlagen worden, und es gab jetzt in der »zweiten Hauptstadt« nichts mehr zu befürchten.

»Der Krieg ist zu Ende«, entschied Georges Batrakani.

Ob er nun zu Ende war oder nicht, auf alle Fälle war er für ihn von Nutzen gewesen. Die riesigen Vorratslager, die er vor Ausbruch der Feindseligkeiten angelegt hatte – vor allem mehrere Tausende von Reifen, die er nun langsam an die Engländer oder an Händler verkaufte –, brachten ihm ein Vermögen ein. Im Gegensatz zu vielen jüngeren Kairoer Kaufleuten, kamen Georges seine Erfahrungen des Krieges 1914-18 zugute. Er verstand es, Nutzen aus einem Weltkrieg zu ziehen und sogar, sich darauf vorzubereiten. Gleich nach dem Münchner Abkommen war er systematisch vorgegangen. Er kaufte alles, was er fand, und lagerte es sorgsam in zwei großen Hallen, die eigens zu diesem Zweck errichtet worden waren; eine befand sich im Shubra-Viertel, gleich hinter der Tarbusch-Fabrik, die andere auf seinem Besitz in Damanhur.

Allein der Verkauf eines Postens von Sanitärmaterial hatte es ihm ermöglicht, für neuntausend Pfund eine schöne Villa am Meer in Sidi Bishr zu kaufen. Man kam überein, daß Yolande mit Viviane und den Dienstboten den größten Teil des Sommers dort verbringen sollte. Die übrigen

Familienmitglieder würden entsprechend ihren arbeitsmäßigen Belastungen zeitweilig anreisen.

Selim Jared wollte vierzehn Tage bei einem Cousin in Alexandria verbringen. Viviane, die er an einem Nachmittag im Mai auf der Terrasse des Groppi getroffen hatte, hatte ihn eingeladen, und ihre Worte waren nicht auf taube Ohren gestoßen.

»Wenn Sie in Alexandria sind, dann besuchen Sie uns doch. Meine Familie hat ein Sommerhaus in Sidi Bishr. Ich werde mich mit Freunden dort aufhalten.«

»An welchem Strand von Sidi Bishr?« fragte Selim unschuldig.

»Nummer zwei«, antwortete sie mit einer solchen Selbstverständlichkeit, als wäre das der einzige Strand an der ganzen Küste.

\*

In Sidi Bishr traf Selim dieselbe Gruppe an wie in Ras el Bar, unter anderem auch das Mädchen mit den roten Haaren. Doch er hatte nur Augen für Viviane Batrakani, die mit einer erstaunlichen Selbstverständlichkeit die Rolle der Hausherrin übernahm.

Vom Sommerhaus der Batrakanis aus sah man in dreißig Metern Entfernung den spitzen, kahlen Schädel des Ratspräsidenten Nahas Pascha glänzen. Er lag mit einem pistaziengrünen Burnus in seinem Liegestuhl und sah auf das Meer. Oder war es das Meer, das fasziniert den meistgeliebten und meistgehaßten Mann des Landes beobachtete?

Man spürte, daß um ihn herum, hinter den Kulissen, ein aufgeregtes Treiben herrschte. Nahas residierte hier mit seinem Hof – dem zweiten von Ägypten. Von Zeit zu Zeit

323

näherte sich ein Freund, ein Angehöriger oder ein Höfling dem Liegestuhl und flüsterte dem großen Mann etwas zu oder zeigte ihm einen Zeitungsartikel. Als einzige Antwort machte der Führer der Wafd-Partei eine abwinkende Handbewegung.

Selim konnte den Blick nicht von diesen wertvollen Händen wenden, auf die sich seit fünfzehn Jahren die armen Leute stürzten, um sie begierig zu küssen. Verdankte Nahas seine Beliebtheit seinem Talent als Volkstribun? Seinen früheren Kämpfen, während derer er mit anderen Führern des Wafd auf dem Bahnhof schlief, da man ihm verboten hatte, eine Rundreise durch das Land zu unternehmen? Oder war er einfach nur beliebt, weil sich Millionen von Menschen ohne Komplexe mit diesem dickbäuchigen, derben Mann, der so stark schielte, identifizieren konnten?

König Fuad hatte ihn gehaßt. Während seiner neunzehnjährigen Herrschaft hatte er alles getan, um zu verhindern, daß der Wafd an die Macht kam. Aber dieser unbeliebte Herrscher konnte Nahas nicht die Herzen der Massen stehlen. Als jedoch Faruk auf den Thron kam, war er sehr beunruhigt gewesen. Der neue Herrscher war ein gefährlicher Konkurrent. Wenn der junge König durch das Land reiste, folgte ihm der Führer des Wafd auf der Stelle, er wählte dieselbe Route, um denselben Beifall einzuheimsen ...

Gegen halb eins hielt ein schwarzer Packard vor dem Sommerhaus der Batrakanis, aus dem Grammophonmusik drang. Der Chauffeur und ein *soffragi* stiegen mit dampfenden Töpfen beladen aus.

»Schnell, zu Tisch«, rief Viviane, »die *kobeiba* wartet nicht.«

Das Mittagessen wurde von männlichen Stimmen beherrscht. Selim stellte verwundert fest, daß die Gruppe der syrischen Ägypter in Anhänger de Gaulles und Pétains gespalten war. Beide Gruppen lieferten sich heftige Wortgefechte.

»Und Sie?« fragte ihn seine Nachbarin. »Sie sagen ja gar nichts ...«

Er konnte nicht umhin zu antworten: »Ich interessiere mich vor allem für Ägypten.«

Seine Bemerkung zog ein eisiges Schweigen nach sich. Um die Stimmung aufzulockern, legte Viviane die Platte *Marinella* von Tino Rossi auf das Grammophon, und alle sangen mit. Dann schlug sie einen Ausflug zum Tanztee im Monseigneur vor.

Zehn Minuten, nachdem sie in diesem Modecafé angekommen waren, wurde Viviane von einem großen, mageren jungen Mann namens Raoul auf die Tanzfläche gezogen. Dieser ergriff seine Tänzerin, zog sie an sich und blickte selbstsicher und mit anerkanntem Besitzerstolz über ihre Schulter. Es war kein Zweifel möglich.

Selims Knie zitterten, und er setzte sich. Er trank einen ersten Whisky, um sich wieder Mut zu machen. Dann einen zweiten, um den ersten herunterzuspülen. Er verbrachte den Rest des Abends auf seinem Stuhl, halb betäubt und unfähig zu reagieren. Jetzt war alles klar: Viviane Batrakani würde ihm nie gehören.

Während der ganzen folgenden Woche zwang sich Selim zur Fröhlichkeit und ließ sich von dem Strudel der Ereignisse mitreißen. Diese Kinder der Reichen verstanden es, ihre Tage mit ständig wechselnden Aktivitäten auszufüllen. Zwischen zwei Strandbesuchen folgte er ihnen ins Anthineos und ins Grand Trianon, wo Tanzgruppen auftraten. Er stopfte sich in ihrer Gesellschaft bei Délices mit Süßigkeiten und bei Xenophon mit Fischen voll. Wenngleich er sich Sorgen um seinen Geldbeutel machte, verschlang er die neuesten amerikanischen Filme im Strand und im Alhambra, besuchte das Theater Mohammed Ali, wo der Sohn von Taha Hussein mit einheimischen Schauspielern ein Stück von Molière aufführte. Er langweilte sich sogar in den Amitiés Françaises bei einem Vortrag über die Impressionisten und verbrachte einen Abend auf einer prachtvollen Jacht beim Segeln.

Mit dem Packard und zwei Cabriolets fuhr die Gruppe pausenlos am Meer umher, von Montazah nach Mex und manchmal sogar bis Agami. Jeden Tag ging man kurz am Hotel Metropol vorbei, wo die neuesten Nachrichten von der russischen Front, die man per Telex empfing, bekanntgegeben wurden. Auf einer großen Wandkarte wurden mit kleinen Fähnchen die wechselnden Positionen der beiden Lager angezeigt – immer wieder Anlaß für die Anhänger de Gaulles und Pétains, in Streit zu geraten. Selim benannte sie für sich nach den Anhängern der beiden großen Fußballmannschaften in Kairo, die *ahlaui* und die *zamalkaui* . . .

Am Vorabend seiner Abreise mieteten sie ein Boot, um eine Spazierfahrt in der Nähe des Hafens zu unternehmen. Es war eine warme Nacht, die vom zunehmenden Mond erhellt wurde. Das Plätschern der Wellen wurde von Zeit zu Zeit von Gelächter oder von der Marseillaise übertönt, die die Gruppe im Chor anstimmte.

Raoul, der mit einer *richa* fischen wollte, stand allein am Heck des Boots. Selim hatte es so eingerichtet, daß er neben Viviane saß, und spürte jetzt aufgeregt den Druck ihrer Hüfte an der seinen.

»Bei diesem Lärm wird Ihr Verlobter sicherlich nichts fangen«, sagte er.

»Wer hat Ihnen denn gesagt, daß er mein Verlobter ist?« gab sie zurück.

Plötzlich wurde Selim von einer unermeßlichen Hoffnung erfüllt. Dieses »Wer hat Ihnen denn gesagt?« kam einem Dementi gleich. Vielleicht war dieser Raoul . . . Aber langsam trat ihm die Wahrheit wieder klar vor Augen. »Wer hat Ihnen denn gesagt . . .« Wie haben Sie es erraten. Viviane hatte im übrigen ihren Platz verlassen, um zu dem Idioten hinüberzugehen, der am Heck des Boots stand und seine *richa* ins Wasser hielt . . .

*

In dieser Nacht wälzte sich Selim in seinen rauhen Bettüchern von einer Seite auf die andere und weinte vor Wut. Er stieß die schlimmsten Verwünschungen gegen die Batrakanis, die Raouls und alle anderen ihrer Sorte aus, gegen die Anhänger de Gaulles und Pétains, gegen die *ahlaui* und die *zamalkaui*. Sie würden alle noch etwas erleben. Er würde eines Tages nach Sidi Bishr Nummer zwei zurückkehren. Reich und mächtig. Er würde das Sommerhaus von Nahas Pascha kaufen. Und er würde von Kurtisanen umringt sein . . .

## 9

Georges und Makram aßen zusammen bei Groppi zu
Abend. Man hatte ihnen wie immer einen Tisch in einer
Ecke gegeben, weit entfernt von den Lichtern und dem
Lärm.

»Also, glaubst du, daß Nahas lange an der Spitze der
Regierung bleiben wird?« fragte mein Großvater. »Es
scheint so, als wäre der König diesmal entschlossen, ihn
hinauszuwerfen . . .«

Georges Bey bereitete es ein diebisches Vergnügen, das
Messer in der Wunde zu drehen. Er wußte ganz genau,
daß Makram seit Monaten zwischen dem Ratspräsidenten und einem anderen Führer des Wafd hin- und hergerissen war, der ernsthafte Vorwürfe gegen ersteren erhoben hatte.

»Nahas wird sich das nicht gefallen lassen«, gab der Kopte zurück. »Außerdem kennt niemand die genauen
Absichten des Königs. Faruk scheint über die örtlichen
politischen Spiele hinaus noch andere Pläne zu hegen.
Läßt er sich seinen Bart nicht vielleicht wachsen, weil er
das Kalifenamt anstrebt?«

»Ein Kalif! Das hätte uns gerade noch gefehlt!«

»Im Augenblick läßt sich der König jedenfalls im englischen Militärkrankenhaus umhegen, welch eine Schan-
de!«

Faruk hatte einen Autounfall gehabt und lag in einem
Krankenhaus außerhalb der Hauptstadt. Jeden Tag brach-

te man ihm das Essen aus dem Palast, und zahlreiche Besucher kamen, um ihm ihre Aufwartung zu machen. Es sah ganz so aus, als wolle er noch eine gute Weile dort bleiben.

»Inzwischen hat ja dein Nahas freie Bahn«, bemerkte Georges Bey.

»Er ist nicht *mein* Nahas. Außerdem weißt du ganz genau, daß es die Engländer sind, die die Entscheidungen treffen.«

»Übrigens, Engländer, gestern nachmittag in Garden City habe ich Russell Pascha auf seinem weißen Pferd gesehen. Welch eine Persönlichkeit! Der Tarbusch steht ihm ausgezeichnet, das muß man zugeben. Und das Pferd mit seinen Hufen, die glänzen wie Ballschuhe . . . Solange die Polizei den Engländern untersteht, werde ich in Ruhe schlafen können.«

»Aber es wird ein böses Erwachen geben, Georges.«

»Ah ja? Ist denn das Erwachen schon geplant?«

»Darüber werden wir uns wieder unterhalten, wenn der Krieg zu Ende ist.«

»Genau das hast du mir auch im Krieg vierzehn bis achtzehn gesagt, Makram Effendi!«

»Na und? Ich habe mich auch nicht geirrt: Neunzehnhundertneunzehn hatten wir Saad Zaghlul . . .«

»Ja, und heute, vierundzwanzig Jahre später, patrouilliert Russell noch immer auf seinem weißen Pferd durch die Gegend, und du trägst noch immer Schwarz.«

\*

*Lidy ist heute morgen um zehn Uhr ohne zu klagen von uns gegangen. Victor hat am Telefon geschluchzt, und wir haben beide nach Worten gesucht, um uns gegenseitig zu trösten. »Sie muß jetzt nicht mehr leiden . . .«*

*Am Tag nach dem Sieg von El Alamein, als wir mit dem Champagner in ihr Krankenzimmer kamen, schien ihr Gesicht trotz der Magerkeit zu strahlen. »Dabei hatte mir eine Krankenschwester gesagt, daß im Shepheard's schon eine Suite für Rommel reserviert wäre. Und ich habe mich schon darauf gefaßt gemacht, einen gelben Stern tragen zu müssen, ganz so wie unsere Brüder in Frankreich. Und nun kommen Sie mit Champagner . . . Sie hätten mir auch mein Klavier mitbringen sollen. Wissen Sie, daß ich seit zwei Jahren kein Klavier mehr angerührt habe, Michel?«*

*Lidy, meine kleine Schwester. An einem Abend in Heliopolis habe ich Sie mit einer beschämenden Leichtigkeit gebeten, mich zu heiraten. Sie haben weise abgelehnt, denn Sie wußten, daß Sie krank waren, und Sie wußten auch, daß ich nicht für die Ehe geschaffen bin und daß wir zwei verschiedenen Welten angehörten. »Ich möchte, daß wir Freunde bleiben, Michel«, haben Sie zu mir gesagt.*

*Lidy, meine anmutige kleine Schwester, die sich in diese Welt voller Gewalt verirrt hatte. Meine kleine empfindsame Schwester, die der Wind jetzt davongetragen hat.*

## 10

Selim Jared, der ein schlechter Tänzer war, war ohne besonderen Enthusiasmus zu diesem Neujahrsfest gekommen, das sein Freund René Abdel Messih gab. Gegen zehn Uhr abends versuchte er gerade mühsam, mit einer begeisterten Charleston-Tänzerin Schritt zu halten, als Viviane Batrakani mit einigen Freunden den Raum betrat.

Ihm stockte der Atem. Dabei hatte er geglaubt, sie aus seinem Leben gestrichen zu haben ... Ihr unerwartetes Auftauchen ließ all seine guten Vorsätze, seine Maximen ins Wanken geraten. Er fühlte sich sechs Monate zurückversetzt, nach Alexandria auf ein Boot im Mondschein ...

Er quälte sich bis zum Ende des Charleston durch und befreite sich von der fanatischen Tänzerin, die vor ihm herumwirbelte, um Viviane zu begrüßen.

»Guten Abend, ich wußte nicht, daß Sie kommen würden ...«

»Ja, ich war eigentlich woanders eingeladen, aber René hat darauf bestanden.«

»Sind Sie allein? Ist Raoul nicht bei Ihnen?«

Ihr Blick bekam etwas Schelmisches.

»Nein, ich bin nicht mehr mit Raoul zusammen.«

Selim geriet sofort in Begeisterung.

»Wollen Sie tanzen?«

Zu seinem Glück war es ein Slow. Er umfaßte ihre Taille und spürte ihr Gesicht nahe dem seinen, sog den Duft ihres Haars ein, ihr Parfüm, und ließ sich, trunken von Gefühlen, von der Musik tragen. Sie lächelte. Selim, der jetzt seine Selbstsicherheit wiedergefunden hatte, fragte sie, womit sie sich im Augenblick beschäftige.

»Ich fahre morgen nach Minia.«

»Nach Minia! Was für eine Idee!«

»Ich nehme an einer Mission zur Gesundheitsvorsorge für das Oeuvre des Ecoles de Haute-Égypte teil. Kennen Sie diese Institution des Paters Ayrut?«

Er gab seine Unkenntnis zu, doch es hatte ganz den Anschein, als brenne er darauf, mehr darüber zu erfahren.

»Setzen wir uns«, sagte Viviane, »ich sterbe vor Durst.«

Er eilte zum Buffet, um kalte Getränke zu holen.

Henri Ayrut gehörte, wie André Batrakani, dem Jesuitenorden an. Er war der Sohn von Habib Ayrut, dem bevorzugten Unternehmer des Barons Empain, und er war es auch gewesen, der seinerzeit Selims Vater in Heliopolis eingeführt hatte. Der junge Jesuit hatte soeben seine Doktorarbeit *Fellahs d' Égypte* beendet, die schon als Referenz galt. In diesem aufschlußreichen Werk lernten die Angehörigen der christlichen Oberschicht von Kairo eine Welt kennen, die ihnen vollkommen unbekannt war. Die Begegnung mit dem Autor war eine weitere Überraschung: Hinter Soutane, Bart und runder Brille glühte ein wahrer Vulkan.

»Im Dezember vierzig«, erklärte Viviane, »hat Pater Ayrut eine Gruppe junger Frauen und Mädchen in das Haus seiner Eltern nach Heliopolis eingeladen. Auf das heftige Drängen meines Bruders hin, der ebenfalls Jesuit ist, bin ich widerwillig hingegangen. Er hatte mir gesagt: ›Du wirst sehen, er ist ein hervorragender Typ‹!«

»Und wenn ich Sie recht verstehe, sind Sie nicht enttäuscht worden . . .«

»Die jungen Frauen, die an jenem Tag in Heliopolis versammelt waren, gehörten sämtlichen großen Glaubensgemeinschaften an: griechisch-katholisch, maronitisch, lateinisch, koptisch . . . Es gab sogar Anhänger des orthodoxen Glaubens. ›In Ägypten gibt es nur ein Christentum‹, hat uns gleich zu Anfang Pater Ayrut gesagt. ›Bei unserer Arbeit will ich nichts von konfessionellen Zugehörigkeiten hören. Wer unnötig versucht, seine Glaubensrichtung aufzuwerten, bezahlt fünf Piaster Strafe.‹«

»Das muß teuer gekommen sein!«

»Wir haben angefangen zu lachen, und er hatte unsere Herzen erobert . . . Aber wenn Pater Ayrut sagt, daß es nur ein Christentum gibt, denkt er auch an den Unterschied zwischen Stadt und Land. Diese Mission ist den Kindern Oberägyptens gewidmet. Wegen des Krieges bekommen die Schulen, die bisher kostenlos waren, keine Unterstützung aus Europa mehr. Wir müssen also hier das nötige Geld aufbringen. Mit den anderen Mitgliedern zusammen sammle ich am Ausgang von Kirchen, in den Clubs, Banken und Büros . . .«

»*Ya salam*!«

»Die erste Sammlung hat eintausend Pfund eingebracht. Für die nächste haben wir uns das Doppelte vorgenommen. Auch Sie kommen noch dran: Ich werde Sie auf meine Liste setzen.«

»Einverstanden, ich werde Ihnen ein Bakschisch geben«, sagte Selim mit einem breiten Lächeln.

Er fragte sich, ob er nicht schleunigst eine Kerze in der Kirche Radwaneja anzünden sollte: einmal für die Kinder in Oberägypten, aber vor allem für bescheidene Angestellte wie ihn, die eine Lohnerhöhung verdient hätten, um sie unterstützen zu können . . .

*

Viviane war nur zu dieser Silvesterfeier gekommen, weil auf der Gästeliste auch Selim Jareds Name stand. Seit dem Sommer hatte sie unaufhörlich und mit gemischten Gefühlen an ihn gedacht. An diesem Jungen war etwas, das sie abstieß – wahrscheinlich sein *baladi*-Verhalten –, aber zugleich fand sie ihn unglaublich charmant. Kein Mann hatte sie je so verwirrt – außer vielleicht jener Hassan, in seinem verschwitzten Hemd, den sie 1936 getroffen hatte, als er seinen Onkel Rachid in der Batrakani-Villa besuchen wollte . . .

Durch seine Bemerkungen und allein schon durch seine Anwesenheit hatte Selim Jared die Koketterien und die Selbstgefälligkeit der Gruppe von Alexandria gegenstandslos gemacht. Das kam Viviane nur vage zu Bewußtsein, da sie selbst seit ihrer Jugend in diesem Milieu lebte. Aber sie erstickte fast jedesmal vor Lachen, wenn Selim die Anhänger de Gaulles und Pétains als *ahlaui* und *zamalkaui* titulierte . . .

Raoul, der einen leicht versteckten Gaullismus kundtat, gefiel dieser Scherz in keinster Weise. Er tat, als wäre dieser Bauernbursche Luft für ihn, und stürzte sich in glänzende Ausführungen über die sozialen Folgen der Volksfront oder die Überlegenheit der Alliierten in der Marine, falls er nicht auf der Tanzfläche glänzen, einen perfekten Kopfsprung in San Stefano zeigen oder die Beifahrer in seinem Juvaquatre-Cabriolet beeindrucken konnte.

Etwa jede Woche einmal bat Raoul Viviane, seine Frau zu werden. Sie hatte weder ja noch nein gesagt. Entsprach er nicht, als Sproß einer wohlhabenden Familie, ehemaliger Jesuitenschüler und in Lyon diplomierter Ingenieur, genau dem Modell-Schwiegersohn, den sich die Batrakanis wünschten? Wenn sie ihn heiratete, würde Viviane eine ebenso gute Partie machen wie ihre Schwester Lola, die gerade den Neffen eines Kairoer Goldschmieds geehelicht hatte.

Am Vorabend von Selims Abreise hatte sie es auf dem Boot so eingerichtet, daß sie neben ihm saß. Man hörte nichts als das Plätschern der Wellen. Viviane hätte sich gerne an diese starke Schulter geschmiegt. Dann hatte irgendein Idiot die Marseillaise angestimmt, und alle hatten mitgesungen. Der Charme des Augenblicks war verflogen.

Sie war mit der festen Absicht zu Raoul gegangen, der im Heck des Boots fischte, ihm zu sagen, daß sie ihn letztendlich, nach reiflicher Überlegung, doch nicht heiraten wollte. Aber Raoul hatte nur von seiner *richa* geredet, die entweder zu kurz oder zu lang war, und davon, daß er keinen Fisch fangen konnte. Sie mußte auf seinen nächsten Heiratsantrag warten, der einige Tage später kam, um diese halbherzige Beziehung abzubrechen.

»Nein, ich bin nicht mehr mit Raoul zusammen . . .«

Selim hatte über das ganze Gesicht gestrahlt. Und bei dem Slow, der dann folgte, hatte Viviane das Gefühl gehabt, umfaßt und mitgezogen zu werden, wie noch nie zuvor in ihrem Leben.

Wenn sie jedoch versuchte, sich Selim bei einem der sonntäglichen Mittagessen vorzustellen, geriet sie in Panik. Wie die anderen ihn ansehen würden . . ., vor allem ihr Bruder Paul, der so viel Wert auf gute Manieren und die französische Grammatik legte.

*

Am übernächsten Tag läutete Selim Punkt acht Uhr bei den Batrakanis. Viviane öffnete ihm selbst die Tür. Sie hatte sein Angebot, sie mit einem Taxi abzuholen und zum Bahnhof zu begleiten, angenommen. Ein großer Koffer stand in der Halle. Er ergriff ihn energisch.

»*Ya sater*! Ihr Koffer wiegt ja mindestens zwanzig Kilo. Den können Sie beim Aussteigen doch gar nicht aus dem Zug heben. Haben Sie Vorräte für die Leute dort eingepackt?«

Viviane errötete leicht. Da sie nicht genau wußte, wie sich das Leben dort unten abspielen würde, hatte sie verschiedene Kleider, Pullover für jede Wetterlage, ein Dutzend Blusen und fünf Paar Schuhe eingepackt . . . Ganz zu schweigen von dem Material, das jede »Verantwortliche« mitbringen sollte: ein Nähkästchen, eine Apotheke, Bücher, Hefte, eine Trinkflasche, ein Besteck, eine Trillerpfeife, eine Mundharmonika . . .

Diese Mission nach Minia, die von Mademoiselle de Montvallon, einer diplomierten Krankenschwester, geleitet wurde, sollte einen Monat dauern. Ihre Basis würde das alte Jesuitenkloster sein, doch arbeiten sollten sie in den umliegenden Dörfern.

»Man hat uns sehr geraten, die Fellachen nicht zu schockieren und bei Ihnen kein Gefühl der Begehrlichkeit auszulösen«, erklärte Viviane, während das Taxi losfuhr. »Pater Ayrut hat den ›Verantwortlichen‹ zehn Ratschläge mit auf den Weg gegeben: sich nicht schminken, die Beine nicht übereinanderschlagen, weder Hosen noch ärmellose Korsagen tragen, nicht lachen . . .«

»Na, da werden Sie sich ja bestens amüsieren!«

»Nicht rauchen, sich nicht streiten, sich vor ihnen nicht in einer Fremdsprache unterhalten . . .«

»*Ya allah!*«

Auf dem Bahnsteig von Bab el Hadid stieß eine Lokomotive unter ohrenbetäubendem Getöse weiße Dampfwol-

ken aus. Um einen Mönch mit schwarzem Bart hatte sich
eine kleine Gruppe versammelt. Selim zog sich lieber
zurück, denn er wollte die »Verantwortliche« nicht in
Verlegenheit bringen. Sie dankte ihm mit einem Lächeln
dafür.

## 11

Zwei Monate später gab René Abdel Messih erneut ein
Fest. Man hatte die Möbelstücke an die Wände geschoben
und die Teppiche aufgerollt. Die tanzenden Paare tobten
sich im Rhythmus einer ohrenbetäubenden Musik aus.
Selim saß in einer Ecke und betrachtete sie mit um so
mehr Eifersucht, als Viviane Batrakani in den Armen
eines jungen französischen Offiziers tanzte. Ah, diese
Franzosen! Seit Kriegsausbruch verdrehten sie allen Syrerinnen in Kairo den Kopf . . .
Mit finsterem Blick verließ Selim das Zimmer, um auf der
Terrasse eine Zigarette zu rauchen. Ihn quälte die Erinnerung an seinen Vater. Um um Mimas Hand anzuhalten,
hatte er nicht länger als drei Sekunden benötigt. Selim
rechnete nach, er umwarb nun schon seit fast drei Jahren
Viviane Batrakani, ohne es zu wagen, sich ihr zu offenbaren. Die Furcht, sie könne ihm eine Abfuhr erteilen, lähm-
te ihn. Was hatte er, ein kleiner Buchhalter bei Matossian,
einer Batrakani-Tochter schon zu bieten? Mima war zu
jener Zeit vielleicht hinreißend gewesen, und jeder hatte
sich nach ihr umgedreht, aber immerhin war sie nur ein
Waisenkind gewesen, das nichts besaß.
Er machte sich Vorwürfe, weil er solche Gedanken hatte.
Seine Mutter hatte ihn völlig durcheinandergebracht, als
sie ihm eines Tages die Szene geschildert hatte.
»Als dein Vater zu mir gesagt hat: ›Und wenn wir
am sechsten September heiraten würden? Das ist ein Sonn-

tag . . .«, habe ich offenbar gelächelt. Man hätte seinen Antrag für einen Scherz halten können. Aber ich habe ihn ganz und gar nicht so aufgefaßt . . .«

Selim spürte, daß jemand hinter ihm stand. Er hatte nicht einmal Zeit sich umzuwenden.

»Woran denken Sie?« fragte Viviane leise.

Er antwortete, ohne weiter nachzudenken: »Ich dachte an meinen Vater, der um die Hand meiner Mutter angehalten hat, als er sie erst wenige Augenblicke kannte.«

»Und warum hätte er länger warten sollen?«

Selim zuckte zusammen und wandte sich zu ihr um. Ohne weiter zu überlegen, ergriff er ihre beiden Hände. Viviane senkte die Augen. Sie schien mit den Tränen zu kämpfen.

Eine Stunde später, als sie in einer Ecke der Terrasse saßen und sich, unbeeindruckt vom Kommen und Gehen der anderen Gäste, tief in die Augen sahen, murmelte Viviane: »Während meiner Reise nach Minia ist mir eine eigenartige Geschichte passiert . . .«

In dem Dorf wurden die »Verantwortlichen« wie Gottheiten empfangen. Man hielt sie für große Ärzte, obgleich sie kaum in der Lage waren, eine Kompresse aufzulegen, Borwasser herzustellen, blaues Kollyrium von braunem zu unterscheiden . . . Eines Tages, als Viviane sich in einer Krankenstation befand, kam ein Fellache herein und legte ihr ohne weitere Erklärungen ein Bündel in die Arme. Es war ein Baby, das grauenvoll bleich war. Die Nonne, die neben ihr stand, flüsterte ihr auf französisch zu: »Es wird sterben. Machen Sie schnell! Finden Sie einen Vornamen und taufen Sie es unbemerkt.«

Viviane hatte ohne nachzudenken die Hand auf die Stirn des Kindes gelegt, sich an ihren Katechismusunterricht im Pensionat erinnert und zwischen den Zähnen gemurmelt: »Selim, ich taufe dich im Namen des Vaters, des Sohnes und des Heiligen Geistes.«

Der Säugling starb wenige Augenblicke später in ihren Armen. Der Vater nickte, ohne sonderliche Rührung zu zeigen. Es war sein achtes Kind, und sicherlich würden weitere folgen . . .

An diesem Abend, als sie am Lagerfeuer saß, war Viviane nachdenklich gewesen und hatte sich ein wenig abseits gehalten. Sie verbrachte eine unruhige Nacht.

»Ich war verwirrt. Zunächst, weil ich den Säugling getauft hatte, obgleich es vielleicht gar nicht unbedingt notwendig war. Und dann, weil ich ihm ohne zu überlegen diesen Vornamen gegeben hatte. Und dann . . .«

Tränen standen in ihren Augen, doch sie fing an zu lachen.

»Und dann, weil ich mich fragte, ob diese Taufe gültig war: Ist denn Selim eigentlich wirklich der Name eines Heiligen?«

## 12

Mima Jared war nervös, als sie das Haus der Batrakanis betrat. Sie fürchtete den Kontakt mit diesen reichen Familien, von denen Khalil früher so oft erzählt und dabei geschworen hatte, er werde es ihnen schon zeigen. Leider hatte der Arme dazu keine Zeit mehr gehabt . . . Außerdem fühlte sie sich in der Rolle der Schwiegermutter nicht besonders wohl, daran änderte auch der Federhut nichts, den ihr die Nachbarin unter Beteuerungen, wie wunderbar er zu ihrem havannafarbenen Kostüm mit den weißen Aufschlägen passe, beinahe aufgedrängt hatte.

Die einzige, die sie von der Familie Batrakani kannte, war Viviane, die ihr Selim drei Wochen zuvor vorgestellt hatte, und Yolandes Stimme vom Telefon, als sie sie zu diesem Verlobungsempfang eingeladen hatte.

Viviane hatte sich ein wenig gezwungen verhalten. Sicherlich hatte sie nicht damit gerechnet, eine so einfach möblierte Wohnung mit verblaßten Tapeten an den Wänden vorzufinden. Selim war es nicht gelungen, die Stimmung zu entspannen. Er war schnell wieder aufgebrochen, in Begleitung dieses eleganten jungen Mädchens, das zu einer anderen Welt als er selbst zu gehören schien.

»Du hättest wenigstens auf Roger warten können«, klagte Mima am nächsten Tag.

Roger mit seinem Doktortitel war ihr ganzer Stolz, ihr Aushängeschild. Für ihn wäre kein Mädchen zu gut. Mima verstand es, in jedes Gespräch »mein Sohn, der

Doktor« einzuflechten, ob es nun um gefüllte Weinblätter oder um das Aufnehmen von Laufmaschen ging.

Fatheija war ganz das Echo ihrer Herrin und sprach ebenfalls bei jeder Gelegenheit von dem Doktor. Dieser blinde Eifer trieb denjenigen, um den es ging, schier zur Verzweiflung. Vor allem, wenn das Dienstmädchen aus Leibeskräften aus dem geöffneten Küchenfenster zum Laden des Büglers, der zwei Häuser weiter war, hinüber schrie: »*Ya* Maurice! Der *Doktor* wartet auf sein Hemd. Er hat es eilig, und er hat kein anderes ...«

Mima kam in Rogers Begleitung bei den Batrakanis an. Dieses schöne Haus mit den Bäumen, dem schweren schmiedeeisernen Tor und dem weißbehandschuhten *soffragi* in Livree bestätigte ihre Hoffnungen und zugleich ihre Ängste: Selim machte eine gute Partie, aber war sein Ziel nicht zu hoch gesteckt? Und was sollte sie diesen Menschen sagen, die doch nur mit Herablassung auf sie sehen würden?

Als Mima den Salon betrat, herrschte für einige Augenblicke Schweigen.

»Wer ist denn diese Schönheit?« murmelte Alex Batrakani.

Selim, der hinter ihm stand, traten die Tränen in die Augen. Ja, seine Mutter war mit ihren sechsundvierzig Jahren wirklich schön! Das wurde ihm ganz plötzlich bewußt, und er bedauerte es fast, daß man die Unterhaltung im Salon wieder aufnahm.

Georges Batrakani war es durch ein kleines Kompliment, dem es jedoch nicht an Aufrichtigkeit mangelte, von der ersten Minute an gelungen, Mimas Ängste zu zerstreuen.

»Sehen Sie, meine Verehrteste, Viviane wäre im Alter von fünf Jahren beinahe an einer Meningitis gestorben. Sie wurde nur knapp gerettet. An jenem Tag habe ich mir geschworen, sie glücklich zu machen und sie gut zu verheiraten. Und wie Sie sehen, habe ich meinen Schwur gehalten!«

Im letzten Sommer hatte sich Georges Bey Sorgen gemacht, weil seine Tochter noch immer unverheiratet war.

»Wenn du zu lange wartest, *ya benti*...«

Viviane hatte nur mit den Schultern gezuckt. Und um ihn zu ärgern, hatte sie gesagt: »Weißt du, was Pater Ayrut uns bei den Versammlungen des ›Œuvre‹ gesagt hat? ›Sucht das Reich Gottes, dann wird der schöne Prinz darüber hinaus Euer sein.‹«

»Dieser Ayrut ist verrückt«, hatte Georges Bey sich aufgeregt, »mit solchem Unsinn macht man aus jungen Mädchen endgültig Blaustrümpfe.«

Georges Batrakani war kein Mann, der seine Tochter mit dem erstbesten verheiraten würde. Viviane fürchtete sich ein wenig vor der »Aufnahmeprüfung«, die Selim würde durchlaufen müssen. Sie hatte ihm gegenüber schon ein oder zweimal Bemerkungen dieser Art gewagt: »Liebling, man sagt nicht ›Ich werde Kinoplätze kaufen‹.«

Er hatte den Rat lächelnd angenommen. Viviane sagte sich, daß Georges Batrakani vor seiner Hochzeit gegenüber der Familie Touta, die er noch heute als »Snobs und Latinisten« bezeichnete, vor ähnlichen Problemen gestanden haben mußte.

Als sie eines Nachmittags auf der Terrasse des Groppi Selim ihrem Vater vorstellte, war sie fest entschlossen, um seine Zustimmung zu kämpfen. Aber zu ihrer großen Überraschung war Georges Bey zuckersüß und stellte Selim keinerlei Fragen bezüglich seiner finanziellen oder beruflichen Situation. Er schien sich für nichts anderes als für seine Meinung über die Qualität der Cremeschnitten im Groppi zu interessieren.

Als Georges Viviane am selben Abend zu Hause traf, lächelte er ihr nur verschwörerisch zu und sagte: »Ich weiß nicht, ob das Pater Ayrut zu verdanken ist, aber er scheint mir wirklich ein schöner Prinz zu sein.«

Sie war ihm um den Hals gefallen, um ihn zu küssen. Natürlich wußte sie nicht, daß Georges bei Matossian und selbst bei den »Très Chers Frères de Daher« Auskünfte über Selim eingeholt hatte.

Am Telefon hatte Yolande Batrakani Mima gegenüber betont, daß es sich nur um einen einfachen, intimen, familiären Empfang handele. In der Tat . . . Es waren nicht mehr als sechzig Personen.

»Kommen Sie«, sagte Yolande und faßte ihren Gast beim Arm, »ich möchte Ihnen Vivianes Paten vorstellen.«

Mima ließ sich zunächst durch das graue Haar täuschen. Erst als Edouard Dhellemmes sich umdrehte und ihr lange die Hand küßte, um so die eigene Verwirrung zu verbergen, erkannte sie ihn.

»Ich wußte nicht . . ..«, sagte sie und unterbrach sich dann. Yolande, die nichts verstanden hatte, fuhr fort: »Aber ja, Edouard ist Franzose. Er ist einer unserer besten Freunde. Er war neunzehnhundertzweiundzwanzig, als Viviane geboren wurde, vorübergehend in Kairo . . . Entschuldigen Sie mich, man ruft mich . . .«

»Sie haben sich nicht verändert«, sagte Edouard zu Mima, als sie alleine waren.

Sie antwortete mit einem flüchtigen Lächeln und einem Schulterzucken. Seit ihrem Treffen auf der Terrasse der Ayruts in Heliopolis, das nun schon zehn Jahre zurücklag, hatte sie ihn nie wiedersehen wollen. »Wußten Sie, daß ich mich seit schon fast zwei Jahren in Ägypten niedergelassen habe? Ich habe ein Antiquitätengeschäft am Ende der Rue Soliman Pascha eröffnet. Mögen Sie alte Sachen?«

Mima lächelte.

»Ich habe kaum die Mittel, mir neue Sachen zu kaufen, also sind die alten . . .«

»Machen Sie mir doch die Freude, mich in meinem Geschäft zu besuchen. Ich werde Ihnen all meine Schätze zeigen, um Ihnen eine Freude zu machen. Ich bin jeden Nachmittag da . . . Darf ich mit Ihrem Besuch rechnen?«

Er hatte so charmant gefragt, daß Mima versprach, ihn am folgenden Mittwoch zu besuchen.

Im hinteren Teil des ersten Salons entstand eine gewisse Unruhe. Pater André Batrakani war soeben angekommen, und mehrere Gäste drängten sich um ihn herum, um ihn zu begrüßen. Nachdem er einige Hände geschüttelt hatte, ging der Jesuit auf Viviane zu, küßte sie, legte dann seinen Arm väterlich um ihre Schulter und flüsterte ihr zu: »Ich wünsche dir einen anspruchsvollen Ehemann!«

Edouard Dhellemmes schlug Mima vor, ihr den Pater, der wenige Wochen später das Brautpaar trauen sollte, vorzustellen.

»Sie werden sehen, er ist ein sehr wertvoller Mensch. Ich habe ihn gekannt, als er noch ein Kind war. Aber ich muß zugeben, daß er mich dennoch heute mit seiner Soutane, seinem Bart und seinem durchdringenden Blick ein wenig beeindruckt . . .«

Viviane und Selim würden natürlich in Sainte-Marie-de-la-Paix heiraten. Diese Kirche, die soeben erst in Garden City geweiht worden war, war schon jetzt der sonntägliche Treffpunkt der guten griechisch-orthodoxen Gesellschaft. Man verdankte sie Mary Kahil, einer reichen, unverheirateten Erbin, mit einem syrischen Vater und einer deutschen Mutter, die von einem glühenden Glauben beseelt gewesen war, der zutiefst unter dem Einfluß ihres Zusammentreffens mit dem Islamisten Louis Massignon stand.

»Massignon hat sich zum griechisch-orthodoxen Priester weihen lassen«, erklärte Viviane Selim. »Er hat Mary in eine abenteuerliche mystische Erfahrung verstrickt, die niemand richtig verstanden hat. Was ich weiß, ist auf alle Fälle, daß die Kirche den Anglikanern gehört hat und das Mary von ihr träumte. Um sie zu bekommen, hat sie versucht, den Himmel auf ihre Seite zu bringen. Eines Tages hat sie sogar heimlich ein Medaillon der Heiligen Therese in den Garten vor der Kirche geworfen . . .«

»Und die Heilige Therese hat die Nachricht natürlich empfangen . . .«

»Mary konnte die Kirche im Dezember 1941 für zehntausend Pfund kaufen. Mehrere Geldgeber, unter anderen auch Papa, haben die Einrichtungskosten übernommen. Und weil Krieg war, hat man ihr den Namen Sainte-Marie-de-la-Paix gegeben.«

Slawa, Vivianes moslemische Freundin, unterhielt sich im zweiten Salon mit Roger Jared, den man ihr gerade vorgestellt hatte.

»Finden Sie nicht auch, daß die Exzision eine skandalöse Verstümmelung ist, Doktor?«

»Sie ist um so skandalöser, als sie mit unsterilen Rasierklingen durchgeführt wird, Mademoiselle.«

»Die Ärzteschaft sollte etwas dagegen unternehmen. Es müßte ein Gesetz erlassen werden.«

»Sie glauben doch nicht, daß ein Gesetz die Mentalität auf dem Land verändern könnte . . .«

Als glühende Anhängerin von Hoda Chaaraui war Slawa eine militante und aktive Feministin. Sie hatte sich ihren Eltern widersetzt, die sie im Alter von achtzehn Jahren verheiraten wollten, und erreicht, daß sie das Studium der Rechte aufnehmen durfte.

»Ich werde nicht heiraten, ehe ich nicht mein Diplom habe«, hatte sie zu Viviane gesagt und ihr vorgeworfen, daß sie sich mit dem Abitur zufriedengegeben hatte.

Lolas Ankunft wurde im ersten Salon mit Beifall aufgenommen. Obgleich sie im vierten Monat schwanger war, trug sie ein hautenges, leuchtendrotes Kleid, das ihren Vampkörper und die Sinnlichkeit ihrer Züge unterstrich. Hinter ihr blickte Roland, ihr schlanker, eleganter Ehemann mit seinem Hollywood-Lächeln in die Runde. Jeder erinnerte sich an das Photo, das drei Jahre zuvor, anläßlich ihrer Hochzeitsreise, in der Zeitschrift *Images* veröffentlicht worden war. Es zeigte sie in einem Bugatti-Cabriolet vor dem Mena House. Diese beiden Kinder aus reichem Hause vermittelten den Eindruck, als würden sie allen Segen – und alle Ungerechtigkeit – dieser Welt verkörpern ...

»Ach, Sie sind Buchhalter?« sagte ein eigenartiger Mann mit einem malvenfarbenen Seidenschal zu Selim. »Dann müssen Sie auch wissen, wie viele Einwohner genau es in Ägypten gibt.«

Nein, das wußte er nicht, er hatte sich, ehrlich gesagt, nie die Frage gestellt.

»Sie verbergen mir etwas?« flüsterte der Mann mit dem Seidenschal.

Selim warf einen beunruhigten Blick auf Viviane, die die beiden aus den Augenwinkeln beobachtete. Sie hatte vergessen, ihn von der Obsession ihres Onkels mütterlicherseits in Kenntnis zu setzen.

»Fünfzehn Millionen Einwohner vielleicht«, riet er aufs Geratewohl.

»Sie scherzen!« rief Edmond Touta aus.

Viviane mußte einen Lachanfall unterdrücken. Als Selim das sah, entspannte er sich und versicherte in entschiedenem Ton: »Fünfzehn Millionen und siebenhundertfünfzigtausend nach unseren letzten Berechnungen.«

Sein Gegenüber war schweißgebadet. Er wischte sich die Stirn mit seinem Seidenschal ab.

»Unmöglich, junger Mann. Es waren schon Anfang des Jahres mehr als siebzehn Millionen! Das ist doch erschreckend, nicht wahr?«

# ACHTER TEIL

# Das Antiquitätengeschäft

ACHTZEHN

Das Antiquitätengeschäft

# 1

*30. September 1945*

*Nun bin ich also Pate! Wie hätte ich Vivianes Anliegen ableh-
nen können?*

*Mein Neffe sollte Rafik heißen. Doch Papa war in der Entbin-
dungsklinik allen zuvorgekommen und hatte darauf bestanden,
daß man ihm den Vornamen Charles gab.*

*Selim war damit gar nicht zufrieden. Ich verstehe ihn. Ihm steht
noch einiges bevor, dem Ärmsten, mit einem Schwiegervater
wie Georges Batrakani!*

*Abgesehen von Papas Vorgehen, weiß ich nicht, was ich von die-
ser neuen Mode, allen Kindern arabische Namen zu geben, halten soll. Wie früher die Rizkallahs, die Habibs, die Khalils ... Es
stimmt, daß man dem aktuellen nationalistischen Drang mit
Vorsicht begegnen muß. »Kriege gebären Revolutionen«, hat
Makram neulich gesagt. Doch dieser schwarzgekleidete Mann
hält gar zu oft seine Wünsche für die Realität. Aber daß Papa,
aus purem Widerspruchsgeist, Rafik in Charles umgewandelt
hat ...*

*Dem Schwesterchen scheint diese Namensänderung nicht viel
auszumachen. Um so mehr als Professor Martin-Bérand anscheinend der Meinung war, daß es eine goldrichtige Entscheidung war. Ach, diese Franzosen!*

*Früher haben unsere Mütter zu Hause entbunden. Es war Om
Jussef und später seine Nichte, Madame Rathl, die uns auf dieser
Welt begrüßt haben. Doch auch die Jesuiten oder die frommen
Brüder waren zur Stelle, um uns in Empfang zu nehmen ...*

*

Natürlich hätte Michel beinahe meine Taufe verpaßt. Er
hatte nicht bedacht, daß meine Eltern in Heliopolis wohnten, und war zur Kirche Sainte-Marie-de-la-Paix gefahren . . . Sein Taxi kam mit fünfunddreißig Minuten Verspätung vor der Kirche von Korba an.

»Diesmal kannst du nicht behaupten, daß es die Schuld
von Mademoiselle Guyomard war!« sagte André, der sich
schon anschickte, die Taufe mit einem Ersatzpaten zu
vollziehen.

René Abdel Messih, wie immer zu Späßen aufgelegt, hatte
zu meinem Vater gesagt: »Nachdem dein Sohn schon seinen Vornamen geändert hat, wird er nun auch den Paten
wechseln. Aber das macht nichts, *ya sidi*, solange er nur
das Geschlecht beibehält . . .«

Auf den Photos sieht man André in seinem liturgischen
Meßgewand. Selim, der ein wenig weiter hinten steht,
trägt ein weißes Jackett und eine weiße Krawatte. Viviane
hat noch nicht ganz ihre Jungmädchentaille wiedergefunden, aber ihr glücklicher, erfüllter Gesichtsausdruck ist
wundervoll. Michel, der ein wenig verkrampft wirkt,
scheint mit meinem Taufkleid aus Spitze zu kämpfen. Es
war das erste Mal in seinem Leben, daß er ein Baby in den
Armen hielt.

»Das wird eure Hochzeitsreise«, hatte Georges Bey gesagt. Anfänglich war Selim nicht gerade begeistert von dem Vorschlag seines Schwiegervaters, mit der ganzen Familie Batrakani nach Europa aufzubrechen ... Doch Vivianes begeisterte Ausrufe und das bewundernde Pfeifen seiner eigenen Brüder ließen ihn schnell seine Meinung ändern.

In Wahrheit hatte Georges Batrakani niemanden gefragt, ehe er die Tickets gekauft hatte. Konnte man den ersten Linienflug der Air France zwischen Kairo und Paris im Sommer 1946 denn verpassen? Es war wie mit den Automobilen: Um ein neues Modell zu bestellen, wartete man auch nicht darauf, daß die ganze Stadt es schon ausprobiert hatte ...

Meine Großmutter verging vor Angst bei der Vorstellung, über den Wolken zu fliegen, doch Georges hatte ihre Einwände mit einem Schulterzucken abgetan. Paul und die Schweizerin würden dabeisein und auch Michel. Lola, die nicht aus Kairo weg konnte, hatte meinen Eltern vorgeschlagen, mich mit dem Kindermädchen bei sich aufzunehmen. Ich war gerade erst zehn Monate alt.

Am Flughafen von Almaza beobachtete Selim, wie Georges, ehe er durch den Zoll ging, mit beiden Händen seinen Tarbusch abnahm und ihn seinem Chauffeur übergab. Der reichte ihm statt dessen einen eleganten Strohhut. Georges Bey ruckte den Kanotier mit einer Selbstverständlichkeit auf seinem Kopf zurecht, die meinen Vater erstaunte. Die Mode änderte sich.

Der Flug dauerte, den Zwischenstop in Tunis mitgerechnet, dreizehn Stunden. Als sich die Propeller der dickbäuchigen DC-4 in Marsch setzten, bekreuzigte sich Yolande dreimal.

Selim, der sich nicht wesentlich sicherer fühlte, betete zur Jungfrau Maria, während er so tat, als würde er aus dem Fenster sehen. Er verstand nicht, wie Viviane so unbekümmert sein konnte: Sie beugte sich zu der Schweizerin hinüber, von der sie durch den Mittelgang getrennt war, um ihr ihre Entdeckung der Stadt Paris im Jahr 1937 zu beschreiben.

»Die Eltern hatten Lola und mich mit zur Weltausstellung genommen. Mitten auf dem samtigen Mittelmeer hat man uns mitgeteilt, daß unser Ozeandampfer, der mit der ägyptischen Flagge geschmückt war, die Jacht des Königs, die *Fakhr el Behar*, kreuzen würde. Alle Passagiere versammelten sich auf der Brücke. Wir haben gewartet, bis beide Schiffe auf gleicher Höhe ware, dann haben wir im Chor angestimmt: ›*Yaich biladi wa yahial malek*‹, was soviel bedeutet wie ›Es lebe mein Land, es lebe der König‹. Faruk hat uns zugewinkt. Er war achtzehn Jahre alt. Er war schön . . .«

»Du hast deinen Gurt nicht richtig zugemacht«, sagte Selim mit gepreßter Stimme.

Im Hotel Scribe, einem der wenigen anständigen Hotels von Paris, das nicht von den Alliierten bewohnt wurde, waren vier Zimmer für sie reserviert. Der Chef begrüßte die Batrakanis mit einer Verbeugung und zeigte ihnen persönlich den Speisesaal.

»Ab morgen«, flüsterte er meinen Großvater zu, »können wir auch auf den Zimmern servieren. Das ist zwar ein we-

nig teurer, unterliegt aber nicht der strengen Rationie-
rung.«

In jenem Europa, das sich gerade mühsam vom Krieg erholte, war das ägyptische Pfund Gold wert. Das hatte
Selim an dem verblüfften Gesicht des kleinen Pagen gesehen, als er ihm den Gegenwert von etwa zwei Piastern in
die Hand gedrückt hatte. Schon als sie ihre Pässe an der
Rezeption gezeigt hatten, hatte die Aufschrift »Königreich
Ägypten« der Gruppe respektvolles Lächeln eingebracht.

Im Zimmer meiner Eltern herrschte ein etwas strenger Ge-
ruch, der an eine schlechtgelüftete Bibliothek erinnerte.
Das sollte für Selim für immer der Geruch von Paris,
Frankreich und Europa bleiben.

Während Viviane im Badezimmer den zischenden Wasserhahn aufdrehte, zog mein Vater den geblümten Kre-
tonne-Vorhang, zur Seite. Ein solches Häusermeer, wie es
hier die Straßen säumte, hätte er sich im Traum nicht vorgestellt! Alles war geordnet, wie mit einem Lineal gezeichnet. Trotz der Kriegswunden und der Lebensmittelmar-
ken strahlte diese Stadt ungeheuren Reichtum aus, der
sich seit Jahrhunderten angesammelt hatte . . . Man hatte
geglaubt, Frankreich dank der Bücher, der Filme und des
Unterrichts der lieben Brüder der christlichen Schulen zu
kennen. Und nun ließ einen dieses Land beim ersten Anblick vor Staunen erstarren!

»Was ist Frankreich?« hatte ihn früher Roger streng von
der Toilette aus befragt.

»Frankreich ist unser Vaterland, es ist das Land unserer
Verräter . . .«

»Unserer Väter, *ya fellah*!«

Selim preßte seine Nase gegen die Scheibe, wie früher das
Kind, das die Milane in Faggala beobachtete. Nun lag also
das angebliche Vaterland der Väter vor ihm, die Passan-

ten, die mit kurzen, eiligen Schritten, den Blick starr nach vorn gerichtet, dahineilten ...

Die Tür zum Badezimmer öffnete sich. Viviane erschien, lächelnd, in einem rosafarbenem Kostüm, fertig zum Abendessen. Selim empfand den gleichen Schock wie am ersten Tag. Er ging auf sie zu und nahm sie in die Arme. Während sich ihre Lippen näherten, sagte sich Selim, daß er in Paris war, daß er nicht träumte, und daß die Frau, die sich an ihn schmiegte, Viviane Batrakani war ...

*

Das Personal des Scribe überschüttete Georges Bey und seine Familie mit Aufmerksamkeiten. Die Taxifahrer, die vor dem Hotel standen, stritten sich darum, sie kreuz und quer durch die Stadt zu fahren.

»Wir können uns nur beglückwünschen, daß wir Ägypter sind«, sagte Michel, als sie im Café de la Paix eine Pause einlegten.

Der Kellner kam, um die Bestellungen aufzunehmen.

»Ich nehme eine Gepreßte mit Stroh«, sagte mein Vater.

Paul kam der Frage des Kellners zuvor und erklärte mit belegter Stimme: »Der Herr wünscht eine gepreßte Zitrone mit einem Strohhalm.«

Unter anderen Umständen hätte Selim schallend gelacht. Doch jetzt ärgerte ihn der Ton seines Schwagers. In Paul Batrakanis Augen wirkte er wie ein Fellache, der Paris entdeckte.

Und tatsächlich betrachtete Selim seit zwei Tagen alles mit großen Augen. Selbst die im Louvre ausgestellten Kunstwerke aus der Pharaonenzeit hatten ihn beeindruckt, denn er war noch nie in Oberägypten gewesen und noch nicht einmal im Museum von Kairo. Außer den Pyrami-

den und der Sphinx kannte er nichts aus dieser Zeit,
während die Schweizerin ohne Mühe die Hieroglyphen
erläuterte und sich in den Dynastien zurechtfand . . .

*

Nach einer Woche verließen sie Paris, um nach Sankt Moritz zu fahren, wo Georges Bey Zimmer bestellt hatte.
Mein Großvater wollte die Bergluft genießen und die Eltern der Schweizerin besuchen, die nur wenige Kilometer
von dort entfernt ein Landhaus besaßen.
Diese Postkartenlandschaft hatte etwas Irreales. Hinter jeder Biegung der Straße, die sich in Haarnadelkurven zum
Hotel hinaufwand, entdeckte Selim erneut zu grüne Wiesen und zu fette Kühe . . . Er hatte das Gefühl, am Ende der
Welt zu sein.
»Ah, Sie sind also auch Ägypter«, rief der Portier mit einem breiten Lächeln.
Hamdi Pascha, der Senator von Alexandria, genoß hier
ebenfalls mit seiner Familie die Sommerfrische. Während
des Abendessens ließ mein Großvater ihm seine Karte
bringen und erhob sich, um ihn zu begrüßen. Von da an
wurden bei jedem Essen *salamat* und Lächeln aus der Ferne getauscht. Zwei Teile Ägyptens trafen hier aufeinan-
der, beide waren sich fremd, doch keineswegs feind.
Selim ging dieses Spielchen ein wenig auf die Nerven. In
Sankt Moritz ging ihm ehrlich gesagt alles auf die Nerven. Außer dem täglichen Nachmittagskaffee im Dorf
und den Spaziergängen auf den Bergpfaden, bei denen
man sich die Stadtschuhe ruinierte, verliefen die Tage
tödlich langweilig. Er umgarnte Viviane, die jedoch wenig Interesse an seinen leisen Vorschlägen zu verliebten
Mittagsschläfchen zeigte; standen sie doch all zu sehr in

dem Verdacht, nur dazu zu dienen, die Zeit totzuschlagen.

»Und wenn wir vor den anderen zurück nach Paris fahren würden?« schlug sie eines Nachmittags geradeheraus vor, während mein Vater verstimmt in einem Sessel lag und LA TRIBUNE DE GENÈVE überflog.

»Und deine Eltern . . .?«

»Darum kümmere ich mich schon.«

Er eilte sofort zur Rezeption, um sich nach dem nächsten Zug nach Paris zu erkundigen.

Das war ihre wirkliche Hochzeitsreise.

*

Als der Rest der Familie zehn Tage später im Hotel Scribe ankam, war Selim in Hochform und kannte Paris bereits in- und auswendig. Sie waren unermüdlich über die Quais gebummelt, hatten Montmartre in allen Richtungen durchkämmt, Hunderte von Kilometern in der Metro zurückgelegt. Sie hatten ein Theaterstück nach dem anderen besucht, sich bei *Blum*! *Blum*! *Tra-la-la* vor Lachen gebogen, sich ein Rezital von André Claveau angehört und selbst der letzten Runde des Wettbewerbs um die schönste Badenixe des Sommers 1946 in der Badeanstalt Molitor beigewohnt.

Das Ende ihres Parisaufenthalts verbrachten sie mit Einkaufen. Die Frauen verließen die großen Modekaufhäuser nur, um sich einen Hut bei einer bekannten Modistin in der Rue Royal auszusuchen. Georges Bey kaufte wertvolle Teppiche, während Michel seine Wahl an alten Büchern in den Auslagen der Bouquinisten traf. Mein Vater verbrachte die meiste Zeit damit, ein Geschenk für Mima auszusuchen. Er ging von einem Geschäft ins andere, zögerte, kam zurück und wurde immer hektischer. Viviane, die genug von diesem Treiben hatte, wählte schließlich an seiner Stelle eine Handtasche aus Eidechsenleder bei Lancel. Doch sie wußte ganz genau, daß ihre Schwiegermutter vor allem die beim Concours Lepine preisgekrönten Küchenutensilien zu schätzen wissen würde, die sie für ein paar Francs auf den großen Boulevards erstanden hatte.

Georges Bey hatte seinen Schwiegersohn die ganze Reise über beobachtet. Am letzten Tag zog er ihn in der Hotelhalle beiseite.

»Gefällt es dir eigentlich bei Matossian? Ich frage dich das, weil du vielleicht auch bei uns arbeiten könntest . . . Überleg es dir. Du mußt mir nicht gleich antworten.«

Die Rückflugtickets waren für den 6. September bei der Air France reserviert. Drei Tage vorher stürzte die Linienmaschine Kopenhagen-Paris kurz nach dem Start ab und geriet in Brand. Yolande Batrakani machte ein Drama daraus. Die anderen Familienmitglieder bemühten sich, sie zu beruhigen, indem sie alles von der scherzhaften Seite nahmen. Am 4. September stürzte auch die Linienmaschine Paris-London ab, und alle Insassen verbrannten.

»Kein Wort zu Yola«, befahl Georges Bey seinen Kindern. Sie hatte alle weiche Knie, als sie am übernächsten Tag in die DC-4 der Air France stiegen. Diesmal waren Selim und seine Schwiegermutter nicht mehr die einzigen, die sich an die Heilige Jungfrau wandten.

Als das Flugzeug auf der Piste von Almaza landete, applaudierten die Insassen begeistert, und Yolande bekreuzigte sich ein letztes Mal. Die Familien drängten sich vollständig versammelt auf der kleinen Terrasse des Flughafens. Selim hatte Viviane um die Taille gefaßt und winkte ihnen zu, er fühlte sich wie ein wahrer Held. Er hatte das Gefühl, von einer sehr weiten, ewig langen Reise zurückzukehren. Er sah Ägypten jetzt mit anderen Augen, war erstaunt, daß alles so trocken und gelb war ...

Zehn Minuten später schloß er eine weinende Mima in seine Arme, während der Chauffeur der Batrakanis die Gepäckträger zurechtwies, die alle Koffer durcheinandergebracht hatten. Man fächelte sich Luft zu, und man prahlte. Man war wieder zu Hause.

## 3

»Während ihr, meine Lieben, Europa besichtigt habt, hat sich der König ein galantes Abenteuer im Mittelmeer geleistet«, erzählte Alex lässig, während er ein gefülltes Weinblatt von seinem Teller nahm.

Er war sich seines Erfolgs sicher.

»Ein galantes Abenteuer?«

»Erzähl, *ya Alex*!«

Da André bei diesem Essen nicht anwesend war, konnte man sich einige Frivolitäten erlauben. Seit er den König in seinem Wagen getroffen hatte, war Alex im Erzählen der neuesten Geschichten vom Hof unschlagbar geworden. Er war in Kontakt mit einigen Nachtschwärmern des Palastes geblieben, die ihn als ihren Kumpanen ansahen und ohne zu zögern die letzten Heldentaten oder Bonmots des Königs preisgaben.

»Zu Anfang des Sommers hat sich Faruk in eine kleine Jüdin aus Alexandria verliebt. Ihr wißt schon, nämliche Camélia, die in der Auberge des Pyramides gesungen hatte . . . Der König hatte sich vorgenommen, mit ihr die erste Mittelmeerkreuzfahrt nach dem Krieg zu unternehmen. Camélia ist nach Zypern gefahren. Ohne die Regierung zu unterrichten, hat Faruk seine Jacht flottmachen lassen, um ihr in Begleitung einiger Freunde zu folgen.«

»Aber es heißt doch, Faruk sei impotent . . .«

»Paul, bitte! Es sind Kinder am Tisch!«

»Sagen wir lieber, daß er manchmal Mühe hat, seine Arbeit zu Ende zu bringen«, erklärte Alex fröhlich. »Aber Camélia ist etwas Besonderes, sie vollbringt Wunder.«
Jetzt griff Yolande energisch ein.
»Niemand sagt etwas zu meinen gefüllten Weinblättern. Schmecken sie euch nicht? Oder wollt ihr vielleicht noch ein wenig *molokheiya* . . .?«
Von allen Seiten hagelte es Komplimente.
»Übrigens«, sagte Georges Bey, »ich finde, daß Faruk langsam wirklich dick wird.«
»Wenn du wüßtest, was er schon alles zum Frühstück in sich hineinstopft«, rief Alex aus und gab sich den Anschein, als würde er seine Tage unter der königlichen Bettdecke verbringen. »Ein Dutzend Eier, Hummer, gefüllte Tauben, Eiscrème . . . Und vor jedem offiziellen Abendessen, das im Palast gegeben wird, durchforstet er die Küchen auf der Suche nach Schlagsahne.«
»Nicht nur, daß Faruk unförmig wird, ich finde auch, daß er mit dieser dunklen Brille, die er ständig trägt, völlig lächerlich aussieht. Wenn man bedenkt, welche Klasse Fuad hatte!«
»Welche Klasse, ich bitte dich!« rief Michel, für den es seit Huseins Tod im Jahr 1917 mit der königlichen Dynastie unaufhaltsam bergab ging.
»Auf alle Fälle mangelt es diesem Tölpel weder an Dreistigkeit noch an Humor. Kennt ihr die Geschichte mit dem Poker?«
Die war natürlich allgemein bekannt. Doch es gab immer irgendein Kind, das sie noch einmal hören wollte, und Georges Bey kam der Bitte nur allzu gerne nach.
»Faruk hatte einen Stich mit vier Königen angekündigt, doch dann legte er nur drei auf den Tisch. ›Und der vierte?‹ wagte schließlich jemand zu fragen. ›Der vierte, das

bin ich‹, rief der König und lachte schallend, ehe er den Stich einkassierte . . .«

»Faruk weckt manchmal einen seiner Gefährten mitten in der Nacht auf und bittet ihn, zu ihm in den Club in der Rue Kasr-el-Nil zu kommen, durch das ovale Fenster hört man dann sein lautes Gelächter.«

»Anscheinend wagt an den Nachbartischen niemand auf- zustehen, ehe der König nicht sein Spiel beendet hat. Das kann bis in die frühen Morgenstunden dauern.«

»Wußtest du, daß sich Faruk manchmal selbst zu Empfän- gen bei Privatleuten einlädt? Als er neulich abends Licht bei den Taklas gesehen hat, hat er geläutet und hat sich einfach zu ihnen gesellt.«

»Faruk begnügt sich nicht damit, den anderen die Frauen zu stehlen«, sagte Paul. »Er ist ein wahrer Kleptomane. Ein Diplomat hat mir neulich erzählt, daß er neunzehn- hundertzweiundvierzig Churchill die Uhr geklaut hat.«

»Das ist wohl ein Witz!«

»Nein, es stimmt.«

Am Tisch wurde ungeduldiges Gemurmel laut.

»Ihr erinnert euch, daß Churchill im Juni neunzehnhun- dertzweiundvierzig nach Ägypten gekommen ist, um das Schlachtfeld zu inspizieren. Nun, Faruk hatte darauf be- standen, ihn im ›Mena House‹ zum Essen einzuladen. Sie haben sich dort verabredet. Der Premierminister hatte es sehr eilig – und das wollte er auch zeigen –, weil er am sel- ben Abend nach Gibraltar zurück mußte. Und so langte er in seine Tasche, um auf seine goldene Uhr zu sehen. Keine Uhr. Churchill, der von Faruks Manien gehört hatte, gab ihm so ruhig und höflich wie möglich zu verstehen, daß seine Uhr verschwunden sei, daß er sehr an dieser Uhr hänge und daß er das Abendessen nicht beginnen werde, ehe diese Taschenuhr nicht wiedergefunden wäre. Faruk hat sich über die Diebe aufgeregt, und versprochen, der Sache nachzugehen. Er erhob sich und kam zehn Minuten später triumphierend mit der Uhr zurück. Na, was sagt ihr nun?«

»Ich weiß noch eine *bessere* Geschichte, aber die darf ich nicht erzählen . . .«

»Nun stell dich nicht an, Alex, ich bitte dich . . .«

»Ehrenwort, ich habe es versprochen . . .«

»Erzähl, *ya Alex*.«

»Nun gut . . . Es war während des Krieges. Die Engländer warfen Faruk vor, daß er sich mit Italienern umgab. Der britische Botschafter hatte im Palast siebzehn Italiener gezählt. ›Wir befinden uns immerhin im Krieg mit Italien‹ rief er. ›Die anderen Italiener in Ägypten sind in Lagern eingesperrt, und Eure Majestät überläßt ihnen Schlüsselposten!‹ Auch die ägyptische Regierung bat Faruk, Pulli und seine Leute zu entlassen. Diese Ausländer waren im Parlament sehr unbeliebt. Ausländer? Daran sollte es nicht liegen! Faruk entschied sich auf der Stelle, ihnen die ägyptische Staatsbürgerschaft zu gewähren.«

»Wenn man bedenkt, daß wir zehn Jahre darauf gewartet haben!«

»Da Faruk die Dinge in Ordnung bringen wollte, bestellte er kurze Zeit später einige Italiener in den Palast und sagte zu ihnen: ›Sie wissen, daß die Moslems sich beschneiden lassen. Damit Sie nun richtige Ägypter sind, werde ich meinen Chirurgen bitten, eine kleine Operation bei Ihnen vorzunehmen.‹«

»Alex, die Kinder hören zu . . .«

»Ihr könnt euch vorstellen, daß die Italiener keinen sonderlichen Enthusiasmus an den Tag legten. Daraufhin entschied Faruk: ›Das ist ein königlicher Befehl.‹ Einer der Italiener weigerte sich dennoch. Am nächsten Tag wachte

364

er in einem Krankenhausbett im Palast auf. Der König und sein Chirurg standen vor ihm und lachten. Dank eines Schlafmittels war er doch ein richtiger Ägypter geworden . . .«

»Und mein *konafa*? Wie schmeckt euch mein *konafa*?« flehte Yolande und sagte sich, daß die Kinder künftig für sich essen müßten.

*

An einem Nachmittag im August, zu jener Zeit, als die Familie nach Paris gereist war, wurde Alex von seinem Bruder André in das Jesuitenkolleg bestellt. Es war das erste Mal, daß der lebhafteste unter meinen Onkeln wieder einen Fuß in dieses ihm verhaßte Gebäude setzte.

Die Schüler kamen nur in Ausnahmefällen in den dritten Stock, wo die Patres wohnten. Als er durch die stillen Gänge lief und nach der richtigen Tür suchte, war Alex fast ebenso beklommen zumute, wie zu jener Zeit, da es um schlechte Noten und um Nachsitzen ging. Er vergewisserte sich zweimal, daß der richtige Name an der Tür stand, ehe er anklopfte.

Andrés Zimmer, das von einem breiten Fenster erhellt wurde, war sehr groß und kahl. Ein Betstuhl stand neben dem Eisenbett, über dem eine verblaßte byzantinische Ikone hing. Das Bücherregal bog sich unter dem Gewicht der Bücher. Hier war er zehntausend Kilometer vom Club Risotto entfernt.

Der Jesuit kam gleich auf das zu sprechen, was ihm am Herzen lag.

»Du bist fünfunddreißig Jahre alt, Alex. In deinem Alter haben viele Männer schon eine Familie gegründet . . .«

Das war es also! Alex lächelte. Als er neunzehn Jahre alt

gewesen war, hatte ihn sein älterer Bruder vor einer verfrühten Heirat gewarnt. Und nun warf er ihm vor, daß er zu lange wartete.

»Ich bin sicher anormal!« sagte er lachend.

»Nein, ganz im Gegenteil, es ist heutzutage ja normal – und gerade das ist es, was mir Sorgen macht. Heute haben die jungen Syrer die Tendenz, immer später den Bund der Ehe zu schließen. Man könnte meinen, daß sie sich ihrer Verantwortung entziehen wollen oder kein Vertrauen mehr in die Zukunft haben.«

»Ich werde sicherlich eine Ausländerin heiraten . . .«

»Ihr wollt alle Ausländerinnen heiraten!«

»Die jungen Syrerinnen sind nicht interessant.«

»Sie sind romantisch, und ihr seid Realisten. Sie scheinen jünger, als sie wirklich sind, und ihr seid zu schnell alt geworden . . .«

Alex fühlte sich sehr jung. Nur die Tatsache, daß sich sein Haar lichtete – ein Erbteil der Familie Touta –, machte ihm Sorgen. Aber sagte man nicht in seinem Billard-Club, daß kahlköpfige Männer die Frauen anzogen und daß sie im sexuellen Bereich potenter wären als Männer mit vollem Haarwuchs?

»Mach dir keine Sorgen, André. Ich bekomme jeden Monat einen Heiratsantrag, ganz zu schweigen von den guten Partien, die Mama hartnäckig für mich aussucht. Ich werde schon irgendwann heiraten . . .«

# 4

Als ich neun oder zehn Jahre alt war, kam Pater André von Zeit zu Zeit zum Essen zu uns nach Heliopolis. Wenn der Aperitif gereicht wurde, verließ er die Erwachsenen im Salon, um mit uns Kindern das Abendgebet zu sprechen. Aber ehe er das Licht löschte, bekamen meine Brüder und ich jedesmal eine erbauliche Geschichte zu hören. Es war immer dieselbe, der Held war Maximos Mazloum, der berühmteste Patriarch unserer Kirche.

Pater André trug im Winter eine schwarze, im Sommer eine weiße Soutane. Er setzte sich auf die Kante eines unserer Betten und begann seine Geschichte jedesmal mit einer Frage.

»Wißt ihr, wann Mazloum zum Patriarchen gewählt wurde?«

Unsere Antwort war immer geraten . . . Er korrigierte sie.

»Es war achtzehnhundertdreiundreißig. Und im Jahr achtzehnhundertdreiundreißig war unsere griechisch-katholische Kirche im Osmanischen Reich noch immer nicht anerkannt. Jedesmal, wenn unsere Vorfahren eine Geburt oder eine Hochzeit registrieren lassen oder eine Erbfolge regeln wollten, mußten sie sich an die orthodoxe Kirche wenden. Diese machte ihnen das Leben schwer, weil sie sich dem Papst angeschlossen hatte. Das orthodoxe Patriarchat von Konstantinopel wollte unseren Priestern sogar verbieten, die *kallusa* zu tragen . . . Wer kann mir die *kallusa* beschreiben?«

Wir antworteten alle zugleich, denn wir hatten oft unseren griechisch-orthodoxen Priester mit dieser zylinderförmigen Kopfbedeckung des byzantinischen Klerus gesehen.

»Nun gut, und diese *kallusa* sollte zur Staatsaffäre werden. In Konstantinopel unterstützte der russische Botschafter die Orthodoxen, während Frankreich auf unserer Seite stand. Der Sultan, der zwischen den Großmächten hin- und hergerissen war, verkündete ständig gegensätzliche Erlasse. Einmal sollte der griechisch-katholische Klerus seine Kopfbedeckung ändern, ein andermal sollte die *kallusa* lediglich eine andere Farbe bekommen oder viereckig sein . . .«

Pater André ging über die Einzelheiten dieser diplomatischen Schlacht hinweg, die zu kompliziert für uns Kinder waren und von denen uns nur einige sehr einprägsame Bilder im Gedächtnis blieben.

»Die Orthodoxen, die uns unbedingt demütigen wollten, schlugen eines Tages vor, dem Priesterhut eine Pyramidenform zu geben.«

»Eine Pyramidenform!«

»Jawohl, nun stellt euch das nur vor, eine Pyramide auf den Köpfen unserer Bischöfe . . . Doch das ließ sich der Patriarch Mazloum nicht gefallen. Aufgebracht richtete er sich in Konstantinopel ein, um Gerechtigkeit zu erlangen. Aber es war nicht so einfach, zum Sultan vorgelassen zu werden. Denn der Großwesir, der von den Orthodoxen bestochen war, verhinderte jegliche Audienz. Also griff Mazloum zu anderen Mitteln. An einem Freitag stellte er sich in Begleitung von zwei anderen Priestern, die ebenfalls die *kallusa* trugen, dort auf, wo der Zug des Sultans entlangkommen mußte. Er schwang einen Stock durch die Luft, an dessen Ende ein Schild befestigt war. Der Herrscher ließ den Zug anhalten, um ihn zu befragen. Mazloum überreichte ihm also einen Brief, in dem seine Forderungen dargelegt waren. Als er in seinen Palast zurückgekehrt war, befahl der Sultan seinem Großwesir, unseren Patriarchen zu empfangen. Als dieser sich in den Palast begab, deutete der Großwesir mit dem Finger auf einen sechseckigen Tisch mit Perlmutteinlegearbeiten. ›Würden Sie eine Kopfbedeckung in dieser Form akzeptieren?‹ fragte er ihn. Mazloum war einverstanden. Darum trug unser Klerus eine ganze Zeitlang eine violette, sechseckige *kallusa*, statt der runden, wie sie die Orthodoxen trugen . . .«

Die Geschichte war zu Ende. Wir stellten noch etliche Fragen, um den Augenblick, da er das Licht löschen würde, hinauszuschieben. Pater André tat so, als würde er beunruhigt auf seine Armbanduhr sehen, doch schließlich setzte er sich wieder.

»Achtzehnhundertachtundvierzig, merkt euch dieses Datum gut, gewährte schließlich der Sultan unserer römisch-katholischen Gemeinschaft dieselben Vorrechte wie den orthodoxen. Unser Patriarch konnte über die Gläubigen im gesamten Osmanischen Reich herrschen, Gerichte einberufen und Steuern einnehmen . . . Er hatte gewonnen. Mazloum kehrte als Sieger nach Aleppa zurück. Doch das mißfiel den Moslems in der Stadt, und eines Nachts wurden die Häuser der Christen in einem ganzen Stadtviertel geplündert. Um unerkannt zu bleiben, mußte unser Patriarch Frauenkleider anlegen und einen Schleier tragen.«

»Einen Schleier, wie unser Dienstmädchen?«

»Jawohl, aber dann, um Antiochia zu erreichen, mußte er sich als europäischer General verkleiden und einen Zweispitz auf dem Kopf tragen.«

»Aber Onkel André, dann hat es sich ja gar nicht gelohnt, so viele Jahre für die *kallusa* zu kämpfen . . .«

Manchmal gelang es uns, den Erzähler noch zu einer letzten Fortsetzung der Geschichte zu bewegen, nämlich die vom Tod des großen Maximos in Alexandria. Ein Heldentod nach grauenvollen Leiden, die auch die von seinem Leibarzt angesetzten Blutegel nicht zu lindern vermochten ...

»Unser Patriarch betete mutig, bis es unserem Herrgott gefiel, ihn zu sich zu rufen. Man balsamierte seinen Körper leicht ein. Man kleidete ihn in all seinem Schmuck und setzte ihn auf einen Thron. So konnte das Volk trotz der Hitze vier Tage zu einer letzten Ehrerbietung an ihm vorbeidefilieren. Da die griechisch-orthodoxe Kirche von Alexandria zu klein war, sollte die feierliche Beisetzung in der lateinischen Kirche stattfinden. Doch dann wurde der Leichnam mit der neueingerichteten Eisenbahn nach Kairo gebracht, wo Maximos noch einmal bestattet wurde. Man begrub ihn hinter dem Altar der Kirche Darb el Gineina, eine der vierundzwanzig Kirchen, die dieser große Mann hatte erbauen lassen, dieser überragende und erste Patriarch von Alexandria, Antiochia, Jerusalem und des ganzen Orients.«

Wir murmelten im Chor: »Von Alexandria, Antiochia, Jerusalem und des ganzen Orients!« Pater André küßte uns auf die Stirn. Sein Bart kratzte, dann löschte er das Licht und schloß leise die Tür. Wir hörten das Geräusch seiner Kreppsohlen auf dem Gang, wenn er in den Salon zurückging ...

»Machen Sie mir die Freude, diese kleine Lampe anzunehmen, es ist eine alte Lampe aus einer Moschee . . .«

Edouard Dhellemmes beharrte so charmant auf seinem Vorschlag, daß Mima schließlich einwilligte.

Dieser Besuch des Geschäfts in der Rue Soliman Pascha war für sie wie ein Traum gewesen. Edouard hatte einen Angestellten damit betraut, sich um die Kunden zu kümmern, und ihr zwei volle Stunden gewidmet. Voller Leidenschaft beschrieb er ihr eingehend jedes ausgestellte Objekt. Es war ein wahres kleines Museum, das in verschiedene Bereiche eingeteilt war: das alte Ägypten, die islamische Periode, die koptische Kunst . . . Der Franzose hatte seine Schätze Stück für Stück in den Geschäften des alten Kairoer Zentrums erstanden oder während seiner vielen Reisen nach Oberägypten und in den Klöstern von Wadi Natroun.

»Ich lade Sie zu einer Tasse Tee bei Groppi ein«, sagte er nach zwei Stunden. »Bitte lehnen Sie nicht ab. Ich habe Sie sicherlich ermüdet . . .«

Edouard bestellte einen riesigen Berg Kuchen. Mit ihren sechsundvierzig Jahren wirkte meine Großmutter wie ein junges Mädchen, das zum ersten Mal in der Stadt ausging. Sie sprachen über Viviane und Selim. Natürlich auch über Roger. Und über die Batrakanis.

»Stellen Sie sich nur vor, daß Georges es sich in den Kopf gesetzt hatte, mir Arabisch beizubringen . . .«

Mima bekam einen Lachanfall, als Edouard Dhellemmes ihr erzählte, daß Edmond Touta, der immer allein ins Kino ging, außer für den seinen noch für vier weitere Plätze Karten kaufte – einen auf jeder Seite, einen vor und einen anderen hinter sich, – um nicht in der Menge zu ersticken. In der darauffolgenden Woche aßen sie zusammen bei Groppi zu Mittag.

»Ich denke seit zehn Jahren an Sie«, murmelte Edouard.

»Reden Sie keinen Unsinn.«

»Ich hatte zehn Jahre lang Zeit zu überlegen. Ich habe nur einen Traum, Mima: Werden Sie meine Frau.«

Sie sah ihn entsetzt an.

»Sie finden mich vielleicht zu alt. Es stimmt, daß ich dreiundfünfzig bin.«

»Reden Sie keinen Unsinn. Ich bin verheiratet. Ich habe Kinder!«

»Auch ich war verheiratet. Aber man trauert nicht sein ganzes Leben.«

Sie verschloß sich wie eine Auster und flehte ihn an, über etwas anderes zu sprechen.

Sie sahen sich noch mehrmals anläßlich der sonntäglichen Mittagessen bei den Batrakanis. Und auch zum Tee bei Groppi. Aber nie war sie bereit, ihn in seiner Wohnung in Zamalek zu besuchen.

»Das schickt sich nicht . . .«

Edouard wagte es nicht mehr, über Heirat zu sprechen. Aus Angst, alles zu zerstören, untersagte er sich die geringste emotionale Geste. Er ließ sich ganz auf die Rolle des Freundes ein, was ihn unglaublich frustrierte.

1947, als die Choleraepidemie ausbrach, war ich zwei Jahre alt. Alle Familienmitglieder hatten sich impfen lassen. Obst und Gemüse wurden desinfiziert. Yolande hatte dem Koch sogar befohlen, das Fleisch mit Wasser und Seife zu waschen.

Die Cholera hatte Edmond Touta in Aufregung versetzt. Endlich eine gute Neuigkeit an der demographischen Front. Hatte nicht Ägypten, mit heute fast 19 Millionen Einwohnern, seine Bevölkerung innerhalb von fünfzig Jahren verdoppelt? Und noch dazu beharrte dieses unverantwortliche Land darauf, sich an keinem der Weltkriege zu beteiligen. Da konnten auch Eisenbahnunglücke und einige klägliche Schiffskatastrophen auf dem Nil nichts ausrichten. Nur eine anständige Epidemie war in der Lage, den notwendigen Aderlaß zu bewirken.

»Wißt ihr eigentlich, daß die Einwohner Kairos bei der Choleraepidemie im Jahr achtzehnhundertvierunddreißig um ein Drittel dezimiert worden sind?« fragte Edmond genüßlich.

Georges Bey lauschte zerstreut den Ausführungen seines Schwagers. Er sagte sich, daß der Himmel ihn dafür bestrafen wollte, daß er zwei Touta-Töchter genommen hatte, indem er ihm auch zwei Touta-Söhne aufhalste: den verrückten Edmond und Henri, den Faulpelz, der jetzt, nachdem sich Edouard Dhellemmes zurückgezogen hatte, Mitaktionär der Fabrik geworden war. Henri, dem Peru schon gedankt hatte und der sich jetzt auch noch als Konsul von Costa Rica aufspielte, und zwar beides unter derselben Anschrift...

»In Ägypten gibt es etwa alle dreißig Jahre eine Choleraepidemie, achtzehnhundertdreißig, dann -fünfundsechzig und die von -dreiundachtzig...«

»Die habe ich auch miterlebt«, sagte Georges Bey nachdenklich, »oder besser gesagt, ich habe viel davon gehört. Aber mein Bruder Ferdinand erinnerte sich noch gut daran...«

Zu jener Zeit besuchte der dicke Nando das Collège von Khoronfish. Er hatte allen Grund, den Freitag zu verabscheuen, denn an diesen Fastentagen hatte sie die doppelte Ration Gebete zu absolvieren: Außer der Morgenmesse wurde am Nachmittag in der Kapelle des Collège noch ein sakramentaler Segen abgehalten. So gedachten die Brüder der christlichen Schulen der Choleraepidemie von 1865, während derer sie einen beachtlichen Glaubenseifer an den Tag gelegt und ohne Unterlaß getauft und gerettet hatten. Wie durch ein Wunder hatte sich in jenem Jahr keiner der Mönche angesteckt. Man ging davon aus, daß dieser wundersame Schutz auf das Sacré-Cœur de Jesus zurückzuführen war. Diese Ehrenmedaille, die ihnen Napoleon III. zugesandt hatte, wurde als Votivbild in der Kapelle aufgehängt, und seither wurde jeden Freitag ein sakramentaler Segen abgehalten.

Nando Batrakani hatte schließlich Geschmack an diesen frommen Übungen gefunden. Sie gaben ihm die Möglichkeit, von den Leistungen der Lieben Brüder zu träumen und sich mit den Helden zu identifizieren, die so eigenartige Namen trugen: Idelfonsus, Cyprien-Pierre, Baptistin Honiorat...

Als im Juni 1883 die ersten Cholerafälle in Damiette bekannt wurden, war Nando dreizehn Jahre alt und voller Freude. Es schien jetzt sicher, daß er in die Geschichte eingehen würde: Er sah sich schon als Retter, der gegen den Tod kämpfte, durch ein Wunder geheilt und mit einem Orden ausgezeichnet. Doch sein Vater beunruhigte ihn mit seinen selbstsicheren Behauptungen.

»In Kairo wird es keine Cholera geben«, prophezeite Elias. 1865 waren die Mücken, die Fliegen und die Nachtigallen, die die Cholera gespürt hatten, davongeflogen. Der Himmel war von einem grauen Nebel verhangen. Man hatte zeitweilig Mühe, atmen zu können. »Aber dieses Mal – seht nur, es hat noch nie so viele Fliegen und Mücken gegeben. Die *bolbols* singen, und der Himmel ist blau . . .«

Diese Vorhersage wiederholte er am 14. Juli kategorisch. Am 15. wurden die drei ersten Cholerafälle mit tödlichem Ausgang in Kairo registriert. Am nächsten Tag gab es drei weitere, am übernächsten sechsundvierzig und am darauffolgenden Tag neunundsechzig. Und die Kurve stieg weiter an . . . Der Himmel war noch immer blau, und die *bolbols* sangen.

Elias Batrakani schlug Alarm. Sein Sohn war entzückt und schöpfte wieder Hoffnung. Die Epidemie war in Gisch und Bulac ausgebrochen und griff jetzt auch auf die anderen Viertel über. Auch das kleine Haus, in dem die Batrakanis wohnten, schien betroffen: Im Treppenhaus kursierte das Gerücht, daß der armenische Mieter im Zwischengeschoß Durchfall habe.

»Durchfall allein, das bedeutet noch nichts«, sagte Elias Batrakani ernsthaft, »aber wenn er sich auch übergeben muß, dann ist es Cholera.«

Man lauerte auf verdächtige Geräusche. Der Kleine bekam den Auftrag, an der Tür des Armeniers zu lauschen.

Der hatte weder Durchfall, noch mußte er sich übergeben. Doch seine Stimme erlosch und seine Haut wurde dunkel. Eine trockene Cholera raffte ihn innerhalb von achtundvierzig Stunden dahin, ohne daß Nando Zeit gehabt hätte, einzugreifen.

Am selben Tag erschienen zwei Wäscher mit großen Eimern voller Karbolwasser. Sie besprengten den Toten und brachten ihn in einem geteerten Sarg weg. Nando, der am Fenster stand, sah den Leichenwagen, der von einem schwarzen Pferd gezogen wurde, eilig um die Ecke verschwinden. Es war sein erster Toter, und er hatte nichts tun können.

Die Engländer hatten die große Gerberei schließen lassen und desinfizierten die öffentlichen Latrinen in den Moscheen. Nachts wurden Feuer angezündet, um die Luft zu reinigen. Um zu vermeiden, daß Panik aufkam, hatte man eine besondere Route für die zahlreichen Beerdigungszüge festgelegt. Die englischen Beamten legten sogar Übereifer an den Tag: Eines Abends wurden Hunderte von Hütten in Boulac niedergebrannt, nachdem man zuvor die Einwohner vertrieben hatte. Männer, Frauen, Kinder, Esel, Ziegen und der ganze Hühnerhof liefen, von einer starken Eskorte geleitet, durch die Nacht, um aus der Stadt geführt zu werden. Viele von ihnen flohen und wurden nie wieder eingefangen . . .

Im Delta herrschte ein wildes Durcheinander. Die Batrakanis erhielten beunruhigende Nachrichten aus Damiette, wo von den 35 000 Einwohnern etwa 1000 syrischer Abstammung waren. Einem der Cousins von Elias war es gelungen, die Gesundheitsabsperrung zu durchbrechen und den Zug nach Kairo zu nehmen. Er lud sich überraschend am ersten Sonntag im August bei ihnen ein.

»Ich will nicht, daß er die Wohnung betritt«, schrie Linda Batrakani, die sich in der Küche eingeschlossen hatte.

Elias verhandelte durch die geschlossene Wohnungstür mit seinem Cousin. Dieser schwor bei dem Kopf seiner Frau, daß er am selben Morgen von einem Arzt untersucht worden sei und daß er nicht infiziert sei. Da man jedoch seine Ehefrau kannte, erregte der Vorschlag nur Argwohn.

»Schwör es bei dem Kopf deiner Kinder!«

Schließlich öffnete sich die Tür, und der Gast hatte Anrecht auf alle traditionellen Höflichkeitsformeln.

»*Ahlan wa sahlan!* Du hast uns gefehlt. Was treibst du, *ya akhi*, man sieht dich ja gar nicht mehr . . .«

Bei Tisch kam man natürlich auf die Choleraepidemie zu sprechen.

»Man kann die Engländer nur beglückwünschen«, sagte der Cousin, »indem sie die Quarantäne für ihre indischen Schiffe aufgehoben haben, haben sie den Virus nach Ägypten eingeschleppt . . .«

»Das ist eine Anschuldigung, die nicht beweisbar ist«, gab Elias zurück, der systematisch das hinterhältige Albion verteidigte. »Das Land war schon seit Monaten infiziert. Die Cholera hat sich langsam ausgebreitet und ist nicht erkannt worden.«

»In Damiette waren jedenfalls alle Voraussetzungen für eine Epidemie gegeben. In der Nähe des *okelle* der Juden gibt es einen tiefen Brunnen, der mit Fäkalien aller Art angefüllt ist. Der Brunnen wird mit einer Hebevorrichtung gereinigt. Die Scheiße läuft durch offenliegende Abflußrinnen. Sie fließt in das Kanalsystem der öffentlichen Bäder, das wiederum in den Fluß geleitet wird. Und woher holen die Bewohner bitte sehr ihr Wasser?«

»Gut, ich bringe euch jetzt die *molokheiya*«, sagte Linda, um diesen ekelhaften Bericht zu unterbrechen.

»Die Abwasser sind eine Sache, aber man darf auch das infizierte Fleisch nicht vergessen! In einem Dorf in der

Nähe von Damiette essen die Leute schon, was weiß ich wie lange, das Fleisch von Büffeln, die an Typhus gestorben sind. Dieses Fleisch, das fast schwarz ist, wird für zwei Piaster die *oke* verkauft, statt für zwölf . . . Übrigens, Linda, deine *molokheiya* ist göttlich. Ich schwöre beim Kopf meiner Frau, daß ich noch nie eine bessere gegessen habe.«

Elias verschluckte sich.

»In Damiette«, fuhr der Gast fort, »setzen die Moslems ihre Toten weiterhin mitten in den Wohnvierteln bei. Niemand wagt es, die Toten mit Chlorkalk zu bestreuen, da alle Angst haben, daß sie, wenn sie ihr Haar verlieren, nicht mehr ins Paradies aufsteigen können. Die Angestellten, die den Auftrag haben, die Gruften zuzugipsen, verkaufen lieber den Gips. ›Warum soll man sie zugipsen, wenn man sie doch noch am selben Tag wieder für die nächste Beerdigung öffnen muß?‹ Man hat den Zutritt zum arabischen Friedhof verboten. Aber für einen Piaster, manchmal auch schon für einen halben oder auch für einen Sesamkuchen, lassen die Soldaten die Leute hinein, die für ihre Toten beten wollen.«

Der Cousin füllte sich einen zweiten Teller mit Reis, Zwiebeln und Huhn voll und spülte sich regelmäßig den Mund mit einem kräftigen Schluck Arrak. Nando, der zutiefst angewidert war, erhob sich eilig vom Tisch und erbrach sein gesamtes Mittagessen . . . An diesem Tag im August 1983 verzichtete er endgültig auf die Cholera: Er würde ein anderes Mittel finden, um in die Geschichte einzugehen.

# 7

Man hatte soeben verkündet, daß das Flugzeug mit einer Stunde Verspätung landen würde. Die Vorsitzenden des syrischen und libanesischen Rates begaben sich wieder in den Ehrensalon, während die griechisch-katholischen Würdenträger auf der Terrasse des kleinen Flughafens Almaza gegenüber der Wüste verweilten und sich unterhielten.

Georges Batrakani schimpfte im stillen und dachte an den Geschäftstermin, den er hatte absagen müssen, um bei diesem Empfang anwesend zu sein. Aber die Ankunft des neuen Patriarchen in Ägypten hatte ihm zumindest die Gelegenheit geboten, André mit dem Wagen im Collège abzuholen und die fünfundvierzigminütige Fahrt mit ihm zu verbringen. So hatte sich sein ältester Sohn von den Vorzügen des neuen Citroën 15 CV mit Vorderradantrieb überzeugen können – ein wahres Wunderwerk.

Auf der Terrasse verkürzte ein jovialer und geschwätziger Priester aus Alexandria den Herren die Wartezeit.

»Wußten Sie, daß vor einem Jahrhundert unser großer Patriarch Maximos Mazloum – seine Seele ruhe in Frieden – seinen Einzug in Ägypten gehalten hat? Stellen Sie sich nur vor, daß er nach Zwischenstationen in Akko und in Jaffa auf dem Pferd hier ankam. Und da man sich mitten im Ramadan befand, konnte er erst nachts in Kairo einziehen. Das war im Jahr achtzehnhundertsechsunddreißig,

379

und unsere Kirche hatte zu dieser Zeit noch keinen zivilen Status . . .«

Man brachte Stühle, und ein Kellner nahm die Bestellungen auf. Georges Bey setzte sich resigniert in die Nähe des Kirchenmannes.

»Mazloum hat drei Jahre in Kairo verbracht, gerade lange genug, um ein wenig Ordnung in die ägyptische Glaubensgemeinschaft zu bringen und mehrere Kirchen erbauen zu lassen. Er schickte sich gerade an, nach Damaskus zurückzukehren, als in Syrien der Aufstand gegen die ägyptischen Truppen ausbrach. Das war eine schwierige Lage für den Patriarchen. Versetzen Sie sich an seine Stelle, Monsieur Batrakani. Er konnte sich nicht von Mohammed Ali lossagen, der viel für die griechisch-katholischen Christen getan hatte. Aber er konnte auch nicht Partei für Mohammed Ali und gegen den Sultan ergreifen, denn das hätte bedeutet, alle anderen Melchiten im Reich ernsthaften Repressalien auszusetzen.«

»Ja, in der Tat . . .«

»Unser Patriarch hat weise die Wahl getroffen, sich von dem Schlachtfeld zu entfernen: Er hat übergangsweise in Rom, in Paris und in Marseille gelebt.«

»Sie haben vergessen zu erwähnen, Pater, daß er inzwischen die Sache mit der Kopfbedeckung geregelt hatte«, warf ein ehemaliger Vorsitzender der Gemischten Kommissionen ein.

»Aber nein! Der Kampf um die *kallusa* wurde erst Jahre später entschieden. Das ist eine ganz andere Geschichte . . . Übrigens, Monsieur Batrakani, sind Sie nicht *kallusa*-Fabrikant?«

Mein Großvater brach in schallendes Gelächter aus.

»Nein, *abuna*, trotz ihrer zylinderförmigen Form hat die

*kallusa* nichts mit dem Tarbusch zu tun. Außerdem hätten wir sicher nicht genug Kundschaft . . .«

»Bedauerlicherweise, Monsieur Batrakani, bedauerlicherweise! Man könnte nicht gerade behaupten, daß sich die griechisch-katholischen Familien darum schlagen, unserer Kirche neue Priester zu geben. Ich denke dabei natürlich nicht an Sie . . .«

Georges Bey fand den Kirchenmann inzwischen ein wenig aufdringlich. Es dauerte sicher nicht mehr lange, und er würde ihn um Spenden für seine Wohltätigkeitsarbeit bitten und sich für die Rückfahrt in seinem Wagen anmelden . . .

Er entschuldigte sich und schob ein dringliches Anliegen vor.

»Folgen Sie dem Ruf der Pflicht!« rief der Priester und Liebhaber von Bonmots mit seiner tiefen Stimme aus.

Mein Großvater ging in den Ehrensalon und schüttelte einige Hände. Als er eine halbe Stunde später wieder auf die Terrasse zurückkehrte, kam Leben in die Menge. Alle Finger richteten sich auf einen winzigen Punkt am Himmel. Von lauten Rufen begrüßt, näherte sich endlich das Flugzeug . . .

Man konnte den neuen Patriarchen nicht gerade als jung bezeichnen: Maximos Saigh hatte gerade seinen siebzigsten Geburtstag gefeiert. Im Auto erzählte André seinem Vater, daß er eine sehr positive Meinung über ihn hatte.

»Er ist ein außergewöhnlicher Mann, der das Format eines Mazloum hat. Das hat er schon als Metropolit von Tyr und später von Beirut bewiesen. Sein größtes Verdienst ist es, immer in Armut gelebt zu haben.«

»Armut! Armut!« rief Georges Bey. »Das ist das einzige Wort, das du kennst!«

»Ja, Papa, die Kirche muß nach dem Vorbild Christi in Armut leben.«

»Aber auch nicht zu viel, *ya ebni*, nicht zu viel!«

»Ich habe nie verstanden, warum es so viel Gold und Marmor in unseren Kirchen gibt«, fuhr André fort. »Vor allem, da wir letztendlich nur eine kleine Glaubensgemeinschaft sind.«

»Du hast nichts verstanden, *ya ebni*. Eben weil wir so klein sind, müssen wir groß erscheinen.« Dann zitierte er ihm auf arabisch eines seiner liebsten Sprichworte: »Wenn ein Hund reich ist, nennt man ihn Monsieur . . .«

André hob die Augen zum Himmel.

Nachdem er die offiziellen Persönlichkeiten begrüßt hatte, die ihm vorgestellt worden waren, und den griechisch-katholischen Würdenträgern den Ring des Patriarchen zum Kuß dargeboten hatte, machte sich Maximos IV., gefolgt von einem Dutzend Automobilen, auf den Weg nach Kairo. Im Citroën meines Großvaters saßen André und der Priester aus Alexandria.

»Soll ich Sie irgendwo absetzen, *abuna*?«

»Machen Sie sich nur keine Umstände. Ich werde bis zur Kathedrale mit Ihnen fahren.«

»Aber der Patriarch stattet zunächst einen Besuch im Palast ab . . .«

»Nun, dann begleite ich Sie zum Palast.«

Maximos IV. wurde von Abdel Latif Talaat Pascha, dem Großkämmerer und Nachfolger von Zulfikar, empfangen. Man legte ihm feierlich die beiden Dekrete vor, die Faruk unterzeichnet hatte: Das eine ernannte ihn zum Patriarchen der griechisch-katholischen Christen in Ägypten, das andere verlieh ihm die ägyptische Staatsbürgerschaft.

Als Maximos' Automobil die Kathedrale erreichte, läuteten schon die Glocken. Der Gouverneur von Kairo und zahlreiche Mitglieder des diplomatischen Corps erwarteten ihn. Oben auf der Tribüne ließen die kleinen Mädchen der Saint-Thècle-Schule von Heliopolis weiße Tauben fliegen, während der Choral *Theos Kyrios* sang.

»Der atheistische Materialismus bedroht den Orient«, erklärte der neue Patriarch. »Unsere Aufgabe ist es in erster Linie, die Gefahr abzuwenden. Wir müssen handeln, nicht kriegerisch oder kämpferisch, wie es unser Feind tun würde, sondern im Geist des Friedens, in der Vereinigung der Liebe.«

»Ich habe dir doch gesagt, daß er ein großer Mann ist«, flüsterte André seinem Vater zu.

Der Patriarch setzte seine Ansprache fort, indem er zunächst »unserem vielgeliebten Herrscher Faruk I.« dankte, »dessen kluger Rat den richtigen Weg weist«.

»Welcher Rat?« flüsterte Georges Bey seinem Sohn zu. »Das Autofahren oder das Pokern betreffend?«

## 8

Bei den Aufzeichnungen aus dem Jahr 1949 hatte ich das Gefühl, daß das Ende der Welt bevorstand. Michels achtes Heft, das diesen Zeitabschnitt beschreibt, ist von bitteren Bemerkungen und kleinen, beunruhigenden Ereignissen durchzogen. Doch es gibt ein hübsches Photo vom März 1948. Es zeigt mich im Alter von viereinhalb Jahren, wie ich auf dem Kühler des ersten Automobils saß, das mein Vater besaß, eines Topolino. Rachid steht an der Autotür. Sein weißes Haar läßt seine schwarze Haut noch dunkler erscheinen. Auf seinem Gesicht liegt ein etwas müdes Lächeln, das seine Narbe weniger auffällig macht. Es ist eines der wenigen – und mit Sicherheit auch das letzte – Photo, auf dem man den *soffragi* meiner Großeltern sieht. Ich habe es zwischen die folgenden Seiten von Michels Tagebuch geschoben:

*10. April 1949*
*Rachid ist in der Nacht von Freitag auf Samstag gestorben, und zwar ebenso zurückhaltend leise, wie er auch immer gelebt hat. Wir waren alle sehr betroffen.*
*Ich sehe ihn noch im Jahr 1917 auf der Place de l'Opéra. Er warf ein Auge auf mich und auch auf Zaki, dessen Erregung ihn beunruhigte. Als Papa am nächsten Tag den Kutscher entlassen hat, hat Rachid nichts gesagt. Ich glaube, er war froh.*
*Hätte er sich zwei Jahre später noch genauso verhalten? Seit dem Tod seines Bruders verabscheute er die Engländer. Dabei*

*hat man nie genau herausgefunden, wie dieser Typ, den Papa
für einen gefährlichen Agitator hielt, eigentlich gestorben ist . . .
Am Sonntag nach dem Mittagessen befanden wir uns alle im
Salon, als es an der Tür läutete. Da er die Sitten in unserem
Haus noch nicht kannte, hat der neue soffragi den Besucher
gleich hereingeführt. Sicherlich hat er sich auch von der Uniform dieses Offiziers beeindrucken lassen. So stand Rachids
Neffe der gesamten Familie gegenüber. Sein Gesicht war verschlossen, ganz so als würde er uns vorwerfen, daß wir uns mitten in einer Totenfeier so gut unterhielten.
In der Zeit, bis sich Papa erhoben und ihn ins Büro geführt hatte, hat sich dieser Hassan zu Viviane umgewandt und ihr sehr
eigenartig direkt in die Augen gesehen. Selim muß sich recht
unwohl gefühlt haben.
Nach zehn Minuten ist Papa schlecht gelaunt zurückgekommen: »Dieser unerzogene Kerl hat die Sachen seines Onkels gefordert. Als würde ich Rachids gallabeyas behalten! Er verabscheut uns ganz offensichtlich. Auch einer, der den Palästinakrieg nicht verdaut hat. Wenn ich daran denke, daß ich mich auf
Rachids Bitte hin vor zehn Jahren dafür eingesetzt habe, daß er
an der Militärakademie angenommen wurde . . .«
Dann hat Papa sich ein wenig entspannt und uns noch einmal
erzählt, wie Rachid im Jahr 1906 eingestellt worden war: Die
Sache mit den Kerzen und sein von dem Peitschenhieb aufge-
platztes Gesicht. Die Wunde hatte eine Woche lang geeitert. Das
Dienstmädchen legte ihm Weinblätter auf die Wange. Pauls
Kinder werden dieser Geschichte, die sie schon hundertmal
gehört haben, nicht überdrüssig. Armer Rachid!*

*23. April 1949*

*Dieser gräßliche Palästinakrieg hat verheerende Auswirkungen. Kairos jüdische Kaufleute schlafen seit den blutigen Explosionen bei Gattegno, bei Benzion und bei David Ades nicht mehr. Victor Levy hat mir erzählt, daß einige Familien in seiner Umgebung daran denken, auszuwandern. Aber das Unwohlsein beschränkt sich nicht auf die israelische Gemeinschaft. Neulich ist Nino, zitternd vor Wut – und sicherlich auch vor Angst -, bei uns angekommen. Man hatte ihn auf der Straße als »Zionisten« beschimpft, weil er kastanienrotes Haar hat. Nino denkt ernsthaft daran, nach Europa umzusiedeln! Alle sagen ihm, er sei verrückt. Nur Paul gibt ihm recht.*

Jener Nino, von dem Michel spricht, ist niemand anders als Antoine Touta, der »Onkel aus Amerika«. Man erzählt sich, daß die Sommersprossen auf seiner Nase bei seiner Geburt heftige Gerüchte in Umlauf gesetzt hätten. Zu jener Zeit, da Michel diese Zeilen schrieb, dachte Nino vielleicht daran, nach Europa auszuwandern. Doch schließlich sollte er sich im Juni 1950 in Brasilien niederlassen, wo er zwanzig Jahre später zum Gouverneur von Mato Grosso gewählt wurde.

»Nun, der hatte den richtigen Riecher«, sagte Maguy.

Als Kind stellte ich mir diesen Antoine Touta mit einem riesigen, von Sommersprossen bedeckten Riechorgan vor.

# 9

Zu Beginn der fünfziger Jahre ähnelte das Büro an der Place de l'Opéra in keinster Weise mehr dem, das Edouard Dhellemmes während des Ersten Weltkriegs kennengelernt hatte. Georges Batrakanis Unternehmen hatte sich immer mehr vergrößert und das ganze Haus vereinnahmt. Hinzu kamen noch die Filiale in Alexandria und die Tarbuschfabrik im Shubra-Viertel.

Zwar blieb die Pharmavertretung die Grundlage des Unternehmens, doch mein Großvater vertrat in Ägypten auch mehrere Marken ausländischer Werkzeugmaschinen und Uhren, ganz zu schweigen von den Parfums, der Wäsche und den Spitzen. Wenn die Chefs dieser Firmen nach Kairo kamen, bewirtete er sie fürstlich. Er organisierte große Abendessen und Ausflüge zu den Pyramiden und hatte ständig eine Loge in der Oper für sie reserviert.

Das Unternehmen hatte jetzt rund sechzig Angestellte, unter anderem vier Verkaufsdirektoren: zwei Syrer, einen Juden und einen Armenier. Die Buchhalter, die unter Makrams Oberaufsicht arbeiteten, waren – ausgenommen mein Vater – allesamt Kopten.

Paul hatte noch immer seine Anwaltskanzlei in dem Gebäude. Doch seit die Gemischten Gerichte abgeschafft worden waren, arbeitete er fast nur noch für die Firma, er kümmerte sich um juristische Fragen im Außenhandel. Da Georges Bey nicht mehr reiste, begab Paul sich etwa zweimal im Jahr nach Europa. Er war eleganter denn je und kleidete sich in den besten Geschäften in London und Mailand ein.

Alex war der Tarbuschfabrik zugeteilt worden. Bis auf seinen Vater wußte niemand, was er dort eigentlich tat, und offensichtlich tat er auch nicht viel. Doch so hatte man die Möglichkeit, ihm ein Gehalt zu zahlen, und er stand nicht mehr auf der Straße. Zur allgemeinen Verwunderung hatte dieser Hallodri im Jahr 1948 eine gute Partie gemacht, er hatte sich mit einer Karam-Tochter verheiratet, die noch dazu sehr hübsch war.

Die Fabrik in Shubra lief hervorragend. Seit Kriegsende gab es keine ausländische Konkurrenz mehr. Die 750 000 Tarbusche, die im Jahr 1950 verkauft wurden, stammten alle aus der nationalen Produktion, und ein Drittel von ihnen kam aus Georges Beys Fabriken. In vielen Geschäften verlangten die Kunden keinen Tarbusch mehr, sondern einen »Batrakani«.

Armee und Polizei gehörten seit Jahren zu den Kunden der Fabrik in Shubra. Mein Großvater verpaßte keine einzige Militärparade, denn auf jedem Geschützturm tauchte ein Tarbusch auf, den er gefertigt hatte. Später verbot der Generalstab, daß die Soldaten eine so auffällige Kopfbedeckung trugen. Jetzt war Phantasie gefragt: Georges war schneller als alle seine Konkurrenten, er zog eine Schutzhülle aus khakifarbener Baumwolle über seine Tarbusche und versah sie mit einem Schirm und einem Nackenschutz . . .

Die Zeitschrift *Rose el Jussef* widmete dem Erfolg der Fabrik in Shubra im Juni 1951 zwei ganze Seiten. Der Artikel trug die hübsche Überschrift »Tarbusch Bey«. Mein Großvater frohlockte.

Doch in der darauffolgenden Woche erschien in einer anderen arabischsprachigen Zeitschrift eine rächende Notiz:

Der Autor wunderte sich, warum ein so wichtiger Gegenstand von einem »Ausländer, der nicht einmal Moslem war«, hergestellt wurde. Georges Batrakani war außer sich. Er schickte einen wütenden fünfseitigen Brief an diese Zeitschrift, dem er die Nummer seines ägyptischen Passes und die Ernennung zum Bey erster Klasse durch König Fuad »für außergewöhnliche Verdienste um die heimische Industrie« beilegte. Der Brief wurde nie veröffentlicht.

## 10

Edouard Dhellemmes hatte den Verantwortlichen der ägyptischen Abteilung des Louvre, der sich auf der Durchreise in Kairo befand, zum Mittagessen ins Shepheard's eingeladen. Er hielt sich die Samstage frei für halb-berufliche Treffen in diesem Rahmen, der ihn bezauberte. Obgleich er jetzt eine hübsche Wohnung mit Blick auf den Nil in Zamalek hatte, hing das Herz des Franzosen doch am Shepheard's, wo er seit 1916 so häufig abgestiegen war. Das Personal behandelte ihn als alten Stammgast mit ausnehmender Zuvorkommenheit.

Als er gegen halb eins ankam, begrüßte er wie immer zuerst den Direktor in seinem Büro. Dieser hielt ihm lächelnd eines der beiden Goldenen Bücher des Hotels entgegen, das er gerade zurück in den Tresor legen wollte. »Sehen Sie nur, wer diese Woche bei uns abgestiegen ist.« Edouard pfiff bewundernd durch die Zähne und blätterte dann in dem Band, der ihm wohlbekannt war. Doch eigentlich zog er den ersten Band mit dem abgegriffenen Einband vor: Er war voll mit den Unterschriften legendärer Persönlichkeiten: Théophile Gautier, der zur Einweihung des Sueskanals in Ägypten weilte und dazu verdammt war, wegen eines Beinbruchs auf der Terrasse des Shepheard's zu logieren. Oder Stanley, der sich auf seiner x-ten Forschungsreise nach Schwarzafrika befand und diesen Aufenthalt genutzt hatte, um sein berühmtes Buch Memoiren des Emin Pascha zu schreiben ...

Einige Minuten später rief man Edouard ans Telefon. Es war der stellvertretende Konservator des Louvre, der sich entschuldigte, daß er angesichts der angespannten Stimmung, die in der Stadt herrschte, nicht kommen konnte.

Edouard zuckte die Schultern. Diese Frankreich-Franzosen waren Feiglinge. Er würde also allein zu Mittag essen, wahrscheinlich würde seine Stimmung trübe sein und ihm würde wieder einmal seine unendliche Einsamkeit bewußt werden.

Die angespannte Stimmung in der Stadt? Man rechnete tatsächlich angesichts der Ereignisse des Vorabends mit einigen Ausschreitungen. Doch als er mit dem Taxi aus Zamalek gekommen war, war Edouard nichts Besonderes aufgefallen.

Im Bereich des Kanals standen die britischen Streitkräfte seit Monaten einer Guerilla gegenüber, derer sie nicht Herr zu werden vermochten. Diesmal war der Angriff heftiger gewesen als gewöhnlich. Da sie wütend über die zwiespältige Haltung der ägyptischen Behörden waren, hatten sich die Engländer an die *buluknizam*, die Hilfspolizisten, gehalten. Beim Angriff auf zwei ihrer Kasernen in Ismailijja hatte es mehrere Dutzend Tote gegeben.

Der Franzose genoß sein gefülltes Täubchen in Gelee und beglückwünschte sich, einen Wein aus Kasra dazu gewählt zu haben. Doch als man ihm die Lammkeule servierte, bemerkte er eine ungewöhnliche Aufregung in dem Restaurant. Die Gäste erhoben sich und sahen durch die verglasten Türen, riefen die Kellner und fragten nach Erklärungen . . . Schließlich legte auch Edouard seine Serviette auf den Tisch und erhob sich, um nachzusehen, was dort vor sich ging.

»Das Filmtheater Rivoli hat gebrannt«, sagte der Maître d'Hôtel, »und es scheint so, daß jetzt auch das Metro in Flammen steht.«

Edouard hatte noch nicht das Büro des Direktors erreicht, als in der Halle ein großes Durcheinander entstand. Die Leute begannen zu laufen, flohen vor dem Feuer, das man dort gelegt hatte. Er sah einige Wahnsinnige, die die Vorhänge herunterrissen und sich der Möbel bemächtigten, um die Flammen zu nähren.

Nun begann auch Edouard zu laufen. Plötzlich stand er in der Nähe der Küche vor einem *soffragi*, der dabei war, die silbernen Bestecke in eine Tischdecke zu wickeln. Der überraschte Angestellte raffte seine Beute zusammen und lief eilig zu einer Hintertür.

»Folgen wir ihm!« rief auf deutsch ein Hotelgast, der sich auf demselben Gang befand.

Draußen brüllte die Menge anti-englische Parolen. Es war denkbar, daß sie vollkommen entfesselt reagierte, wenn sie jetzt zwei Ausländer sah, die das Hotel verließen. Der Deutsche zögerte eine Sekunde, dann entschloß er sich, auf die Demonstranten zuzulaufen, und rief:

»*Ana Almani! Ana Almani!*«

Wenn er ein *Almani* war, konnte er nur gegen die *Inglesi* sein . . . Sogleich verwandelte sich das Gebrüll in Beifall. Der Deutsche wurde gefeiert, und Edouard nutzte die Gelegenheit, um sich unter die Menge zu mischen.

Jetzt schlugen schon aus mehreren Zimmern des Hotels Flammen. Verstört hatten sich die Gäste, die nicht zu verstehen schienen, was hier vor sich ging, im Garten versammelt, der an der Rue Elfi lag. Unter ihnen befand sich auch ein Sopran der italienischen Gesangsgruppe, mit nackten Füßen und nur halb bekleidet, den man aus seinem Mittagsschlaf gerissen hatte.

Edouard sah voller Erleichterung, daß die Feuerwehr anrückte, ihre großen Leitern ausfuhr und ihre Schläuche auf die Flammen richtete. Doch sehr schnell kamen statt Wasser nur noch einzelne Tropfen: Man hatte die Schläuche unten durchgeschnitten. Die Feuerwehrleute stiegen unter dem Beifall der Menge kopfschüttelnd von ihren Leitern. Das Shepheard's stand in Flammen und war nicht mehr zu retten.

Edouard wandte den Blick von dem unerträglichen Schauspiel ab und ging Richtung Zentrum. Er sah in der Ferne das halbabgebrannte Filmtheater Diana. Die Aufständischen warfen Sessel aus dem Fenster, die auf der Straße zerschellten.

Andere, mit Beilen und Eisenstangen bewaffnet, rannten die Tür des Kaufhauses Avierino ein. Einer nach dem anderen drängten sie mit Benzinkanistern ins Innere, nachdem sie sich zuvor eines Tankwagens bemächtigt hatten, der jetzt ruhig an der Straßenecke stand. Das Feuer brach ganz plötzlich aus und ließ die Menge zurückweichen. Man hörte einen Schrei, der schnell erstickte: Einer der Brandstifter, der das Gebäude nicht mehr rechtzeitig hatte verlassen können, hatte sich in eine lebendige Fackel verwandelt.

Schüsse fielen, die wahrscheinlich von Polizisten in Zivil abgefeuert wurden. Edouard sah, daß mehrere Demonstranten blutend zusammenbrachen. Die Versammlung löste sich auf, aber nur, um sich etwas weiter entfernt, an der Place Khazindar vor dem Kaufhaus Sednaui, erneut zusammenzurotten.

Edouard hatte sich in eine Tornische geflüchtet und beobachtete hilflos mehrere Plünderungen. Metalljalousien wurden mit Eisenstangen angehoben, Scheiben zersplitterten, und mehrere Personen drangen ins Innere der Geschäfte und kamen, mit allen möglichen Gegenständen beladen, wieder heraus. Plötzlich dachte er an sein Geschäft, das wie jedes Wochenende geschlossen war.

Ungeachtet der Gefahr, eilte Edouard mit schnellen Schritten die Rue Kaser-el-Nil hinauf. Die Niederlassung Robert Hughes war abgebrannt, aber der Salon Vert gleich nebenan stand dank der schnellen Reaktion der Angestellten noch, die die Nationalfahne gehißt und geschrien hatten: »Ägypten den Ägyptern!« Bei Gattengo hatte man den Aufrührern ganz einfach Geld gegeben, damit sie ihres Weges zogen.

Am Ende der Rue Soliman Pascha blieb Edouard wie angewurzelt stehen. Er spürte weder seinen Kopf noch seine Beine. Er fühlte nichts mehr, er stand wie versteinert da und hatte die Augen starr geradeaus gerichtet: Von seinem Antiquitätengeschäft war nichts als ein riesiges schwarzes Loch übriggeblieben, in dem einige letzte Flammen züngelten. Zehn Minuten später stand er noch immer an derselben Stelle. Er hatte sich an eine Straßenlaterne gelehnt und verfolgte wie betäubt das grauenvolle Schauspiel. Schließlich ging der Franzose langsam auf das zu, was noch von seinem Geschäft übrig war. Der Brandgeruch ließ ihn unbeeindruckt. Zwischen den geschwärzten Mauern und dem von Trümmern übersäten Fußboden suchte Edouard verzweifelt nach den Objekten, die er seit Jahren mit so viel Liebe zusammengetragen hatte. Nicht ein Möbelstück war verschont geblieben. Nicht ein Hocker, nicht einmal ein Paravent.

Die Ikonen des heiligen Theodor und des heiligen Basil, die an der linken Wand gehangen hatten, die er die »koptische Mauer« nannte, waren verschwunden. Und mit ihnen auch das Chorpult mit den Ebenholzintarsien, die Cymander aus dem Wadi Natrun, die bronzenen Parfumlampen und tausend andere Schätze . . .

Der kolorierte Koran auf der anderen Seite mußte den ersten Flammen zum Opfer gefallen sein. Doch auch andere Objekte, die widerstandsfähiger waren, waren verschwunden: die Kupfertabletts mit den silbernen Einlegearbeiten, die Pistolen, die Musketen, die Stichwaffen, die Kamelsättel, die Lampen aus den Moscheen . . .

Edouard wandte mechanisch den Blick zu der durchlöcherten Decke: Nein, auch der Kronleuchter war verschwunden. Ein wundervoller sechseckiger Kronleuchter aus Bronze mit vierundzwanzig Kerzen. Der Franzose hatte sich hingehockt und ließ alle möglichen Trümmer durch seine Hände gleiten: das Bein eines geflochtenen Stuhls, den Boden eines großen Tonkrugs, dessen Motiv fehlte, eine halbe Gazelle aus blauer Fayence, ein verbogener Altarleuchter, die Überreste einer Truhe mit Kanopen. Er sah einen Fächer aus Straußenfedern, der mindestens einhundert Jahre alt war und der auf wundersame Weise dem Massaker entgangen war. Er ergriff ihn, faltete ihn auseinander, faltete ihn wieder zusammen und schob ihn in die Innentasche seiner Jacke. Dann verließ er die Brandstelle, ohne sich noch einmal umzudrehen.

Edouard wanderte ziellos durch die Straßen von Kairo, das Sirenengeheul und die sporadischen Schüsse ließen ihn unberührt. Sein Blick verweilte nirgendwo, weder auf dem verwüsteten Groppi in der Rue Soliman Pascha, noch auf dem zerstörten Circurel in der Rue Fuad oder auf dem Turf Club, dessen Dekor zerstört war und in dem sechs Engländer bei lebendigem Leib verbrannt waren . . .

Von Zeit zu Zeit glitt die Hand des Franzosen in seine Jackentasche, und seine Finger umklammerten den Fächer. Jeder andere hätte geklagt, weil er keine Versicherung gegen solche Schäden abgeschlossen hatte. Aber welche Versicherung hätte ihm den Bronzeleuchter, die

Teppiche aus dem neunzehnten Jahrhundert, die Statue des hockenden Schreibers aus Ebenholz zurückgeben können? . . . »Ich habe dieses Land geliebt, doch es wollte mich nicht . . .«, wiederholte Edouard beständig.

Ihm blieb noch ein wenig Geld in Frankreich. Doch die Vorstellung, an den Boulevard Vauban zurückzukehren, entsetzte ihn.

Es war schon fast Nacht. Ein Taxi hielt neben ihm. Die Tür öffnete sich, und der Chauffeur zwang ihn fast einzusteigen.

Zwanzig Minuten später betrat Edouard mit rußgeschwärztem Anzug wie ein Schlafwandler sein Haus. Er erwiderte nicht einmal den Gruß des *bawab*. Im Aufzug, der ihn in den fünften Stock brachte, suchte er seinen Schlüssel, und seine Hand spürte den Fächer. Eine unendliche Trauer erfüllte ihn.

Er war am Ende seiner Kräfte; er öffnete die Metalltür des Aufzugs und trat auf den Treppenabsatz. Er knipste nicht einmal das Licht an.

Edouard blieb abrupt stehen, als er einen Schatten auf den Treppenstufen sah. Sein Herz schlug zum Zerspringen.

»Ah! Da sind Sie ja endlich!« sagte Mima und erhob sich. Ein Lächeln erhellte ihr Gesicht. »Ich habe schon angefangen, mir Sorgen zu machen . . .«

## 11

*24. April 1952*

*Alex schwört, daß Faruk geweint habe, als Kairo am 26. Januar in Flammen stand. Vielleicht waren es keine Krokodilstränen. Man hat mir immer noch nicht erklärt, warum der König gerade an jenem Tag die Polizeichefs bei einem endlosen Mittagessen im Palast Abdin zurückgehalten hat, das er anläßlich der Geburt des Kronprinzen gab. Die Ordnungskräfte erwarteten Anweisungen, die nicht kamen. Auf alle Fälle hat der König von den Ereignissen profitiert, indem er Nahas Pascha für verantwortlich erklärte und ihn entließ.*

*Den letzten Statistiken zufolge, sollen an jenem schwarzen Samstag mehr als vierhundert Geschäfte ausgebrannt oder geplündert worden sein. Man weiß noch immer nicht, wer die Rädelsführer waren. Das Militärgericht konzentriert seine Suche auf die Helfershelfer.*

*Am Montag hat sich Edouard Dhellemmes zur Residenz der Engländer begeben, wo die Fundgegenstände ausgestellt waren. Es gab Dutzende von Gewehren, Revolvern, Nähmaschinen, Kühlkisten, einhundert Dosen Sardinen, zwei Photographien des Königs . . . Aber keine Spur von einer Ikone oder Statue.*

*Edouard nimmt die Sache gelassener, als man hätte annehmen können. »Er ist fast heiter«, sagt Papa. »Dieser Kerl wird mich immer in Erstaunen versetzen. Dabei hatte ich ihm gesagt, er solle lieber in der Tarbuschproduktion bleiben, statt sein Geld für diesen alten Plunder auszugeben!«*

*Merkwürdigerweise scheint Edouard betroffener von der Zer-*

störung des Shepheard's als von der seines eigenen Geschäfts. Es scheint, daß von den dreizehn Tresoren des Hotels nur ein einziger den Flammen zum Opfer gefallen ist. Es war der des Direktors. Es enthielt die Goldenen Bücher.

*

»Itinerar eines Offiziers«, das zunächst in Dar el Maaref auf arabisch veröffentlicht und wenige Jahre später ins Englische übersetzt wurde, ist keine große Literatur. Über gewisse Behauptungen, die Hassan aufstellt, gäbe es einiges zu sagen, wenn auch Gott sei Dank der Name unserer Familie nie erwähnt wird. Doch einige Seiten scheinen den wahren Sachverhalt wiederzugeben, wie etwa die Beschreibung der Nacht des 23. Juli 1952, in der Ägypten mit überraschender Leichtigkeit in die Revolution taumelte.

*Der motorisierte Konvoi rollte langsam, ohne Scheinwerfer dahin,* schreibt Hassan. *Ich saß neben dem Fahrer des vierten Panzerwagens und sah nervös auf meine Uhr: Es war halb ein Uhr nachts, und unsere Befehle waren noch immer ebenso ungenau. Wir fuhren zum militärischen Hauptquartier an der Brücke von Kubbeh und wußten immer noch nicht genau, was wir dort tun würden . . .*

Kapitän Hassan Sabri war begeistert, endlich handeln zu können, aber auch verärgert, keine genaueren Informationen von seinen Vorgesetzten bekommen zu haben.

»Halten Sie Ihre Männer bereit, an diesem Abend werden wir zur Tat schreiten«, das war alles, was der Leutnant Colonnel Jussef Saddik ihm gesagt hatte, der das Kommando über das erste motorisierte Bataillon hatte.

Seit mehreren Tagen herrschte ein Klima der Verschwörung in den Kasernen. Das »Komitee der freien Offiziere« war in aller Munde, doch niemand schien genau zu wissen, wer eigentlich zu dieser Untergrundorganisation gehörte. Alles, was man wußte, war, daß es ihm gelungen war, einen Helden des Palästinakrieges, den General Muhammad Nagib, an die Spitze des Offiziersclubs wählen zu lassen. Diese Wahl wurde sogleich vom König angefochten, der sich durch das Scheitern seines eigenen Kandidaten gedemütigt fühlte.

Der Fahrer bremste scharf, um nicht auf den Wagen vor ihnen zu fahren.

»Was ist los?« fragte Hassan und steckte den Kopf aus dem Fenster. Er stieg mit gezogenem Revolver aus. Der Jeep des *bikbachi* von Jussef Saddik fuhr an dem Konvoi entlang, um Erkundigungen einzuziehen.

Zwei Männer in Zivil, die aus einem Morris stiegen, wurden sogleich von Offizieren aus dem ersten Panzerfahrzeug umstellt. Man hatte ihnen befohlen, die Hände zu heben und sich nicht zu rühren. Doch einige Augenblicke später, nachdem der Kommandant sie erkannt hatte, gaben sie die Befehle.

»Die Operation ist vorverlegt worden. Das Hauptquartier muß sofort besetzt werden.«

Der Jeep übernahm die Führung des Konvois, der jetzt mit größter Geschwindigkeit auf sein Ziel zurollte. Hassan konnte seine Aufregung kaum zügeln: Endlich war die langersehnte Stunde gekommen, da die Monarchie gestürzt wurde. Auf diesen Augenblick wartete er schon seit zehn Jahren. Seit jenem traurigen Tag im Februar 1942, an dem der britische Botschafter mit Hilfe von Panzern in den Palast Abdin eingedrungen war, um Faruk zu zwingen, einen anderen Ratspräsidenten einzusetzen.

Dann war der Palästinakrieg gekommen. Hassan und einige seiner Kameraden waren enthusiastisch in diesen Krieg gezogen. Doch sehr schnell hatten sie feststellen müssen, daß dieser Krieg eine faule Angelegenheit war:

Die arabischen Armeen waren schlecht koordiniert, die Operationen kaum vorbereitet. Die Armee war alles andere als schlagkräftig, und später stellte man fest, daß skandalöse Bestechung im Spiel war, in die hohe Persönlichkeiten, wenn nicht gar der König, verwickelt waren ...

Hassan war aufgebracht nach Kairo zurückgekehrt, bereit zu kämpfen. Er hatte sich der »Moslemischen Bruderschaft« angeschlossen, aber für seinen Geschmack war diese Bewegung zu religiös und verhielt sich zu abwartend. In der Kaserne vergingen die Abende mit fieberhaften Diskussionen, die bis in die frühen Morgenstunden dauerten. Hassan war ein Verfechter der radikalen Methoden: die britische Botschaft sprengen oder etliche Würdenträger der Regierung umbringen ... Man hielt ihn für exzessiv. Er ereiferte sich und beschimpfte diejenigen, die ein vorsichtiges Vorgehen vertraten, als *mara*, als weibisch. Schon in der Militärakademie kochte er vor Ungeduld, wenn die anderen Kadetten Stunden in der Bibliothek mit der Lektüre von Clausewitz oder Elgood verbrachten, statt Schießübungen zu machen. Voller Bitterkeit mußte er feststellen, daß die Intellektuellen schneller in der Hierarchie aufgestiegen waren als er selbst.

Seit einem Jahr zögerte Hassan nicht mehr, die Kommandos zu unterstützen, die die britischen Truppen in der Kanalzone angriffen. Einige Offiziere belieferten sie mit Munition, er trainierte kleine Kampfgruppen.

Der Brand in Kairo hatte ihn überrascht, ohne ihn jedoch zu schockieren. Im ersten Augenblick hatte er darin ein gutes Mittel gesehen, mit jenen aufzuräumen, gegen die sich schon seit so langer Zeit sein Zorn richtete. Mit diesen Batrakanis zum Beispiel, denen gegenüber sein Onkel zu Lebzeiten so viel Nachsicht gehabt hatte ... Hassan ertrug es nicht, wenn er sagte, daß »der Bey dieses tat«, oder daß

»der Bey jenes dachte«. Er war überhaupt kein Bey, er hatte in schmutziger Weise profitiert, er war nicht einmal ein richtiger Ägypter und erlaubte sich, als der König des Tarbusch aufzutreten . . .

Bei Rachids Tod hatte sich Hassan noch mehr gedemütigt gefühlt, als Georges Batrakani zu ihm gesagt hatte. »Rachid war sehr großzügig. Er hat alles, was er verdient hat, um sich herum verteilt. Ich habe schließlich jeden Monat Geld für ihn zur Seite gelegt, um ihm eines Tages diese Summe übergeben zu können . . . Hier ist sie.«

Den ganzen Nachmittag hatten Hassan und seine Kameraden in der Offiziersmesse bruchstückweise Informationen aus Alexandria bekommen, wo sich der König und die ganze politische Spitze in der Sommerfrische befanden. Faruk hatte seine Regierung auf seine eigene Art gebildet und dem Präsidenten des designierten Rates einen Streich gespielt. Da es diesem nicht gelungen war, General Muhammad Nagib als Verteidigungsminister durchzusetzen und somit die Armee zu besänftigen, hatte er resigniert und dieses Amt dem Innenminister übertragen. Aber in dem Augenblick, als sich die Regierungsmitglieder anschickten, ihren Eid abzulegen, hatte Colonel Ismail Cherine, der Schwager des Königs, das Zimmer betreten.

»Ich stelle Ihnen den neuen Verteidigungsminister vor«, hatte Faruk gesagt und war angesichts der erstaunten Versammlung in schallendes Gelächter ausgebrochen.

»Die Panzerfahrzeuge des ersten motorisierten Bataillons bezogen langsam um das Hauptquartier Position«, erzählt Hassan in seinem Buch. »Ein höherer Offizier fuhr von einem Fahrzeug zum anderen, um uns Anweisungen zu geben. Gleich beim ersten Schuß fühlte ich mich voller Enthusiasmus. ›Alle Mann mir nach!‹ hatte Jussef Saddik gerufen. Als wir gewaltsam in das Zimmer des Generalstabschefs eindrangen, hatte sich dieser hinter einem Paravent versteckt. Er feuerte drei Schüsse ab. Eine Frage der Ehre. Dann ergab er sich. Der vierte General war gefallen ...«

Wenig später dirigierte Hassan, der übererregt war, einige Fahrzeuge vor dem Zentralgebäude um, als ein Offizier auf ihn zugelaufen kam und voller Freude schrie: »Hussein el Chafeis Panzer kontrollieren den Bahnhof und den Radiosender.«

Sie fielen sich in die Arme. Alle umarmten sich. Das Hauptquartier, das taghell erleuchtet war, war von einer jubelnden Menge erfüllt. Jeeps, in denen schlanke junge Offiziere mit Schnauzbärten und strahlenden Gesichtern saßen, kamen an und fuhren ab. Man erwartete die Ankunft des Generals Muhammad Nagib, des designierten Anführers eines Staatsstreichs, über den er vorher nicht einmal informiert worden war ...

*Um drei Uhr morgens ging ich nach draußen, um mir die Beine zu vertreten. Ich dachte an meinen Vater Sabri, der im Jahr meiner Geburt während der Revolution von 1919 ums Leben gekommen war. Ein Vater, dessen Gesicht ich nie – nicht einmal auf einer Photographie gesehen hatte. Als Kind kannte ich ihn nur aus den Erzählungen meines Onkels Rachid, der ihn mir als einen leidenschaftlichen Mann schilderte, der nach sozialer Gerechtigkeit strebte. Später haben mir einige alte Arbeiter der Zigarettenfabrik von Sayeda Zeinab den Kampf dieses Märtyrers ausführlicher geschildert, der mitten auf der Straße wie ein räudiger Hund abgeknallt worden war, weil er die Partei zu sehr geliebt hatte ... (»Itinerar eines Offiziers«)*

Kapitain Hassan Sabri betrachtete nachdenklich das erleuchtete Hauptquartier. Er strich über den Griff seines Revolvers und würdigte das Andenken an den Märtyrer von 1919, den eine elende Kugel getroffen und seine *galabeiya* durchlöchert hatte.

402

# NEUNTER TEIL

# Ein sehr sympathischer General

# 1

Der Zorn meines Großvaters wollte nicht verrauchen.

»Das sind Kommunisten. Kommunisten und Intellektuelle. Sie werden das Land ins Verderben führen.«

Die Militärs hatten Faruk am 23. Juli 1952 gestürzt und auf der Stelle beschlossen, daß alle nationalen Ehrentitel abgeschafft würden: In Ägypten gab es ab sofort keine Beys und keine Paschas mehr. Dieses Verbrechen würde ihnen Georges Bey nie verzeihen.

»Und wenn man bedenkt, daß mein idiotischer Schwager weiterhin Graf bleibt! Und was für ein Graf! Ein dahergelaufener Graf!«

Drei Monate später hatte das »ungebildete Pack« seine Lage noch durch den Erlaß eines neuen Agrargesetzes verschlimmert: Ab sofort durfte niemand mehr als zweihundert *feddans* bewirtschaftetes Land besitzen.

»Und das, ist das vielleicht nicht kommunistisch?« tobte Georges Batrakani, der mindestens fünfhundert besaß.

»In den kommunistischen Ländern werden die Güter ohne Gegenleistung beschlagnahmt«, entgegnete Makram ruhig. »Du hingegen bekommst eine Entschädigung.«

»Hör auf, ich bitte dich! Ihre Ausgleichszahlung wird in Staatsanleihen bezahlt, die über dreißig Jahre tilgbar sind. Wir werden nichts von diesem Geld sehen.«

»Du bekommst eine Entschädigung, sage ich dir. Außerdem erlaubt das Gesetz, daß du, ehe diese Bestimmung in

Kraft tritt, einhundert *feddans* an deine Kinder und den Rest an Kleinbauern verkaufst.«

»Tu nicht so unschuldig! Du weißt genau, daß keiner von den Fellachen Geld hat, um etwas zu kaufen. Die warten lieber ganz ruhig ab, bis der Staat ihnen das schenkt, was er uns gestohlen hat. Wie mein Bruder Ferdinand zu sagen pflegte . . .«

Makram, dessen Augen schlechter geworden waren, gelang es nicht, in der Dämmerung seine Zigarette zu drehen. Er ging zum Fenster, um das Licht der blinkenden Coca-Cola-Reklame zu nutzen.

»Du weißt ganz genau, daß die Aufteilung von Grund und Boden ein Skandal ist, Georges. Sechzig Landbesitzern gehören zwanzig Prozent der landwirtschaftlich genutzten Fläche dieses Landes . . .«

»Ich gehöre nicht zu diesen sechzig.«

»Aber du gehörst zu den fünfhundert, denen zusammen mehr als ein Zehntel der Ländereien gehört. Dabei gibt es insgesamt zwei Millionen siebenhunderttausend Landbesitzer.«

»Na und? Bist du jetzt etwa auch Kommunist geworden?«

Wenn das Gespräch diese Wendung nahm, zog der Mann in Schwarz es vor, zu schweigen. Er erinnerte sich an das Gespräch, das am 25. Juli in eben diesem Büro stattgefunden hatte.

»Hast du bemerkt, daß eine grundsätzliche Änderung eingetreten ist?« hatte Georges gesagt.

»Natürlich, und das freut mich. Zum ersten Mal seit Jahrhunderten wird Ägypten von den Ägyptern regiert.«

»Ja, ja . . . aber ich spreche von einer tiefgreifenden, einer schlimmeren Veränderung. Hast du nicht Nagibs Kopf gesehen?«

»Was ist denn mit seinem Kopf?«

»Na, ich bitte dich . . . Er trägt keinen Tarbusch. Es ist das erste Mal, daß sich ein neuer Herrscher ohne Tarbusch vor dem ägyptischen Volk zeigt.«

»Nagib ist General. Er trägt eine Schirmmütze, das ist normal.«

»Aber nein, du hast nichts begriffen. Weder er noch die Offiziere, die ihn umgeben, sehen so aus, als würden sie je einen Tarbusch tragen. Das ist schlimm, Makram, sehr schlimm. Bei solchen Leuten weiß man nicht, wie es weitergeht.«

»Wir wissen auf alle Fälle, wie es vorher war, und das ist Grund genug, daß es anders weitergeht«, entgegnete der Kopte lächelnd. »Ich habe vor allem festgestellt, daß diese *bikbachis* schlank und sportlich sind. Die Herrschaft der Dickleibigen ist beendet.«

»Keine Sorge, auch sie werden dick werden. Ebenso wie deine geliebte Wafd-Partei fett geworden ist, seit sie mit der Macht in Berührung gekommen ist. Heute verlangen die Offiziere ihre ›Säuberung‹.«

Nahas Pascha hatte sich nach seiner Entlassung durch den König anläßlich des Brandes von Kairo nach Vichy begeben, um sich dort zu erholen. Und zwar in Begleitung seiner Ehefrau, der berühmten Zouzou, die in den Verdacht geraten war, die Baumwollpreise beeinflußt und manipuliert zu haben. Der Militärputsch fand während ihrer Kur statt. Nahas hatte eilig das nächste Flugzeug genommen. Als er um ein Uhr morgens in Kairo ankam, klopfte er mitten in der Nacht an die Tür des Generals Nagib, überzeugt davon, daß die Offiziere ihm die Macht übertragen würden. Doch er bekam nur die Antwort, daß der Wafd aufgefordert sei, sich – ebenso wie alle anderen Parteien – einer grundlegenden »Säuberung« zu unterziehen, und er selbst sich ab jetzt von allen politischen Aktivitäten fernzuhalten habe.

»Du hast ja meine Befürchtungen hinsichtlich des Tarbusch nicht ernst genommen«, sagte Georges, »aber jetzt bestätigt es sich, daß diese Kommunisten dem Land seine Kopfbedeckung nehmen wollen.«

Und man begann tatsächlich, den Tarbusch zu bekämpfen. Er sei ein Überbleibsel aus der Vergangenheit, behaupteten einige Mitglieder des neuen Regimes. Um sich bei ihnen beliebt zu machen, hatten die Ulemas alte *fatwas* ausgegraben, denen zufolge die Moslems auch einen Hut oder eine Schirmmütze tragen dürften, sofern dies nicht Zeichen der Verachtung für die Religion oder des Vaterlandes sei.

»Das ist doch unglaublich!« kommentierte mein Großvater.

»Wenn man bedenkt, daß der Tarbusch als Zeichen, als Symbol des Nationalismus und des Islam galt. Gestern hat man mir zum Vorwurf gemacht, daß ich Tarbusche herstellte, obgleich ich ein *khawaga* bin. Heute erklärt man uns, daß ein Hut mit einer Krempe schon früher von den Arabern getragen wurde, während der Tarbusch westlichen Ursprungs und der Vorläufer der phrygischen Mütze sei!«

Jeden Morgen schlug Georges, erfüllt von bösen Vorahnungen, seine Zeitung mit den dicken roten Schlagzeilen auf. Man wußte nie, was einem diese schmierigen Blutspuren verkünden würden. Einmal war es die Senkung der Mieten um fünfzehn Prozent, ein andermal war es die Abschaffung der unveräußerlichen Privatgüter, der berüchtigten *wakfs*, und beim nächsten Mal Verhaftungen. Der Henker von Alexandria, ein überzeugter Patriot, hatte den neuen Herrschern ein Telegramm geschickt: »Bin bereit, Verräter kostenlos aufzuhängen.«

Mein Großvater verfluchte sich, weil er am 11. Februar vergangenen Jahres öffentlich dem König zu seinem Geburtstag gratuliert hatte. Die Firma Batrakani und Söhne, so wie dreißig andere (Gattegno, Misrair, Hannaux, Seifenfabrik Kahla . . .) hatten in der Zeitung PROGRÈS EGYPTIEN eine ganzseitige Anzeige aufgegeben, um »am Fuße des Thrones ihre untertänigsten Wünsche und ihre unendliche Dankbarkeit darzulegen«.

»Dankbarkeit? Wofür denn?« hatte Makram ironisch gefragt. »Weil an dem Schwarzen Samstag vierhundert Geschäfte in Kairo ausgebrannt oder geplündert worden sind?«

Die Coca-Cola-Reklame erfüllte das Zimmer mit roten und weißen Lichtstreifen.

»Du muß zugeben, daß es eine sehr zivilisierte Revolution ist«, fuhr der Kopte fort. »Kein Tropfen Blut ist vergossen worden. Und man hat Faruk mit seiner Familie und seinem Vermögen auf seiner Jacht nach Capri abziehen lassen . . .«

»Das war ja wirklich eine glänzende Idee, Ehrenwort! Dieser Idiot von Faruk hatte wirklich die besten Bedingungen. Als er neunzehnhundertsechsunddreißig auf den Thron kam, wurde er bewundert und verehrt. Trotz seiner Eskapaden während des Krieges jubelte das Volk ihm zu. Aber er war krank. Die Drüsen . . .«

»Er ist von seiner Umgebung verdorben worden.«

»Nicht nur von seiner Umgebung, Makram Effendi! Ich werde nie vergessen, wie dein Nahas den Rücken vor ihm gebeugt hat, um dieses siebzehnjährige Kind zu begrüßen: ›Majestät, ich möchte Sie um eine Gunst bitten: Darf ich Ihre Hand küssen?‹. Ah, nicht schlecht, dein Wafd!«

»Eine neue Zeit ist angebrochen, Georges.«

»Ja, es gibt keinen Wafd mehr. Es gibt nur noch ungebildetes Pack in Uniform, das sich im Palast tummelt und *foul*-Sandwiches ißt, und das uns bald alle zum Teufel jagen wird. Zum Teufel, verstehst du?«

## 2

»Liebling, deine Tasche ist bezaubernd. Ich wette, du hast sie bei Cicurel gekauft.«

»Ach was, Cicurel! Ganz schlicht bei Orosdi!«

»Das mußt du mir schwören.«

»*Christos Anesti!*«

»Oh, Alex! Ich wußte nicht, daß du zum Mittagessen kommen würdest! Man hat mir gesagt, daß du an irgendeiner Rallye nach Alexandria teilnimmst.«

»Nein, der Ostersonntag ist heilig. Ich würde nie Mamas *caaks* verpassen.«

»Danke, *habib*. Vor allem müßt ihr mir nachher alle sagen, was ihr von meiner *kobeiba* haltet. Ich habe Angst, daß Osta Ali sie zu stark gesalzen hat.«

»Findest du nicht, Georges, daß General Nagib sehr sympathisch ist?«

»Da wird Selim dir sicherlich nicht widersprechen, er verehrt ihn.«

»*De gustibus et coloribus . . .*«

»Nagib wirkt sehr britisch mit seiner Pfeife und seinem Stock unter dem Arm.«

»Welch ein Brite! Mit seiner plattgedrückten Nase und seiner dunklen saudiarabischen Haut wirkt er eher wie ein Fellache.«

»Ich finde Nagib sehr witzig mit seinem gelben Chevrolet-Cabriolet.«

»Das ist mal was anderes als die roten Autos des Königs!«

»Anscheinend hat man vierhundert rote Autos über die diversen Garagen des Palastes verteilt gefunden.«

»Ich wüßte zu gerne, was aus dem Mercedes geworden ist, den ihm Hitler achtunddreißig geschenkt hat.«

»Mima, Ihr Fächer ist wundervoll. Ich wette, das sind Straußenfedern.«

»Übrigens, André, kennst du Monsignore Zoghby? Was ist denn das für eine Liebeserklärung an Nagib? ›Wir lieben Sie, wie wir noch nie zuvor jemanden geliebt haben . . . Wir sind zu allen Opfern bereit, um Ihnen zu gefallen . . .‹ Ist der verrückt oder was?«

»Warum verrückt? Viele Christen denken so.«

»André hat recht. Der gute Nagib schreibt Freundschaft groß. Er scheint ganze Tage in der Kirche zu verbringen. Mitternachtsmesse an Weihnachten bei den orthodoxen Kopten, eine zweite Messe zu Pfingsten, was weiß ich, welche Messe bei den Maroniten . . .«

»Hast du gesehen, Papa, daß er den christlichen Studenten empfangen hat, der neulich an der Universität verletzt wurde, und daß er ihm ein Evangelium mit Goldschnitt geschenkt hat?«

»Von dem Goldschnitt wußte ich nichts . . . Ihr seid noch jung, Kinder, ihr begeistert euch. Ich kann sie gleich einordnen, diese Führer ohne Tarbusch, diese Barhäuptigen. Nagibs Ausflüge in die Kirche sind sicher sehr schön. Es ist sehr schön, wenn er die Maroniten mit Edelsteinen vergleicht . . . Aber all das ist nichts als *kalam.* Man muß einen Menschen nach seinen Handlungen beurteilen, wie mein Bruder Ferdinand zu sagen pflegte.«

»Dein Vater hat recht. Werden die Offiziere den Islam als Staatsreligion beibehalten? Werden sie nicht die konfessionellen Gerichte abschaffen? Das sind die wahren Fragen. Bisher haben wir nur schlechte Nachrichten gehört.«

»Das stimmt. Wir haben ein idiotisches Landwirtschafts-
gesetz bekommen, das schon an seine Grenzen stößt. Was
Arbeitsauseinandersetzungen betrifft, so haben wir ein
noch idiotischeres Gesetz bekommen, und das einzig und
allein, um die Arbeitgeber zu verärgern . . .«

»Ich habe Nagib einen sehr bedeutsamen Brief geschrieben.«

»Und hat er dir geantwortet, Onkel Edmond?«

»Er steht sicherlich noch unter dem Einfluß des Schocks.
Bei den Zahlen, die ich ihm mitgeteilt habe, der Arme . . .«

»Hast du in LE JOURNAL D'EGYPTE den Artikel über die drei
Schwestern aus Mansura gelesen, die alle drei am gleichen
Tag entbunden haben und von denen jede Fünflinge zur
Welt gebracht hat? Fünfzehn Kinder insgesamt!«

»Fünfzehn Kinder? Mein Gott, das ist doch grauenvoll!«

»Wollt ihr nicht zum Essen kommen? Die *kobeiba* darf
nicht kalt werden. André, setz dich gegenüber von deinem Vater. Und ihr, die Jungvermählten, setzt euch
nebeneinander. Ja, ja, Mima neben Edouard, das ist Tradition.«

»Wißt ihr, daß es im Palast jemanden gab, der eine Kartei
über alle Geliebten von Faruk geführt hat, mit Adresse,
Telefonnummer, Photo und Biographie, bitte sehr.«

»Alex, bitte! Die Kinder . . .«

»O nein, ich habe nicht behauptet, daß Faruk Champion
auf diesem Gebiet war. Er mußte sich stimulieren. Neulich
hat man ausländische Journalisten seine Geheimsamm-
lung im Palast von Kubbeh besichtigen lassen. Die Typen
sind vor Staunen anscheinend fast auf den Hintern gefallen . . ., wenn ich so sagen darf.«

»Alex, bitte!«

»Abgesehen von den Dingen, von denen Alex spricht, findet man in den Palästen von Kubbeh und Abdin wahre

Schätze. Wußtet ihr, daß bald alles versteigert wird? Man spricht von der größten Versteigerung des Jahrhunderts . . .«

»*Beati possidentes!*«

»Anscheinend soll Faruk nicht nur Briefmarken, Münzen und Edelsteine gesammelt haben, sondern auch Pfeifen, Krawatten und Lorgnetten, ja, er soll sogar eine Tarbusch-sammlung . . .«

»Warum sogar?«

»Entschuldige, Georges . . . Auf alle Fälle wird unser Freund Edouard Dhellemmes alles finden, um sein nächstes Geschäft zu bestücken.«

»Ja, ich werde mit Mima zu der Versteigerung gehen, wenn wir vorher in der Lotterie gewonnen haben.«

»Monsieur Dhellemmes, wußten Sie eigentlich schon, daß man in Kubbeh eine ganze Serie von Kandelabern gefunden hat, auf denen die Fabeln von La Fontaine dargestellt sind?«

»Nein, Michel, aber bei all dem, was sich Faruk angeeignet hat . . . Ich habe mich köstlich amüsiert, als ich neulich erfahren habe, daß man in Faruks Truhen im Palast ein Schwert gefunden hat, das dem Schah des Iran gehört hat.«

»Churchill ist es gelungen, seine Uhr sofort zurückzubekommen. Kennt ihr die Geschichte von Churchills Uhr?«

»Nein, erzähl.«

»Mama, deine *kobeiba* ist göttlich. Meine Samia wäre nicht in der Lage, so etwas zu kochen.«

*

Man redete und redete, man redete endlos über alles mögliche.

Als Kinder stritten wir uns darum, den geringsten Sturz mit dem Fahrrad oder den kleinsten Zwischenfall zu berichten. »Das könnte man erzählen«, rief derjenige, dem irgend etwas Eigenartiges oder Lustiges zustieß. Ich glaube ohnehin, daß wir gewisse Dinge nur erlebt haben, damit wir sie erzählen konnten.

Wir erfanden auch ein wenig dazu und rückten die Wirklichkeit zurecht. Unbedeutende Tatsachen wurden in unserem Mund zu Heldentaten. Dieselben Vorkommnisse wurden fünf-, zehn-, zwanzigmal erzählt, aber am Ende waren es nicht mehr dieselben. So ist die Geschichte unserer Familie mit Anekdoten durchzogen, die nur halb der Wahrheit entsprechen und die durch ständige Wiederholung und trotz Ausschmückung so etwas wie Beweiskraft erlangten.

Diese Übertreibungen erklären sich vielleicht durch unsere Ohnmacht. Stand nicht unser Drang zur Schwatzhaftigkeit und der Wunsch uns zu rühmen in proportionalem Verhältnis zu unserem geringen Einfluß auf die Ereignisse? Das Wort kompensierte die Untätigkeit und das um so perfekter, als man zwei oder drei Sprachen zugleich benutzten konnte. In jedem Satz konnte man einen englischen Ausruf einflechten oder ein arabisches Verb in der Vergangenheit konjugieren. Da wir keine dieser Sprachen wirklich beherrschten, gebrauchten wir alle drei zugleich. Wir pickten uns, unseren Bedürfnissen entsprechend, aus allen drei Tellern etwas heraus. Statt uns zu zwingen, das richtige Wort in einer Sprache zu suchen, nahmen wir es aus einer anderen, in der es wesentlich einfacher zu finden war. Dieser Automatismus gab uns die Möglichkeit zu reden und zu reden, das einzige Hindernis war dabei unser Nachbar, der ebenfalls darauf brannte, seine Geschichte loszuwerden . . .

# 3

Ich war acht Jahre alt, und ich befand mich im Paradies. Wir hatten uns seit Beginn der Sommerhitze nach Dekheila begeben und würden bis Ende September dort bleiben. Dort waren etwa zehn oder zwölf Familien, ganz zu schweigen von den Freunden und deren Freunden ...

Vor uns lag das Meer. Hinter uns die Wüste. Selim und Viviane hatten ein gelbes Haus gemietet, das ein wenig außerhalb des Dorfes lag. Die meisten anderen Familien wohnten im Nachbarhaus. Wir Kinder wohnten sowohl bei den einen als auch bei den anderen. Es gab keine Türklingeln und keine langen Umstände, es war ein freies Leben. Mehrere Monate vergingen mit Baden, mit Angeln auf den Felsen, Kletterpartien in den Feigenbäumen und »Räuber und Gendarm« spielen.

Am Strand gab es weder Kabinen noch Bademeister. Nur Algen, kleine Teerflecken oder einige Flaschen, die die großen Schiffe uns freundlicherweise geschickt hatten, die aber nie eine Nachricht enthielten. Es gab niemanden, der den Strand reinigte oder überwachte. Bei schlechtem Wetter hatten es die Soldaten aus der benachbarten Kaserne, diese Bauern, die nicht schwimmen konnten, nicht leicht. Doch am nächsten Tag bot sich den Paddelbooten ein samtweiches, friedliches Meer dar, das uns mit Begeisterung erfüllte.

Um vier Uhr nachmittags, nach dem obligatorischen Mittagsschlaf, kam der *Ice-cream-gelati*-Verkäufer – während der

Saison war er mehrsprachig – auf seinem Dreirad. Seine Schätze – garantiert mit Farbstoff – kosteten einen Piaster pro Stück. Zwanzig Kinder, die an ihrem Eis und ihren Fingern leckten, begleiteten ihn auf seiner restlichen Runde.

Die übrige Zeit verbrachten wir damit, Krieg zu spielen. Um Pfeil und Bogen herzustellen, gab es nichts Besseres, als einen entblätterten Palmenwedel. Und das Pferd existierte nur in unserer Phantasie. Meines war ganz weiß und hieß Tarbusch.

Die Umgebung von Dekheila war noch von den Spuren der Liebenswürdigkeiten gezeichnet, die Rommel und Montgomery während des Krieges ausgetauscht hatten. Ein wahrer Glücksfall für die Räuber und Gendarme, für die Cowboys und Indianer, die die Betonfestungen für ihre Zwecke herrichten konnten. Am Spätnachmittag unterbrachen wir unser Spiel, um leere Konservendosen auf die Eisenbahnschienen zu legen. Nach der Durchfahrt des kleinen Zuges würden sie vollkommen platt sein! Es war ein ganz kleiner Zug ohne Passagiere, und niemand wußte, wohin er fuhr oder wozu er diente . . .

Von montags bis freitags waren Viviane, Lola und ihre Freundinnen mit den Kindern allein. Ehe sie schwimmen gingen, spielten sie für die schlanke Linie wie besessen am Strand Badminton.

Am Samstag postierten wir uns an der Straße, die durch die Wüste führte, und warteten auf die Ankunft unserer Väter und Gäste. Diese Straße war ein häßliches Asphaltband, das von der Hitze weich geworden war. Von Zeit zu Zeit tauchten in langsamem Tempo alte Chevrolet-Lastwagen auf, die dampften und schnauften, daß es einem das Herz brechen konnte.

Alex, der für ein Wochenende nach Dekheila gekommen war, hatte großen Erfolg bei den Kindern. Wir umstanden

416

seinen Jeep, beäugten ihn und strichen mit der Hand über das Blech. Wir stiegen zu zehnt ein, um eine Runde zu drehen und uns unter Freudengeheul durchschütteln zu lassen. Mit seinen zweiundvierzig Jahren, seinen eigenartigen Autos, seinem über der Brust geöffneten khakifarbenen Hemd und seinem sehr britischen Schnauzer wirkte er wie ein wahrhaftiger Abenteurer.

»Ist das dein Onkel?«

»Genau! Und er hat dreimal bei der Rallye Kairo-Alexandria mitgemacht . . .!«

Auch Mima kam von Zeit zu Zeit. Ihre Blumenkleider brachten ihr unzählige Komplimente ein. Wir fielen ihr um den Hals und ließen dabei Edouard Dhellemmes nicht aus den Augen, der ihr, beladen mit Schätzen aus der Konditorei Pastroudis, folgte: Schokoladen-Eclairs, Cremeschnitten und kleine, rumgetränkte Kuchen . . .

In Edouard Dhellemmes hatte ich einen französischen Großvater. Darauf war ich sehr stolz. Wir nannten ihn Bon-Papa, denn die üblichen Bezeichnungen wie *nonno* oder *gueddo* kamen natürlich für einen Großvater mit so blauen Augen und einer so weißen Haut, der nicht mehr als dreißig Worte Arabisch sprach, nicht in Frage.

Mima hätten wir der Tradition entsprechend eigentlich *teta* nennen müssen. Aber durch eine feinsinnige Verknüpfung war für ihre Enkel daraus Tita geworden.

Kuchen-Bon-Papa und Blumen-Tita mußten zumeist noch am selben Abend nach Alexandria zurückkehren. Durch unser Betteln gelang es uns oft, sie über Nacht zurückzuhalten, manchmal verlängerten sie sogar ihren Aufenthalt. Meinen Spielkameraden rief ich immer wieder stolz in Erinnerung, daß ich einen französischen Großvater hatte, und manchmal mogelte ich ein wenig und dichtete ihm einen blau-weiß-roten Schlafanzug an, um somit seine wertvolle Nationalität ein wenig mehr hervorzuheben.

Paul und die Schweizerin hatten natürlich nicht vor, auch nur eine Minute in Dekheila, diesem verlorenen Loch ohne Ruf und Stil, zu verbringen. Sie hatten sich in einem geräumigen Haus in Agami eingerichtet, das an einem prächtigen weißen Strand lag, den die türkisfarbenen Wellen überspülten. Wir besuchten sie etwa einmal im Monat. Das war eine wahre Expedition. Selims weißer Peugeot 203 fuhr sich unausweichlich auf den sandigen Wegen fest, und ich zitterte vor Angst, denn ich war überzeugt, daß wir nicht mehr herauskommen würden.

Jeden Sonntag kam ein italienischer Franziskanermönch aus Alexandria und öffnete die kleine Kirche von Dekheila, die ein wenig oberhalb der Straße lag. Natürlich wurde die Messe auf lateinisch gelesen. Es war der einzige Tag in der Woche, wo unsere Hemden wirklich weiß und unsere Haare gekämmt waren.

In der Mitte des Sommers traf sich die ganze Familie in der Villa von Georges und Yolande Batrakani in Sidi Bishr. Die Fahrzeit betrug etwa eine Stunde. Nach dem Mex fuhren wir an den Gerbereien vorüber, und Viviane hielt sich die Nase zu. Wir Kinder saßen hinten, klatschten Beifall und öffneten die Fenster, um tief jenen Gestank einzuatmen, der ebenso zu den Ferien gehörte wie der Duft der Algen und des Jasmins. Und Selim hupte, er hupte zu Ehren des Ereignisses.

In Sidi Bishr fuhren wir an dem schwimmenden Haus des Sesostris Bey vorbei. Der Besitzer, der jetzt beinahe neunzig Jahre alt war, war noch keineswegs gebrechlich, doch er empfing keine Besucher mehr. Man erzählte sich, daß er allein auf einer kleinen Düne saß und mit seinem großen

Marine-Fernglas das Meer absuchte. Zweimal wöchentlich ließ er sich Lebensmittel bringen.

Im Garten der Batrakanis spielten meine Cousins und ich Sultan. Seine Ankunft im Collège, das Gedicht, das Michel aufsagte, das Lob . . . Die ständigen Veränderungen dieser Geschichte gaben Anlaß zu allen möglichen Zankereien und Kontroversen.

Ende der zwanziger Jahre hatte meine Großmutter Lola folgende Version präsentiert:

»Micho hatte sein Gedicht so gut aufgesagt, daß der Sultan auf ihn zuging und ihn umarmte. Da begannen alle Schüler der Klasse zu applaudieren.«

Zwanzig Jahre später erzählte Lola wiederum den Söhnen von Paul die Geschichte folgendermaßen:

»Im Hof hatte man ein großes Zelt aufgestellt. Euer Onkel Michel sagte sein Gedicht so gut auf, daß alle Schüler des Collèges applaudierten. Da erhob sich der Sultan von seinem Sitz und befahl der Militärkapelle, die Marseillaise zu spielen . . .«

Bei unseren Spielen in den Jahren 1952 und 1953 orientierten wir uns im allgemeinen an der Darstellung, die einer der Söhne von Paul gegeben hatte, der älter war als wir:

»Onkel Micho hat *Le Laboureur et ses Enfants* so gut aufgesagt, daß man in ganz Kairo davon sprach. Sultan Husein, der ein Verehrer von La Fontaine war, wollte dieses Wunderkind hören. Also organisierte man einen Besuch im Collège der Jesuiten für ihn. Nach dem Vortrag umarmte er Michel und lud ihn in den Palast ein, während die Musiker der Garde des Sultans mit ihren Geigenbögen ein Ehrenspalier bildeten.«

Manchmal ging es bei unseren Auseinandersetzungen um ein bestimmtes Hauptproblem.

»Es stimmt doch, Onkel Micho, daß der Sultan auf einem großen weißen Pferd zum Collège geritten kam und daß er dich hinter sich aufs Pferd gesetzt hat, um dich mit in den Palast zu nehmen?«

Mein Pate sah uns verblüfft an und korrigierte unsere Version leicht. Er wollte uns nicht allzu sehr enttäuschen. Aber ich glaube, daß er sich ein wenig seiner Geschichte beraubt fühlte. Diese Apokryphen, die immer mehr ausgeschmückt wurden, griffen langsam die offizielle Version an und würden sie bald verdrängt haben.

Eines Tages nannte ich Michel im Eifer des Gefechts »Onkel Soltan«. Das kam so spontan, daß die anwesenden Erwachsenen in schallendes Gelächter ausbrachen. Dieser Spitzname wurde dann sehr schnell von den anderen Kindern der Familie übernommen.

## 4

Wenn Georges Bey in der Ferne einen Leichenzug sah, befahl er dem Chauffeur, am Straßenrand anzuhalten und zu warten. Der Anblick eines Tarbusch, der auf dem Sarg lag, um zu zeigen, daß der Verstorbene männlichen Geschlechts war, rührte ihn immer sehr. Leider verlor sich diese Tradition. Die Angriffe auf den Tarbusch begannen Früchte zu tragen.

Mein Großvater hatte das JOURNAL D'EGYPTE abbestellt, da der Inhaber, ein Syrer, kein Mittel scheute, um seine frühere Verbundenheit zum Königshaus vergessen zu machen. Gleich im Sommer 1952 hatte die Tageszeitung die Hymne von der Entwurzelung der Tradition angestimmt, den »Fanatismus, der vom Tarbusch ausgeht« gegeißelt und die Abschaffung dieser »Kopfbedeckung, die man beharrlich als typisch ägyptisch bezeichnet«, gefordert: »Ob man ihn nun durch den Strohhut oder den mexikanischen Sombrero ersetzt . . ., das wichtigste ist, daß er verschwindet.«

»Mexikanischer Sombrero! Hast du das gehört, Yola? Sie wollen einen mexikanischen Sombrero, diese Idioten!«

Das JOURNAL D'EGYPTE beschränkte sich darauf, wütende Veröffentlichungen in arabischer Sprache gegen den Tarbusch zu übernehmen. »Diese Kopfbedeckung«, schrieb Al Akhbar, »zeugt von einer veralteten, reaktionären und rückständigen Mentalität: der der Unterwürfigkeit . . . All die Mißstände, unter denen wir gegenwärtig zu leiden haben, sowohl was die Verwaltung angeht als auch in unserem täglichen Leben, würden auf der Stelle verschwinden, wenn man endlich den Tarbusch, das Symbol einer überholten Zeit, entthronen würde.«

Die Lage verschlimmerte sich von Woche zu Woche. Im September gab das Finanzministerium seinen Angestellten die Erlaubnis, ohne Tarbusch zu arbeiten. Dann wurde bekanntgegeben, daß die Polizei die *fuadieh*-Mütze übernehmen würde. Inzwischen hatte die Kommission, die mit der Erarbeitung einer neuen Nationaltracht beauftragt war, einen Gesetzesentwurf veröffentlicht, demzufolge der Tarbusch und die *gallabeiya* durch den Hut und den europäischen Anzug ersetzt werden sollten. Zahlreiche Tarbusch-Fabriken hatten ihre Produktion bereits eingestellt und orderten neue Maschinen, um sich umzustellen. Georges Bey – alle Welt nannte ihn trotz der Abschaffung der Ehrentitel weiterhin so – wollte sich dieser Bewegung nicht anschließen. Seine letzten Hoffnungen richteten sich auf den moslemischen Rektor von Azhar, der sich dem Hut erbittert widersetzte. Doch er erlebte eine angenehme Überraschung, als die Presse sechs Monate nach der Revolution eine Photographie des Generals Nagib in Zivil veröffentlichte: Der Militär trug einen Tarbusch!

Mein Großvater besorgte sich das Photo. Er ließ es vergrößern, rahmen und hängte es gut sichtbar in seinem Büro auf.

»Findet ihr nicht, daß Nagib mit dem Tarbusch weniger dumm aussieht?« fragt er seine Söhne.

Keiner von ihnen war ihm in seinem Kampf eine große Hilfe. Paul lehnte sich schon lange gegen »diese Blumentöpfe« auf. Michel näherte sich dem Problem wie immer sentimental und poetisch: Ihn erinnerte der Tarbusch an Sultan Husein, der ihn sehr elegant, leicht nach rechts gerückt auf dem Kopf trug . . . Was André betraf, so mochte er es nicht, wenn sein Vater wetterte, die gesamte Welt beschimpfte und sich wegen einer so belanglosen Angelegenheit derartig aufregte.

»Tarbusch hin oder her«, sagte der Jesuit, »Ägypten muß gesunden und das Übel, von dem es unterwandert ist, angreifen. Es kommt weder auf die Anzüge noch auf die Uniformen an, sondern auf die geistige und moralische Integrität derer, die sie tragen.«

Alex, der immer sehr einfallsreich und konstruktiv war, hatte seinem Vater vorgeschlagen, den anderen zuvorzukommen.

»Das ägyptische Volk bewundert die Offiziere. Es möchte ihnen gleichen. Warum bringst du nicht ein Schiffchen aus Baumwolle oder leichtem Filz auf den Markt, Papa?«

An jenem Tag hätte ihm sein Vater beinahe einen Aschenbecher an den Kopf geworfen.

Yolande zitterte um ihren Mann. Sie war nicht die einzige, die einen schlimmen Schlag seitens der Gegner des Tarbusch befürchtete. Auch wenn die Fabrik Tag und Nacht bewacht wurde, ein Feuer konnte so schnell ausbrechen.

*

Um den sechsmonatigen Geburtstag der Revolution zu feiern, wollte die Regierung am 23. Januar 1953 eine Parade unter Mitwirkung der großen Industrieunternehmen und Geschäfte in den Straßen von Kairo organisieren. Zur Überraschung seiner Umgebung beschloß Georges Bey, sich daran zu beteiligen.

An besagtem Tag sah man ein in Ägypten nie dagewesenes Schauspiel. Gattegno, Benzion, Sednaui und einhundertzwanzig andere Firmen ließen ihre blumengeschmückten Wagen an der offiziellen Tribüne vorbeirollen. Groppi wartete mit einem enormen Kuchen auf, und Cicurel mit dem Modell seines neuen Firmengebäudes, das auf den Grundmauern des an jenem Schwarzen Samstag abgebrannten errichtet und zwei Monate zuvor eingeweiht worden war.

Der Batrakani-Wagen war beinahe der letzte. Auf der offiziellen Tribüne breitete sich ein Gemurmel aus, und in der Menge ertönten Schreie. Auf einem ganz mit Rosen bedeckten Lastwagen hatte Georges Bey einen riesigen, übergroßen Tarbusch installieren lassen, der gut zehn Meter hoch war. Als er vor der Tribüne angekommen war, schwebte der obere Teil des Tarbusch, von bunten Ballons angehoben, davon, während einhundertfünfzig Tauben aufflatterten. Die offiziellen Persönlichkeiten applaudierten. General Nagib zog seine Schirmmütze und schwenkte sie durch die Luft, um die Arbeiter zu grüßen, die auf dem Wagen saßen und so taten, als würden sie einen Tarbusch in seine Form pressen . . .

Am nächsten Tag veröffentlichten enthusiastische Zeitungen Photos und wiesen darauf hin, daß jede der Batrakani-Tauben einen Kaufgutschein im Wert von einem ägyptischen Pfund am Fuß trug.

Edouard Dhellemmes rief gleich am Morgen voller Bewunderung an.

»Das ist wunderbar, Georges, welch eine Überraschung! Sie haben den Tarbusch gerettet.«

»Ich habe überhaupt nichts gerettet, Edouard, ich wollte nur die Welt ein wenig ärgern und in Schönheit untergehen. Ich habe mich entschlossen, die Fabrik zu schließen.«

Angesichts des Schweigens am anderen Ende der Leitung lächelte mein Großvater. Er fuhr mit ruhiger, fast heiterer Stimme fort: »Man muß realistisch sein, Edouard. Ägypten wird keinen Tarbusch mehr tragen. Man wird darum aber auch nicht den Hut, die Schirmmütze oder den mexikanischen Sombrero übernehmen, wie diese Idioten behaupten. Ägypten wird ohne Kopfbedeckung sein. Seit Jahrhunderten zum ersten Mal ohne Kopfbedeckung. Auf eigene Gefahr.«

## 5

Paul und die Schweizerin begaben sich an einem Nachmittag im Februar 1954 zum Collège de la Sainte-Famille,
um einer Aufführung von *Le Cid* beizuwohnen, bei der ihr
Sohn eine Nebenrolle spielte. Um ins Theater zu gelangen,
mußte man eine große Eingangshalle durchqueren, in der
früher das Bild des Königs gehangen hatte. Seit der Revolution hatten die Jesuiten dieses Bild gegen eine Photographie von General Nagib ausgetauscht. Doch jetzt hatten
sie eine erneute Änderung vorgenommen, da der Revolu-
tionsrat den *lewa* einige Tage zuvor abgesetzt und der
Autokratie und psychologischen Instabilität beschuldigt
hatte. Nun beherrschte das Raubtiergesicht von Oberstleutnant Gamal Abdel Nasser, dem neuen starken Mann
des Regimes, die Halle.
Während sie warteten, daß sich der Vorhang hob, dachte
mein Onkel Paul an die wütende Bemerkung eines Litera-
turprofessors, den er am Eingang des Theaters getroffen
hatte.
»Sehen Sie, Maître Batrakani, wir haben zwei Arten von
Schülern hier: Die, die sich auf das französische Abitur
vorbereiten, sind vielleicht kultiviert, aber sie sind nicht
ägyptisch. Und die, die sich auf das ägyptische Abitur
vorbereiten, sind vielleicht ägyptisch, aber sie sind nicht
kultiviert.«
Bulos langweilte sich während der Ergüsse des *Cid* unglaublich. Nur das wiederholte kurze Auftauchen seines

Sohnes und die unbequemen Holzstühle hinderten ihn daran, ganz einzuschlafen. Als er um sieben Uhr den Saal verließ, wäre er beinahe umgefallen: Nassers Photographie war verschwunden, und das Porträt des guten Nagib mit seinem gutmütigen Gesicht und den buschigen Augenbrauen thronte erneut in der Eingangshalle.

»Warte hier auf mich, ich bin gleich zurück«, sagte er zu der Schweizerin, die nichts bemerkt hatte.

Von der Pförtnerloge aus rief er seinen Bruder André an, der sich in Gesellschaft der anderen Jesuiten im Versammlungsraum des Patres befand.

»Wir hören gerade Radio«, sagte André fröhlich. »Ja, Nagib ist vorhin wieder eingesetzt worden. Er wird sein Amt wieder übernehmen.«

Auf der Rückfahrt wurde Pauls Wagen mehrmals von kleinen Demonstrantengruppen aufgehalten, die jubelnd den Namen des *lewa* riefen. Offensichtlich hatten die jungen Wölfe des Revolutionsrats Nagibs Popularität unterschätzt.

Am nächsten Tag mußte man unter dem Druck der Massen die Gitter des Ex-Palastes Abdin, der jetzt Regierungssitz geworden war, öffnen. Es war das reinste Delirium. Zum ersten Mal in ihrem Leben stiegen mein Vater, René Abdel Messih und andere Syrier im gleichen Alter, von ihren Balkonen hinab auf die Straße und mischten sich unter die Demonstranten.

\*

Die nächsten Monate waren voller Euphorie. Man verkündigte die Aufhebung der Zensur und des Kriegsrechts. Eine konstituierende Versammlung sollte einberufen werden, um eine echte parlamentarische Republik zu schaffen. Zwischen London und Kairo wurde ein Vertrag abgeschlossen, der innerhalb von zwanzig Monaten den Abzug der britischen Truppen aus der Kanalzone vorsah. Am Ufer des Nils wurde nach den Plänen eines syrischen Architekten der Grundstein für den Bau eines neuen Sheapheard's gelegt. Meine Großmutter gab in Garden City einen prächtigen Empfang zu Ehren ihres Sohnes Alex, der den dritten Preis der Rallye Kairo-Luxor gewonnen hatte ...

Im Oktober, als man ein Komplott der »Moslemischen Bruderschaft« aufdeckte, dem zahlreiche Verhaftungen folgten, zogen die ersten dunklen Wolken auf. Einige Wochen später wurde Nagib abgesetzt und unter Hausarrest gestellt. Wieder wurde sein Porträt in der Eingangshalle des Collège abgehängt, und das von Nasser trat an seine Stelle. Diesmal war der Wechsel endgültig.

# 6

In diesem Herbst wurde viel geflüstert. Alle Erwachsenen sprachen gedämpft und unterbrachen ihr Gespräch, sobald eines von uns Kindern dazukam. Als hätten uns nicht Pauls Söhne schon alles enthüllt! Zumindest alles, was sie wußten oder zu wissen glaubten . . .

»Roland war betrunken, er hat von der ›Auberge des Pyramides‹ aus angerufen, um sie zu bedrohen . . .«

» . . . da hat sie Angst bekommen, ihre Sachen in drei großen Koffern verstaut und ein Taxi gerufen.«

Tante Lola versicherte, daß sie »um nichts auf der Welt noch einmal zu diesem Schuft zurückkehren würde«. Ihre Augen funkelten vor Zorn, und sie sah noch schöner aus.

Wenn man bedenkt, wie viele sie um ihre Heirat mit Roland im Jahr 1940 beneidet hatten! Ein Don Juan und ein Vamp, zwei Kinder aus reichen Familien. Zwei Luxuswesen, die füreinander geschaffen und perfekt zueinander zu passen schienen . . .

Doch schon nach der Geburt ihres ersten Kindes, einer Tochter, schien die große Liebe angekratzt. Roland spielte gerne. Er verbrachte mehr und mehr Zeit an den verrauchten Spieltischen und verschwendete ein Vermögen beim Poker. Daran änderte auch die Geburt des Sohnes, auf den er so sehr gewartet hatte, nichts. Er begann zu trinken, wurde cholerisch und bisweilen auch gewalttätig. Er kam immer später und betrunken nach Hause und zwang seine Frau, mit ihm zu schlafen. Sie unterwarf sich mit Tränen in den Augen oder verbarrikadierte sich in ihrem Zimmer, und dann kam es zu unerträglichen Szenen.

Georges Batrakani hätte seinem Schwiegersohn, der großen Respekt vor ihm hatte, gerne die Meinung gesagt. Doch dazu hätte er genau wissen müssen, was geschehen war und auch Lolas Widerstand überwinden müssen. Stolz und auf ihre Autonomie bedacht, verbot sie allen, sich in ihre Angelegenheiten zu mischen. Bis zu jenem Tag, als sie mitten in der Nacht vollständig aufgelöst ein Taxi rief . . .

Ohne sich weiter um den Protest ihres Ehemannes zu kümmern, strengte Lola vor dem griechisch-katholischen *magless milli* einen Trennungsprozeß an. Das Gericht verkündete seinen Urteilsspruch recht schnell und sprach der Mutter das Sorgerecht für die Kinder zu, während der Vater dazu verurteilt wurde, ein monatliches Unterhaltsgeld von vierzig Pfund zu zahlen.

Einen Monat später rief Roland abends um zehn Uhr in Garden City an und wollte mit seiner Frau sprechen.

»Ich mache dich darauf aufmerksam, daß ich zum Islam übergetreten bin und daß ich das Scharia-Tribunal anrufen werde.«

»Ruf an, wen du willst, und geh zum Teufel«, entgegnete Lola kurzangebunden und hängte ein.

Michel, der sich in der Nähe des Telefons befand, fragte, ob Roland getrunken hätte.

»Nein, absolut nicht«, antwortete meine Tante, »es ist eher seine Ruhe, die mich aufgeregt hat.«

Michels Gesicht nahm einen besorgten Ausdruck an.

»Wir müssen Papa informieren.«

Entsprechend den Erkundigungen, die sie einholten, war Roland tatsächlich zum Islam übergetreten. Er konnte also das moslemische Gericht anrufen, das ihm sicherlich recht geben würde. In einem ähnlichen Fall, der sich einige Monate zuvor in Alexandria zugetragen hatte, hatten die Scharia-Richter ein achtjähriges Mädchen dem Vater zugesprochen. »Das Kind«, so hatten sie erklärt, «gehört zu dem, der die bessere Religion hat; wenn es bei der Mutter bleibt, läuft es Gefahr, von ihr den *kofr* zu übernehmen.«

»Was ist das, *kofr*?« fragte Lola, die seit dem Vorabend vor Wut tobte.

»Das bedeutet Gottlosigkeit und Unglaube«, erklärte Georges Bey.

»Ich finde das skandalös!«

»Du hast recht, *ya benti*. Aber heute nachmittag bleibt uns keine Zeit, das ägyptische Rechtssystem zu reformieren. Warte hier auf uns, wir haben einen kleinen Besuch abzustatten.«

Begleitet von seinem Chauffeur, dem Anwalt der Fabrik und Paul, läutete mein Großvater bei Sonnenuntergang an Rolands Tür. Er fragte sehr direkt: »Wieviel wollen Sie?«

Der Schwiegersohn tat gekränkt.

»Wieviel?« beharrte der Mann mit dem Tarbusch und warf einen vielsagenden Blick auf den Aktenkoffer, den sein Anwalt trug. »Ich zahle bar.«

Roland begann daraufhin ein weinerliches Plädoyer über seine kürzlichen Verluste, den schlechten Stand seiner Aktien an der Börse . . . Doch als er sah, daß ihn niemand ernst nahm, sagte er schließlich: »Wenn Sie es unbedingt so wollen . . . zehntausend Pfund.«

»Ich zahle Ihnen sechstausend und erlasse ihnen die Unterhaltszahlungen«, sagte Georges Bey in einem Ton, der keinen Widerspruch duldete. »Natürlich können Sie die Kinder regelmäßig entsprechend den im *magless milli* festgelegten Modalitäten sehen. Es steht alles detailliert in diesem Papier. Es gibt noch zwei andere, die Sie mir freundlicherweise unterschreiben wollen.«

Zehn Minuten später war die Angelegenheit beendet. Jetzt mußte Lola nur noch mit Pater Andrés Hilfe die lange Prozedur der Eheauflösung beim Vatikan anstrengen.

*

»Findest du, daß dieser Schuft wirklich sechstausend Pfund verdient hat?« fragte Viviane ihre Schwester.

»Glaubst du etwa, Papa hätte mich um meine Meinung gefragt, mein Liebes . . .«

Sie standen beide halb nackt im Schlafzimmer meiner Eltern in Heliopolis. Ein Bein auf das Bett gestützt, zog jede von ihnen unter Stöhnen die Enthaarungspaste ab. Samia, das Dienstmädchen, hatte die *halawa*, eine Mischung aus Zucker, Wasser und Zitrone, zweimal verbrennen lassen, doch diesmal war die Konsistenz perfekt.

»Ich frage mich, wie du so lange mit einem solchen Ganoven hast leben können.«

»Es war ja nicht alles negativ, weißt du. Roland hatte auch seine Qualitäten. Zum Beispiel im Bett . . . Wenn er nicht getrunken hatte, war er ein wunderbarer Liebhaber . . . Und Selim?«

»Das ist in Ordnung.«

»Macht er dich glücklich?«

»Ich sage dir doch, es ist in Ordnung . . .«

»Antworte mir, das ist wichtig!«

»Nun, sagen wir . . . er hat es immer etwas eilig.«

»Aber das kann man doch lernen, mein Liebes.«

»Ich habe ein Buch gekauft. ›Die perfekte Ehe‹. Er hat es nicht einmal aufgeschlagen. Selim liest nur seine Zeitung und seine Berichte aus dem Büro.«

432

»Solche Sachen lernt man nicht aus Büchern, mein Liebes. Laß mich dir sagen . . .«
Eine Viertelstunde später lachten sie schallend, während sie ihre schmerzenden Beine mit einer pflegenden und nach Rosen duftenden Creme einrieben.

## 7

Pater André war kein Mann, der ein Tagebuch führte. Doch er hob sorgfältig die Texte seiner Vorlesungen auf, und von Zeit zu Zeit tippte er auf seiner alten Remington mit der englischen Tastatur ausführliche Protokolle der wichtigsten Versammlungen, an denen er teilgenommen hatte. Der größte Teil dieser Dokumente befindet sich heute in drei Archivakten mit der Aufschrift: »André Batrakani, s.j., Texte und Anmerkungen«. Eine wahre Goldgrube für jemanden, der an historischer Forschungsarbeit interessiert ist . . .

*

»Nun?« fragte Pater Larivière, um den sich der größte Teil seiner Jesuiten-Kollegen versammelt hatte.

Doch er hatte die Antwort schon in dem finsteren Blick meines Onkels gelesen. Dieser setzte sich und enthüllte, noch ehe er seine Pfeife stopfte, mit einem Satz das ganze Ausmaß der Katastrophe.

»Sie wollen nichts hören. Diesmal sind sie wirklich entschlossen, das Gesetz zur Anwendung zu bringen.«

Die katholische Delegation war gegen eine Mauer gerannt. Mit einer unangenehmen, schneidenden Stimme hatte ihnen der Unterstaatssekretär gleich zu Beginn ihres Treffens den Artikel 17 des neuen Gesetzes vorgelesen. Als wäre ihnen auch nur ein einziges Komma dieses Artikels entgangen! »Die Privatschulen erteilen den ägyptischen Schülern Religionsunterricht, und zwar entsprechend den vom Ministerium ausgearbeiteten Programmen, jedem in seiner Religion . . .« Das bedeutete im Klartext, daß die katholischen Schulen ihre moslemischen Schüler im Koran unterrichten mußten.

»Verstehen Sie doch, daß das ganz unmöglich ist«, hatte der Bischof gesagt, der die Delegation anführte. . . . »Wir unterhalten konfessionelle Schulen . . .«

»Es handelt sich nicht um konfessionelle Schulen, da Sie auch weltliche Fächer unterrichten«, hatte der Unterstaatssekretär widersprochen.

Angesichts der Verblüffung seiner Gesprächspartner, und sicherlich auch angesichts der Verlegenheit seiner eigenen Mitarbeiter, hatte er sich berichtigt: »Können Sie mir erklären, warum religiöse Schulen ihren Schülern keinen Religionsunterricht erteilen?«

Pater André hatte so freundlich wie möglich eingegriffen.

»Natürlich erteilen wir Religionsunterricht. Aber nur den christlichen Schülern. Das wird schon seit einhundert Jahren so gehandhabt.«

Nur den christlichen Schülern . . . Dabei erinnerte sich mein Onkel sehr gut, daß – als er selbst noch auf der Schulbank saß – auch die jüdischen und moslemischen Schüler am Morgen- und Abendgebet teilnahmen. Sie kannten es schließlich auswendig oder sagten es mit dem Rest der Klasse her. Einige von ihnen nahmen mit der Einwilligung ihrer Eltern sogar am Katechismus-Unterricht teil. Aber das war eine andere Zeit gewesen . . .

Das Gesicht des Unterstaatssekretärs hatte einen spöttischen Ausdruck angenommen.

»Ich verstehe nicht, warum die christlichen Schüler ein Anrecht auf Religionsunterricht haben sollten, die moslemischen hingegen nicht.«

»Aber Sie wissen doch genau«, hatte André Batrakani geantwortet, »daß unsere Schulen den Regeln des Vatikans unterstehen. Und diese Regeln verbieten ihnen, eine andere Religion als die katholische zu unterrichten.«

Sein Gegenüber unterbrach ihn und sagte, indem er jedes Wort scharf betonte: »Sie sind in Ägypten. Sie müssen sich nach dem ägyptischen Gesetz richten. Wenn Ihre weitentfernten Kirchenführer das nicht verstehen, so ist es Ihre Aufgabe, es ihnen klarzumachen!«

Pater Larivière hörte schweigend der Wiedergabe dieser Begegnung zu und dachte über ein mögliches Gegenargument nach. Schon zweimal, im Jahr 1948 und 1953, hatte die Regierung den Religionsunterricht in den Privatschulen eingeführt, doch die Bestimmung war nicht angewandt worden. Diesmal schien es ihnen ernst zu sein. Blieb noch herauszufinden, ob vielleicht ein Kompromiß, etwa wie in Syrien, möglich war. Dort hatte man für die katholischen Schulen einen Modus vivendi eingeführt: Sie erklärten offiziell, daß sie die islamische Religion nicht unterrichten konnten, und leiteten Listen mit den Namen ihrer moslemischen Schüler und den Freistunden im Lehrplan an das Ministerium. Die Regierung kümmerte sich dann in ihren eigenen Räumlichkeiten um die Koranschule.

»Haben Sie das syrische Beispiel angeführt?« fragte Pater Larivière.

»Ja, natürlich, aber unser Gesprächspartner ist nicht einmal darauf eingegangen.«

»Und zu welcher Schlußfolgerung kommen Sie?«

André Batrakani klopfte seine Pfeife in einem häßlichen Aschenbecher aus und murmelte: »Ich denke, wir haben keine Wahl mehr. Wenn wir nicht annehmen, riskieren wir die Schließung oder die Requisition.«

Ein Schweizer Jesuit griff heftig ein.

»Aber ich verstehe Ihren Defätismus nicht! Haben Sie sich die Konsequenzen einer solchen Einwilligung überlegt? Das bedeutet die langsame Islamisierung unseres Collèges. Zunächst unterrichten wir die moslemische Religion. Darüber hinaus muß man aber auch eine Örtlichkeit zum Beten einrichten. Ja doch, schütteln Sie nicht den Kopf, eine Örtlichkeit zum Beten. Wie wollen Sie ihnen beibringen, daß der Prophet fünf Gebete täglich verlangt, ohne ihnen die Möglichkeit zu geben, diese Pflicht zu erfüllen? Außerdem wird sich das Collège nach den moslemischen Feiertagen richten müssen. Es wird keine Weihnachts- und keine Osterferien mehr geben . . .«

»Sie sind vielleicht ein wenig voreilig«, gab Pater André lächelnd zurück.

»Absolut nicht, lieber Pater, absolut nicht. Und denken Sie an die verheerenden Auswirkungen, die all das auf unsere christlichen Schüler haben wird. Sie werden sich sagen: Wenn im Collège alle Religionen unterrichtet werden, ist das nicht auch der Beweis dafür, daß sie alle richtig sind?«

»Ich möchte zu bedenken geben, daß die koptischen Schulen schon eine Koranschule eingerichtet haben . . .«

»Ich bitte Sie, lassen wir die Kopten aus dem Spiel, zwingen Sie mich nicht, meine christliche Nächstenliebe zu vergessen. Warum sprechen wir nicht lieber von den protestantischen Schulen, die eine beispielhafte Entschlossenheit an den Tag legen? Sie wissen so gut wie ich, daß die Amerikanische Mission damit droht, ihre Tore zu schließen . . . Aber es bedarf weder Beispiele noch Gegenbeispiele, um eine Sache festzustellen, die vollkommen klar ist: Man verlangt von uns, daß wir eine Religion unterrichten sollen, die wir für falsch halten; das bedeutet, das Übel zu unterstützen.«

»Aber es würde sich um eine erzwungene Unterstützung handeln. Sie würde unter dem Druck des Gesetzes geschehen und aufgrund einer noch viel schlimmeren Bedrohung, nämlich daß unsere christlichen Schüler jeglichen Unterrichts beraubt werden.«

»Wenn Sie wollen, kann man es eine erzwungene Unterstützung nennen, aber immerhin ist es aktive und keine passive Unterstützung. Denn wir würden die Stunden, die Örtlichkeiten und die Lehrer organisieren müssen.«

»Ja, aber das heißt nicht, daß wir nicht unsere Meinung zum Ausdruck gebracht hätten. Es würde sich um eine formelle, nicht um eine materielle Sünde handeln . . .«

Pater Larivière beendete diese kasuistische Diskussion, indem er geradeheraus eine Frage stellte, auf die er selbst keine Antwort wußte:

»In unserem augenblicklichen System wachsen unsere moslemischen Schüler ohne jeglichen Religionsunterricht auf. Ist das nicht auch eine Sünde? Ist es besser, daß unsere Schüler gläubige Moslems oder ungläubige Moslems sind?«

Es herrschte ein langes Schweigen.

»Wie dem auch sei, ich bin derselben Meinung wie Pater Batrakani, wir haben keine Wahl mehr. Wir werden uns mit der Vorstellung vertraut machen müssen, daß an unserem Collège der Islam unterrichtet wird.«

*

Eines Sonntags beim Essen erzählte uns Pater André eine kleine Geschichte, die sich, direkt nach dem Zweiten Weltkrieg, anläßlich des Besuchs des päpstlichen Legaten in Ägypten abgespielt hatte. Aus diesem Anlaß wurde eine feierliche Messe in der Kapelle des Collège abgehalten.

Die Messe war nicht gut vorbereitet, denn die Zelebranten schimpften mit den Chorknaben und warfen dem Chor, der immer zu früh einsetzte, vernichtende Blicke zu. Mein Onkel saß in der zweiten Reihe hinter einer Gruppe von offiziellen Persönlichkeiten. Als der Augenblick der Kommunion gekommen war, wandte sich ein moslemischer Pascha, der unter der Herrschaft Fuads eine bedeutende Rolle gespielt hatte, an den Stiftsherrn Drioton, dem Direktor der ägyptischen Antiquitätenabteilung, und flüsterte ihm zu: »Ich glaube, Pater, nur Sie oder ich wären in der Lage, ein wenig Ordnung in die Angelegenheit zu bringen.«

Der Stiftsherr lächelte. Bei dem kleinen Empfang, der nach der Messe stattfand, wunderte er sich über die ausgezeichneten Liturgie-Kenntnisse des Moslem. Der Pascha erzählte lachend von seinen verschiedenen früheren Aufgaben: 1890 war er nicht nur Chorknabe im Collège gewesen, sondern auch Chorleiter . . .

# 8

*21. September 1955*

*Heute wurde ganz unerwartet die Abschaffung der konfessionellen Gerichte bekanntgegeben. André ist vollkommen verstört. »Die Christen in Ägypten«, sagte er, »müssen erleben, wie von einem Tag auf den anderen die Hauptstütze, auf der seit Jahrhunderten ihr Status ruhte, zusammenbricht.«*

*Wenn ich die Sache richtig verstanden habe, dann kann also ab jetzt eine Trauung, die in der Kirche vollzogen wurde, von einem Zivilgericht geschieden werden, in dem moslemische Richter sitzen – denn sie sind ja nur scheinbar verschwunden. Übrigens könnte jetzt in gewissen Fällen islamisches Recht auch bei einem christlichen Ehepaar Anwendung finden: Zum Beispiel wenn sie unterschiedlichen Konfessionen angehören oder wenn einer von ihnen in der Zwischenzeit zum Islam übergetreten ist.*

*»Auf diese Weise«, so sagte André, »legalisiert und unterstützt man Übertritte aus praktischen Gründen, so wie es etwa bei Roland der Fall war.«*

*Lola ist noch einmal gut davongekommen!*

*28. September 1955*

*Wie weit die Zeit zurückzuliegen scheint, da die Orthodoxen als Schismatiker angesehen und von unseren Patres aufgefordert wurden, ihrem Glauben abzuschwören! Die Führer aller christlichen Richtungen Ägyptens haben sich beim koptisch-orthodoxen Patriarchen zusammengefunden, um gemeinsam ein Telegramm an Nasser abzufassen, in dem sie ihre vollkommene Ablehnung des neuen Gesetzes bekräftigten und um ein Treffen baten. Doch laut André hat es keine Antwort auf dieses Telegramm gegeben.*

*18. Dezember 1955*

*Die feierliche Protestverlautbarung, die die katholischen Bischöfe an diesem Sonntag in den Kirchen aller Glaubensrichtungen haben verlesen lassen, haben zu bisher nie dagewesenen Folgen geführt: Monsignore Zoghby und der lateinisch-apostolische Pfarrvikar sind am selben Abend verhaftet und in der Zitadelle inhaftiert worden. Große Aufregung.*

*19. Dezember 1955*

*Die beiden Bischöfe werden mit Sicherheit wieder freigelassen. Doch diese Verhaftungen haben die koptisch-orthodoxe Heilige Synode veranlaßt, einschneidende Maßnahmen, die vor zwei Wochen beschlossen, jedoch bisher geheimgehalten wurden, zu veröffentlichen: Verkündung der allgemeinen Trauer, Läuten der Totenglocken, Fasten und Schließung aller Kirchen in der orthodoxen Weihnachtsnacht am 6. Januar ... Sollte das neue Gesetz trotzdem nicht zurückgezogen werden, so würden alle koptischen Bischöfe ihre Residenzen verlassen und in den Klöstern Zuflucht suchen.*

*7. Januar 1956*

*Es hat keinen Weihnachtsstreik gegeben. Die orthodoxen Kopten haben im letzten Moment nachgegeben, da die Regierung ihnen vage Versprechungen gemacht hatte. Ach, diese Kopten!*

*17. Januar 1956*

*André ist angesichts der neuen Verfassung, die gestern veröffentlicht wurde, sehr besorgt, da sie den Islam zur Staatsreligion erklärt. Das führt ihm zufolge all die schönen Beteuerungen, die dieser Text hinsichtlich der Gleichheit der Bürger enthält, ad absurdum.*

## 9

Georges Batrakani ließ Selim in sein Büro rufen.

»Setz dich. Möchtest du Kaffee?«

Das war nicht das normale Verhalten des Chefs. Ohne eine Antwort abzuwarten, nahm mein Großvater den Telefonhörer ab und bat seine Sekretärin, ihnen zwei *maz bouts* heraufzubringen und keine Gespräche mehr durchzustellen.

»Selim, ich möchte dich etwas fragen.«

»Sicher, Papa . . .«

»Es gefällt mir, daß du mich Papa nennst.«

Selim war ein wenig verlegen. Das »Papa« war ihm ungewollt herausgerutscht, sicherlich aufgrund des ein wenig ungewöhnlichen Tons, den sein Schwiegervater anschlug. Denn normalerweise vergaß dieser bei der Arbeit alle Familienbindungen, selbst gegenüber seinen Söhnen: Er war einfach der Chef.

Sämtliche Aktivitäten des Georges Bey wurden von diesem Büro aus, das eingerichtet war wie ein Wohnzimmer und dessen eine Wand ein Manet schmückte, überwacht. Die Besucher ließen sich in die weichen Ledersessel gleiten und fragten sich nach der Bedeutung der alten Kamera, die mit ihrer Ziehharmonika und ihrem Gummibalg auf einem Stativ in einer Ecke des Zimmers stand . . . Mein Großvater hatte voller Bedauern die Photographie des Generals Nagib mit seinem Tarbusch abgehängt, die seit Dezember mitten im Zimmer thronte, und sie durch ein kleines Porträt des barhäuptigen Abdel Nasser ersetzt.

Durch die Einstellung der Tarbusch-Produktion waren zwei Etagen frei geworden, unter anderem auch das Erdgeschoß. Statt sie zu vermieten, hatte Georges Bey Edouard Dhellemmes angeboten, sie ihm kostenlos für die Einrichtung eines neuen Antiquitätengeschäfts zu überlassen. Der Franzose, den diese Geste sehr gerührt hatte, ließ sich gern an der Place de l'Opéra nieder. Wenngleich dieser Ort ganz in der Nähe des alten Shepheard's lag, dessen Verschwinden ihm noch immer auf der Seele lastete.

Die Revolution hatte die Aktivitäten der Gesellschaft leicht verändert. Bis 1952 waren die Einfuhrlizenzen frei gewesen. Jetzt mußte man darum kämpfen. Das Budget für Schmiergelder war also verdoppelt worden. Die Banken liehen weiterhin Geld aus, doch sie waren wesentlich zurückhaltender. Mein Großvater wollte gerne genau wissen, was sie von seiner Firma hielten; durch überlegt eingesetztes Bakschisch bekam er Zugang zu seiner Akte und konnte entsprechend agieren.

»Selim«, sagte er in vertraulichem Ton, »ich bin eigentlich ganz froh, daß ich die Tarbuschfabrik geschlossen habe. Seit dieser verfluchten Revolution war die Beziehung zu den Arbeitern unerträglich geworden. Wegen jeder Kleinigkeit riefen sie das Gericht an, ganz so, als würden ihnen die neuen Arbeitsgesetze, die weiß Gott schon grotesk genug sind, nicht ausreichen. Ich bin froh, daß ich mich wieder meinen Geschäften zugewandt habe. Das ist eine Rückkehr in die Normalität: Wir Syrier sind bis in die Eingeweide Kaufleute. Manchmal spielen wir zwar Industrielle, Ärzte oder Journalisten, doch das ist eigentlich gegen unsere Natur.«

Es klopfte an der Tür. Ein etwa zehnjähriges Kind brachte auf einem Tablett die beiden dampfenden Tassen mit türkischem Kaffee und zwei Gläser Wasser. Selim schob ihm eine Münze in die Hand. Dann nahm er, um seine Verlegenheit zu überspielen, das Tablett und brachte es seinem Schwiegervater.

»Wie du sicherlich weißt«, fuhr Georges Bey fort, »werde ich in einigen Monaten fünfundsiebzig Jahre alt. Es ist Zeit, daß ich weniger arbeite und an meinen Nachfolger denke.«

Meinem Vater wurde das Gespräch immer peinlicher, und er zündete sich nervös eine Zigarette an.

»André ist zu den Priestern gegangen. Hätte ich es ihm verbieten sollen? Seit dieser Junge eine Soutane trägt, strahlt er vor Freude. Das soll ein Mensch verstehen! Michel hate zwar viele Qualitäten, doch er lebt nicht in der Gegenwart. Vielleicht fehlt ihm eine Frau. Ich kann ihn mir jedenfalls nicht vorstellen, wie er einen Platzagenten anschreit oder sich hart mit diesen Idioten am Zoll auseinandersetzt.«

Selim schlürfte seinen Kaffee mit kleinen, geräuschvollen Schlucken, denn so mußte er meinen Großvater nicht ansehen, oder irgendeine Reaktion zeigen.

»Paul hätte zwar das Zeug zu einem Kaufmann, aber er liebt dieses Land nicht. Jedenfalls ist er davon überzeugt, daß er es verabscheut. In seinem Kopf hat er Ägypten schon seit einiger Zeit verlassen. Ein Unternehmen kann man aber nicht aus der Ferne leiten. Was Alex betrifft, so wollen wir lieber gar nicht von ihm sprechen. ... Wer bleibt also übrig?«

»Lola und Viviane ...«

»Red kein dummes Zeug. Du und ich, Selim, wir haben eine Gemeinsamkeit: Wir sind beide bei den Brüdern zur Schule gegangen. Die Erziehung, die man dort erfährt, ist sicherlich nicht so fein wie die bei den Jesuiten, aber sie ist diesem Land besser angepaßt. Findest du nicht?«

Dann drückte er heftig seine Zigarre in dem Kristall-
aschenbecher aus, der vor ihm stand und sagte in verän-
dertem Ton: »Selim, du wirst das Geschäft übernehmen!«

»Aber, Papa, ich bin nur Buchhalter . . .«

»Na und? Was war ich denn neunzehnhundertzwei, als
ich in diesem Haus eine Kammer gemietet habe, um Medikamente zu verkaufen? Was war ich denn neunzehnhundertneunzehn, als ich mich im Blindflug – dieser Ausdruck paßt hier – in die Tarbuschproduktion gestürzt habe? Zu dieser Arbeit, *ya benti*, braucht man  kein Diplom,
sondern gesunden Menschenverstand. Und man muß mit
beiden Beinen auf dem Boden stehen. Diese beiden Bedingungen erfüllst du. Außerdem werde ich ja – so Gott will –
dasein, um dich zu beraten.«

»Und Paul? Und Michel . . .?«

»Das ist nicht deine Sache. Ich werde mit ihnen sprechen.«

## 10

Maguy Touta war wie ein alternder Star darauf bedacht, ihre Falten sorgfältig zu verstecken, und lebte seit einigen Jahren sehr zurückgezogen. Sie hatte ihre Wohnung in der Rue Kasr-el-Nil abgeschlossen und sich in jenem Hotel in Heluan eingerichtet, von dem ich schon gesprochen habe. Ihre Besuche in der Stadt beschränkten sich auf Familienereignisse wie Taufen, Hochzeiten oder Beerdigungen . . .

Georges Batrakani ließ den Chrysler vor dem Tor des Parks anhalten und ging zu Fuß zur Hotelterrasse. Doktor Jared hatte ihm zu möglichst viel körperlicher Betätigung geraten.

Maguy saß unter einem Eukalyptusbaum und ließ sich vom Zirpen der Zikaden wiegen. Sie trug Hosen, ihr Gesicht war hinter einer großen schwarzen Brille verborgen, und auf ihren Knien lag eine Angorakatze.

»Georges! Welche Überraschung!«

Sie küßte ihn auf beide Wangen und bestellte Tee.

»Was gibt es Neues?«

»Ich habe es wie du gemacht. Ich habe mich zurückgezogen, Selim hat jetzt das Geschäft übernommen.«

»Bravo! Du wirst dich endlich ausruhen, und du hast es verdient. Aber du wirst dich langweilen, ich kenne dich . . .«

Er machte eine unbestimmte Handbewegung.

»Wie geht es Yola? Ich habe mir neulich Sorgen um sie gemacht – dieser plötzliche Blutdruckabfall. Aber wie du weißt, hasse ich es, zu telefonieren ...«

»Nein, nein, das war nicht schlimm. Doktor Jared hat sie beruhigt. Er ist ein ausgezeichneter Arzt, weißt du.«

Die ganze Familie ließ sich von Selims Bruder behandeln, der eine wichtige Persönlichkeit am Krankenhaus von Dar el Chifa geworden war.

Der *soffragi* des Hotels unterbrach sie, als er eine mit Wolle umwickelte Teekanne auf den Tisch stellte. Mein Großvater zog ein Etui aus der Tasche, das einige gelbe und blaue Kapseln enthielt, die ihm Roger Jared verschrieben hatte.

»Übrigens, was Yola betrifft«, murmelte er, »ich wollte dir sagen ... sie wußte alles.«

»Was?«

»Über uns.«

Maguy hätte beinahe ihre Tasse fallen lassen.

»Das ist ein Scherz!«

»Nein, ganz bestimmt. Sie hat kürzlich einige Bemerkungen gemacht, die mich verwundert haben. Ich wollte mein Herz erleichtern. Also habe ich sie gefragt ...«

»Du bist verrückt!«

»Ich sage dir doch, sie wußte alles, und zwar schon seit langer Zeit!«

»Und sie hat nichts gesagt!«

»Sie hat es für sich behalten. Das war sehr weise ...«

Nach einem Augenblick nahm Maguy ihre Sonnenbrille ab, um sich die Augen trockenzutupfen, in denen Tränen standen.

»Die arme Yola! Wie sehr hat sie leiden müssen! Und wie sehr muß sie mich verabscheut haben!«

»Du irrst dich. Zu Anfang war sie sicherlich gegen dich aufgebracht. Und auch gegen mich. Doch ihre Haltung hat sich schon vor Jahren geändert. Sie hat zu mir gesagt: ›Seit Pauls Geburt hatte ich mich wieder in der Hand. Ich habe mir gesagt, daß es Gottes Wille ist und daß von den beiden Schwestern ich den besseren Part spiele‹.«

Maguy hatte das Gesicht im Fell ihrer Katze verborgen und weinte leise. Georges' Hand – eine leicht zitternde und von Altersflecken gezeichnete Hand – glitt zu ihr hinüber und strich ihr sanft über das Haar. Es wurde Abend. Ein leichter Wind hatte sich aufgemacht. Hinten im Garten hörte man das Knarren einer Pumpe.

\*

*20. Juni 1956*

*Makrams Tod ist Papa sehr nahe gegangen, auch wenn er es nicht zeigen will. Ich frage mich, ob er nicht im Grunde genommen sein bester Freund war.*

*Sie haben sich am 18. Juni, wenige Stunden, nachdem das letzte britische Kontingent abgezogen war, bei uns zu Hause zum letzten Mal getroffen. Makram ist sehr fröhlich, in einem wundervollen weißen Anzug und mit einer Nelke im Knopfloch, bei uns angekommen. Papa konnte nicht umhin, eine Flasche Champagner zu öffnen. Natürlich nicht wegen des Abzugs der Engländer, sondern weil Makram nach zweiundvierzig Jahren seine Trauerkleidung abgelegt hatte. Doch dann hat er zu ihm gesagt: ›Weiß ist eine Farbe, die leicht schmutzt. Ich an deiner Stelle hätte mich für Khaki entschieden, das ist auch sehr schick und sehr viel mehr der Zeit angepaßt.‹ Heute macht er sich Vorwürfe wegen dieser letzten Boshaftigkeit.*

*Papa kocht vor Wut: Die Armee hat gestern mit ihrer neuen Ausrüstung und ihren neuen Uniformen eine Parade abgehalten. Nicht ein einziger Tarbusch!*

*Für ihn ist es natürlich eine Pflicht, den seinen bei jeder Gelegenheit zu tragen. Nachmittags auf der Terrasse des Groppi wirft er einigen Rentnern in seinem Alter, die sich für die Mütze entschieden haben, höhnische und verachtungsvolle Blicke zu und bezeichnet sie lautstark als khawaga.*

*Der arme Makram hat bis zur letzten Minute seinen Tarbusch getragen. Sicherlich aus Gewohnheit. Oder einfach, um Papa eine Freude zu machen ...*

## 11

Ein Polizeioffizier, dessen Gesicht dem eines Kauzes glich, läutete um zehn Uhr abends.

»*Edward Dilame? Françaoui*?«

Mima, die hinter ihrem Mann stand, brauchte nicht einmal zu übersetzen. Die Stimme des Uniformierten war ausgesprochen unangenehm.

»Bis auf weiteres ist es Ihnen verboten, Ihr Haus zu verlassen. Haben Sie einen Radioapparat?«

Die Frage war unnötig und eine Antwort überflüssig. Durch die halbgeöffnete Tür zum Wohnzimmer hörte man einen Sprecher der BBC, der mit monotoner Stimme die letzten Neuigkeiten von der Schlacht am Kanal berichtete. Weder Mima noch Edouard hatten daran gedacht, den Apparat abzuschalten. Gott sei Dank war es nicht Radio Israel! Während Edouard den Radioapparat holte, um ihn dem Kauz auszuhändigen, versuchte meine Großmutter ein Gespräch anzufangen: Warum diese Beschlagnahmung? Warum verbot man ihnen, das Haus zu verlassen?

»Fragen Sie doch Ben Gurion!« antwortete der Polizist in unverschämtem Ton.

Edouard hatte seit Beginn des Sommers gespürt, daß sich ein Gewitter zusammenbraute. An jenem Tag, da die USA sich plötzlich geweigert hatten, den Bau eines Staudamms in Assuan zu finanzieren, hatte er zu Mima gesagt: »Die Amerikaner sind verrückt! Sie treiben Nasser in die Arme der Russen!«

Der *rais*, der sich zutiefst gedemütigt fühlte, antwortete

mit einem gewagten Schachzug darauf: Am 23. Juli, dem vierten Geburtstag der Revolution, verkündete er die Verstaatlichung der Sueskanal-Gesellschaft. Ägypten, so hatte er vor einer jubelnden Menge gerufen, würde nicht mehr in Washington oder Moskau betteln müssen, es würde den Staudamm selbst mit den Einnahmen des Kanals bezahlen können.

Dekheila befand sich tausend Meilen von diesem Aufstand entfernt. Uns schien der Sommer 1956 noch schöner als die vorhergehenden. Die Neuigkeiten aus Kairo kamen am Samstagabend mit Selim. Neuigkeiten aus einer anderen Welt, die übrigens den Erwachsenen vorbehalten waren. Der Rektor des Azhar hatte zum Heiligen Krieg aufgerufen, verschiedene Minister unterzogen sich einer militärischen Ausbildung, 240 000 Arbeiter hatten Nasser in einem Brief, den sie mit ihrem Blut geschrieben hatten, ihrer Unterstützung versichert . . .

Die Schule hatte schon wieder begonnen, als Israel am 29. Oktober seine Panzer auf den Sinai schickte. Am nächsten Tag griffen Frankreich und England ein, »um die Kämpfenden zu trennen«. Es war Krieg.

Man klebte blaues Papier auf die Fensterscheiben. Man überstrich die Scheinwerfer von Selims neuem Fiat. Die großen Ferien begannen wieder, diesmal mit richtigen Soldaten und englischen Flugzeugen, die Kairo ungestraft überflogen. Jeden Tag könnten die ausländischen Truppen, die in Port Said an Land gegangen waren, die Hauptstadt erreichen.

Slawa, Vivianes moslemische Freundin, wollte sich an dem Kampf um den Kanal beteiligen. Sie wütete regelrecht gegen die Franzosen.

»Was ist denn mit dir los?« fragte meine Mutter sie erstaunt. »Du als alte Schülerin der Mutter Gottes, die ganz

von der französischen Kultur durchdrungen ist. Soweit ich weiß, sind auch die Engländer an der Sache beteiligt.«
»England war immer unser Feind. Aber Frankreich hat uns verraten.«

*

Zur allgemeinen Verwunderung verlief der »dreifache und feige« Angriff auf Geheiß der Vereinigten Staaten sehr kurz. Die englischen, französischen und israelischen Soldaten, deren Angriff gestoppt worden war, mußten ihre Sachen packen.
»Welche Idioten! Welche Idioten!« Mein Onkel Paul war außer sich.
»Die Vereinigten Staaten haben uns sicherlich davor geschützt, uns zum dritten Mal in einer unangenehmen Lage zu befinden . . .«, erwiderte Michel nachdenklich.
»Was erzählst du da?«
»Nein, nichts, nur eine Idee . . .«
Michel sagte sich, daß die Syrer, als Bonaparte 1798 nach Ägypten kam, den französischen Truppen in die Arme gefallen waren. Und 1882 nach dem Aufstand von Orabi hatten sie die britische Besatzung wie Retter begrüßt. Diesmal hätten sie sich sicherlich reservierter verhalten, aber hätten sie ihre Erleichterung wirklich verbergen können, wenn die Amerikaner . . .
»Die Amerikaner sind Idioten«, wiederholte Paul.
Ägypten feierte lautstark seinen »Sieg«. Im Taumel von Jubel und Revanche sprengte man die Statue von Ferdinand de Lesseps am Eingang zum Sueskanal.
»Wenn ich bedenke, daß mein Vater bei der Einweihung dieser Statue im Jahr 1899 dabei war«, sagte Georges Bey.
Yolande hatte Tränen in den Augen.
»Ich höre noch, wie dein Vater mit seiner schönen Stimme

bei unserem Hochzeitsessen von diesem Ereignis erzählt
hat.«

»An Bord der *Indus* hatte man einen Ball organisiert. Der
Khedive Abbas ist mit Madame de Lesseps am Arm auf
der Brücke erschienen.«

»Es war nicht Ferdinands Frau, sondern seine Schwiegertochter. Sie trug an einer langen Halskette das Breite Band
des Marie-Louise-Ordens.«

Yolande fragte die Anwesenden: »Apropos Kanal, kennt
ihr eigentlich die Geschichte, wie Georges' Vater beinahe
an den Ratten reich geworden wäre?«

*

Es war ein noch unverschämterer Kauz als der erste, der
am 23. November 1956 an Edouards und Mimas Tür
läutete.

»Sie haben zehn Tage Zeit, um Ihre Sachen zu packen und
Ihren erbärmlichen Truppen nach Frankreich zu folgen.«

Sie hatten die Erlaubnis, ihre Möbel zu verkaufen. Gleich
am nächsten Tag kam ein Kollege des Kauzes und wollte
die gesamte Wohnungseinrichtung erstehen. Meine
Großmutter sah unter Tränen, wie Edouards Schätze einer
nach dem anderen verschwanden. Als der Augenblick des
Bezahlens gekommen war, gab ihnen der Offizier ein
Zehntel der ausgemachten Summe und stieg, ohne ihnen
Zeit zum Protest zu lassen, in den Lastwagen, der auf der
Stelle davonfuhr.

Am Tag ihrer Abreise wollte Edouard dem Hausmeister
des Hauses ein großzügiges Trinkgeld geben. Dieser lehnte höflich ab. Edouard bestand auf seinem Vorhaben, da er
die übliche Koketterie kannte. Doch der *bawab* wollte
nichts davon wissen und sagte schließlich sanft zu Mima:
»Nicht heute, es ist ein zu trauriger Tag. Geben Sie es mir,
wenn Sie wiederkommen.«

Gedächtnisse und an seyen von dieser Episode erzählt habe.

An Bord der Maas hatte kaum einer für Organisation Abteilung Abbes kennt, Ladung der stegreßt umständ der durch verschiedenen kleiner.

Es war nicht rechtmäßige Flut, sondern seine Schwigertochter, die rot, aufmerksamen. Die erneute Bezeichne Sibe zeug Marie Louise COUWERSON

wohnten hier, dort die Augenblicke, zu photos Land, womit im eigentliche übergrößte zwingen Chr. R. R. V der bekannt, an den halten reich geworden war nicht.

Essay auch mit auf zu verschämmt, im Forum in der war, der am 22. November 1950 um 4 Uhr und 15 fünf durch Minen von runter.

Sie noch an zehn Tage zahlreiche Schieren, zu Schieren und an ihrem wirklichkeit empfangen kraft ihren religiösen. Sie hatte die Stichhaltige ihrer Arbeit vor verkauften. Giesel unglichen an nie Laufen Kollegen ers Kontor und großen, die gesamte Wohnungsschließung, preisgeben. Mehr Geheimnis aufnahme Gemeine. Wie Jahrhunderts schickten unter nach dem änderter entschwand. So gab Beziehungsblick des fern Jahre gekommen war, gab ihnen hat der führen ein zahlreichen Männer aufnahme und ein weg aufnahmen Zeit zum länger zu lassen in Hand entwegen die ein in der Stillleben erfüllt.

Am läge über Abreise wollte Robert zu in Deutschland, deshalb es so die angetreten ländlichen Deutschen es kaum hatte nicht mehr bestimmt nicht durch Verlassen über die wirkliche Knopf, die Klaus. Doch bei er umgekehrte nichts davon wie seinem wenigstens ihm noch kamen, in Mann nicht für das, sie rar zu bearbeiten ging. Gewesen rar ist, wenn Sie weiter kommt ging.

452

# ZEHNTER TEIL

# Schweigen und nicht auffallen

# 1

Durch die Abreise der Engländer, Franzosen und zahlreicher Juden entstand eine große Leere.

»Man fühlt sich wirklich einsam«, stellte Viviane fest, die viele Freunde verloren hatte.

Selim, der jetzt Chef der Firma war, hatte sich Hals über Kopf in die Jagd auf ausländische Produkte gestürzt. In allen Wirtschaftszweigen waren Plätze frei geworden, da die westlichen Firmen einen Ersatz für ihre ausgewiesenen Konzessionäre suchten.

Die Geschäftsübergabe, die eineinhalb Jahre zuvor im Büro stattgefunden hatte, war dramatisch gewesen. Nachdem sich Georges Batrakani freiwillig aus der Firma zurückgezogen hatte, vermittelte er jetzt den Eindruck, nichts aus der Hand geben zu wollen. Er beschuldigte sogar beinahe Selim, ihn vertrieben zu haben.

Viviane, die unter dieser Situation litt, lief vom einen zum anderen und versuchte, die Sache wieder in Ordnung zu bringen. Aber ihr Vater hatte sich vollkommen verändert. Er war plötzlich alt und mürrisch geworden und vernachlässigte zum erstenmal in seinem Leben sein Äußeres. Man konnte nicht mehr mit ihm reden.

Aus Verzweiflung wurde Viviane krank. Sie bekam hohes Fieber und litt unter Schwindelanfällen, die dem Arzt unerklärlich waren. Schließlich rief Selim, der nicht mehr wußte, was er tun sollte, seine Schwiegermutter zu Hilfe.

Yolande Batrakani gelang es, die richtigen Worte zu finden. Innerhalb von vierundzwanzig Stunden wurde Georges Bey wieder er selbst. Er zog sich an, putzte sich heraus, eilte an das Krankenbett seiner Tochter und bedrängte – wie im Jahr 1927 – den Arzt, sie zu heilen. Eine Woche später war Viviane wieder auf den Beinen; zwar hatte sie fünf Kilo abgenommen, doch sie strahlte.

Mein Großvater hatte seinen Rückzug aus der Firma zum Anlaß genommen, seinen Nachlaß zu regeln. Das Geschäft war zu gleichen Teilen unter den Kindern aufgeteilt worden. Pater André überließ seinen Teil dem »Œuvre des Écoles d'Haut-Ègypte«. Das schwierigste Kapitel war Selims Ernennung zum Geschäftsführer der Firma.

Der Mann mit dem Tarbusch hatte seine Kinder vor vollendete Tatsachen gestellt. Weder Paul noch Alex wagten es, sich der Ernennung ihres Schwagers offen zu widersetzen, doch allem Anschein nach fiel es ihnen schwer, diese blitzartige Beförderung zu verdauen. Selim konnte nur mit der versteckten, doch sehr wirkungsvollen Unterstützung von Michel und auf Lolas Neutralität rechnen. Diese war im Begriff, sich mit einem Arzt, der der hohen koptischen Gesellschaft angehörte, wiederzuverheiraten.

Alex überschüttete meinen Vater täglich aufs neue mit phantastischen Ideen: sich um die Konzession eines südafrikanischen Waffenherstellers zu bemühen, die Vertreter durch betörende Vertreterinnen zu ersetzen. Als er ihn eines Abends – Selim war am Ende seiner Kräfte – gegen Mitternacht anrief, um ihm vorzuschlagen, einen Gymnastikraum im Büro einzurichten, explodierte mein Vater.

»Warum gibst du ihm nicht eine Stelle in der Firma?« fragte Viviane.

»Was? Diesem *bahlawane* eine Stelle geben!«

»Genau das . . .«

Nachdem er sich die Sache eine Nacht lang hatte durch den Kopf gehen lassen, bot er Alex die vage definierte Position eines verantwortlichen Direktors für neue Märkte an, die mit einem beachtlichen Gehalt verbunden war und keinerlei Verpflichtungen mit sich brachte. Man war nur übereingekommen, daß sich der neue Direktor nicht um die bereits von der Firma abgedeckten Sektoren – also Pharmaprodukte, Parfums, Spitzen und Werkzeugmaschinen – kümmern würde: Seine Rolle war es, neue Märkte zu erschließen.

Alex war begeistert von diesem Angebot. Doch da er an einer Automobil-Safari durch Afrika teilnehmen wollte, begann er seine Arbeit mit einem sechswöchigen Urlaub. Nach seiner Rückkehr verbrachte er weitere sechs Wochen damit, vom Dschungel, den Elefanten und den Affen zu erzählen. Der neue Direktor stattete bisweilen gegen Spätnachmittag einen Blitzbesuch im Büro ab, um einer Sekretärin einige wirre Anweisungen zu geben, die diese auf der Stelle von Selim wieder aufheben ließ.

Mit Paul Batrakani war es schon schwieriger. Bulos sah sich seit langem als legitimierter Nachfolger seines Vaters und verstand nicht, warum dieser lieber einen »Angeheirateten« gewählt hatte. Als Anwalt der Firma wußte er, wie sie funktionierte, und konnte sich also jeder Entscheidung, die Selim traf, mit mehr oder weniger gerechtfertigten Argumenten widersetzen. Mein Vater mußte diesen Grabenkrieg akzeptieren und konnte nur auf bessere Tage warten.

Makrams Tod im Jahr 1956 hatte zu ersten Veränderungen geführt. Selim hatte sich mit diesem Wirtschaftsprüfer, der ihn weiterhin als einen Anfänger betrachtete und an seinen traditionellen Methoden festhielt, nicht sehr wohl gefühlt. Angesichts seiner langen Firmenzugehörigkeit und der alten Freundschaft, die ihn mit meinem Großvater verband, war es schwierig, sich gegen ihn durchzusetzen.

Als es darum ging, seine Stelle neu zu besetzen, dachte Selim sofort an René Abdel Messih, der ein recht bescheidenes Wirtschaftsprüfungsbüro führte, das jedoch einen guten Ruf hatte. René, jener segensreiche Freund, der es ihm ermöglicht hatte, Viviane an einem Nachmittag im Juli 1941 im Metro kennenzulernen; René, bei dem er sie zweieinhalb Jahre später an einem Silvesterabend wiedergesehen hatte . . .

Natürlich war Paul gegen seine Wahl. Aber er fand so schnell keinen anderen Kandidaten, und eine laufende Steuerprüfung machte die sofortige Neubesetzung der Stelle nötig. So begann René seine Arbeit.

Ab jetzt wurden fast alle wichtigen Entscheidungen von den beiden allein getroffen. Früher hatten sich Georges und Makram im Halbdunkel unterhalten, René und Selim diskutierten heute in einem hellerleuchteten Raum, begleitet vom Surren der Klimaanlage. Wie früher in den Pausen im Metro . . .

Im März 1957 erfuhr mein Vater zufällig, daß ein bedeutender deutscher Hersteller von Büromaterial versuchte, auf dem ägyptischen Markt Fuß zu fassen. Es war ein großes Geschäft. Er befreite sich von all seinen anderen Verpflichtungen, arbeitete wie ein Besessener und übernachtete oft sogar, trotz Vivianes Protest, im Büro. Er überschwemmte Edouard Dhellemmes mit Telegrammen, um ihn zu überzeugen, nach München zu fahren und dort seine Sache zu vertreten. Schließlich bekam er, dank eines ägyptischen Kunden, der gute Beziehungen hatte, ein Ausreisevisum. Er machte eine Blitzreise nach Bayern, und es gelang ihm, den Vertrag zu unterschreiben.

An der Place de l'Opéra wurde in Anwesenheit von Georges Batrakani, der sich eigens aus diesem Anlaß ins Büro begeben hatte, mit Champagner gefeiert. Selbst Paul mußte zugeben, daß es ein Erfolg war. Dadurch wurde die Position meines Vaters wesentlich gefestigt.

Wenig später wurde per Gesetz der Gebrauch der arabischen Sprache für alle geschäftlichen Transaktionen vorgeschrieben. Bulos, der aus Prinzip und Gewohnheit Französisch sprach, schimpfte auf diese Maßnahme, doch Selim nahm sie zum Vorwand, um den Arbeitsablauf im Büro und im Verwaltungsrat zu ändern . . . Nun hatte er endlich das Sagen . . .

Der neue Chef glich immer mehr der Figur des Georges Bey. Er rauchte Zigarren, ließ sich beim besten Schneider von Kairo einkleiden und kaufte sich alljährlich einen neuen Wagen. Er wurde langsam rundlicher. An einem Sonnabend im September 1957 riß ihm Viviane, ehe sie sich zu einer Bridgepartie in den Heliopolis Sporting Club begaben, lachend das erste graue Haar aus.

Da sich Selims Gehalt verzehnfacht hatte, konnte er es sich jetzt leisten, einen alten Traum zu verwirklichen: Er ließ in Heliopolis die Villa bauen, von der sein Vater im Jahr 1924, kurz vor seinem Tod, geträumt hatte. Mima hatte die Pläne aufbewahrt. Es mußten nur einige geringfügige Veränderungen vorgenommen werden.

Dreihundert Meter von dem kleinen Jesuitenkolleg entfernt, das fast am Rande der Wüste lag, begann man im Oktober 1957 mit dem Bau einer eleganten Villa mit einer Terrasse aus alten Steinen. Von den sieben Schlafzimmern war eines für Mima vorgesehen, wenn sie eines Tages mit Edouard Dhellemmes nach Ägypten zurückkehren würde . . .

461

## 2

In Kairo bestimmte Spionage jetzt das Klima. Man witterte überall Mikrofone und mißtraute selbst den eigenen Hausangestellten. Bei den sonntäglichen Mittagessen im Haus meiner Großeltern verstummte prompt das Gespräch, sobald der *soffragi* das Zimmer betrat. Jeder fühlte sich ausgehorcht, belauscht und glaubte, sich etwas vorzuwerfen zu haben: eine unvollständige Steuererklärung, Geld, das man nach Europa transferiert hatte, ein unvorsichtiger Ausruf . . .

Victor Levy, der sich nach dem »dreifachen und feigen Angriff« schweren Herzens gezwungen sah, das Land zu verlassen, bat Michel, ihn nicht zum Flughafen zu begleiten.

»Sonst wird man auch dich noch verdächtigen, Zionist zu sein . . . Und ich würde es mir nie verzeihen, wenn du meinetwegen Schwierigkeiten bekommen würdest.«

Um mit einem Briefpartner im Ausland in Kontakt zu bleiben, bedurfte es wahrer Indianerlisten. Georges Batrakani hatte einen sehr geschickten Brief an Edouard Dhellemmes geschrieben, um ihm mitzuteilen, daß einige der Sachen, die er ihm vor seiner Abreise heimlich anvertraut hatte, verkauft waren. Die Kairoer Zensur hatte nichts Auffälliges bemerkt. Doch die französische Post schickte den Brief an den Absender zurück, da er mit einer Sonderbriefmarke zum ägyptischen »Sieg« von Sues frankiert war.

An diesem Tag nahm Georges Bey weder Rücksicht auf Mikrofone noch auf Spione. Sein Gebrüll gegen die »französischen Idioten« ließ die Wände – die doch Ohren hatten – erzittern.

\*

*22. Januar 1957*
*Welch eine Aufregung wegen eines zurückgesandten Briefes!*
*Nachdem Papa gebrüllt und getobt hatte, hat er sich in ein*
*schmollendes Schweigen zurückgezogen, das ihm gar nicht*
*ähnlich sieht. Sicherlich das Alter . . . Gestern hat er unbedacht*
*einen sehr bitteren Satz gesagt: »Die Vergangenheit hatte*
*wenigstens noch Zukunft!«*

*15. Februar 1957*
*Immer mehr Griechen lösen ihre Geschäfte auf und verlassen*
*Ägypten. Ein wahrer Exodus. Es scheint so, als ob in den Vor-*
*orten von Athen ein »Klein-Alexandria« entsteht. Ob von den*
*120 000 Griechen, die vor dem Krieg hier lebten, überhaupt*
*noch die Hälfte da ist?*

*13. März 1957*
*Die Ausweisung von Pater Chidiac hat uns sehr schockiert.*
*Er sollte am nächsten Sonntag zum Mittagessen zu uns*
*kommen . . . Die Behörden haben seinen Artikel im »Rayon*
*d'Égypte«, in dem er die Entlassungen christlicher Angestellter*
*und Beamter angegriffen hat, sehr schlecht aufgenommen.*

*30. April 1957*
*Nachdem die Engländer und die Franzosen aus Kairo abgezo-*
*gen sind, stehen die Amerikaner im Rampenlicht. Sie wissen*
*nicht, was sie noch tun sollen, um sich beliebt zu machen. Eini-*

*ge von ihnen glauben sogar, einen Tarbusch tragen zu müssen!*
*Selbst Papa findet das lächerlich.*

*31. Juli 1957*

*Zur Einweihung des neuen Shepheard's in der Nähe der Brücke*
*Kasr-el-Nil ist eine Sonderbriefmarke herausgegeben worden.*
*Neun Stockwerke, alles vollklimatisiert. »Ich werde jedesmal*
*einen Umweg machen, damit ich diese Scheußlichkeit nicht*
*sehen muß«, hat Papa gesagt. Edouard Dhellemmes, der noch*
*immer auf ein Visum hofft, um mit seiner Frau nach Ägypten*
*zurückkehren zu können, würde ihm sicherlich beipflichten.*
*Edouard ist letzten Monat extra nach Zürich gefahren, nur um*
*in dem dritten Goldenen Buch des alten Shepheard's blättern zu*
*können. Anscheinend war es das Privateigentum von Freddy*
*Elwert, der in den dreißiger Jahren das Hotel geleitet hat. Er hat*
*es mitgenommen, als er Kairo kurz vor dem Krieg verließ.*

*22. Februar 1958*

*Jetzt gibt es kein Ägypten und kein Syrien mehr. Die Vereinte*
*Arabische Republik ist entstanden, und wir sind nun alle per*
*Dekret Araber. »Mabruk«, hat der Teppichhändler von Midan*
*Ismailijja zu mir gesagt. »Dieser Zusammenschluß der beiden*
*Länder muß euch Syrer in Ägypten doch glücklich machen.«*
*Wenn er wüßte . . . Ich habe jedenfalls festgestellt, daß er das*
*Bild von Sultan Hussein gegen eines von Nasser ausgetauscht*
*hat.*

»Wenn er wüßte . . .« Mit den Führern in Damaskus, die
nicht den beunruhigenden Charme eines Nasser hatten,
fühlten wir uns keineswegs sicherer. Die Vereinigung
Ägyptens und Syriens verdoppelte unsere Ängste.
Ich muß auf alle Fälle feststellen, daß Michel sich recht
unvorsichtig verhielt. Wenn die Polizei Mikrofone ein-

baute und Briefe öffnete, wer hätte sie daran hindern sollen, ein Tagebuch zu lesen? Mein Pate war offensichtlich zu weltfremd, um sich dieser Gefahr bewußt zu werden. Oder fühlte er sich in Sicherheit, weil er auf französisch schrieb? Als ob sein geheimer Garten nicht auch von Leuten geplündert werden könnte, die nicht in der Lage waren, La Fontaine zu rezitieren . . . Auf alle Fälle schien ihn Nassers Polizei weniger zu beunruhigen als seinerzeit Mademoiselle Guyomard, deren suchende Hand jederzeit das unter der Matratze verborgene Heft hätte entdecken können . . .

## 3

An einem schönen Aprilnachmittag des Jahres 1958 wurde Georges Batrakani auf dem griechisch-katholischen Friedhof im alten Kairo beigesetzt. Es war sehr warm. Die Luft duftete nach Frühling, Wetter wie für eine Hochzeit. Die Bougainvilleen rankten sich um diesen in einer kleinen Mulde gelegenen Garten, in dessen Mitte sich die umzäunte Grabstätte der Sednauis befand.

Meine Großmutter ging zwischen Alex und Michel, die sie um einen Kopf überragten und stützten, ja beinahe trugen. Sie weinte sich die Augen aus. Ihre beiden Söhne vermieden es, sie anzusehen, sei es aus Schamgefühl oder vielleicht auch, weil sie befürchteten, selbst in Tränen auszubrechen. Michel, der noch immer ebenso mager war, war aschfahl. Alex war ausnahmsweise einmal ernst, das stand ihm nicht gut und ließ ihn älter wirken.

Ich hielt mich abseits, ein wenig oberhalb der Mulde, und betrachtete all diese trauernden Menschen. Es war das erstemal, daß ich einen Friedhof betrat.

Lola und Viviane, die in ihren schwarzen Kleidern unglaublich schön waren, gingen nebeneinander und boten der Zuschauerschaft einen neuen und verwirrenden Anblick der Batrakani-Töchter. Ihre Gesichter waren ungeschminkt und hinter großen, dunklen Brillen verborgen, die sie noch begehrenswerter machten.

Pauls Blick schien in der Ferne verloren. So, als wäre seine Zukunft nicht mehr hier. Seit einigen Monaten trug er sich ernsthaft mit der Idee, Ägypten zu verlassen. Der Tod seines Vaters erlaubte es ihm in gewisser Weise, ein neues Kapitel zu beginnen. »Ich möchte dich bitten, nie mehr mit einem Hut auf dem Kopf in die Fabrik zu kommen. Das ist unsinnig! Man kann sich auch nicht vorstellen, daß der Sohn von Henry Ford einen Pontiac oder einen Chrysler fährt . . .« Während einer Berlinreise im Jahr 1933 war eine Photographie aus Pauls Brieftasche gefallen, die Georges Bey mit einem Tarbusch zeigte. »Wer ist das?« hatten ihn die Deutschen gefragt, die ihn begleiteten. »Ach, niemand, es ist unser Hausmeister«, hatte Bulos geantwortet, der diese Kopfbedeckung lächerlich fand.

Pater André schien während der Zeremonie ein wenig abwesend, und seine Stimme klang verstört. Dachte er vielleicht an jenen Tag im Jahr 1921, an dem er seinem Vater seine Absicht, Jesuit zu werden, mitgeteilt und eine erstaunliche Antwort bekommen hatte? »Unsere Familie ist nicht dazu bestimmt, der Kirche Priester zu schenken. Sie ist vielmehr dazu bestimmt, der Kirche den Weg zu weisen.« Er konnte auch jenen späteren Herzensschrei von Georges Bey, der so bezeichnend für Generationen von Syrern war, nicht vergessen: »Du hast nichts verstanden, *ya ebni*! Eben weil wir so klein sind, müssen wir groß erscheinen!« Der erste Brief, den er in Lyon von seinem Vater erhalten hatte, war mit grüner Tinte geschrieben. Er hätte vor Glück beinahe die Besinnung verloren . . .

Michel bedauerte es, daß Georges Batrakani am Vorabend seines Todes nicht seine sechs Kinder um sich versammelt hatte, um zu ihnen zu sprechen, so wie es La Fontaines Landarbeiter mit seinen Kindern getan hatte. Doch leider ist das Leben eben keine Fabel . . .

Viviane hatte den ganzen Mittwochnachmittag am Bett ihres Vaters verbracht, der ihr ständig zulächelte und von Zeit zu Zeit einige kaum verständliche Sätze murmelte. Er sprach zum hundertstenmal von der Geburt seiner Tochter im Jahr 1922 und warf Maguy vor, daß sie ihm dieses glückliche Ereignis nicht entsprechend angekündigt habe.

Erschüttert sah Viviane wieder das Bild vor sich, wie er am Tag meiner Geburt in ihr Zimmer in der französischen Entbindungsklinik von Abessia gestürzt kam. Sein Chauffeur folgte ihm mit einem riesigen Rosenkorb. »*Mabruk* tausend *mabruk* . . .« Selim war wütend gewesen, weil man mir nun doch den Namen Charles gab. Erst als Professor Martin-Bérard ihn zu dieser Wahl beglückwünschte, hatte er sich ein wenig beruhigt.

Vier Namen waren in den Grabstein graviert. Zuerst der meiner Urgroßmutter Linda (1847–1894), die erste Batrakani unserer Familie, die in Ägypten beigesetzt worden war, dann der von Elias (1841–1920), der diesen großen Grabstein aus Sienamarmor, über dem eine Taube schwebte, hatte anfertigen lassen. Unter ihren Namen stand der von Charles (1909), der bei der Geburt gestorben war und nach dem ich benannt war, dann folgte Nando (1870–1934), den man wie ein Kalb abgestochen hatte . . .

Edouard Dhellemmes hielt Mimas Hand, und sein Blick war starr auf den Sarg gerichtet, auf dem ein Tarbusch lag. Ihm war, als würde er Georges' Stimme hören: »Was wollen Sie, mein lieber Edouard, dies ist ein Land, in dem die Leute immer mit bloßen Füßen, aber mit bedecktem Kopf gelebt haben. Sie gehen davon aus, daß man sich am leichtesten erkältet, wenn der Kopf kalt wird, das hindert sie allerdings nicht daran, offensichtlich mit den Füßen und nicht mit dem Kopf zu denken . . .« Mit meinem Großvater verschwand zugleich auch eine bestimmte Epoche Ägyptens, ein sanftes, tragisches Ägypten mit schmerzlichen Zügen.

Edouard war mit Mima nach Ägypten zurückgekommen, sobald die Grenzen wieder für französische Staatsbürger geöffnet waren. Sie hatten in Zamalek, in ihrem alten Haus, wieder eine Wohnung gefunden, und der Hausmeister erwartete sie mit Tränen in den Augen. Dank der Hilfe meines Vaters hatte Edouard gerade wieder ein Antiquitätengeschäft, wenn auch ein kleineres, an der Place de l'Opéra eröffnet.

»Mein lieber Edouard, zwei Worte müssen Sie unbedingt lernen, das eine ist *maalech* und bedeutet soviel wie ›das macht nichts‹, und das zweite ist *bokra*, und das heißt ›morgen‹ . . .« Aber wer konnte angesichts dieses Sarges, auf dem jetzt die Sonnenstrahlen spielten, noch *maalech* sagen? Oder an *bokra* denken?

Um seine Trauer zu verbergen, betrachtete Selim die Bougainvilleen. Im Alter von vier Jahren war er zum erstenmal Waise geworden und heute zum zweitenmal. »Was halten Sie von diesen Cremeschnitten?« hatte ihn Georges Bey gefragt, als sie sich 1944 zum erstenmal bei Groppi trafen. Und Viviane hatte ihm am selben Abend am Telefon gesagt: »Papa fand dich charmant . . .«

Als sie durch das alte Kairo fuhren, war der Trauerzug mit Steinen beworfen worden. Wie bei der Beisetzung eines Cousins im letzten Winter. Diesmal war der glänzende Oldtimer meines Vaters an der Seite getroffen worden. Sollte er am nächsten Tag den Kotflügel auswechseln lassen? Oder sollte er die Gelegenheit nutzen, um einen anderen Wagen, den Buick, der gerade bei dem General Motors-Konzessionär eingetroffen war, zu kaufen? Selim dachte, daß sich sein Schwiegervater sicherlich für die zweite Möglichkeit entschlossen hätte. Er würde einen roten Buick nehmen, da diese Farbe seit der Revolution nicht mehr verboten war. »So, Kinder, das ist doch eine gute Neuigkeit: Euer General Nagib, der uns alles genommen hat, schenkt uns eine entscheidende Freiheit . . .«

Maguy Touta hatte die Augen halb geschlossen und lächelte beinahe, während in ihr der Refrain von *Valentine* wiederklang. Sie spürte auf ihrem Gesicht den Atem dieses Mannes, den sie seit nahezu einem halben Jahrhundert leidenschaftlich geliebt hatte. Zum erstenmal sah Maguy aus wie eine alte Dame. Aber eine sehr würdige alte Dame, die sich geschworen hatte, auf dem Friedhof nicht eine einzige Träne zu vergießen: Vor den Augen der Welt kam es allein Yolande zu, Georges zu beweinen. Am Morgen hatten sich die beiden Schwestern wortlos umarmt. Was gab es auch zu sagen?

Als man den Tarbusch vom Sarg nahm, um ihn in die Gruft zu senken, schluchzte meine Großmutter noch heftiger. Ihre Söhne zogen sie langsam zum Ausgang. Dann kümmerten sich Lola und Viviane um ihre Mutter und murmelten ihr vernünftige Sätze zu, die nichts bewirken konnten.

Eine leichte Brise spielte in den Bougainvilleen. Der Friedhofswärter tat so, als wolle er das Trinkgeld ablehnen, das man ihm im vorbeigehen zusteckte. Ich stand neben ihm und beobachtete das Theater. Das Leben ging weiter. Für mich fing es gerade erst an.

# 4

In jenen Jahren hatte ich eine höllische Angst davor, Pater André auf dem Flur des Collège zu begegnen. Ich wußte nie, wie ich mich zu verhalten hatte. Zu Hause stellte sich dieses Problem nicht: Mein Onkel ergriff stets selbst die Initiative, um uns einen nach dem anderen in die Arme zu nehmen und zu küssen, wobei sein graumelierter Bart auf unseren Wangen kratzte. Beim leisesten Geräusch seiner Kreppsohlen zog ich den Kopf zwischen die Schultern und mied den Blick meiner Schulkameraden. Pater André dagegen schien nicht verlegen: Er machte mir ein freundschaftliches Handzeichen, warf mir ein vages Lächeln zu und zog seiner Wege.

Doch an jenem Mittwoch lächelte André Batrakani zum erstenmal nicht. Übrigens lächelte keiner der Lehrer. Das am 26. Januar 1959 geschlossene Collège de la Sainte Famille hatte unter dem Hirtenstab eines ägyptischen, von der Regierung bestimmten Direktors seine Tore wieder geöffnet. Der gute Mann, der sich im Arbeitszimmer des Pater Präfekten eingerichtet hatte, vermochte die Jesuiten kaum zu beruhigen, als er erklärte: »Ich liebe die französische Kultur. Ich habe an der Sorbonne studiert.«

Man hatte dem Collège vorgeworfen, einen Unterricht zu erteilen, »der mit den nationalistischen Gefühlen der Araber unvereinbar« sei. Als Corpus delicti wurden mehrere in Paris herausgegebene Schulbücher vorgelegt, »die Israel verherrlichten und Frankophilie propagierten«. Der

Denunziant mußte die Patres bezichtigt haben, für Israel zu spionieren, da Polizisten in Zivil die Keller nach Funkgeräten durchsucht hatten. Ohne Erfolg, wie man sich denken kann.

Nachdem die Amtssiegel angebracht worden waren, hatten die Jesuiten das Inventar aufgenommen, wobei sogar die Teelöffel gezählt werden mußten. Der Pater Direktor, ein Franzose, wurde der Schule verwiesen. Dem Apostolischen Nuntius war es schließlich gelungen, die Schließung der Schule rückgängig zu machen, doch es dauerte lange, bis diese Wunde verheilt war.

*

Eskortiert von sechs Polizisten auf Motorrädern, traf Nasser in seinem schwarzen Cadillac im Hof des Collège ein. Der französische Botschafter, der Pater Direktor und ein Großteil der Lehrerschaft erwarteten ihn am Fuße der Freitreppe.

Als der *raïs*, umgeben von seinen Begleitern, unser Klassenzimmer betrat, sprangen alle Schüler von ihren Bänken auf. Während wir wie in Habachtstellung dastanden, wagten wir kaum, diesen stattlichen Mann anzuschauen, dessen Gesicht uns so vertraut war, dem aber an jenem Morgen sein berühmtes Lächeln fehlte.

Pater Korner erhob sich von seinem Stuhl, um den Präsidenten zu begrüßen und darüber zu informieren, daß man sich im Französischunterricht derzeit mit La Fontaine beschäftigte. Mit leiser Stimme dolmetschte ein Unbekannter in dunklem Anzug dem *raïs* die Worte des Jesuiten.

Schließlich machte Pater Korner eine leichte Verbeugung, um sich dann seiner Klasse zuzuwenden.

»Michel Batrakani, könnten Sie uns . . .«

Doch er verbesserte sich sogleich und sprach im selben Tone: »Charles Jared, können Sie Seiner Exzellenz dem Präsidenten der Republik *Le Laboureur et ses Enfants* vortragen?«

Ich erhob mich, um das Gedicht aufzusagen. Nasser aber wandte sich an seinen Dolmetscher und erklärte mit zorniger Stimme: »Ich will ein arabisches Gedicht.«

Wie ein begossener Pudel stand ich da und sah nacheinander Pater Korner, den Präsidenten und den Botschafter an . . . Schließlich mußte ich kleinlaut eingestehen, daß ich kein arabisches Gedicht vorzutragen wußte.

Nasser warf mir einen vernichtenden Blick zu, bevor er, gefolgt von den verstörten Jesuiten, das Klassenzimmer verließ.

Ich erwachte, am ganzen Leibe zitternd, das Gesicht schweißbedeckt . . .

*

»Merkwürdige Geschichte!« meinte Michel lächelnd, als ich ihm meinen Traum erzählte.

Ich war um so verwirrter, als ich in Wirklichkeit zwei oder drei Gedichte, die ich im Laufe des Schuljahrs gelernt hatte, hätte aufsagen können.

»Du kennst sie nicht wirklich«, bemerkte mein Patenonkel. »Du kannst sie nur aufsagen, das ist nicht dasselbe. Aber es gibt Schlimmeres. Ich muß an deine Tante Lola denken, die mit dreizehn oder vierzehn, um zwei Zeilen auf arabisch zu lernen, sich diese erst ins Französische übertragen ließ.«

Michel selbst, dessen bin ich mir sicher, wäre außerstande gewesen, ein vollständiges Gedicht auf arabisch vorzutragen. Dafür aber habe ich ihn oft ganze Strophen französösischsprechender ägyptischer Dichter aufsagen hören. Mohammed Khaïry zum Beispiel, denen er einst in den literarischen Salons von Amy Kheir oder Ketty Limongelli begegnet war:

Dein zitterndes Herz scheint mir, o Wasserpfeife,
Wenn ich dem Atem deiner Seel' mich anvertrau'
Wie das Herz, das Herz einer Frau,
Das ein sanfter Windhauch streift.

Oder aber:

In dem intensiven Licht erstrahlt das weite Bild
Von Palmen, kleinen Wäldern in malerischer Gegend,
Die zum Himmel sich erheben, ins unendliche Gefild,
Mit riesenhaften Vögeln, schwebend.

Michel beherrschte das Arabische gut genug, um allmorgendlich *Al Ahram* zu lesen und mit jedem Beamten oder Kaufmann verhandeln zu können. Doch weniger gut als mein Vater, der es in seiner ganzen Kindheit zu Hause gesprochen hatte, oder als André, der sich im Laufe seiner endlosen jesuitischen Studien in die Feinheiten der *hamza*, der *madda* und des *tanwin* vertieft hatte.

»Die Syrer Ägyptens sind unverbesserlich«, sagte der Jesuit. »Die Art, wie viele unter ihnen das Arabische vernachlässigt haben, ist geradezu kriminell. Ich muß mich schämen, wenn ich meine Schwestern mit ihren Hausangestellten radebrechen höre. Wenn ich bedenke, daß es die Syrer waren, die Ende des letzten Jahrhunderts die kulturelle Renaissance Ägyptens eingeleitet haben! Unser Khalil Mutran wurde als unumstrittener Meister der zeitgenössischen Dichtkunst gefeiert! Die Brüder Takla gründeten *Al Ahram*. Georges Abyad rief das lokale Theater ins Leben. Und was wäre selbst das heutige Volkstheater ohne einen Syrer wie Nagib El Rihani? Und gäbe es den ägyptischen Film ohne Jussef Chahine?

Auf Druck syrischer Familien hin, die sich darüber im klaren waren, daß diese Sprache fortan für ihre Kinder unerläßlich war, hatte man das Arabische am Collège seit einiger Zeit wieder mehr in den Vordergrund gerückt. Die Kopten und die Moslems hatten diese Sorge nicht: Ihre Kinder sprachen perfekt Arabisch und kämpften mehr dafür, die englische Sprache zu fördern. Die Jesuiten wiederum setzten sich für das Französische ein.

»Und das tun wir nicht nur um seiner selbst willen«, erklärte Pater André. »Sondern weil es ein Instrument der intellektuellen Bildung und der Einführung in andere Sprachen ist.« Ich erinnere mich an jenen Scherz des arabischen Präfekten, der sich beim französischen Präfekten beschwerte: »Nun sagen Sie mir, mein Vater, was machen Ihre Französischlehrer? Unsere Schüler verstehen kein Arabisch mehr!«

# 5

Die Schweizerin brach im März 1959 nach Sankt Moritz
auf. Mittels eines teuer erstandenen Touristenvisums folgte Paul einen Monat später mit den Jungen nach. Er reiste
mit nur zwei Koffern und den wenigen gesetzlich erlaub-
ten ägyptischen Pfund in der Tasche. Bulos aber hatte im
Lauf der Jahre Kapital in der Schweiz angesammelt.
Außerdem hatte er dank einer Exportgenehmigung, die er
bei einem Transithändler erworben hatte, der sie wiederum einem in Ägypten ansässigen ausreisenden Italiener
abgekauft hatte, einen Teil seiner Garderobe und zahlreiche wertvolle Möbel nach Genf schaffen können . . .
Während Paul Batrakanis Ausreise niemanden sonderlich
überraschte, erregte die von Jean Jared, dem Bruder meines Vaters, ungeheures Aufsehen.
»Und wohin reist er, bitte schön?«
»Nach Kanada, Liebling.«
»Nach Kanada, er muß verrückt sein! Er wird sich er-
kälten.«
Mit seinem Ingenieurdiplom hatte Jean ein Einreisevisum
erhalten: Die Kanadier öffneten qualifizierten Technikern
gern ihre Tore.
Selim titulierte seinen Bruder als Idioten.
»Was willst du am anderen Ende der Welt in einem eisi-
gen Land? Keine zwei Monate wirst du's dort aushalten.
Ich hoffe, du hast wenigstens ein Hin- und Rückflug-
ticket; das ist billiger . . .«

Mein Vater verstand all diese Ausreisen nicht; er fühlte sich wie ein König in Ägypten. Er war Mitglied des Rotary Clubs von Heliopolis und spielte dreimal die Woche im Sporting Club Bridge. Gewiß, viele bekannte Gesichter waren verschwunden; man fand kaum noch ausländische Erzeugnisse in den Geschäften; manche Lebensmittel waren rationiert. Doch das Leben blieb äußerst angenehm für diejenigen, die Geld hatten. Und er hatte niemals mehr besessen. Sein Geschäft florierte trotz aller möglichen Schikanen, die sich jeweils mit angemessenen Bestechungsgeldern regeln ließen.

Die Vereinigung von Ägypten und Syrien hatte wenigstens den Vorteil, daß man freien Zugang zur »nördlichen Provinz« hatte. Alex Batrakani fuhr auf diese Weise mit seiner Familie nach Damaskus und konnte von dort aus ohne Schwierigkeiten weiter nach Beirut reisen, wo er sich endgültig niederließ.

»Ein wahrer Exodus der Intelligenz«, kommentierte Selim schmunzelnd.

Alex schwört auf den Libanon – »das Land unserer Väter« –, dessen freiheitliches Klima und Klingeln der Registrierkassen ihn lockten. Innerhalb von sechs Monaten sprach er ein perfektes Arabisch mit lokaler Note, indem er seine Sätze mit *shou*? und *wa law*! spickte. Er wenigstens verriet sich nicht aus hundert Metern Entfernung durch einen Akzent, wie so viele andere Ägypter ...

Pater André war über das Collège mit zahlreichen Kairoer Familien in Kontakt. Er verurteilte die Ausreisewelle und tat dies auch offen kund, indem er von »Abtrünnigen« und »Fahnenflüchtigen« sprach. Seine Anwesenheit bei den sonntäglichen Familienessen sorgte stets für eine angespannte Atmosphäre.

»Aber André!« rief Lola aus. »Siehst du denn nicht, daß es die Christen immer schwerer haben, hier Arbeit zu finden? Selbst die Kopten sind am Ende! In der Familie meines Mannes . . .«

»Man wird bespitzelt, man kann nicht mehr frei reden«, griff ein Sohn Henri Toutas ein. »Und obendrein wagt man nicht mehr, seinen Reichtum zu zeigen.«

»Weder reden noch scheinen«, meinte Michel mit einem ironischen Lächeln. »Man nimmt den Syrern ihre beiden größten Freuden im Leben . . .«

Doch dem Jesuiten war nicht nach Scherzen zumute. »Das Christentum war noch nie in Gefahr, wenn die Christen weniger Privilegien genossen. Ganz im Gegenteil, eine Kirche ist stark, wenn sie arm und schmucklos ist.«

»Ich bitte dich, André . . .«

»Andere Christen in anderen Ländern leiden sehr viel mehr als wir. Warum sollten wir nicht unseren Anteil am Leid der Welt auf uns nehmen? Ein Jahrhundert des leichten Lebens hat uns verweichlicht. Unsere Vorfahren haben weit Schlimmeres erlebt. Wenn ich an unsere Großmutter Linda denke, die achtzehnhundertsechzig blutbesudelt durch die Straßen von Damaskus rannte, um dem Tod zu entfliehen . . . Heute scheint das Leben schon unerträglich, wenn man sich ein wenig einschränken muß. Man läßt die Schultern hängen, ergreift die Flucht, statt zu kämpfen.«

»Gib wenigstens zu, daß es nicht leicht ist . . .«

»Im Leben gibt es verschiedene Phasen, wie Jahreszeiten. Wir hatten einen langen Sommer. Jetzt ist Winter. Na und? Der Frühling wird wiederkommen . . .«

Selim nickte. Er gab dem Jesuiten recht, auch wenn er weit entfernt war von diesen Geschichten, die um Kirche, Schmucklosigkeit, Jahreszeiten kreisten . . . Sein Schwiegervater fehlte ihm.

## 6

Die beiden deutschen Schäferhunde, die an ihre Hundehütte gekettet waren, bellten zornig. Viviane trat ans Fenster ihres Schlafzimmers und zog den Seidenvorhang zur Seite. Sie sah nur einen schwarzen Ramses, der vor der Haustür parkte, ein Chauffeur hinter dem Lenkrad.

»Ein Offizier, der den *khawaga* sehen will«, flüsterte ihr der Hausangestellte, sichtbar beeindruckt, zu, nachdem er den uniformierten Besucher in der Eingangshalle hatte warten lassen.

Der Offizier hatte seine dunkelgetönte Brille aufbehalten. Selbst als er sie abnahm, brauchte meine Mutter mehrere Sekunden, bis sie Hassan erkannte.

Er! Wie er sich verändert hatte! Welch ein Unterschied zu dem nervösen, vom Palästinakrieg gedemütigten *vusbachi*, der sich vor etwa zwölf Jahren im Salon von Garden City vorgestellt hatte! Er war fülliger geworden, auch sein Gesicht. Seine Brust war mit Orden übersät. Der Neffe Rachids trug Selbstbewußtsein zur Schau und das dünkelhafte Lächeln eines Elitären des neuen Regiments.

»Was für ein schönes Haus!« rief er mit schmeichelnder Stimme. »Ganz neu, könnte ich mir vorstellen.«

»Was verschafft uns die Ehre?«

»Ich möchte den *khawaga* sehen; eine Angelegenheit, die seine Arbeit betrifft.«

»Aber mein Mann ist nicht zu Hause. Um diese Zeit ist er im Büro.«

Dann wurde sie sich der Bedeutung seiner Bemerkung bewußt: Wenn man den Chef einer Firma sehen will – geht man dann um zehn Uhr morgens in sein Wohnhaus?
»Wie bedauerlich!« meinte Oberstleutnant Hassan Sabri. »Und ich bin extra von Abbassia hergekommen . . .«
Meiner Mutter blieb nichts anderes übrig, als ihn Platz nehmen und den *soffragi* Getränke servieren zu lassen. Mit der festen Absicht, ihr Tennismatch um elf Uhr im Heliopolis Sporting Club nicht zu versäumen.
Verunsichert durch die dunkle Brille, hinter der sich Hassan erneut verschanzt hatte – diese Leute verstanden es einfach nicht zu leben –, und durch ihr eigenes mangelhaftes Arabisch, versuchte Viviane verzweifelt, ein Gespräch in Gang zu bringen.
»Mein Vater ist vor zwei Jahren gestorben.«
»Gott sei ihm gnädig!«
»Er war in seinem achtundsechzigsten Lebensjahr . . .«
Das Läuten des Telefons befreite sie für einen Augenblick aus ihrer mißlichen Lage.
Wie er sich verändert hatte! Und doch . . . Sie hatte den finsteren Blick wieder vor sich und den kämpferischen Gesichtsausdruck des Jungen in blauer *gallabeiya*, der seinen Onkel Rachid in dessen Haus in Shubra aufsuchte. Abu Semsem, das Zauberkästchen.

> *Ya salam, ya salam*
> *Shuf el forga di kamane . . .*

Sie hatte den jungen Mann von 1936 mit dem kantigen Gesicht wieder vor sich. Er hatte geläutet, sie hatte geöffnet. Er trug ein weißes Hemd mit abgeschabtem Kragen. Sie hatte einen ganzen Sommer davon geträumt.
»Was für ein schönes Haus, wirklich!« wiederholte Hassan, als sie zurückkam.

Viviane glaubte, einen gewissen Zynismus hinter seinen Worten wahrzunehmen. Um das Thema zu wechseln, fragte sie ihn nach seinem Werdegang.

Hassan deutete mit einem Finger auf seine Rangabzeichen. Er war *bikbachi*, »Sonderbeauftragter«.

Dieser letzte Hinweis versetzte meine Mutter in Unruhe. Sie dachte an den Ärger, den Selim unlängst mit dem Fiskus gehabt hatte. War er nicht im vergangenen Monat ins Innenministerium gerufen worden, um wegen angeblicher Kapitalflucht ins Ausland höchst unangenehm verhört zu werden?

»Gut, dann verlasse ich Sie wieder«, sprach der Offizier und reichte Viviane eine Visitenkarte, die er aus einer Eidechsenleder-Brieftasche zog. »Der *khawaga* soll mich unter dieser Nummer anrufen.«

Dann drückte er ihr auf eine Weise die Hand, die ihr den ganzen Tag Unbehagen bereitete.

## 7

Dieser Sommer 1960 war der des Fernsehens. Anläßlich des achten Jahrestags der Revolution waren an öffentlichen Plätzen riesige Bildschirme installiert worden. Mein Vater hatte natürlich sofort eines der ersten Fernsehgeräte gekauft, die in Kairo erhältlich waren. Er hatte das größte, das teuerste und das mit den meisten Knöpfen erworben – völlig überflüssig übrigens, da man vorwiegend Knistern, unterbrochen von Reden Nassers, empfangen konnte. Der *soffragi* und das Kindermädchen waren fasziniert von der Bilderkiste und wie gelähmt vom Blick des Präsidenten, der ganz persönlich auf jeden einzelnen von ihnen gerichtet schien. Stundenlang hockten sie vor dem Apparat und murmelten Gebete.

Ein mageres Programm in französischer Sprache kam hinzu, ein bis zwei Stunden pro Tag. Erkennungsmelodie war der Ohrwurm *Mustafa*, gesungen von Bob Azzan und Orlando, dem Bruder von Dalida. Ein halb französisches, halb arabisches Lied, das von allen Schülern des Sacré-Cœur und des Mère de Dieu mit ägyptischem Akzent geträllert wurde.

Seit Jahresbeginn war der Freitag zwangsweise auch an den Privatschulen zum freien Tag erklärt worden. Jeden Morgen sangen wir, im Schulhof aufgereiht, unter den bestürzten Blicken der Jesuiten *Allahu akbar*, nachdem wir vor der Fahne salutiert hatten. Die ältesten unter uns mußten zweimal die Woche in graublauer Uniform und weißen Gamaschen zum militärischen Training antreten: Wir luden und entluden alte italienische Gewehre, die noch aus einem anderen Krieg stammten, und lernten, entsicherte Granaten zu werfen – weit hinten am Ende des Schulhofs, dort, wo die Toilettenhäuschen waren.

Auf das Fensterbrett seines Zimmers im dritten Stock gelehnt, an seiner erloschenen Pfeife ziehend, sah uns Pater André mit nachdenklicher Miene zu. Wenige Wochen zuvor hätte ihm der sterbende Edmond Touta in einem letzten Aufbäumen fast die Knöpfe seiner Soutane abgerissen. Seinen Neffen bei den Ärmeln packend, hatte er sich in seinem Sterbebett aufgerichtet, um mit erstickter Stimme zu rufen: »Wußtest du, daß Ägypten heute über zwanzig Millionen Einwohner zählt? Der reine Wahnsinn!«

Der lilafarbene Seidenschal hing über der Armlehne eines Sessels . . . Armer Onkel Edmond! Skurril war er, gewiß, und extravagant, doch letztendlich gar nicht so verrückt. Wurde seine Besorgnis nicht inzwischen selbst schon von den hohen Beamten des Landes geteilt? Was unsere Familien betraf, so reagierten sie um so empfindlicher auf den demographischen Druck, als sie mit der Ausreisewelle immer mehr zur Minderheit wurden.

Man mied die überfüllten Strände. Es stand nicht mehr zur Diskussion, im Sommer nach Alexandria zu fahren: Yolande Batrakani hatte die Vailla in Sidi Bishr verkauft, während das Schiff von Sesostries Bey, seit dem Tod seines Besitzers nur noch ein Wrack, jetzt von Baustellen umgeben war. Selbst Agami verlor seinen Charme des Paradieses der *happy few*. Wer die Ruhe suchte, mußte sehr viel weiter gehen: Nach Marsa Matruh zum Beispiel, wo Selim und Viviane im Hotel Lido Zimmer gemietet hatten.

In diesem Eden konnte man wieder ganz unter sich sein. Die Jesuiten hatten hier eine Ferienkolonie, und die Gruppe katholischer Pfadfinder Wadi el Nil, der ich angehörte, kampierte in einem benachbarten Palmenhain. Dort hißte man mit sehr viel mehr Eifer allmorgendlich die Flagge als im Collège.

Umschlossen von dieser bezaubernden Bucht, wo Rommel während des Krieges Station gemacht hatte, versagte sich das türkisfarbene Meer den geringsten Wellengang. Unsere Schwestern und Cousins erstarrten vor Bewunderung angesichts der jungen athletischen Skandinavier, den Blauhelmen der UNO, die seit dem *»dreifachen und feigen Angriff«* in Ägypten stationiert waren. Zu zweit auf einem Motorroller hatten sie fünfhundert Kilometer quer durch die Wüste zurückgelegt, um ihre Alabasterkörper in das lauwarme Wasser zu tauchen.

Jeden Morgen, wenn er wie ein Pascha auf der Terrasse des Lido saß und frühstückte, beklagte Selim seinen Bruder Jean: »Wenn ich bedenke, daß sich dieser Idiot in einem Gefrierschrank am anderen Ende der Welt eingesperrt hat! Sein Kanada kann er für sich behalten. Keine zehn Pferde brächten mich dorthin!«

## 8

Eines Montagmorgens nahm Viviane allen Mut zusammen und ging zum Kolleg der Jesuiten. Sie war nervös und angespannt. Im Wagen wiederholte sie sich zum zehnten Mal den langen Satz, den sie vorbereitet hatte.

Meine Mutter fürchtete den Augenblick, da sie André die Neuigkeit mitteilen würde. Ihr älterer Bruder hatte sie stets eingeschüchtert. Er gehörte nicht nur einer anderen Welt, sondern auch einer anderen Generation an. »Die Generation Sultan Husseins«, wie Alex ironisch zu sagen pflegte.

Man ließ sie im Besuchszimmer warten. Pater André erschien nach zehn Minuten mit rauschender Soutane. Er kratzte ihr die Wangen – sein Bart roch wie immer nach Tabak – und zog sie in sein kleines benachbartes Büro.

»André, ich wollte dir sagen . . .«

Er erließ ihr den Rest des Satzes, indem er mit matter Stimme sagte: »Ihr geht also? Ihr auch.«

»Selim ist fest davon überzeugt, daß wir im Libanon . . .«

Sie stockte, faßte sich wieder.

»Du weißt, André . . .«

»Ich weiß.«

Meine Mutter war auf Vorwürfe gefaßt. Was sie vernahm, war nur leises Murmeln.

»Weißt du, Viviane, die Syrer Ägyptens sind einem großen Irrtum verfallen. Sie glaubten, der soziale Aufstieg würde sie von der Integration entbinden. Macht im

Libanon nicht denselben Fehler: Werdet Libanesen mit Leib und Seele.«

René Abdel Messih und seiner Frau, die ihm einen Monat zuvor ihre Ausreise nach Kanada angekündigt hatten, hatte André fast das gleiche gesagt.

»Werdet Kanadier mit Leib und Seele. Und tut euer Bestes für die Kinder. Denn eure Wurzeln sind hier, und der Baum wird dort wachsen. Doch gebt acht, diese Art von Baum kann auf sonderbare Weise wachsen und wilde Früchte hervorbringen . . .«

*

Selim hatte vor drei Monaten den Entschluß gefaßt, auszuwandern. Ein erneuter Besuch Hassans in seiner Villa während seiner Abwesenheit hatte ihn davon überzeugt, daß dieser Kerl ihn nicht mehr aus seinen Fängen lassen würde. Hinter seiner Untersuchung einer verschwommenen Bestechungsgeschichte verbarg sich etwas anderes.

Und selbst wenn mein Vater nicht persönlich betroffen war, hatten ihn die ersten Verstaatlichungen schwer verunsichert. »In unserer arabischen und sozialistischen Gesellschaft ist kein Platz mehr für Millionäre und Feudalherren«, hatte Nasser erklärt. Hätte Georges Batrakani sein Vermögen nicht geschickt unter seine Kinder aufgeteilt und etwas Geld in der Schweiz angelegt, wo wären sie dann heute? Die Presse – inzwischen auch verstaatlicht – veröffentlichte Listen mit den Namen »der Millionäre und Feudalherren« wie Graf Henri Touta, der unmittelbar nach Ankündigung der Regierungsmaßnahmen die Polizei in seinem Haus hatte.

Man erzählte sich die schaurigsten Geschichten über die Behandlung politischer Gefangener. Im Bagno von Tora mußte ein zu Zwangsarbeiten Verurteilter jeden Morgen auf den Knien zu seinem Arbeitsplatz kriechen, nachdem man ihm mit Schlägen beide Beine gebrochen hatte. Ein anderer war unter der Folter gestorben, nachdem er vorher sexuell mißhandelt worden war. Von einem uns bekannten Arzt, der wegen seiner kommunistischen Gesinnung verhaftet worden war, hieß es: »Man schob ihm einen Schlauch in den After und füllte seinen Bauch mit Wasser, um dann darauf herumzutrampeln . . .«

Von all diesen Geschichten wollte mein Vater bis zum Herbst 1960 nichts hören. Doch seine Wahrnehmung der Dinge begann sich zu ändern. Er kaufte jetzt jede Woche die REVUE DU LIBAN und wurde nicht müde, die illustrierten Gesellschaftschroniken zu lesen: »Präsident Shamun« hier, »Scheich Pierre« dort . . . Die christlichen Libanesen genossen nicht nur grenzenlose wirtschaftliche und politische Freiheiten, sondern hatten auch die Führung inne. Es fehlte in Beirut nicht an Arbeit, und man konnte hier mit den Golfemiraten Handel treiben. Alle im Libanon angesiedelten Ägypter schienen begeistert. Selbst diesem Taugenichts von Alex war es gelungen, eine Werkstatt in einem Beiruter Vorort zu eröffnen. Seine Mutter, die ihn besuchen kam, war nicht mehr nach Kairo zurückgekehrt . . . Der Libanon wurde in Selims Augen immer mehr zum Gelobten Land.

Viviane war vor allem durch zwei Ereignisse verunsichert worden: durch die Ausreise Michels nach Frankreich und die Salwas nach Bonn, wo ihr Mann eine Stellung an der Botschaft angenommen hatte.

Michel hatte seine Orientierungspunkte verloren. Er war in den schönen Zeiten der Teestunden der Ehemaligen des Collège stehengeblieben, den Gesprächsrunden bei den Essayisten, den literarischen Soirées bei Amy Kheir oder Ketti Limongelli. Als er im Herbst 1961 erfuhr, daß das Standbild Soliman Paschas von dem Platz entfernt wurde, der nach ihm benannt war, glaubte mein Patenonkel, nichts mehr in diesem Land zu suchen zu haben.

Salwa würde nicht so schnell zurückkommen. Wie ihr Mann, so verachtete auch sie dieses neue militärische Bürgertum, das alle Posten an sich gerissen hatte. Die »alte türkische Familie« setzte sich angesichts dieser Parvenus, mit denen sie zu häufig verkehrte, um sie ertragen zu können, langsam wieder durch. Selbst Nasser fand keine Gnade mehr vor den Augen dieser moslemischen Feministin. Ihr Patriotismus war noch intakt, doch sie zog es vor, ihn vorübergehend fern von ihrem Vaterland auszuleben.

Mein Vater wußte, daß er ohne grünes Licht von diesem gefährlichen Hassan niemals ein Ausreisevisum bekommen würde. Die Geschichte quälte ihn immer mehr. Sie bereitete ihm schlaflose Nächte, begleitet von gräßlichen Magenschmerzen. Viviane erlitt Weinkrämpfe, was die Dinge nicht gerade leichter machte. Eines Tages, gegen Mitternacht, hielt sie es nicht länger aus und schrie ihn fast an: »Morgen gehe ich zu Hassan. Ich werde ihn um ein Visum bitten.«

»Hast du den Verstand verloren? Willst du uns zugrunde richten? Dieser Kerl ist ein Perverser ...«

Am nächsten Morgen gegen zehn betrat meine Mutter, am ganzen Leibe zitternd, eine Kaserne in Abbassia. Man musterte sie von oben bis unten, bevor man sie in das Büro des *bikbachi* führte.

Hassan, der überrascht war über den Besuch und sich vor dieser Frau ins rechte Licht setzen wollte, zog eine gute Viertelstunde eine Schau vor ihr ab, zitierte Untergebene herbei, machte sie nieder, bedachte den Ordonnanzoffizier mit Flüchen, brüllte Befehle ins Telefon ... Dann zündete er sich eine Zigarette an und ließ sich schließlich dazu herab, meine Mutter anzuhören.

»Ich möchte Sie um einen Gefallen bitten . . .«

Ihre eigene Stimme verwirrte sie. Sie hatte den Eindruck, sich zu prostituieren.

»Wir würden diesen Sommer gern Verwandte im Libanon besuchen . . .«

»Es ist nicht mein Job, Visa auszustellen.«

»Ich weiß. Aber ich hatte gedacht . . .«

Sie kam sich völlig entblößt vor.

Hassan erhob sich langsam von seinem Stuhl, ging um den Schreibtisch herum, kam auf sie zu. In panischer Angst sprang Viviane auf, wollte schon zur Tür stürzen. Nur mit Mühe konnte sie sich beherrschen.

Sie standen sich jetzt gegenüber, Auge in Auge. Ein kaum merkliches Lächeln huschte über das Gesicht des Offiziers. Da platzte es aus ihr heraus: »Ihr Onkel Rachid gehörte zu unserer Familie. Er betrachtete mich wie seine Tochter.«

Hassan, aus dem Konzept gebracht, wußte nicht, was er erwidern sollte. Viviane nutzte die Gelegenheit, um mit fester, fast ungeduldiger Stimme zu fragen: »Also was ist mit diesem Visum? Kann ich auf Sie zählen?«

Sie selbst hat nie begriffen, wie Rachid mit einemmal zwischen ihnen aufgetaucht war und warum sich der *bikbachi* Hassan Sabri so leicht gefügt hatte.

## 9

In der Wartehalle des Flughafens lag Papier am Boden
verstreut.

»Die Welt ist auf den Kopf gestellt«, sagte Edouard Dhellemmes. »Sie verlassen Ägypten, und ich bleibe.«

Mima an seiner Seite war totenbleich geworden. Die
Abreise Selims nach der von Jean erschütterte sie. Ihr
Sohn machte sich aus dem Staub wie ein Dieb und überließ sein Geschäft einem Verkaufsleiter, der keine Stunde
warten würde, um die Geschäftskasse an sich zu reißen
oder die Polizei zu benachrichten. Doch es waren vor
allem die Pläne des Ältesten, Roger, die meiner Großmutter Kummer bereiteten: Hatte er nicht vor, sich in den
Vereinigten Staaten niederzulassen, auch auf die Gefahr
hin, noch einmal studieren zu müssen, um ein Äquivalent
seiner Approbation als Arzt zu bekommen? Mit sechsundvierzig!

Die Zöllner am Flughafen standen nicht in dem Ruf, zim-
perlich zu sein. Sie nahmen systematisch Leibesvisitatio-
nen vor und versagten es sich nicht, die Koffer der Ausreisenden vollständig zu leeren. Schmuggler waren reif
fürs Gefängnis. In panischer Angst vor dieser Zollkon-
trolle hatten meine Eltern eine schlaflose Nacht verbracht.
Begleitet von einem Chauffeur des Collège, war auch
Pater André gekommen, um Lebewohl zu sagen. Viviane,
die nervös mit ihrer getönten Brille spielte, machte sich
Sorgen um ihn.

»Es gibt praktisch keinen Batrakani mehr in Ägypten. Und die meisten unserer Freunde und Bekannten sind gegangen. Du wirst allein zurückbleiben . . .«

»Ja, allein, mit zwanzig Millionen Einwohnern«, erwiderte der Jesuit belustigt.

»Zwanzig Millionen!« rief Edouard Dhellemmes, indem er sich mit einem Taschentuch über die Stirn wischte. »Der reine Wahnsinn!«

André und Selim lachten ein wenig gezwungen. Meine Mutter brach in Tränen aus.

# NACHWORT

## Michels Tagebuch

*Châtel-Guyon, 6. Mai 1964*

*Mein Aufenthalt an diesem Ort gestaltet sich immer angeneh-
mer. Mir gefällt die Vorstellung, daß Sultan Husein hier vor
dem Krieg alljährlich zur Kur ging. In Châtel-Guyon fühle ich
mich zu Hause. Hat sich nicht jeder von uns auf seine Art ein
neues Nest gebaut? Sonderbare Wege derer, die man Syrer in
Ägypten nannte, die heute im Libanon als Ägypter und in
Europa als Libanesen angesehen werden.*

*Lola scheint sich in Beirut stabilisiert zu haben. Wenn man so
sagen kann . . . Ich frage mich, wie André die Nachricht von
ihrer dritten Ehe aufgenommen hat. »Du wirst noch wie deine
Tante Maguy enden«, wurde sie früher öfter gewarnt. Doch
Maguy sammelte Liebhaber, während Lola eifrig ihre Bewerber
heiratete.*

*Mittagessen bei Paul und der Schweizerin in Genf, letzten
Sonntag. Ohne molokheiya, versteht sich. Bulos hat definitiv
mit Ägypten abgeschlossen. Er weigert sich sogar, davon zu
sprechen. Und wenn man ihn etwas auf arabisch fragt, so ant-
wortet er auf französisch mit diesem kleinen lokalen Akzent, an
den ich mich nicht gewöhnen kann. Die Schweizerin dagegen
ist gar nicht zu bremsen, wenn es um Kairo geht, und ihre Kinder fragen mich unentwegt aus.*

*»Eigentlich«, meinte der Kleinste, »hat uns niemand gezwun-
gen, Ägypten zu verlassen.«*

*Ich sah ihn ein wenig verdutzt an, bevor ich antwortete.*

»*Das ist wahr, habibi, niemand hat uns gezwungen, Ägypten zu verlassen, während andere des Landes verwiesen wurden. Man hat nur dafür gesorgt, daß wir uns selbst vor die Tür gesetzt haben. Und das, weißt du, ist sehr viel schmerzlicher als ein Tritt in den Hintern!*«

*Ich bin mir nicht ganz sicher, ob er mich verstanden hat. War ich selbst mit meiner Antwort zufrieden? Mit lapidaren Erklärungen ist einer halbgefärbten Geschichte wie der unseren nicht beizukommen. Wir sind nicht außer Landes verwiesen worden. Die Wahrheit liegt dazwischen. Wir waren immer zwischen zwei Dingen: zwischen zwei Sprachen, zwischen zwei Kulturen, zwischen zwei Kirchen, zwischen zwei Stühlen.*

»*Wir haben immer zwischen zwei Stühlen gesessen*«, *sagte Papa.* »*Das ist bisweilen unbequem, doch ich glaube, unser Hinterteil ist dementsprechend beschaffen.*«

*Da wir immer zwischen zwei Dingen standen, hätten wir als Bindeglied dienen können. In Wahrheit haben wir diese Rolle nicht oft übernommen und es meist vorgezogen, uns aus dem Getümmel herauszuhalten und das Ganze von oben zu betrachten.*

*Bei der Beerdigung des Sultans waren wir auf dem Balkon.* »*Von dort oben sieht man am besten*«, *hatte Papa zu mir gesagt, als ich in sein Büro hinaufkam. Am Ende werden wir die meiste Zeit unseres Lebens auf dem Balkon verbracht haben: um die anderen vorübergehen zu sehen. Der Balkon vermittelte Höhe, aber auch Distanz; er verhinderte, daß man Schläge einsteckte und sich die Hände schmutzig machte. Er war eine Wohnsitzbescheinigung, ein Zeichen der Entwurzelung: Man war bei sich, während die anderen da unten, von irgendwoher gekommen, sich auf unbekanntes Terrain wagten. Ich glaube, der Balkon stellte auch den Vorteil dar, vollkommen ambivalent zu sein: Von dort oben konnte man als Bewunderer, als empör-*

*ter Zuschauer oder als einfacher Betrachter gelten. Fühlten wir uns jemals wohler als in der Ambivalenz?*

*Nein, habibi, niemand hat uns gezwungen, Ägypten zu verlassen. Doch die Luft dort wurde unerträglich. Es war nicht mehr dasselbe Ägypten. Wir sind aus eigenen Stücken gegangen, auf Zehenspitzen, ohne Tarbusch, ohne Trompeten.*

*Wer hätte sich ein solches Ende vorstellen können? Nichts konnte uns geschehen. Nichts konnte uns geschehen, weil der Sultan La Fontaine liebte ...*

*»Wir sind nichts«, wiederholte einst Graf Henri zwischen zwei lateinischen Zitaten. Man wußte nicht genau, ob ihn diese Feststellung beunruhigte oder, im Gegenteil, erleichterte. Papa faßte die Situation am subtilsten zusammen: »Wir sind keine Syrer, wir sind keine Ägypter: Wir sind griechisch-katholisch.«*

*André wiederum glaubt, daß sich die Syrer nicht bemüht haben, sich in Ägypten zu integrieren. Das stimmt nur zur Hälfte. Um sich zu integrieren, bedurfte es einer Genehmigung. Aber man hat uns nie wirklich als Ägypter betrachtet. Nur als Ägyptisierte ...*

*Doch André steht im Abseits. Er war immer geradlinig. Er hat Papa vor den Kopf gestoßen, der ihn, trotz seiner Bewunderung für ihn, nie ganz als seinen Sohn betrachtet hat.*

*Ich habe meinen Patensohn in Verdacht, Selim eine ähnliche Überraschung zu bereiten, wenn auch profanerer Art ... Ich höre, daß Selim im Libanon herrschaftlicher denn je lebt. Seine Geschäfte florieren. Es heißt, er sei kurz davor, die Konzession einer großen deutschen Autofirma zu bekommen. Seine Ähnlichkeit mit Papa verblüfft alle Welt. In den ägyptischen Kreisen von Beirut nennt man ihn nur noch »Selim Bey«. Doch sein Ältester bringt ihn zur Verzweiflung: Charles möchte Philosophie studieren und träumt davon, nach Frankreich zu gehen. Daß mir bloß keiner vorwirft, ihn von einer Kaufmannskarriere abgehalten zu haben ...*

Am Tag von Papas Beerdigung hielt sich Charles am Ausgang des Friedhofs in der Nähe des Wärters: Er weinte nicht, er starrte uns nur an, einen nach dem anderen. Ich legte ihm wortlos die Hand auf die Schulter, und wir gingen gemeinsam zum Parkplatz.

»Warum diese Taube über dem Familiengrab?« fragte er mich. Ich hatte mir nie die Frage gestellt. Und ich weiß bis heute nicht, welcher Laune mein Großvater nachgab, als er diese Platte aus Carrara-Marmor bestellte. Eine Platte, das steht fest, die größer ist als die der Nachbarfamilien. Elias Batrakani hatte sich verschätzt: Sicher hatte er Plätze für mehrere Generationen vorgesehen und dabei unser Nomadendasein vergessen.

Oder es war ganz einfach eine Brieftaube, habibi . . .

# INHALT